本书受到国家社会科学基金项目"别雷小说研究"（项目批准号：13BWW031）和"江苏省高校优势学科建设工程三期项目"的资助

国家社科基金丛书

GUOJIA SHEKE JIJIN CONGSHU

别雷小说研究

A Study of Andrey Bely's Novels

管海莹　著

人民出版社

目　　录

绪　　论

在俄罗斯文学史上,安德烈·别雷①(1880—1934)不仅是象征主义文学的集大成者,也是全部现代主义文学运动的杰出代表。

安德烈·别雷,原名鲍里斯·尼古拉耶维奇·布加耶夫,1880年出生于莫斯科著名的阿尔巴特街的书香之家。他的父亲是莫斯科大学数学—物理系的著名教授,他的母亲酷爱音乐与文学。数学和音乐主宰了别雷的少年时代。父亲希望儿子继承自己的科学精神,母亲不愿儿子成为家里的"第二个科学家"。父亲的科学信念影响了儿子的宇宙性世界观,母亲培养了儿子对音乐和文学的热爱。

1891年别雷进入波里万诺夫私立中学学习。列·伊·波里万诺夫是别雷中学时代的老师、普希金和茹科夫斯基的研究专家。那时别雷还结识了近邻、现代俄国文化史上卓有影响的索洛维约夫一家。他们对别雷的成长都产

---

① 安德烈·别雷(Андрей Белый)是鲍里斯·尼古拉耶维奇·布加耶夫的笔名。"安德烈"是为了纪念俄罗斯伟大的信徒安德烈·别尔瓦斯凡内。"别雷"是他的邻居米·谢·索洛维约夫(弗·谢·索洛维约夫的弟弟)为其确定的笔名。"别雷"的一个意义是:发源于民间神话的神秘"白光",意指宇宙。别雷本人对"别雷"的另一种解释是:白色是七种颜色、七种光、七个教堂的结合。作家后来把白色和白光宇宙化,将它们最终变成融汇于智慧的索菲亚的现象和光芒之中的"生命之初的白色"。别雷对勃洛克解释说:"白色是神人类的象征。"(参见 Валерий Демин. *Андрей Белый*. М. :Молодая гвардия, 2007. C. 19.)

生过重要作用。别雷先后就读于莫斯科大学的两个系：1899—1903 年，别雷在莫斯科大学数学—物理系学习；1904—1905 年，别雷在莫斯科大学哲学—历史系学习。

大学期间，别雷广泛阅读了弗·谢·索洛维约夫、叔本华、尼采、阿·阿·费特、易卜生等人的著作，并深受影响。这些学习经历使他变得十分博学。他对物理、数学、化学和生物领域中的最新发现，特别是新的时空观念、物质组成、生物和无生命物质的组成等很感兴趣，同时他也爱好西方哲学、东方文化和音乐。

1905—1906 年间，别雷的理论兴趣由索洛维约夫、尼采转向康德和新康德主义。1909 年，组建"缪斯革忒斯"出版社。1912 年在德国结识著名人智学家施泰纳，深受其"人智学"思想影响。1917 年后，别雷参加过"自由哲学协会"以及"无产阶级文化派"的活动。1921 年赴柏林，与高尔基等人一同创办《交谈》杂志，1923 年秋回国，继续从事创作与理论研究，直至 1934 年去世。

概观别雷的一生，他是弗·索洛维约夫的追随者，施泰纳人智学说的积极宣传者，象征主义的理论大家，反对暴力的托尔斯泰主义者；小说《交响曲》《彼得堡》《银鸽》和回忆录三部曲的作者，学术著作《果戈理的艺术》和难以读懂的理论巨著《象征主义》的作者，作诗法的奠基人和在内容与形式上均不同凡响的系列抒情诗作的撰写者①。

就创作实绩而言，别雷 1902 年发表小说处女作《戏剧交响曲》，同年发表论文《艺术的形式》，从此在理论批评与艺术创作方面各有建树。作为诗人，别雷的主要成果有诗文合集《碧空之金》（1904）、诗集《灰烬》（1909）、诗集《骨灰盒》（1909）、长诗《基督复活》（1918）、诗集《星星》（1919）、长诗《第一次相遇》（1921）等；作为小说家，别雷创作了四部《交响曲》（1902—1908）、

---

① 参见 Л. К. Долгополов. *Начало знакомства* // Ст. Лесневский, Ал. Михайлов（сост.）. *Андрей Белый：Проблемы творчества：Статьи, воспоминания, публикации. Сборник.* М.：Советский писатель, 1988. С. 3。

《银鸽》(1909)、《彼得堡》(1916—1917)、《柯季克·列塔耶夫》(1922)、《莫斯科》(1926)、《面具》(1932)等;作为文学理论家和批评家,别雷先后出版理论三部曲论文集《象征主义》(1910)、《绿草地》(1910)、《阿拉伯图案》(1911)和《创作悲剧——陀思妥耶夫斯基和托尔斯泰》(1911)、《革命与文化》(1917)、《亚伦之杖(论诗歌语言)》(1917)、《作为辩证法的旋律和〈铜骑士〉》(1929)、《果戈理的艺术》(1934)等专题学术著作。在晚年,别雷著有三卷本回忆录《两世纪之交》《世纪的开端》和《两次革命之间》(1930—1935),对白银时代的文学生活进行艺术性总结。

毋庸置疑,别雷丰饶的创作实绩树立了俄国全部现代主义文学运动中的丰碑。

一、俄罗斯学界的别雷研究

别雷丰厚的文学创作和理论著述是俄罗斯文学史和批评史上的重要现象,对其作品的评论也如同他的作品一般著述甚丰。俄罗斯的别雷创作评论史按时间顺序大致可分为三个时期:第一,十月革命前同时代作家、评论家的评论;第二,十月革命后国外侨民文学评论家的评论和苏联国内的评论;第三,"解冻"之后,特别是20世纪80年代之后的文学评论。

20世纪初,别雷已经像一颗高高在上的文学新星,闪烁在俄国文学的星空中。与别雷同时代的许多作家、诗人、评论家或思想家都对其思想和创作进行过评论:从现实主义作家高尔基到老一代象征主义者勃留索夫、吉皮乌斯,年轻一代象征主义者中的重要理论家维·伊万诺夫、大诗人勃洛克、埃利斯,以及阿克梅派的诗人曼德尔什塔姆;从白银时代的职业文学批评家艾亨瓦尔德、伊凡诺夫-拉祖姆尼克到宗教哲学家别尔嘉耶夫、舍斯托夫、谢·布尔加科夫等。但是他们的观点和结论远不一致,可以说见仁见智、众说纷纭。

与象征主义流派的其他大多数作家相比,别雷在自己的文学实践中更少顾及读者的接受习惯、美学期待与偏好。他从不迎合读者,相反,他要求读者走近他。1902 年别雷发表的小说处女作既非传统意义上的诗歌,也非传统意义上的小说,而是《戏剧交响曲》。这是别雷创作的四部《交响曲》之中的第二部。别雷的四部《交响曲》风格独特,既不同于诗歌,也迥异于传统的叙事小说。同年,别雷开始发表随笔与文学评论,他借用物理和数学科学中的分析手法和公式,阐述象征主义哲学和美学原理。

在一些愤怒的批评家和报纸杂志的评论员的视野里,别雷极大地触犯了当时文学创作的准则。所以,有评论员说:"安德烈·别雷是令人厌恶的、腻烦的那些新流派的热心传播者。他激烈而狂乱、离奇而怪诞。对他而言,没有意义、没有逻辑、没有语法。"在介绍《戏剧交响曲》时,这位评论员说在其中没有找到"一丁点儿的意义",将之归结为:"这些令我们的文学蒙羞的作品带来了非同小可的害处。……非常之多的人,尤其是年轻人信奉这种野蛮行径,将这种文学的丑八怪视为文学的真谛。他们试图理解思想象征的意义。他们偏离了探索真正意义的道路……"①

关于第二部《交响曲》(《戏剧交响曲》)的其他评价也是如出一辙:"总之,不开玩笑地说,它是个四不像。无论在内容上,还是形式上,别雷都是空前绝后。这是完全出离文学本位的东西。这是文学还是哲学?是中篇小说还是随笔?作品的主人公是谁?作品的主要思想是什么?……一切都是不完整的、混乱而嘈杂、矫饰又怪诞。"②此类反对的意见在别雷的作品问世之初甚嚣尘上。

与他们完全相反,梅特涅当属最早确认别雷作品价值的评论家之列。他是别雷的老朋友,将第二部《交响曲》(《戏剧交响曲》)的问世视为文学和美学视野中的"新话语"。他还发现了别雷少年诗作与歌德作品的相似点,他确

① А.В.Лавров. *Андрей Белый в критических отражениях* // А.В.Лавров(сост.).*Андрей Белый:pro et contra.*СПб.;РХГИ, 2004. С. 11.

② А.В.Лавров.*Андрей Белый в критических отражениях* // А.В.Лавров(сост.).*Андрей Белый:pro et contra.*СПб.;РХГИ, 2004. С. 10.

信，"可以期待别雷有更好的作品"①。梅特涅的意见代表了当时一批新艺术的支持者的意见。这些支持者大都是别雷私人圈内的熟人和朋友，他们能够理解别雷并给予他的艺术实验以应有的评价。

　　别雷的第一部诗文合集《碧空之金》出版于1904年三四月间。对《碧空之金》的大部分论断充斥着各种不认同以及由这部诗文合集所产生的混乱印象的意见。值得注意的是，1904年4月《天秤》杂志刊登了老一代象征主义代表人物勃留索夫对《碧空之金》的评价。《天秤》是象征主义流派的月刊，于1904年开始出刊。勃留索夫仔细比较了别雷的《碧空之金》和维·伊万诺夫的《清澈澄明》，指出了两部诗作的明显不同之处并对比了两位作者的创作个性："别雷那儿情感更多，维·伊万诺夫那儿技巧更多。别雷的创作更为耀眼：这是闪电的光芒，这是四处抛撒的宝石在闪光，这是深红色的晚霞发出庄严的光芒。……别雷有着奔放的情感，彻底根除了诗歌创作的一般形式。"②当然勃留索夫同时指出了年少的别雷在创作经验和技巧上的不足。勃留索夫的评价可谓不失公允。梅特涅在《诗歌与批评》中对《碧空之金》的评价和勃留索夫步调一致。

　　直至1905—1910年间情形才明显改观。当时象征主义流派逐步得到社会公认，象征主义流派的代表人物先后在文学舞台上占据重要地位。别雷从1907年起主要在彼得堡和莫斯科两地进行大众演讲，向大众介绍自己的思想和形象体系。别雷的讲座以思维异常缜密见长，没有故意造作、大吹大擂的口号和标语。这些讲座常常观众爆满，在当时获得巨大成功。讲座的题目后来以系列文章的形式出现在期刊以及作家的专著中。1900—1910年间，别雷的作品业已受到勃留索夫、维·伊万诺夫、梅列日科夫斯基、别尔嘉耶夫、埃利

---

① А.В.Лавров. *Андрей Белый в критических отражениях* // А.В.Лавров（сост.）.*Андрей Белый：pro et contra*. СПб.：РХГИ，2004. С. 10.

② А. В. Лавров. 《 *Золото в лазури* 》 *Андрея Белого：к истории формирования и восприятия* // Андрей Белый. *Золото в лазури*. М.：Прогресс-Плеяда，2004. С. 284–285.

斯等人的高度关注和细致评价。埃利斯是别雷的朋友,他是象征主义流派的狂热信徒,在《俄罗斯象征主义者》(1910)中,他将别雷的创作与巴尔蒙特、勃留索夫的创作并列,认为别雷的创作是俄国新艺术的三项成就之一。

但不可否认的是,即使在象征主义流派举行庆祝大典之时,别雷的文学地位也是摇摆不定的。别雷的重要小说《银鸽》因为其中"提出的某些问题过于特殊而被认为不适于大量发行"①。而宗教哲学家别尔嘉耶夫关注到《银鸽》所表现的特殊主题,他明确指出:"安德烈·别雷出人意外的神奇小说使我们有理由重新提出关于知识分子和民众关系的由来已久的俄罗斯主题。……要知道,《银鸽》的主人公是俄罗斯,是它的神秘主义本能、它的自然环境、它的心灵。"②别尔嘉耶夫认为《银鸽》中的俄罗斯主题、东西方主题引领了俄罗斯文化的走向,具有极高价值。别尔嘉耶夫评价说:"《银鸽》是名为《东方与西方》的三部曲的第一部。《银鸽》以新的方式提出东方与西方的古老问题。……东方与西方的问题是纯俄罗斯问题。……重新让我们关注东西方问题,让我们的文化从渺小走向伟大的艺术家值得赞扬。安德烈·别雷在这些艺术家中堪称第一。他的主题无比深刻和重要,如此严肃而令人激动。"③

别雷的长篇代表小说《彼得堡》就连出版也是几经周折。他后来在回忆录中忆及当时的情况。最初,《彼得堡》受到《俄罗斯思想》杂志社预定,但当别雷将小说的第一部分手稿交给杂志社时,《俄罗斯思想》的主编彼·别·司徒卢威不顾出版协议,严词予以拒绝;时任杂志社文学艺术部主任的勃留索夫也没有给予支持。后来,别雷将该小说送至雅罗斯拉夫尔城的出版商康·

---

① Л.К.Долгополов.*Начало знакомства* // Ст.Лесневский,Ал.Михайлов(сост.).*Андрей Белый:Проблемы творчества:Статьи,воспоминания,публикации.Сборник.* М.:Советский писатель,1988. С. 33.

② [俄]别尔嘉耶夫:《文化的哲学》,于培才译,上海人民出版社2007年版,第289—290页。

③ [俄]别尔嘉耶夫:《文化的哲学》,于培才译,上海人民出版社2007年版,第298—299页。

费·涅克拉索夫那里,同样遭拒。最终,1914 年《彼得堡》被"美人鸟"出版社接受,该社正计划出版象征主义专集。文学评论家伊凡诺夫-拉祖姆尼克当时担任该社编辑,是他促成了《彼得堡》的最终出版。《彼得堡》分三册印刷,然后在 1916 年出版单行本,1922 年在柏林重印缩略本[①]。

即使在《彼得堡》出版后,别雷的独特创作个性也并未被评论界完全接受。维·伊万诺夫认为《彼得堡》"内容丰富而深刻的题名"具有"极大的分量"。高尔基也给予相当高的评价,称"别雷是具有非常细腻精致的文化教养的人,是写特殊题材的作家,有自己独特的精神世界",但却认为"这部小说,不是用俄语写出来的",作品的语言给人的感觉好像是犯了"不能容忍的舞蹈病"[②]。作为别雷的志同道合者,勃洛克认为该作品"杂乱无章,但具有天才的印记"[③]。

文学评论家伊凡诺夫-拉祖姆尼克是同时代人中最早且系统性研究别雷的创作及演变的批评家之一。他最早意识到《彼得堡》作为俄国象征主义创作高峰的意义,因此用一切方法促成《彼得堡》的出版。《彼得堡》出版后,伊万诺夫-拉祖姆尼克指出:这是一个"意义重大的文学现象"。他为多卷本《20世纪俄国文学》(1916)撰写了《安德烈·别雷》专章。他的《东方还是西方?》(1916)一文则较早对别雷的《彼得堡》作出有创见的分析,阐发出这部长篇小说中隐含的对于俄罗斯的独特民族传统、文化特性与历史命运的思考。他把别雷称为"20 世纪最伟大的作家之一"[④]。

---

①　参见 A. Белый. *Между двух революций*. М.: Художественная литература, 1990. C. 437 – 440。

②　Алиса Крюкова. *М. Горький и А. Белый: Из истории творческих отношений* // Ст. Лесневский, Ал. Михайлов (сост.). *Андрей Белый: Проблемы творчества: Статьи, воспоминания, публикации. Сборник.* М.: Советский писатель, 1988. C. 288–289.

③　Л.К.Долгополов. *Начало знакомства* // Ст. Лесневский, Ал. Михайлов (сост.). *Андрей Белый: Проблемы творчества: Статьи, воспоминания, публикации. Сборник.* М.: Советский писатель, 1988. C. 38.

④　张杰、汪介之:《20 世纪俄罗斯文学批评史》,译林出版社 2000 年版,第 200 页。

宗教哲学家别尔嘉耶夫也十分钟情这位年轻一代的象征主义代表人物，专门撰写《艺术的危机》《俄罗斯的诱惑:关于安德烈·别雷的〈银鸽〉》《长篇小说之星:对安德烈·别雷的小说〈彼得堡〉的思考》《模糊的面貌》等系列长文，深入分析别雷的宇宙哲学、宗教思想及其代表小说的艺术风貌。别尔嘉耶夫明确提出:"安德烈·别雷是新文学时期最重要的俄罗斯作家，是创造崭新的艺术散文形式、崭新的节奏的最独特的作家。令我们感到羞愧的是，他依然没有得到足够的承认，但是，我并不怀疑，随着时间的推移，他的才华会得到承认。"①

别尔嘉耶夫认为别雷是"作为果戈理和陀思妥耶夫斯基的真正继承人而跻身伟大俄罗斯作家的行列。他的小说《银鸽》就已经奠定了这一地位。安德烈·别雷的作品有一种独有的内在节奏，他处于同他所感觉到的新的宇宙节奏的协调一致中。安德烈·别雷的这些艺术其实在他的《交响曲》和他之前的文学未曾有的形式中得到表现"②。对于别雷的代表作《彼得堡》，别尔嘉耶夫从作品富含的宗教哲理意蕴方面指出，其对于俄罗斯意识、俄罗斯思想潮流史具有重要意义。别尔嘉耶夫认为安德烈·别雷"以新的方式使文学回归俄罗斯文学的伟大主题。他的创作与俄罗斯的命运、俄罗斯心灵的命运息息相关"③。

在第一批认真思考别雷小说的根本性美学特征及其思想意义的同时代评论家和作家中，不仅有维·伊万诺夫、伊凡诺夫-拉祖姆尼克、勃留索夫等别雷熟人圈内的朋友，格里弗措夫也属于第一批思考并承认别雷的小说艺术成就的冒险家中的一员。格里弗措夫明确指出了《彼得堡》中特殊的叙述对象和叙述类型，他说:"别雷在艺术上最重要的、第一性的任务是为了在创作中

---

① ［俄］别尔嘉耶夫:《文化的哲学》，于培才译，上海人民出版社 2007 年版，第 301 页。

② ［俄］别尔嘉耶夫:《文化的哲学》，于培才译，上海人民出版社 2007 年版，第 301 页。

③ Н. Бердяев. *Астральный роман: размышление по поводу романа А. Белого 《Петербург》* // Н.Бердяев. *О русских классиках*. М.: Высшая школа, 1993. С. 319.

阐明并在美学上克服新的混乱状态。如果将别雷的小说与正在束缚文学的传统问题进行对比,你会想起,在意识之外,还有许多完全未被词语征服的领域;艺术的任务无止无尽。当然,为了征服这些黑暗的领域,必须在词语中发掘,然后在美学上征服。"①

然而,不能不提的是,当时仍有相当一些评论意见将《彼得堡》的问世宣告为"安德烈·别雷之完结"②。可以说,在别雷创作的高峰时刻对别雷创作的认知仍然包含了两类截然不同的意见:不少论者仍然将别雷视为永远被人嘲笑的小丑,因为别雷的《彼得堡》完全不符合完善的美学标准;另一些论者则坚称别雷为当时俄国文学中的第一人,是当代俄国文学的旗帜、象征和领袖,他们认为《彼得堡》是别雷真正的成就。总之,一方面,随着《彼得堡》的问世,别雷享有越来越高的文学声望;另一方面,闹剧从未停止上演。

1916年秋,《俄罗斯公报》率先刊登别雷的小说《柯季克·列塔耶夫》的片段。《柯季克·列塔耶夫》在摧毁传统小说的叙述对象和叙述方式之路上比《彼得堡》走得更远。据当时剧评人证实:"这是莫斯科文学界的大事,当前关注之焦点。喧闹的声浪非常之高。……评论上的分歧形形色色、完全不一致……真正的欢呼和真正的愤怒,读者在争论的似乎是关于两部完全不同的作品。"③由于读者围绕《柯季克·列塔耶夫》片段进行讨论的热情不断高涨,《俄罗斯公报》编辑部在1916年12月22日刊登专评,专门向读者解释编辑部选取刊登别雷这部小说片段的原因。

白银时代著名诗人叶赛宁在阅读《柯季克·列塔耶夫》之后,写下了著名的《天父之语》进行评价。文中叶赛宁将别雷在《柯季克·列塔耶夫》中的创

① А.В.Лавров. *Андрей Белый в критических отражениях* // А.В.Лавров（сост.）. *Андрей Белый：pro et contra*. СПб.：РХГИ，2004. С. 20.

② А.В.Лавров. *Андрей Белый в критических отражениях* // А.В.Лавров（сост.）. *Андрей Белый：pro et contra*. СПб.：РХГИ，2004. С. 17.

③ А.В.Лавров. *Андрей Белый в критических отражениях* // А.В.Лавров（сост.）. *Андрей Бёлый：pro et contra*. СПб.：РХГИ，2004. С. 20.

作语言称为"天父之语"。他称,在阅读的过程中强烈感受到"别雷以他非凡的伟力将语言从尘世拉升至天宇"。他深信,"只有借助安德烈·别雷所描述的'背地里的窥视'才能最终从大地迈进我们的归宿之地"。他将别雷的语言创作理解为"我们创造精神财富的目的"。他指出,"只有无所畏惧,敢想敢做的强者才能最终找到开启真理之门的'钥匙'"。文中,他表达了自己的审美认同:"哦,语言,天父之语,我们和你一起插上轻风的翅膀,没有什么可以阻挡我们呼唤你。"①

总结十月革命前别雷的同时代同行作家和评论家们对别雷思想和创作的评价,可以看出,显然他们各自持有不同的评价态度:对于其思想和文体,特别是语言,评论者们有褒有贬。他的理论著作很少有人懂,哲学家大都不视他为同道。能够真正理解别雷的同时代评论家和同行作家人数不算太多,但他们率先提出了关于别雷小说创作的不少深刻的、有远见的评论,其中梅特涅、埃利斯、伊凡诺夫-拉祖姆尼克等率先对别雷的创作进行极具意义且非常详细的评论。

1917 年十月革命后俄罗斯文学被分为国内板块和国外板块。在国内,别雷被认为是后象征主义时代最伟大的符号学家之一,是"活着的经典作家"。虽然对其作品的评价依然存在不同的声音,但比较奇特的是,当时一些年轻作家,无论是"同路人"作家,还是无产阶级作家,都受到别雷的写作风格的影响。1928 年有评论家确认了这一点:"在新经济政策开始时,俄国小说便在别雷的《彼得堡》,部分地在列米佐夫以及扎米亚京的《岛民》的指引下前进了。"②确实,在革命后的第一个十年里,别雷的小说创作成为年轻同行们在创作探索过程中的巨大推动性力量。

---

① [俄]叶赛宁:《青春的忧郁:叶赛宁书信集》,顾蕴璞译,经济日报出版社 2001 年版,第254—260 页。

② [俄]马克·斯洛宁主编:《俄罗斯苏维埃文学》,浦立民等译,上海译文出版社 1983 年版,第51 页。

　　然而,这种状态并未持续太久。1922 年,别雷侨居国外时,布尔什维克领导人之一托洛茨基在《真理报》上公开发表评论,斥责别雷的创作。此后,别雷被禁止加入各类杂志社,也不被允许参加各类文学活动。托洛茨基在其所著《文学与革命》一书中把别雷定位为“非十月革命文学”的“国内流亡者”一类,认为在他身上,“两次革命之间(1905—1917)情绪和内容上颓废的而在技巧上精致的个人主义的、象征主义的、神秘主义的文学得到了较为浓缩的表现”,说他是“脱离生活轴心的个人主义者”,“他的笔名本身就表明了他与革命的对立”①。托洛茨基着重指出:“通过别雷,这一文学响声最大地撞击在十月革命上。”②托洛茨基对别雷的终审判决主导了苏维埃俄罗斯官方意识形态领域内对于别雷的文学评论意见。

　　但此时仍有一些具有独立思想的批评人,他们并未服从来自官方的声音。值得注意的是,《红色处女地》杂志的主编沃朗斯基,他以宽广的美学视野写下了内容丰富、评价深刻的论文《大理石的轰隆声》。沃朗斯基指出:“别雷以非凡的力量、惊人的才华成功表现出全部社会群体的心理与情感。而且,他能够敏锐地看到、发现所有的呓语并十分完整而合理地予以表现。这使得艺术家既能塑造系列典型,又能描绘系列扭曲、夸大且又具有绝对艺术价值的完整的系列事件。”沃朗斯基称别雷为“特殊的象征主义的预言家”,称其具有宗教性质的世界观是别雷“神秘主义的象征主义”的基础。沃朗斯基确实是唯物主义者,他反对神秘主义,但是他公允地指出:“不该将孩子和水一同泼出去。在无情地谴责别雷的神秘主义的同时,不该忘记别雷创造了一个时代,不该忘记他是一位艺术家,一位俄国文学中罕见的艺术家,不该忘记他开辟了自己的道路。总之,别雷的作品具有重要的社会意义和艺术意义。”③他还在 1930 年

---

　　①　[俄]托洛茨基:《文学与革命》,刘文飞等译,外国文学出版社 1992 年版,第 32 页。

　　②　[俄]托洛茨基:《文学与革命》,刘文飞等译,外国文学出版社 1992 年版,第 32 页。

　　③　А. Воронский. *Мраморный гром（Андрей Белый）// А. В. Лаврова（сост.）. Андрей Белый*:pro et contra.СПб.: РХГИ, 2004. C. 780-781.

版的《文学百科辞典》中给予别雷高度的、富于创建性的评价。

另外,1920 年年初哲学家、文学评论家阿斯科尔多夫发表总结性评论文章《安德烈·别雷的创作》,这是在别雷生前发表的最有价值的文学评论之一。阿斯科尔多夫在许多关于别雷的评论基础上推进了自己的研究阐释,为后世的别雷研究提供了重要的研究基础。他在文章中主要评价了别雷的小说、诗歌以及小说与诗歌之间的创作形式,并发掘这些形式的意义。文章分成十个小标题:第一,形式与手法;第二,高空视角;第三,主导主题;第四,艺术的立体几何学;第五,别雷的现实主义、浪漫主义、象征主义;第六,诗歌;第七,交响曲;第八,生活的两面;第九,两面之间的联系;第十,《彼得堡》和"历史的哲学"。

阿斯科尔多夫总结认为:"诗歌、交响曲、小说是别雷表达自己艺术探索的三种最基本的手段,相互之间无可替代。每一种手段本质上以独创的方式表达了那些构思和内容,展现了各种层面、价值和意义。诗歌主要是使人入迷,交响曲主要是使人受到感染,小说主要是在对此岸和彼岸世界的叙述中塑造形象、提炼象征、表达意义。"[1]20 世纪 20 年代十分活跃的批评家扎米亚京也曾写过有关别雷的评论文章。历史诗学批评家巴赫金同样对别雷进行过专门评价。巴赫金高度赞扬了别雷在俄国文学中的意义,他说:"别雷影响着所有的人,他犹如劫数一般悬置在所有人的头顶之上,欲从这一劫数那儿走开,乃是谁也不可能的。"[2]

1934 年 1 月 9 日,别雷去世后的第二天,诺贝尔文学奖获得者、著名作家帕斯捷尔纳克与皮里尼亚克、萨尼科夫等共同署名在《消息报》上发表悼词缅怀别雷。悼词肯定别雷的创作既是对俄国文学的杰出贡献,也是对世界文学

---

[1]　С.Аскольдов. *Творчество Андрея Белого* // А.В. Лавров（сост.）. *Андрей Белый*: *pro et contra*. СПб.：РХГИ, 2004. С. 491.

[2]　[苏联]巴赫金:《文本对话与人文》,白春仁等译,河北教育出版社 1998 年版,第 477 页。

的天才贡献。悼词的作者们认为自己是别雷的学生。他们指出，别雷超越了自己的流派，并给予所有后来俄国文学流派以决定性的影响。不可否认，帕斯捷尔纳克等人准确定位了别雷在 20 世纪俄罗斯文学中的地位。陀思妥耶夫斯基曾说："我们都是从果戈理的《外套》中走出来的"，由此，帕斯捷尔纳克等人的悼词也可以概括为："我们都是从别雷的《彼得堡》中走出来的"。

　　因别雷去世而引发的国内外的评论为数不多。1934 年 1 月 13 日，在巴黎的《文艺复兴》报上，侨民评论家霍达谢维奇发文评论："他是一位绝对的天赋之才。各种个人状况、社会状况致其不能完全展现个人才华。他永远骚动而不安，他抵达了自己灵魂的最深处。他未能完全实现一个天赋异禀之人的全部梦想。而他所做到的一切已到达极高的境界。几乎在他所有的作品中都留下了匆忙的、未及完成的、偶然中断的痕迹，也许，这正是超越于他的肉体之外、喷涌而出的精神力量所造成的。尽管如此，别雷的文学遗产异常丰厚。"①

　　俄国侨民文学第一浪潮中著名评论家莫丘里斯基、斯洛尼姆（又译为斯洛宁）、小说作家列米佐夫都曾对别雷的作品进行过深入研究。莫丘里斯基的专著《安德烈·别雷》是以他对俄国象征主义文学系列研究为基础写就的。专著在传记批评的基础上，揭示出别雷在文学史上的贡献和价值。莫丘里斯基认为："没有一个俄罗斯作家能像别雷一样，在词上做出如此无畏的实验。他的叙事小说在俄国历史上无与伦比，可以认为别雷的题材革命如同大灾难似的不成功，但不可否认它的巨大意义。《银鸽》和《彼得堡》的作者彻底摧毁了旧的文学语言，他把俄国小说'吊死在绞架'，把句法翻了个底朝天，用他想出来的新词汇成的急流淹没了词典。"②

　　莫丘里斯基总体上较为保守地评价了别雷的诗作，但高度评价了《彼得堡》，认为这是"所有作品中最有力和最有艺术表现力的"。同时他也表示："这是文学上前所未有的梦呓的记录，用极其讲究而且非常复杂的文学手法

---

① Ходасевич Владислав. *Собр. соч.：В 4 т.* М.：Согласие，1996. Т. 2. С. 288.

② К.В.Мочульский. *Андрей Белый.* Томск：Водолей，1997. С. 157.

构造了一个特殊的世界——不可能的、幻想的、神奇的世界：噩梦和恐怖的世界……要理解这个世界的规则，读者必须将自己的逻辑素养抛在门外。"①斯洛尼姆认同这一观点，他说："别雷（依）之重要，不在于他的思想而在于他对俄国小说的贡献。"②

在一些文学回忆录和作家诗人们的传记中（如霍达谢维奇的《名人陵墓》、茨维塔耶娃的《被俘的灵魂》、扎伊采夫的《悠远的回忆》等），也对别雷有不同角度的评述。霍达谢维奇从弗洛伊德心理分析的角度极其详尽地阐述了《彼得堡》的自传性特点和文学、社会学起源。他认为："从《彼得堡》开始——别雷小说中的所有政治、哲学和日常生活的任务都退到了自传性表达的后面，本质上，它们成为复活记忆中……童年时代留下的印象。……发生在布尔加耶夫家里的'日常的大雷雨'深刻地影响了别雷的性格和他一生的生活。"③

20世纪20年代后，侨居国外的哲学家斯捷蓬也曾撰文评价别雷，他是为数不多的能够理解别雷的同时代人之一。斯捷蓬指出，别雷是带着激情孤独地奔突于时代浪潮之中的人物。斯捷蓬认为，别雷的全部创作生活关注的中心是自我意识。别雷描写了"意识的全景"；而他描写的全部人物，不过是他的意识全景中的"全景式形象"。但同时，"他的意识偷听到了、注意到了俄罗斯文化，……无论别雷涉及什么，他永远为之激动的其实都是同一主题——欧洲文化与欧洲生活的全面危机。他的全部公开发表的言论所反复申说的都是同一件事：关于文化的危机，关于即将到来的革命，关于燃烧的森林和在俄罗

---

① К.В.Мочульский.*Андрей Белый*.Томск：Водолей，1997. С. 169.

② ［俄］马克·斯洛宁：《现代俄国文学史》，汤新楣译，人民文学出版社2001年版，第203页。

③ Вик.Ерофеев. *Споры об Андрее Белом* // Ст.Лесневский，Ал.Михайлов（сост.）.*Андрей Белый*：*Проблемы творчества*：*Статьи，воспоминания，публикации. Сборник.* М.：Советский писатель，1988.С. 499.

斯延伸的沟壑。"①

1927年，别雷在自己文学活动满25周年（1902—1927）时着手整理关于自己作品的批评文献综述。这份耐人寻味的材料至今留存在别雷的手稿遗产中。作家列出自己的各种出版物的图书索引，其中包含对其各部作品的评论意见以及自己对这些评论的看法。对其各部作品的评论性意见被分成三个板块：正面的评论、负面的评论以及未能给出一致意见的评论。总体上无论在十月革命前，还是在十月革命后，同时代人关于别雷的评论时常是极端对立的。别雷确认："相较于所有其他人，我受到批评家的训斥更多；似乎，没有一个俄罗斯作家像我这样遭受挖苦。十年间我在起哄声、戏弄声和口哨声中写作、说话、工作。1910年后我才被认可。自1916年后命运曾让我显赫一时，却是为了让我在1921年后坠入'资产阶级软弱无力'的底层。"②生活中，别雷的个人命运也伴随着他作品的命运不断跌宕起伏。

1930年后，别雷的作品遭遇长期冷落。这与当时苏联文学中"社会主义现实主义"一统天下的局面是分不开的。别雷被作为"颓废派""政治和艺术上反动的蒙昧主义与叛变行为的代表者"遭到公开点名批评。1935年后，他的作品再也没有出版。直到1954年，历史翻开新的一页：苏联文学突破"日丹诺夫主义"的钳制，"解冻"开始。1962年，苏联国家科学出版社出的9卷本《简明文学百科全书》第1卷首次把别雷作为重点作家和俄国象征派的代表，作出不带"颓废""反动"等字眼的介绍，并称《彼得堡》是他的最高水平的代表作。1978年，1922年版的《彼得堡》得以重版；1981年，未经删节的完整本再版，俄国国学大师利哈乔夫为之作序，确认了别雷的《彼得堡》的重要价值和意义。

自20世纪80年代后苏联学术界才真正翻开了别雷研究的新篇章。1980

---

① 张杰、汪介之：《20世纪俄罗斯文学批评史》，译林出版社2000年版，第348页。

② А.Белый. *К биографии* // РГБ. Ф. 198. Карт. 6. Ед. Хр. 5. Л. 6.

年,苏联别雷研究专家多尔戈波洛夫出版了别雷研究专著《安德烈·别雷及其长篇小说〈彼得堡〉》。多尔戈波洛夫认为:"没有安德烈·别雷的创新手法,就难以理解 20 世纪文学中像乔伊斯的《尤利西斯》、加缪和卡夫卡的长篇小说以及普鲁斯特的作品的一些片段等重要文学现象的产生。"①多尔戈波洛夫着重考察了别雷的思想发展及代表作《彼得堡》的主题内容等方面的问题。这是俄罗斯第一部关于《彼得堡》的研究专著。苏联科学院 1983 年版《俄国文学史》第四卷(1881—1917)设立别雷专章,其中肯定了别雷的创作意义,认为他"以其创作表现的非凡广度而在一系列俄罗斯象征主义的杰出代表人物之中独树一帜。别雷既属于 20 世纪初最有意思的诗人之一,也是特殊小说体裁(《交响曲》)以及系列小说的作者,他的小说是叙事艺术中的创新现象。"②

此后,俄罗斯的别雷研究专家从别雷的创作语言、世界观、人智学等角度不断有研究专著问世。2006 年,斯皮瓦克出版了《安德烈·别雷——神秘主义者与苏联作家》,主要分析别雷晚期创作中的重要主题。2007 年,德林出版了《安德烈·别雷》的自传,再现了作家不平凡的一生。2009 年,波良斯卡娅出版了《白色骑士的狐步舞:安德烈·别雷在柏林》,专门记述别雷在柏林的两年侨居生活中的文学贡献。2010 年,戈洛夏波娃出版研究专著《白银时代的孤独天才》,献礼别雷诞辰 130 周年,在书中她论述了别雷独特而矛盾的创作个性。2016 年,萨马琳娜出版研究专著《求索未来的安德烈·别雷》,这是献给别雷诞辰 135 周年的学术专著。萨马琳娜在探索俄罗斯未来发展之命运的背景下从人智学的角度对别雷的哲学思想基础和小说美学特征进行了分析。

在别雷研究专题学术论文集方面:1980 年(作家诞辰 100 周年)和 1984

---

① Л.К.Долгополов. *Начало знакомства* // Ст.Лесневский, Ал.Михайлов (сост.). *Андрей Белый:Проблемы творчества:Статьи, воспоминания, публикации. Сборник.* М.:Советский писатель,1988. C. 26.

② Н.И.Пруцков(глав.ред.). *История русской литературы.Т.4.* Л.:Наука,1983. C.549.

年(作家去世 50 周年纪念日)分别举办了盛大的文学纪念活动,并召开了别雷研究的专题学术会议。1988 年,苏联作家出版社推出《安德烈·别雷:创作问题》,其中汇集了学者们在别雷研究会议上提交的学术论文。《安德烈·别雷:创作问题》包括三个部分:第一,作家的艺术创作道路、代表作和作家创作的主要方法研究;第二,别雷创作的诗学和美学问题以及别雷和他同时代作家的创作联系;第三,关于别雷的回忆性随笔。这本论文集是苏联学者在别雷研究方面的第一部集体性学术著作。2002 年,由"高尔基世界文学研究所"编辑的《安德烈·别雷:作品出版与研究》一书出版。该书包括了 1993 年 10 月和 1994 年 10 月在高尔基世界文学研究所召开的关于别雷生平和创作的学术会议上提交的论文。该论文集汇集了俄罗斯、美国、以色列、意大利、日本等国别雷研究专家在神学、人智学、哲学、宗教等角度的研究成果。

2004 年,俄罗斯东正教人文学院出版社出版了由别雷研究专家拉夫罗夫主编的《安德烈·别雷:赞成与反对》一书,书中收录了同时代人对别雷创作的各类评论,是别雷研究评价的重要资料。2008 年,为纪念别雷诞辰 125 周年,俄罗斯出版了学术论文集《变动世界中的安德烈·别雷》,这本论文集涉及别雷研究的诸多重要方面,展现了多个国家多层次、多角度的别雷研究的新成果。2010 年 10 月,在莫斯科召开的别雷研究大型国际学术会议上,各国别雷学新老研究者们发布了最新研究成果和出版动态。可见,21 世纪以来别雷研究领域成果丰硕,各国学者为之作出了自己的努力。

纵观俄罗斯这几十年来的别雷研究进展,可以看到,俄罗斯学者由 20 世纪 70—80 年代开始在现代文艺学领域有效开展别雷的创作研究。这段研究历史虽不算很长,却卓见成效,形成了从别雷创作活动的多层面性出发研究别雷创作的传统。历经时代变迁,别雷的创作问题始终是别雷研究的中心,而研究方法则发生了很多变化。处于俄国象征主义演变背景之下的别雷的创作问题成为吸引研究者注意力的主要问题。还有这样一些问题成为研究的热点,比如:别雷从"阿尔戈勇士"时期到象征主义时期的转变问题;有关别雷的创作和年轻一代象征主义者(勃洛克、维·伊万诺夫)以及老一代象征主义者(索洛古勃、勃留索夫、巴尔蒙特等)之间的相关性问题;别雷的创作方向与作家和文学传统之间文学联系的研究;研究别雷的三重身份(诗人别雷、小说家别雷和理论家别雷)与其复杂的诗学构造之间关系的问题;等等。因此在象征主义的历史、美学和诗学中研究别雷创作是俄罗斯学者开创的别雷研究的主要方面。

与俄罗斯学界的别雷研究相比,西方的别雷研究的中心模式基本围绕着别雷的《彼得堡》。几乎所有的研究者都支持纳博科夫对别雷《彼得堡》的评价,认同《彼得堡》是 20 世纪文学的顶峰之一,这部小说是作家的代表作。因此,有论者对研究模式作出总结:"国外研究的模式是什么? 很明显,现代别雷学的主要源泉在于研究小说《彼得堡》,《彼得堡》——这是一个暗语,……在国外研究中,别雷的其他创作研究围绕着《彼得堡》,归功于《彼得堡》。"[①]目前西方学者关注的中心是别雷诗学理论中的创新,具体包括这样一些内容,比如:别雷与俄国传统,别雷与象征主义、创作心理学,别雷与神秘主义,别雷与乔伊斯的对比,别雷与形式主义。

不可否认,国外的别雷研究蒸蒸日上并且愈来愈细化,但在不少问题上评论界还存在很大的分歧。另外,国外学者在别雷研究中提出了各种观点,但这些观点只有放在他的创作的广阔图景中,联系他的作品进行具体辨析,才能看出其是否具有科学性。

二、中国学界的别雷研究

别雷在中国的接受史,要追溯到我国接受外国文学的第一个高峰期——五四时期。五四运动以后,中国作家强烈认同俄苏文化中蕴含着的鲜明的民

---

① Вик.Ерофеев. *Споры об Андрее Белом //* Ст.Лесневский, Ал.Михайлов (сост.). *Андрей Белый*: *Проблемы творчества*: *Статьи*, *воспоминания*, *публикации. Сборник.* М.: Советский писатель,1988. C.482.

主意识、人道精神和历史使命感,开始全面介绍俄苏文化与文学。茅盾先生在一九二一年八月十日《小说月报》第十二卷第八号发表的《劳农俄国人的诗坛现状》一文最早提到俄国著名诗人"勃李"(今译别雷),并翻译了他的诗,名为《基督正上升》(今译《基督复活》)中的几句:

> 俄罗斯是今天的新娘,
>
> 接受春日的新光!
>
> 救世呀,复活呀!
>
> 一切物,一切,一切
>
> 都表示乃先此所未有。
>
> 锐声绝叫的机关车,
>
> 沿着铁道而飞驰的,
>
> 再三说,"万岁——
>
> 第三国际(共产会)万岁!"
>
> 薄雾似的雨点,
>
> 德律风的电线,
>
> 叫喊着,再三说:
>
> "第三国际万岁!"①

此后,1929 年 8 月上海光华书店出版的《新俄诗选》中收入别雷(另有中译名柏里)的诗歌《基督起来了……》,由李一氓、郭沫若根据英译本转译。最早对别雷创作进行点评的外国文学史著作要算瞿秋白所著《俄国文学史》(1922)。该书中写道:

> 他(别雷——引者注)那诗人的心灵愈觉的现实,愈觉的革命的潮势,就愈不能了解宇宙,他说是"文字之穷"——其实是前进,后退,踟蹰不决的神态,因此他的文意格外羞涩懦怯……,综合以前惶

---

① 《小说月报》,一九二一年八月十日,第十二卷,第八号。

恐不宁怨叹抗议的情绪,要求一种高亢辽远的理想。①

瞿秋白把别雷归入"为平民服务的象征主义",属于十月革命前的"旧文学"。1924年,上海商务印书馆出版了郑振铎所著《俄国文学史略》。1927年,上海创造社出版部推出了蒋光慈所著《俄罗斯文学》。在这两部文学史著作中,分别提到别雷,将其列入难懂、晦涩的作家之列。

1948年,我国翻译出版了季莫菲耶夫的《苏联文学史》。这部文学史曾多次再版,并在后来一个相当长的时期内影响了中国对苏联文学的接受。季莫菲耶夫将别雷放入"三股潮流说"中的"资产阶级颓废派文学"之列。这一观点基本上代表了当时苏联文坛对别雷的意见,随后也被我国文学界全盘接受过来了。自苏联提出社会主义现实主义的文坛新标准之后,别雷在苏联国内受到批评,作品均不能再出版。因此无论是中苏两国文学关系火热的新中国成立初期还是关系疏远的20世纪60—70年代,别雷都被我国文学界拒之门外。

20世纪80年代,中国再次出现大规模译介苏联文学的热潮,但所选译的对象基本上是具有强烈的反思意识、对人性和人情的热诚呼唤的作品。别雷作为一位象征主义代表人物显然不能引起人们的重视。当时出版的文学史著作②、文学词典③、百科全书④都把别雷作为十月革命前后创作复杂的、走在象征主义文学运动前列的作家一带而过。实际上,在苏联文艺界自"解冻"之后,别雷的作品也才获"解冻",在20世纪80年代掀起别雷研究的新高潮。能够反映出苏联评论界研究步伐的是我国1988年出版、彭克巽所著《苏联小说史》⑤,其中对别雷的生平与创作作出简要介绍,概述其文体和思想上的特

---

① 瞿秋白:《瞿秋白文集》,人民文学出版社1986年版,第12页。

② 包括曹靖华主编:《俄国文学史》,人民文学出版社1989年版。[俄]叶尔绍夫:《苏联文学史》,北京师范大学外国文学研究所译,北京师范大学出版社1987年版。

③ 廖鸿钧等编译:《苏联文学词典》,江苏人民出版社1984年版。

④ 中国大百科全书总编辑委员会《外国文学》编辑委员会、中国大百科全书出版社编辑部编:《中国大百科全书》(外国文学卷),中国大百科全书出版社1982年版。

⑤ 彭克巽:《苏联小说史》,北京十月文艺出版社1988年版。

征,并指出《彼得堡》作为典型的象征主义小说近年来已引起西方以及苏联评论界的重视。在 1989 年黄晋凯等主编的《象征主义·意象派》①一书中,选译了别雷的两篇论文《艺术形式》和《象征主义》。这是否可以看成是 20 世纪末我国学界开始检视别雷作品的一线曙光呢?

20 世纪 80 年代后期,白银时代的文学与文化研究成为苏联国内学者们追逐的热点。在我国,对别雷作品的译介也随着我国学界对俄国白银时代文化的接受而正式起步。20 世纪 90 年代初,《读书》(1991 年第 10 期)杂志登载周启超的论文《安德烈·别雷与俄国象征派小说艺术》,文中介绍了别雷的代表作品《彼得堡》《柯季克·列塔耶夫》以及象征派小说的叙述风格。《世界文学》(1992 年第 4 期)杂志刊登张小军翻译的《作家自述》一文,其内容是别雷对自己的生活和创作风格的介绍与评说。同期还有一篇十分引人注目的文章——《一部被冷落多年的俄罗斯文学名著——关于长篇小说〈彼得堡〉及其作者》。该文由我国著名翻译家钱善行(笔名靳戈)先生撰写。文章对别雷的生平及其代表作《彼得堡》作出简明介绍,并对其作品风格进行扼要分析。同时钱善行先生还指出,关于别雷和他的主要代表作《彼得堡》至今仍是我国外国文学译介和研究中一个有待填补的空白。

20 世纪 90 年代,白银时代俄国文学作品在国内的翻译出版骤然升温。1994 年哈尔滨出版社率先推出《吻中皇后——俄国象征派小说选萃》,其中第一次选译别雷的短篇《故事№2》。1998 年多家出版社②在短短几个月内相继推出白银时代系列丛书。别雷的主要代表作《彼得堡》③《银鸽》④的全译本相

---

① 黄晋凯、张秉真、杨恒达主编:《象征主义·意象派》,中国人民大学出版社 1989 年版。
② 包括上海学林出版社、作家出版社、云南人民出版社、中国文联出版公司等。
③ 《彼得堡》在国内的中文译本有两种,都由靳戈(即钱善行)和杨光先生翻译,一种为删节本,一种为全译本,本书正文中采用的《彼得堡》的中文引文均来自全译本:[俄]别雷:《彼得堡》,靳戈、杨光译,作家出版社 1998 年版。
④ [俄]别雷:《银鸽》,李政文、吴晓都、刘文飞译,云南人民出版社 1998 年版。

继问世。别雷的几个短篇①也被选译。同时译出的还有别雷的4篇回忆录②，几篇随笔③，几首诗歌④。别雷的一篇重要理论文章《象征主义是世界观》的部分内容⑤也被摘译出来。相隔20年后，2018年别雷的诗选《碧空中的金子》⑥、长篇小说《怪人笔记》⑦中译本问世。

20世纪90年代，我国文学评论界对白银时代文学的研究和开掘工作也在推进，其中别雷研究是无法回避的。1998年，李辉凡、张捷在《20世纪俄罗斯文学史》⑧中扼要分析了别雷的诗作以及几部主要小说的特色，论及别雷创作文本的试验性、革新性以及创作思想上的悲观主义和神秘主义色彩。这似乎有沿袭20世纪50年代中期以前苏联评论者观点之嫌，但著者同时提出"不应该抹杀现代主义在俄罗斯文学史上应有的一席之地"⑨。在能够代表我国新时代欧洲文学史研究水平的新《欧洲文学史》（李赋宁等主编）中讲到"以象征主义为标志的白银时代"⑩，用数百字篇幅介绍俄国象征主义的宗教哲学基础、美学特点、代表人物，其中提到别雷的长篇小说《彼得堡》的特点和内容概要。

---

① ［俄］别雷：《风神》《寻找金羊毛的勇士》，徐振亚译，载吴笛编译：《对另一种存在的烦恼——俄罗斯白银时代短篇小说选》，云南人民出版社1998年版。［俄］别雷：《故事№2》，周启超译，载周启超主编：《俄罗斯白银时代精品文库·小说卷》，中国文联出版公司1998年版。

② ［俄］别雷：《弗·索洛维约夫》《安·契诃夫》《列夫·舍斯托夫》《德·梅列日科夫斯基》，载汪介之主编：《俄罗斯白银时代精品文库·名人剪影》，中国文联出版公司1998年版。

③ ［俄］别雷：《未来的艺术》《生活之歌》《语言的魔力》，载金亚娜主编：《俄罗斯白银时代精品文库·文化随笔》，中国文联出版公司1998年版。

④ ［俄］别雷：《太阳》《神圣的骑士》《田间先知》《早晨》《绝望》《窗下》《生活》《致阿霞》《躯体》《给朋友们》，载余一中主编：《俄罗斯白银时代精品文库·诗歌卷》，中国文联出版公司1998年版。

⑤ 翟厚隆等编：《十月革命前后苏联文学流派》上册，上海译文出版社1998年版。

⑥ ［俄］别雷：《碧空中的金子》，郭靖媛译，四川人民出版社2018年版。

⑦ ［俄］别雷：《怪人笔记》，温玉霞译，四川人民出版社2018年版。

⑧ 李辉凡、张捷编：《20世纪俄罗斯文学史》，青岛出版社1998年版。

⑨ 李辉凡、张捷编：《20世纪俄罗斯文学史》，青岛出版社1998年版，第38页。

⑩ 李赋宁等主编：《欧洲文学史》第三卷（上册），商务印书馆2000年版，第226页。

2000 年，人民文学出版社推出马克·斯洛宁的《现代俄国文学史》①，书中列有"勃洛克与象征派"专章，其中用了一个小节点评别雷的主要作品，描述别雷思想的变迁，指出其在文体上的贡献。2004 年，译林出版社出版由吴元迈先生主编的《20 世纪外国文学史》，在俄国文学中的现代文学部分介绍了别雷的小说、诗歌、文学评论以及回忆录。总体上，在这个时期有不少 20 世纪俄罗斯文学史方面的新作诞生，它们对别雷都进行了不同程度的点评。与此形成对照的是，1979 年人民文学版《欧洲文学史》中仅有数十字的关于 19 世纪末 20 世纪初的俄国"颓废派文学"的简介："九十年代出现的象征主义是俄国最早的颓废派……代表人物有梅列日科夫斯基、巴尔蒙特等。"②从这些文学史著作中能够发现在别雷研究问题上体现出的时代变迁。

在这一时期考察白银时代文学或文化、现代主义或是象征主义流派的文学成就或理论建树的专著中，也体现出我国学者对别雷问题的研究进展。他们的研究进展为推动中国的别雷研究打下了坚实的基础。在别雷创作评论方面：刘亚丁全面考察了别雷的四部《交响曲》③；刘文飞深入分析了别雷的《银鸽》及其他一些作品④；周启超重点论述了别雷在象征主义小说艺术探索上的重要的特征⑤；梁坤从宗教角度阐释了别雷的神秘剧《敌基督》以及《第一交响曲》⑥；在刘文飞、郑体武、顾蕴璞、曾思艺等学者的相关著作中都兼有对别雷的诗歌创作的考察⑦。有关别雷的理论批评研究方面的代表性成果包括：

---

① ［俄］马克·斯洛宁：《现代俄国文学史》，汤新楣译，人民文学出版社 2001 年版。

② 杨周翰等编：《欧洲文学史》（下卷），人民文学出版社 1979 年版，第 362 页。

③ 参见刘亚丁：《苏联文学沉思录》，四川大学出版社 1996 年版。

④ 参见刘文飞：《文学魔方：20 世纪的俄罗斯文学》，中国社会科学出版社 2004 年版。

⑤ 参见周启超：《俄国象征派文学研究》，北京大学出版社 2003 年版。

⑥ 参见梁坤：《末世救赎——20 世纪俄罗斯文学主题的宗教文化阐释》，中国人民大学出版社 2007 年版。

⑦ 参见刘文飞：《二十世纪俄语诗史》，社会科学文献出版社 1996 年版。郑体武：《俄国现代主义诗歌》，上海外语教育出版社 1999 年版。顾蕴璞：《诗国寻美：俄罗斯诗歌艺术研究》，北京大学出版社 2004 年版。曾思艺：《俄国白银时代现代主义诗歌研究》，湖南人民出版社 2004 年版。

周启超的《俄国象征派文学理论建树》和张杰、汪介之的《20世纪俄罗斯文学批评史》①。

2003年，汪介之出版了白银时代俄罗斯文化的研究专著《远逝的光华——白银时代的俄罗斯文化》，其中涵纳了对别雷的诗歌、小说、文学理论等方面成就所进行的综合研究，作者特别指出："作为小说家，别雷已远远超出了俄国象征主义的流派范围，而是以俄国现代主义小说的奠基人之一进入文学史的"②。2008年，李辉凡出版了《俄国"白银时代"文学概观》，其中对别雷的文学美学思想、诗歌、小说创作等作出综合性评价。另外，2001年，石国雄、王加兴翻译了俄罗斯学者弗·阿格诺索夫主编的《白银时代俄国文学》。这本书比较系统地介绍了俄国学者对白银时代俄国文学的研究成果。书中收入学者洛姆捷夫的文章，洛姆捷夫把别雷作为象征主义的代表人物，对别雷一生的创作进行梳理，并在此基础上阐释别雷的创作思想和艺术特色。

21世纪以来我国中青年学者在别雷专题研究方面亦有专著出版③：2006年，杜文娟出版专著《诠释象征——别雷象征艺术论》，分析别雷象征主义艺术理论的特点。2008年，王彦秋出版著作《音乐精神：俄国象征主义诗学研究》，探讨象征主义与音乐的关联，从一个角度对象征主义的理论建构及其创作体现进行探讨。2012年，笔者出版专著《建造心灵的方舟——论别雷的〈彼得堡〉》，主要研究别雷的代表作《彼得堡》的独特艺术成就、思想价值和文学史意义。

20世纪90年代以来，我国研究者发表的别雷研究文章的总数量不算多，涉及诗歌研究、理论研究、早期小说《交响曲》研究、《银鸽》研究、代表作《彼得堡》研究以及与相关作家关系研究等方面。这表明，我国学者的研究视野还

---

① 参见周启超：《俄国象征派文学理论建树》，安徽教育出版社1998年版。张杰、汪介之：《20世纪俄罗斯文学批评史》，译林出版社2000年版。

② 汪介之：《远逝的光华——白银时代的俄罗斯文化》，译林出版社2003年版，第233页。

③ 杜文娟：《诠释象征——别雷象征艺术论》，中国传媒大学出版社2006年版。王彦秋：《音乐精神：俄国象征主义诗学研究》，北京大学出版社2008年版。

是相当开阔的。这些论文分别涉及作家创作的多个方面,其中小说研究占很大比重,而小说研究中以其代表作《彼得堡》最受研究者关注。从钱善行先生(即靳戈)那篇《一部被冷落多年的俄罗斯文学名著——关于长篇小说〈彼得堡〉及其作者》(1992)之后,又出现了若干研究论文①。所有这些研究论文构成了别雷研究继续深入的重要的前期研究成果。但不能不说,钱善行先生的呼吁在这些年内还是曲高和寡。

其实就别雷创作总的研究和出版状况而言,又何尝不是这样呢?虽然不少学者已经注意这个问题,也做出相当有建树性的工作,但至今已经翻译的作品仍只占别雷全部创作的一小部分。令人遗憾的是,他的重要小说四部《交响曲》《柯季克·列塔耶夫》《莫斯科》《面具》等、理论三部曲、批评专著以及他创作晚期重要的三部回忆录均未译出。当然,这和别雷的写作文体有很大关系。别雷承认自己的作品十分难译,甚至认为它们是不可译的。这项翻译工作对于译者构成巨大的挑战。所以,我们特别感谢那第一个敢于吃螃蟹的人,为国内别雷研究工作的启动提供了基础。但总体而言,对别雷的专门性研究工作尚处在初期阶段,研究状况远落后于俄国和欧美。不容否认,在这一领域里还有相当多的工作要做,它应该包括翻译和研究两方面。

纵观百余年的别雷研究史,可以发现,像对待许多惊世骇俗的大作家一样,文学评论界在对别雷及其创作风格、创作思想的确认和阐释中经历了漫长而曲折的评述过程。至今别雷在文学史乃至文化史上的意义已不容置疑。他

---

①　比如:林精华:《〈彼得堡〉:在人文价值内涵上空前增生的文本》,《国外文学》1997年第4期;祖国颂:《试析〈彼得堡〉的叙事艺术》,《外国文学评论》2002年第4期;吴倩:《从抽象的模式化图形谈起——〈彼得堡〉中阿波罗·阿勃列乌霍夫的象征形象分析》,载金亚娜主编:《俄语语言文学研究　文学卷》(第二辑),人民文学出版社2003年版;朱建刚:《〈彼得堡〉与俄国知识阶层的定位》,《苏州大学学报》(哲学社会科学版)2006年第5期;管海莹:《意识之域　心灵之旅——论别雷的〈彼得堡〉》,《外国文学研究》2006年第4期;管海莹:《论〈彼得堡〉中的艺术象征形象》,《俄罗斯文艺》2007年第4期;管海莹:《奏一曲毁灭之歌——论〈彼得堡〉的声音体系》,《外国文学研究》2010年第3期;管海莹:《论〈彼得堡〉的多元叙事结构》,《俄罗斯文艺》2011年第4期;戴卓萌:《〈彼得堡〉的存在主义与现代性》,《俄罗斯文艺》2014年第2期。

以丰饶的创作实绩为俄国现代主义文学运动贡献了巨大的力量,为俄国文学史留下了诗歌、小说、理论著述、文学评论、回忆录等多种体裁的丰厚创作。在别雷众多的著述中,他的小说创作在 20 世纪俄罗斯文学史上具有开风气之先的意义,为在它之后的叙事文学写作提供了一个不可忽视的参照。

从其国内外研究史中还可发现,学术界在别雷的小说创作研究方面成果颇丰,但因受别雷极为复杂的创作思想影响,乃至于有些成果偏离了文学研究的初衷;还有一些成果过于固守文学批评传统,局限于小说的一般人物形象和主题研究。此外,不少研究者关注比较多的是别雷的象征主义理论及其代表作《彼得堡》,相较之下,对于别雷小说的全部创作历程及其思想和艺术形式的整体发展未能予以足够重视。所以,本书的主要任务是系统研究别雷小说创作的发展道路与其创作思想、小说形式方面的变迁。

本书在俄罗斯文化与文学发展转型的宏阔背景下,在众多别雷研究专家的前期研究成果的基础上,综合运用多种相关研究方法并结合别雷本人对其小说创作的理论阐述以及别雷独特的文学批评观,宏观把握别雷的小说发展历程,并重点解析在他小说创作历程中形式最为独特、思想与意义十分巨大、影响最为深远的作品:《碧空之金》①《交响曲》《银鸽》《彼得堡》《柯季克·列塔耶夫》,以翔实的资料、可靠的论据和深入的分析阐明有关别雷小说创作的专属艺术特征,勾画别雷小说艺术发展的轨迹,论证他在 20 世纪俄罗斯小说发展史上的地位。

笔者从"安德烈·别雷究竟如何定位"的问题入手,针对国内外别雷研究

---

① 《碧空之金》是一部诗文合集,发表于 1904 年,虽然其发表时间晚于别雷的处女作第二部《交响曲》(《戏剧交响曲》)(1902)的发表时间,但是从其创作时间(1897—1901)来看,里面的相当部分是别雷最早的少年习作。《碧空之金》中的某些作品的写作时间同样早于别雷写作大型作品第一部《交响曲》(《北方交响曲》)的时间。从形式上看,在诗文合集《碧空之金》中"小说体抒情片断"部分并被置于诗歌创作之中,这种诗歌与小说片断并置的模式影响了别雷未来小说创作的道路;从思想上看,《碧空之金》是别雷象征主义理想的萌发之地。所以,为了更好地厘清别雷小说创作发展之线,笔者拟专设第二章对其进行相关分析。

中形成的一些误读和留白,在逐一阐明别雷创作思想中的重要原则与概念的基础上,对别雷创作历程中的重点小说展开研究,具体分析别雷在其小说创作的早期、中期和晚期的艺术演变,充分论证别雷对俄国小说艺术发展的贡献。在具体论述过程中,笔者遵循如下原则:第一,在俄罗斯文学传统中开展对别雷小说的系统研究,于纵向和横向的比较与联系之中,在对别雷的创作思想和创作历程进行全面把握基础上,阐明别雷小说艺术的价值。第二,将别雷的小说、论文、随笔、书信、回忆录和诗作连为一体,相互佐证,以期达成较为客观而公正的文学研究成果。第三,不拘泥于别雷的象征主义理论或是其象征主义者身份,侧重于对别雷的原文小说文本进行细读,分析原文小说文本在文学体裁、诗学因素、修辞风格等方面的特色。

第一章　别雷的诗学理念和小说艺术

　　究竟如何定位安德烈·别雷？这个问题引发了别雷的同时代人和别雷的第一批研究者的兴趣。著名诗人纳罗夫恰托夫认为，别雷是"本世纪前几十年俄罗斯知识界最著名的人物之一。离开他的名字就不可能认识那个时代俄罗斯的文艺思想"①。别雷的兴趣爱好十分广泛，各种著述也异常丰富。同时代人扎米亚金说过有关别雷个性的几个关键词：数学、诗歌、人智学、狐步舞，从这几个方面可以勾勒出别雷奇妙的个性组合。对于别雷的多数追随者来说，他是诗人，但是他的散文（小说、回忆录、评论、小品文）就数量而言远多于诗歌。就其思想而言，别雷基本上可以概括为人智学说的坚定追随者、象征主义的理论家和独特的哲学家。大多数情况下别雷被称为象征主义者，但宗教哲学家别尔加耶夫称他是未来主义者，而非象征主义者。

　　别雷的象征主义并非普通的文学学说，他的象征主义是一种通向巫术和人智学的宗教性世界观，他的"象征"正是根植于象征主义者对世界结构的认知之中。年轻一代的俄国象征主义者在强调艺术的审美使命的同时，强调艺术改造生活的能力。别雷的象征主义已然超出了艺术范畴，对此别雷解释为

---

　　① Сергей Наровчатов. *Слово об Андрее Белом* // Ст. Лесневский, Ал. Михайлов（сост.）. *Андрей Белый：Проблемы творчества：Статьи, воспоминания, публикации. Сборник.* М.：Советский писатель, 1988. С.6.

"象征主义是世界观"。别雷的象征主义世界观影响了他对象征的诗学机制的开掘。在其象征化的实践中，无论在象征形象的创建、象征文本的构筑，还是象征艺术功能的实现等方面，词语、节奏和颜色是其艺术创作中的最重要的几个范畴，它们为别雷实现艺术创作中的"教堂集约性"审美效应准备了必要的条件。本章主要阐述关涉别雷小说艺术的几个重要范畴：第一，"象征主义是世界观"；第二，"词语的魔法"；第三，"节奏与意义"；第四，"神圣的颜色"。

第一节　"象征主义是世界观"

俄国的象征主义者与法国的象征主义者不同，他们认为，象征主义超出了艺术的范围之外，成为一种世界观。

别雷专门撰文《象征主义是世界观》对象征主义艺术作出阐释：

> 任何艺术，就其实质而言，都是象征的。任何象征的认识都是观念上的。作为特殊的认识，艺术的任务在任何时代都是不变的，变化的只是表现方式。哲学认识的发展通过反证确认艺术依赖于领悟性的认识、象征的认识。随着认识论的变化，认识与艺术的关系也在变化。艺术已不再是一种独立自在的形式；它已不可能用来帮助功利主义。它正在成为达到最本质的认识——宗教认识——的途径。宗教是合乎逻辑地发展起来的象征体系。[1]

这种象征主义世界观表现出纯粹的俄罗斯特征，而且这种特征仅属于俄国，绝不属于法国的、英国的或者斯堪的纳维亚的象征主义者。俄国在 20 世纪初出现了一个属于象征主义的时代。1893 年，梅列日科夫斯基在俄国象征主义宣言《论现代俄罗斯文学衰落的原因及若干新流派》中指出，象征主义是一种"寻找上帝的文化"。如果说世纪初的梅列日科夫斯基"在唤醒文学和文

---

[1]　汪介之：《俄罗斯现代文学批评史》，中国社会科学出版社 2015 年版，第 36—37 页。

化中的宗教兴趣和掀起宗教风浪的过程中起了主要作用"①;那么诗人、哲学家弗·索洛维约夫"是一扇窗户,由此吹进未来的风,面向未来,期待着未来的特殊事变"②。

弗·索洛维约夫在自己的一首诗中,这样写道:

> 我们所看到的一切
>
> 只是反光,只是阴影,
>
> 来自肉眼看不到的东西。③

索洛维约夫借这首诗表达出他所理解的象征主义的本质:象征主义者在可见的现实背后看到精神的现实,在日常生活的世界之外看到彼岸世界,而象征是两个世界之间的联系,是彼岸世界留在现实世界的标记性符号。索洛维约夫用"驱赶鬼神的法术"来说明"象征主义艺术高峰和神秘主义的结合"④。

这里我们将考察别雷的象征主义世界观的起源、具体内容以及对其艺术创作中最重要的两个范畴的影响。

一、象征主义世界观的起源

弗·索洛维约夫的宗教哲学在别雷世界观的形成过程中起着决定性的作用。别雷在自己的许多关于象征主义的纲领性文章中展示了索洛维约夫的宗教哲学思想。

弗·索洛维约夫的宗教哲学主要的学说之一是"神人论"思想。他主张实现神、人结合,建立"神人同盟"——自由的神权政治。他相信,"如果不仅

---

① ［俄］别尔嘉耶夫:《俄罗斯思想》,雷永生、邱守娟译,生活·读书·新知三联书店 2004 年版,第 219 页。

② ［俄］别尔嘉耶夫:《俄罗斯思想》,雷永生、邱守娟译,生活·读书·新知三联书店 2004 年版,第 225 页。

③ ［俄］别尔嘉耶夫:《俄罗斯思想》,雷永生、邱守娟译,生活·读书·新知三联书店 2004 年版,第 224 页。

④ 翟厚隆等编:《十月革命前后苏联文学流派》上册,上海译文出版社 1998 年版,第 25 页。

在人的心灵里、而且在人类社会中真正实行基督教,那么大地上就将会出现天国"①。弗·索洛维约夫预言"世界历史的终结"已经临近,新的宗教时代即将来临。索洛维约夫强烈的启示录情绪深深地感染了年轻的别雷。别雷确信,危机四伏的旧时代必将为全新的精神文化时代所替代。别雷感受到时代的启示录的节奏。他认同,古老的俄罗斯正走向深渊,走向终结,而全新的俄罗斯经过末日,即将出现。

别雷多次把1900年、1901年称为"霞光的年代"。他在自己的回忆录中出色地描绘出俄国象征主义产生的时代氛围。② 19世纪末20世纪初自然界出现了一种不同寻常的自然现象——天空的红色霞光,尤其是日出和日落时分的红色霞光令人印象尤为深刻。事实上,这种天象表现出地球某些地方火山喷发的过程。1883年,印度尼西亚的喀拉喀托发生灾难性火山爆发,火山灰抛至周围约19公里的范围。在很多年间高空中的聚集物引发了世界范围内的红霞。1902年,加勒比海的马尔基尼克岛上出现大规模火山喷发,飞扬到大气中的灰烬产生了相似的光线和色彩的效果。这种不同寻常的自然现象在俄罗斯被认为是灾难的预警和象征。红色霞光使俄国欧洲部分的居民十分不安。霞光唤醒了民众心中古代阿利安人的世界观。霞光之神(Ушас)在万神庙中占据主位。同时,自然界出现的红色霞光真切地展现了象征符号本身的真实性。那时不少俄罗斯诗人和思想家认为红色霞光是血腥大灾难的前兆,他们将自己的这种不安的预感传达给读者和听众。阿赫玛托娃就曾记录过那时魔鬼的鲜红色霞光。

红色霞光同样给别雷留下难以磨灭的印象。他感受到,忧愁之雾突然被新时代的红色霞光穿裂,永恒即将出现在新世纪霞光的时间直线中。在就梅列日科夫斯基的《托尔斯泰与陀思妥耶夫斯基》一书所拟的一份提纲中,别雷

①　汪介之:《弗·索洛维约夫与俄国象征主义》,《外国文学评论》2004年第1期,第59页。

②　参见 А.Белый.РечьпамятиАлександраБлока // Критика. Эстетика. Теориясимволизма: в 2 томах. Т.2. М.: Искусство,1994. С.475-491。

概括性地表达了关于人的心灵重生的思想以及关于所面临的在重生和死亡之间作出选择的思想。别雷把这些想法和弗·索洛维约夫的关于第三约定、心灵王国的理想混合在一起,表达了"对昔日道路被毁坏的体验以及对世界末日、圣灵二次降临的感受"①。别雷还根据谁能觉察到周围世界的"霞光本质",以及在多大程度上拥有能在大自然中预感"霞光开启"的共性,将所有的艺术创作精英们分为"自己人"和"异己"。显然,正是在弗·索洛维约夫思想的直接影响下,象征主义诗人、作家们敏锐地感受到这个对于他们而言意义非凡的时代。正是这个特殊的时代孕育出极具精神崇拜性的俄国象征主义文学。

与索洛维约夫的"神人论"思想相连的是他的"万物统一"的学说。我国学者徐凤林先生评价道:

> 思想家索洛维约夫……的显著特点是实现了广泛的综合,在这种综合中创造出一种别具一格的学说。……从人类存在的根本意义与目的出发,追求完整知识,探索万物统一。这是宗教、哲学和科学的综合,也是东西方文化的综合。这样一种学说的独特性……在于将形而上学、人本主义和历史哲学及道德哲学和美学等融于一身,创造一种包罗万象的世界观,其中力图证明世界与人、主体与客体、感性与理性、认识论与伦理学和美学的统一。②

"万物统一"的学说是一种特殊的宇宙主义哲学,与宇宙象征形象索菲亚相连。索菲亚通常被认为是俄罗斯的庇护女神,重生的人类的光辉心灵,是宇宙天空的本质。这一本质体现在庙宇的建筑之中。在俄罗斯圣像画和绘画作品中、口头和书面记载中,索菲亚庇佑家庭、社会与国家的和谐。在宗教信仰和传统中,人在神秘的迷狂状态之时,或受诗意鼓舞之时,或受哲学引导之时,应该能够直接接近全宇宙的本质。索菲亚处于东正教教堂圣像画的中心。在

---

① К.Мочульский.*Андрей Белый*.Томск:Водолей,1997. C.38.
② 徐凤林:《索洛维约夫哲学》,商务印书馆2007年版,第19页。

神人类的世界索菲亚居于中心地位。她和神世界的许多形象一起从各个方位用无数双人的眼睛在看着人。

无论是对于俄罗斯的哲学家和诗人来说，还是对于俄国象征主义神秘论者来说，索菲亚都是一种十分典型的现象。别尔嘉耶夫指出："历史上的索菲亚问题对于弗·索洛维约夫来说是个中心问题，某种意义上说，他的全部哲学是历史哲学，是关于人类走向神人类，走向完全统一，走向天国的道路和学说。"①索洛维约夫认为自己是神圣的索菲亚面前的人民虔敬的表现者。他在索菲亚中找到了"宇宙的最新统一和宇宙的最新证明，全宇宙的秘密在索菲亚之中，必须实现神人类秘密的索菲亚"②。在索洛维约夫那里，索菲亚不同于抽象的哲学概念"万物统一"，索菲亚是一个个人能到达的概念。索洛维约夫自己三次经历了与全宇宙爱的符号化身——索菲亚的相遇，并且在被视为俄国象征主义的福音书——《三次相遇》这部自传长诗中描绘了自己在不同时空中看见索菲亚幻象的情景："你手捧一株异国的鲜花，/披戴着金色的蔚蓝，/含着闪光的微笑而站，/向我一颔首，旋又消逝在迷雾间"。"我看见了一切，而一切都归于一，——/一位女性形象的美妍……/这形象中融入了无限——/只有你一位——在我心中，在我眼前"③。在索洛维约夫那里，索菲亚具有多重意义：作为神的世界观念之体现的核心，她是"世界的灵魂"；作为献身于上帝而又从上帝那里获得自己形式的一种被动本原，她则是一位"永恒女性"；"对她的迷恋就是对神圣宇宙之美的迷恋"④。所以，索菲亚学说在索洛维约夫那里具有宇宙学的性质。

索洛维约夫还在自己的学说中论述了宇宙演化的过程，他将进化过程分

①　[俄]别尔嘉耶夫：《俄罗斯思想》，雷永生、邱守娟译，生活·读书·新知三联书店2004年版，第170页。

②　Владимир Соловьёв. *Смысл любви* // В. А. Келдыш и т. д. *Русская литература рубежа веков*（1890-е-начало 1920-х годов）.*Книга 1*. М.：ИМЛИ РАН, Наследие, 2000. C.748.

③　汪介之：《弗·索洛维约夫与俄国象征主义》，《外国文学评论》2004年第1期，第62页。

④　汪介之：《弗·索洛维约夫与俄国象征主义》，《外国文学评论》2004年第1期，第62页。

为五个阶段,分别是:矿物界、植物界、动物界、人的世界和神的世界。在这种演化过程中,一个世界向另一世界的转化是通过"世界和它的最高本质——神的重新结合而重建'万物统一'"①。索洛维约夫强调把人作为"进化的顶峰",指出人在宇宙中的使命——重建世界。在索洛维约夫的哲学认知中,他赞同菲奥多罗夫的关于使人永生和复活的思想。

索洛维约夫的宗教哲学思想、理念与学说是别雷形成象征主义世界观认识的起源。在别雷成为象征主义者的各阶段中,别雷一直视索洛维约夫为照亮自己艺术道路之"光"。他专门撰诗《弗·索洛维约夫》献给他艺术生命中的"光":

> 十字架,十字架……黄昏的光,鲜红,
>
> 闪烁不定……光在颤动……
>
> 安息吧,你的灯光
>
> 正照亮着我们的黄昏。②

二、象征主义世界观的内涵

受索洛维约夫的学说影响,别雷的哲学首先是宇宙哲学,别雷的宇宙首先是索菲亚的宇宙。

别雷曾经评价,对于"第一个成为我们的民族诗人"——"背靠大地的勃洛克"而言,"他懂得,世界的灵魂索菲亚不能脱离人类的框架;他还懂得,这一人类的框架如果缺少民族的面貌、民族的灵魂,不触及民族性的根基,就不能结出任何果实"③。勃洛克认为宇宙中的索菲亚来到尘世,靠近人类,为人类点燃黑暗中的点点星光。勃洛克将象征主义者视为"巫师",巫师具有光辉灿烂的目光,他的目光像剑能够穿透整个宇宙。巫师是掌握神秘知识之人,而神秘知识会产生神秘的行为。别雷将达到索菲亚的过程称为"神迹"。

---

① 徐凤林:《索洛维约夫哲学》,商务印书馆 2007 年版,第 202 页。
② 汪剑钊译:《俄罗斯白银时代诗选》,云南人民出版社 1998 年版,第 120 页。
③ 汪介之:《弗·索洛维约夫与俄国象征主义》,《外国文学评论》2004 年第 1 期,第 62 页。

在此,别雷阐明的不仅仅是勃洛克的"索菲亚"观念,它也包含年轻一代象征主义者的宇宙观。他们的宇宙观并不抽象,而是坚实地"背靠大地"。年轻一代象征主义者致力于让人贴近宇宙,也让宇宙贴近人。所以别雷的著名观点之一是,在阿尔巴特街散步就可以接近永恒。他在带有自传性质的小说《柯季克·列塔耶夫》中出色地描绘了这一观点。别雷、巴尔蒙特和斯科里亚宾都曾在阿尔巴特街居住,而且他们的命运也都与阿尔巴特街密不可分。在他们看来,阿尔巴特街就是宇宙的一个特殊的点。因此,宇宙就在他们身边:宇宙是白天令人目眩的太阳,还是晚上闪烁的群星,也是在人心中奏响的曼妙和弦。宇宙喜欢用这些简洁的符号和人类世界交往。

别雷对俄罗斯、莫斯科产生了宇宙化的感知。莫斯科丑陋的小院、寂静的小巷、雪后潮湿的屋顶,都能掀起作家狂热的心灵风暴和巨大的创作力量。在他的小说中莫斯科相互交错的大街小巷从无尽的宇宙深处延伸出来,爆发出像风神的竖琴一样的声音,交汇成心灵生活中奔涌的暗流。在《柯季克·列塔耶夫》中,别雷多次仔细描摹让他产生宇宙幻象的街道。显然,别雷属于率先在作品中表现宇宙主题的俄罗斯作家、思想家。宇宙的交响曲主题贯穿了他的全部生命和创作。他在所有作品中抓住了混沌和宇宙之间的斗争的多重状态,他试图阻止和调整混乱,以使混沌秩序化。

大宇宙和小宇宙统一的感觉存在于每一位象征主义诗人和作家之中。俄国的宇宙主义者不仅仅认为自己是无尽的宇宙的一部分,同时他们认为宇宙本身也是自己的一部分。他们坚持自己参与发生在现实物质世界和心灵本质世界中的一切,推崇"生活创作"(жизнетворчество)。在《柯季克·列塔耶夫》中,别雷对此作出解释:"所有的思想汇成了海洋:海水在每一种思想里不停翻涌,然后借宇宙的风暴注入体内,思想逐渐成形,犹如彗星。彗星坠入体内……"①别雷道破了自己的宇宙主义的由来。他自出生之时起全宇宙的脉

---

① А.Белый.*Полное собрание в двух томх. Т. 2.* М.:АЛЬФА-КНИГА,2011. С.1076.

搏已经成为他本身的脉搏。1900 年初别雷创作了约 2000 首关于自己的长诗,取名为"太阳之子"。

20 世纪 20 年代后期,别雷和妻子在几张制图纸上勾勒出有关自己生命历程的曲线图。曲线图被称为"生命之线",现存于作家纪念馆。曲线图中忽上忽下的曲线分别表现别雷创作的上升和下降、胜利和失败。别雷的"生命之线"从本质上表现出时间与空间的结合不是呈直线式,而是呈曲线式。别雷在图上用彩色铅笔注明:怎样的思想和哪些人在作家的生命过程中给予了影响。值得注意的是,图上还标有一些自上而下的箭头,用以表示来自不可见的宇宙的力量暗中相助。

别雷的宇宙观是一种非理性的、直觉主义世界观。他成功预言过不少历史事件,比如:别雷曾天才地预言了俄国的一次革命。他几乎在 30 年前就发出关于原子弹爆炸及其所引发的人类大规模死亡悲剧的预言。的确,无论是全球范围之内,还是个人范围内的一些悲剧性事实应验了别雷的预言。然而别雷并不总是能够科学地思考发生在自己身上的事情,所以他会用神秘的宗教概念来表现自己的感受和幻想。别雷在《俄罗斯诗歌中的启示录》(1905)中强调:"没有什么单个的生命,生命是统一的。多种多样的表现只是幻觉。"[1]别雷敏锐地感觉到世界的混沌和内心的纷乱,期待无秩序的混沌之感能够变成宇宙的和谐之感。

这种宇宙观渗透于别雷的全部创作:从最初的诗文合集《碧空之金》、四部《交响曲》到他象征主义成熟期的作品——《第一次约会》《银鸽》《彼得堡》以及他在 1917 年之后的优秀作品《柯季克·列塔耶夫》《面具》等。在别雷的第一部小说《戏剧交响曲》中,神秘的伊万神父说:"爱吧,祈祷吧:宇宙之爱将战胜一切!",之后,"因为这些话,刮起了一阵纯净的风,驱散了可怕的阴

---

① А.Белый.*Апокалипсис в русской поэзии* // *Критика.Эстетика.Теория символизма:в 2-томах.Т.1.*М.:*Искусство*,1994.С.385.С.375.

霾"①。别雷将第三部《交响曲》命名为《复归》,用以表达"永恒复返"的象征思想。在他的第三部《交响曲》里枯燥的逻辑学、日常生活的无意义性与拥有无穷意义的宇宙存在相对立。

别雷预感到 20 世纪前 30 年俄国风起云涌的历史趋势,借用自己同样混沌化和宇宙化的诗歌、小说形式表达出自己对历史发展的预感和认知。别尔嘉耶夫在评价别雷的巅峰之作《彼得堡》时,抓住了小说《彼得堡》的最重要的特征。他说:"在很独特的长篇小说《彼得堡》中,人和宇宙分解为一些元素,事物的整体性消失了,只有把一种东西和其他东西区分开来的界限:人可能变成灯,灯在街上,而街却沉陷于宇宙的无限性之中。"②

在《柯季克·列塔耶夫》中作家用大量篇幅描绘柯季克从他生命的最初瞬间到 5 岁之前对宇宙的感知。宇宙在其中不仅是作为柯季克精神探索的对象,还是柯季克最终获得精神自由的基础。在自己最后的小说《面具》中,别雷依然将宇宙作为人类精神探索的终极领域,宇宙之光能照亮人的心灵。

简言之,别雷的象征主义世界观是一种与生活现实紧密相连的宇宙主义哲学观。在别雷的宇宙哲学观中,有宇宙的力量和被人遗忘的宇宙道德,还有宇宙莫名的力量对现实生活和命运的影响。

三、象征主义世界观的影响

(一)俄罗斯的发展道路问题

与俄国其他的宇宙主义思想家一样,别雷的宇宙性世界观和对祖国的感觉交融在一起。关于俄罗斯发展道路的问题是俄国知识分子积极讨论的重要问题,19 世纪的众多文学家、思想家都就这个问题提出过自己的看法。20 世

---

① A.Белый. *Полное собрание в двух томах. Т.2.* M.:АЛЬФА-КНИГА,2011. C.358.
② [俄]别尔嘉耶夫:《俄罗斯思想》,雷永生、邱守娟译,生活·读书·新知三联书店 2004年版,第 226 页。

纪初,斯拉夫主义者和西方主义者关于俄罗斯国家命运以及俄罗斯在世界上的使命之争论在象征主义者笔端以新的形式出现。勃洛克在诗篇《俄罗斯》中怀着深切的情感追问这一著名问题——"俄罗斯将去往何处?"

> 俄罗斯,贫穷的俄罗斯,
>
> 你那灰色的小木房,
>
> 你那随风飘的歌儿,
>
> 恰似我初恋的泪水一样。
>
> 我不能够给你以怜惜,
>
> 我背着十字架小心翼翼……
>
> 无论你把强盗式的美色
>
> 交给随便哪一位魔法师。
>
> 任随别人去哄骗和引诱——
>
> 你不会消失无影无踪,
>
> 只不过是暂时让忧愁
>
> 遮掩了你的面容。……①

他将最优秀的诗篇《西徐亚人》献给东方与西方主题:

> 俄罗斯是个难解的谜。欢乐与忧伤,
>
> 都充满肮脏的血,
>
> 她望着,望着,望着你,以仇恨和爱恋的目光……②

别雷早在《绿草地》(1910)中就已形成有关处于东方和西方两个世界之间的俄国命运问题的若干想法以及关于东方还是西方之争的具体思想。《绿草地》是别雷在创作早期写的一篇论文,后来他以此命名了自己的整本著作。绿草地的形象借自勃留索夫的诗作,绿草地象征俄罗斯。承继着果戈理、陀思

---

① 汪剑钊译:《俄罗斯白银时代诗选》,云南人民出版社1998年版,第118页。

② [俄]别尔嘉耶夫:《俄罗斯思想》,雷永生、邱守娟译,生活·读书·新知三联书店2004年版,第227页。

妥耶夫斯基和索洛维约夫对西方的评价，别雷认为在西方只有扼杀文化的文明，文明只是进步的外部表现，它与文化相敌对。昔日的欧洲文化如今正变成俄罗斯的精神财富。1911 年别雷在信中说："天啊！外国人麻木到什么程度：没有一句有智慧的话，没有一点真正的热情，钱，钱，钱和冷漠的计算……在西方有的是文明。在我们的概念中西方没有文化，这样处在萌芽状态的文化只在俄罗斯才有……我们的骄傲在于我们不是欧洲，或者说只有我们才是真正的欧洲。"①

　　但是别雷也意识到当时的俄罗斯被安置在世界历史的两条发展路线（西方和东方）上。他认为，彼得改革把俄罗斯分成了两半，俄罗斯丧失了自己的民族特点。他在代表作《彼得堡》中揭示："从金属骑士疾驰到涅瓦河岸的那个孕育着后果的时候起，从他把马掷到芬兰灰色的花岗岩上那些日子起——俄罗斯分裂了两半；分裂成两半的，还有祖国的命运本身；俄罗斯——受苦受难，嚎哭着，直到最后一刻，分裂成两半。"②

　　别雷认为正是从铜骑士沿着涅瓦河奔跑的那一刻起，俄罗斯处于两种敌对力量（蒙古人和欧洲人）的毁灭之中。虽然彼得和他的改革将俄国带入欧洲生活的统一轨道，但国家的边缘性特点并未改变，反而还变得更加明显。资产阶级的"进步"和东方的"秩序"相结合，构成了一件有害于俄罗斯民族根源的事情。在别雷看来，俄罗斯不是欧洲对亚洲实施抵制或者是团结的战略基地。它有着另外的历史意义。别雷明确指出："俄罗斯是一片处女地，她既不是东方，也不是西方，……她既不应成为东方，也不应成为西方，但东西方在她身上交汇，在她身上、在她独特的命运中有着整个人类命运的象征。"③

　　果戈理曾质疑："俄罗斯……三套马车，你将驶向何方？"普希金也曾疑

① Л.К.Долгополов.*Андрей Белый и его роман 《Петербург》*. Л.：Советский писатель，1988. С.297.

② ［俄］别雷：《彼得堡》，靳戈、杨光译，作家出版社 1998 年版，第 152 页。

③ 汪介之：《东西方问题的考量在 20 世纪俄罗斯文学中的延伸与影响》，《外国文学评论》2009 年第 2 期，第 216 页。

惑:"你跃往何方,骄傲的马?"然而这个著名的问题一直没有答案。别雷重复了这一问题:"你啊,俄罗斯,像一匹马!两个前蹄伸向了空荡荡的一片黑暗之中;而一双后腿——牢牢地长在花岗岩根基上。你想脱离拖住你的巨大石块吗,……或许你是想扑向前去……或许,你是害怕跳跃,又停下四蹄,以便扑哧着鼻子把伟大的骑士带到那些靠不住的国家所处的开阔平原的深处?"[①]随后,他勇敢地公布了自己的答案。这个答案关涉到全人类的未来命运问题。

深受索洛维约夫学说的影响,别雷相信俄罗斯是一个担负特殊使命的国家,它的命运是超越历史的。别雷预料俄国在内战之中将会出现曙光,他誉之为历史上的跳跃,这一跳跃会改变历史图景、改变世界运动的进程。但俄罗斯还面临与异族侵略者的战争,在库利科沃之战后,处于东西方之间的城市彼得堡将会消失,"尼日涅、符拉基米尔、乌格利奇就在那隆起的高处。彼得堡则将一片荒芜"[②]。

别雷看到西方文明中的不利因素,希望像果戈理一样为自己的国家找到独特的民族文化之根。在模仿果戈理风格写成的《银鸽》中,别雷把西方的毁灭性影响和东方的破坏性因素的影响作为人物潜意识中的破坏力,而创造性的因素存在于俄罗斯人民的心灵中。俄罗斯人民心灵中的隐秘本质可以溯源到古希腊文化的源头,这是欧洲文化的发源地。"关于俄罗斯是在资产阶级之前时期形成的心灵本质和文化传统的继承人的思想"[③]贯穿了他的《银鸽》和《彼得堡》。这些文化传统被别雷视为最后的真理。对他来说,首先是其中的心灵本质,能与资产阶级的事务性的文明相对抗。

别雷想象,俄罗斯精神应该是世界精神,既反对西方个人主义,也排斥东方的"清静无为",但他赞同吸收东西方文化的精华,并强调接近人民。由于

---

① [俄]别雷:《彼得堡》,靳戈、杨光译,作家出版社1998年版,第152—153页。

② [俄]别雷:《彼得堡》,靳戈、杨光译,作家出版社1998年版,第153页。

③ Л.К.Долгополов. *Начало знакомства* // Ст. Лесневский, Ал.Михайлов(сост.). *Андрей Белый:Проблемы творчества:Статьи, воспоминания, публикации. Сборник.* М.:Советский писатель,1988. С.68.

西方各国的"宗教病患",文艺复兴后基督教分化为一些"抽象的原则",在文化上形成一些彼此独立自为的领域,造成社会普遍性精神价值失落与个人主义盛行的现象。别雷相信:俄罗斯文化不会出现类似的分化,它在原则上保留着自己综合性、共同性的光辉。他说:"我们的共同道路就是尘世与天堂、生活与宗教、天职与创作的统一。"①这也是别雷十月革命后与伊凡诺夫-拉祖姆尼克、勃洛克等人一起组织"西徐亚人"(欧亚大陆主义)团体的思想根源。欧亚大陆主义从对现代欧洲生活之恨、对不幸祖国之爱以及对祖国前途的热诚信念演变成为一种关于欧洲文化的毁灭和俄罗斯新"欧亚"文化的成长的理论。

概言之,别雷将祖国——俄罗斯置于他的宇宙主义观照之下,使之审美化、神话化,并为俄罗斯的发展道路作出了自己的象征主义的选择。

(二)人的心灵本质问题

别雷的宇宙观还包含对人的新认知。别雷坚信,在人身上显示出宇宙存在的某种本质。

人一直处于俄罗斯世界观的观照中心。俄罗斯文学的传统饱含着对人、人的命运和人生意义的追问,是最深刻、对生命最有哲学认识的文学传统之一。丘特切夫、普希金、果戈理、托尔斯泰、陀思妥耶夫斯基等俄罗斯一流的文学大师在反映社会生活的某一具体问题的同时,都阐明了这一最深刻的、根本性的世界观,反映出从"我在"到"我思"的俄罗斯精神特质。

诗人丘特切夫写道:"好似海洋环绕着地面,世上的生命被梦寐围抱。"②在他的笔下,幻想不是人的心灵内部的主观形成物;相反,不眠的意识的全部内容、感性对象的世界现实都只是存在的一个部分,这种存在正如被海洋包围的陆地一样,周围环绕着无边无际的神秘存在的幻想世界。丘特切夫的全部

---

① 张杰、汪介之:《20世纪俄罗斯文学批评史》,译林出版社2000年版,第69页。
② [俄]丘特切夫:《丘特切夫诗选》,外国文学出版社1985年版,第15页。

抒情诗都贯穿着诗人面对人类心灵的深渊所体验到的形而上的战栗,因为他直接感受到人的心灵本质与宇宙深渊、与自然力量的混沌无序是完全等同的。一切外部的客观存在只因其与自己精神存在的关系才产生意义。在此传统背景下,果戈理表示:"我的事情——是心灵和人生的永久事业。"①

别雷继承了俄罗斯精神在心灵研究领域的传统,同样注重由内向外研究心灵现象。但别雷并不相信陀思妥耶夫斯基对人的内心世界的评价,也不相信陀思妥耶夫斯基所作的那个艺术世界的最伟大的发现:人心是善恶的斗争场。别雷认为善恶只是一些品质,不能涵盖人的心灵。魔鬼与上帝、基督与反基督等被陀思妥耶夫斯基宗教化的概念,在别雷的心灵领域里早已失去它的固定意义和明显界限。别雷认为,19世纪俄罗斯作家使人和社会的关系发生了某种转变,使它们处于一种敌对关系中。典型化理论与性格塑造理论在将艺术看成一种认识活动而对之加以体认上无疑是一种推进,但是这些植根于19世纪的学说同时也具有片面性,它们不能涵盖艺术把握现实的所有形式。

别尔嘉耶夫称别雷为"无与伦比的优秀的未来派文艺家"②,他指出:"诗人——象征主义作家的世界观是受宇宙符号支配,而不是受逻各斯符号的支配。因此,在他们那里宇宙吞没了个性,个性的意义被削弱了,他们有鲜明的个性,却没有勇气去表现个性。别雷在谈到他本人的时候,甚至说,他没有个性。在俄罗斯精神艺术复兴中有反人格论成分。多神教的宇宙主义,即使在完全改变了的形式之中,也比基督教的人格论占优势"③。

别雷的思考更多反映出20世纪的特征。他适应社会条件和时代要求,总结自己对存在问题的思考,其中最主要的是关于人处在"生活和存在"之中的

---

① [俄]果戈理:《与友人书简选》,载《果戈理全集》第6卷,任光宣译,安徽文艺出版社1999年版,第120页。

② [俄]别尔嘉耶夫:《俄罗斯思想》,雷永生、邱守娟译,生活·读书·新知三联书店2004年版,第226页。

③ [俄]别尔嘉耶夫:《俄罗斯思想》,雷永生、邱守娟译,生活·读书·新知三联书店2004年版,第228页,此处笔者略作改动。

观念,形成关于人的特殊的艺术结构。对于别雷,人是生活的一切要素的承载者,人具有日常生活和存在范畴两种形式。别雷认为,人的临界状态不是像陀思妥耶夫斯基认为的那样处在善与恶之间,而是处于"生活和存在"之间。生活和存在代表人生存的两个层面,即经验的、物质可感的世界和心灵的世界,它们相互对立。他发现,"人其实是处于生活和存在之间、日常经验的现实与来自无边宇宙的'过堂风'之间的位置,这能揭示出以往人们所未能揭示的人的特殊品质、天性和从属性"①。别雷就是用这种方法潜入了他的人物的潜意识,这种潜意识是联系人与永恒存在的中心环节。

在别雷的认知中,人不是第一次生活在这个世界,人已于某个时候存在于世界之中。人的知觉可以证明这一点,因为知觉能联系人与永恒。过去的历史、知觉的经验潜藏在潜意识中,人可以通过努力使这种无意识的知识意识化。为此,需要经常练习,比如:人为地进入睡梦,使自己处于睡与不睡的中间状态,观察自己的不自觉的行为动作,等等,这样神灵就会充满整个身体,使人和另一世界相连。只有通过超人的知觉才能到达另一世界。别雷认为,人的完满个性的实现过程就是由潜意识出发途经意识到达超意识的过程。

别雷在潜意识领域的开掘动摇了旧世纪文学赖以生存的基础,首先,是心理分析的原则。别雷认为,在托尔斯泰和陀思妥耶夫斯基的创作中所形成的心理分析表现的是在意识领域中占主导的混乱。别雷描绘了人物处于无意识冲动状态时,无意识冲动成为个人行为的强大的刺激因素。同时别雷认为只有象征能使艺术家超越世界的界限,揭开现象之真正本质。所以别雷将心理和象征结合起来,形成了一种新的综合形式。

其次,别雷的探索构成了对于人性理解的跨越性一步。他的理解不像勃洛克和托尔斯泰的理解那么平静、完整。他预见到即将发生的社会变动。他

---

① Л.К.Долгополов. *Начало знакомства* // Ст. Лесневский, Ал. Михайлов（сост.）. *Андрей Белый：Проблемы творчества：Статьи, воспоминания, публикации. Сборник.* М.：Советский писатель,1988. C.51.

的内心感受着时代的不安。别雷首先意识到时代的危机、艺术的危机、生活的危机、人文主义的贬值以及旧有的个人与社会关系的瓦解。同时他意识到,一种新型的文化时代即将出现。别雷的同时代人、哲学家斯捷蓬说:"别雷的全部作品……这是在他心里和周围形成的所有那些被毁坏的事物的艺术构建,在别雷的心中19世纪的大厦比在任何其他人的心中都更早坍塌,他也比任何其他人都更早在心中勾勒出20世纪的轮廓。"①

　　旧世纪的历史行将结束,新世纪的历史即将开始。不仅是家庭与家庭关系的崩溃,而且还有人的个性的瓦解,成为别雷在创作成熟期的许多论文和作品的主题。这个主题在新的20世纪反映出它的深刻性。别雷说:"我们忘记了飞:我们沉重地思考,沉重地行走,我们没有功绩,就连我们生命的节奏也渐渐衰弱。我们需要轻松、宗教的质朴和健康;那时我们将找到歌唱自己生活的勇气。我们没有自己统一的歌,这意味着我们没有心灵的和谐,我们根本不再是我们,而是某人的影子。"②他羡慕古代的人在生命的意识中是"完整、和谐、调和的;他从来不会被多样化的生活形式弄乱;他本身就是自己的形式……如今生活的完整性在哪里? 它在哪里"? 别雷认为生活丧失了完整性,"我们正经受着危机","危机是如此深重,它涉及人的各个方面——他的心理、他的社会地位和心理状态"③。

　　最后,在人与自然的关系上,别雷认为,人并非通常所说的是自然界的一个部分,相反,世界是人的一部分。人远远大于人本身,人并非仅限于他的外在表现,而是包含另一种大不可量的精神世界。人的心灵现象(如幻想、激情、欲望、痛苦或豁然开朗的体验等)不能归入物质现象之列。相反,心灵现象构成了一个特殊的宇宙,其内涵异常丰富,深不可测。思考或是想象这种精神的实在性,就能找到打开人之奥秘的大门钥匙。别雷在《彼得堡》中对人的

---

① В.М.Пискунов(сост.)*Воспоминания об Андрее Белом*. М.:Республика,1995. С.178.

② А.Белый. *Критика.Эстетика.Теория символизма*.Т.*II*.М.:Искусство,1994. С.60.

③ А.Белый. *Критика.Эстетика.Теория символизма*.Т.*II*.М.:Искусство,1994. С.203.

精神实在性的证实,充分表现出他对人类生存和命运的热切关注与深刻反思。他认为,人只有通过内在的体验,进行生命的精神改造,达到神人相通,才能成为幸福的、完满的人。别雷还以泛神论精神将自然神化。他认为世界和人类是一个精神有机体,它的源头是上帝。这种世界观被称为泛神论,它非常接近索洛维约夫的"万物统一"学说。

综上所述,别雷在索洛维约夫宗教、哲学、美学思想的影响下,形成了超出艺术范围的象征主义世界观。这是一种"背靠大地"的宇宙哲学,以感知宇宙之"美"为方法,以实现艺术理想、改造社会现实为目的。别雷借宇宙哲学来观照现实生活,形成了自己对于祖国、对于人性的象征主义考量。这种考量直接影响了他的艺术创作。

第二节 "词语的魔法"

俄国象征主义者拥有比西欧的象征主义者更为鲜明、更为强烈、更为系统的语言方面的理论意识和诗学探索,而别雷对语言的认知超出了其他的俄国象征主义者。

别雷在《词语的魔法》一文中写道:"最初的创作生成于词,词联系着出现在我个人意识与潜意识的深处的沉默而潜在的世界以及超出我个人之外的无声的潜在的世界……在词里,也只有在词里我为自己描绘从外面和从里面包围着我的一切。因为我是词而且只是词。"①别雷像巫师一样,认为词语有一种神秘的力量,通过它诗人可以"创造出一个新的、第三个世界——一个声音符号的世界",可以"成功地、更深地透视现象的本质,并通过词语控制、征服

---

① Н.А.Богомолов（сост.）.*Критика русского символизма*: *в 2 т. Т. II.* М.: Олимп; Аст, 2002.С.175.

现象"①。

语言对于别雷显得尤为重要,它既属于文学创作的材料之一,也具有符号学意义,犹如人类文化的一种现象。在象征主义世界观的认知中,象征主义者视自己为魔法师,语言是其施展魔法的载体,是洞开奥秘的钥匙、探索永恒的窗口。魔法师需要凭借蕴藏魔法能量的文学语言本身的创造机制来生成艺术象征,通过"使美永恒"来实现"美拯救世界"的理想。在俄国象征主义诗学中,语言的功能超出了模仿和叙述。这是俄国象征主义神话创作的主要因素,也是象征主义者在语言和现象世界的非同一般的关系中的支撑点。象征主义者认为,语言是此在世界与彼岸世界的媒介。所以俄国象征主义者对语言的自觉意识非常强烈。

别雷是白银时代唯一一位在语言学领域中学识渊博的诗人、作家。别雷在自己的各种著述的引用和注释中无数次提到语言学著作。当然,此节的研究目的不在于阐释别雷对语言学的贡献。我们的重点在于,通过对别雷的象征主义语言观的形成过程进行梳理,在分析其具有代表性的论文《词语的魔法》《思想与语言——亚·波捷勃尼亚的语言哲学》《亚伦之杖(论诗歌语言)》《作为辩证法的节奏》中的核心观点的基础上,阐明别雷对于艺术象征中的语言机制的理解和认识,为之后解读、研究其小说艺术的变迁奠定基础。

一、象征主义语言观的形成过程

别雷的象征主义语言观的形成过程大致可分为三个阶段,这些阶段与别雷的象征主义思想和艺术发展阶段的划分基本相符。

第一阶段始于 20 世纪初,这个阶段以别雷的语言学的象征主义和语言哲学转向为标志。这一时期是别雷的语言象征理论、语言哲学理论的形成时期,

---

① Н.А.Богомолов(сост.). *Критика русского символизма: в 2 т. Т. II.* М.: Олимп; Аст, 2002.C.175.

同时也是别雷象征主义艺术创作的起步时期。他的诗文合集《碧空之金》、四部《交响曲》等都是这个时期的优秀试作。别雷以其第一批文学试作充分展现了语言在他的艺术体系中居于最重要的地位。语言创造和语言的结构艺术在四部《交响曲》中开启了艺术认知的新视野和文学美学的新形式。这个时期别雷主要的象征主义语言学论文包括:《词语的魔法》《抒情诗与实验》《四音步抑扬格的鉴定经验》《节奏的比较词法》《普希金的〈美人,当我在时,别唱〉(描写经验)》等,它们都被收录在别雷的《象征主义》专著中。苏联文艺学家恩格尔哈特称别雷的词语理论和诗歌认知的早期理论为"语言学的象征主义"[1]。

1902 年别雷在《艺术的形式》中提出:"将现实转换成艺术的语言……需要进行某种加工。这种加工是按照自己的内在想法进行的总结,实现对周围现实的分析。由于不能借助外在方法对周围现实的所有要素进行完整且多样化的表达,所以必须对现实进行分析。"[2]诗歌在别雷的理解中是"联系时间与空间的关键形式"[3]。所以诗的语言涵纳了艺术和科学的所有特殊形式要素。在此,别雷奠定了诗歌的深层原则——"多样化的统一"(единство многоразличий)。在该原则下,别雷将各种认知方式归类到某种固定的思想中,试图在内涵异常丰富的、充满能量的诗歌词语中找到出路。总体上,在第一阶段别雷从理论上阐述了象征主义者对语言的关系的根本性转向问题。

第二阶段始于 20 世纪前十年,以文艺理论和语言的节奏学转向为标志。别雷最重要的代表作《彼得堡》和重要的理论三部曲《象征主义》《绿草地》《阿拉伯图案》都在这个时期诞生。别雷在 1910 年发表论文《思想与语

---

① Б. М. Энгельгард. *Феноменология и теория словесности.* М.: Новое литературное обозрение, 2005. С.127.

② А. Белый. *Символизм как миропонимание // Критика. Эстетика. Теория символизма*: в 2-х томах. Т.2. М.: Искусство, 1994. С.90.

③ А. Белый. *Символизм как миропонимание // Критика. Эстетика. Теория символизма*: в 2-х томах. Т.2. М.: Искусство, 1994. С.91.

言——亚·波捷勃尼亚的语言哲学》,它是别雷象征主义语言观形成的基础,也可以视为别雷对其第一阶段文学语言探索的总结。在第二阶段里别雷更多地关注词语理论和语言的节奏学理论。这个时期的关键性文章还有《咒语》《亚伦之杖(论诗歌语言)》以及系列关于节奏的讲座和文章——《节奏与意义》《关于节奏的姿势》《关于节奏》《作为辩证法的节奏和"铜骑士"》①等。

其中,《咒语》是"关于声音的长诗",是"神秘主义的语言学""节奏性的文艺作品""迷狂的言语诉说"②,所以别雷提出,既不能从严格的科学立场来评价它,也不能在一定的语言逻辑中否定它。此外,别雷还写下了有关诗歌的语言和散文的节奏的论文:《勃洛克的诗歌》《关于勃洛克诗歌中的辅音叠韵》和《关于艺术的散文》。通常,语言学家在共时性、静止状态和抽象的理论概括中看待词的结构,而别雷作为一位诗人、语言学家,他在历时性和动态中呈现"词"。所以对于别雷的语言学观念来说,词语创造的过程是十分重要的。总体上,在第二阶段别雷总结了诗歌的语言和散文的节奏。

第三阶段(1920—1930年间)包括《词语的诗》(1922)以及与之相关的报告与讲座;厚重的论著《果戈理的艺术》以及各种论文中散落的有关语言学特征的意见。在别雷后期的接近语言学的著作中,别雷的注意力主要放在艺术语言的最小元素。如果说在《词语的诗》中,他试图创立一本有关几位诗人的隐喻词典,那么在《果戈理的艺术》中,他研究了造成果戈理创作的巨大表现力的所有语言手段。这种研究平行于别雷本人的创作实验——小说《面具》。别雷从未如此致力于自己的作品形式,其中包括语言形式和新词语化。

在这段时期别雷了解了"形式学派"的著作。众所周知,"形式主义"学派虽然与之对立,但是出自于别雷的"外套"。什克洛夫斯基曾在《诗歌语言理

---

① 《作为辩证法的节奏和"铜骑士"》写于1927年,但它是20世纪前十年别雷对于节奏诗学研究的延续和总结。

② А.Г.Горффельд.*Научная глоссолалия*(1922)// А.В.Лавров(сост.).*Андрей Белый*:*pro et contra*. СПб.:РХГИ,2004. С.523–527.

论研究》一文中论辩性地针对别雷。然而,别雷并未看到自己的方法和形式主义方法之间的矛盾,他提出对于象征主义诗学研究的重要的"动态形式"原则:

> 通常,某种深化的形式元素在艺术作品中被称为内容,或者相反:形式——内容的结晶过程……当我们研究内容和形式的时候,不是作为结晶体,而是结晶过程,那么我们就能确定某种统一,……抛开创作过程研究艺术作品是不行的。①

在第三阶段中别雷主要从事诗歌词汇学和诗歌语法学方面的创作活动。

费谢科把别雷的语言观念称为"语言的美学"或"审美的语言学",认为别雷是"语言的美学研究和诗歌词语理论研究的第一位践行者"②。所以,别雷虽然不是传统意义上的语言学理论家,但是他在进行象征主义语言理论探索的三个阶段里所提出的重要语言观点不仅对他本人的创作实践,也对俄国语言理论和文艺理论领域产生了重要影响。

二、象征主义语言观的核心观点

"词语的崇拜"对别雷的象征主义文学语言观来说至关重要。别雷认为"词语的崇拜"是"新创造的积极动因"③。别雷在 1909 年写下《词语的魔法》。他在《词语的魔法》中写道:"诗歌与语言创造直接相关;诗歌与神话创作间接相连";"语言的创造是创造生活关系本身,是诗歌的目的"④。他还指

---

① В. Г. Белоус. *Беседа о формальном медоде* // ВОЛЬФИЛА〔*Петроградская Вольная Философская Ассоциация*〕:1919 – 1924. *Кн.* 1. М.:Модест Колеров и《 три Квадрата》,2005. С. 806 – 807.

② В. Фещенко. "*Поэзия языка*" *о становлении лигвистических взглядов Андрея Белого* // *Андрей Белый в изменяющем мире*. М.:Наука,2008. С. 308.

③ А. Белый. *Магия слов* // Н. А. Богомолов (сост.). *Критика русского символизма:в 2 т. Т. II.* М.:Олимп;Аст,2002. С. 180.

④ А. Белый. *Магия слов* // Н. А. Богомолов (сост.). *Критика русского символизма:в 2 т. Т. II.* М.:Олимп;Аст,2002. С. 177.

出语言创造的人智学和通神术的意义,"语言的诗艺是有生命力的。只要语言的诗艺有生命力,人类就有生命力"①。

拥有魔法的词语是别雷建构其象征主义文学语言观的一个根本出发点。他说:

> 魔法并不是无缘无故地承认词语的权利。活生生的话语本身就是连绵不断的魔法;我用成功地创作出来的词语去穿透现象的本质,这要比那种分析性思维过程中所进行的认识更为深刻一些;我是用词语让现象就范,进而征服现象……
>
> 因而可以说,活生生的话语乃是人类本身生存的条件:它是人类本身的精华;正因为如此,诗歌、认知、音乐与话语在太初原生时代乃是浑然一体的;正因为如此,活生生的话语本身就曾经是魔法,而那些能够说得栩栩如生的人们,其身上就留下了与神直接交流的印记。无怪乎那些形态各异的古老的传说暗示着魔法语言的存在,这种语言有能力使自然就范,有能力征服自然;……
>
> 新的词语构造总是新的认识的开端。②

别雷相信,对事物的任何一种认识最早开始于对该事物的命名;认识过程就是确定用于指称事物、即给事物命名的那些词语。他说:

> 语言是创作的最强大的武器。当我用一个词来称一个物体的时候,我确信它的存在。所有的认识都从这个名称中表露出来。认识不可能离开词。认识的过程就是词与词之间建立联系。③

他认为人类最高的、直觉的认识乃是词语的认识:

> 那个我们觉得是最直接的形象,世界的形象,在我们将它置于那

---

① А. Белый. *Магия слов* // Н. А. Богомолов (сост.). *Критика русского символизма: в 2 т. Т. II.* М.:Олимп;Аст,2002. С.190.

② 周启超:《俄国象征派文学理论建树》,安徽教育出版社 1998 年版,第 228 页。

③ А. Белый. *Магия слов* // Н. А. Богомолов (сост.). *Критика русского символизма: в 2 т. Т. II.* М.:Олимп;Аст,2002. С.173.

直接的澄明之中时,它就是直觉:直觉——大写的词语,创造了世界的词语。

　　任何认识乃是词语的展开,焰火礼花似的展开,我用这种焰火礼花充实空虚。①

别雷甚至将语言生成的过程视为宇宙形成的过程,他指出:

　　宇宙——大写的词语的骨架,而情感与思想乃是词语的肌肉,“我”的本质则是大写的词语的神经。人类是一个肌体,在这个肌体,“我”——词语的器官;世界历史——大写的词语所发出的话语。而大写的词语所构成的话语乃是“此在”的创造;正是依据大写的词语的形象,我们的直觉的活动给我们构成新世界;这个世界寓于可见的“此在”之中:现实性……宇宙乃是经由思想而发出的词语。

　　创造性词语构建着世界。②

别雷还将诗歌与语言的创造直接相连、与神话创作间接关联:

　　当我说:“月亮——白色的号角”,当然我的意识中不是要确认神话动物(它的角如弯月,和我看到的天上的月亮一样)的存在,而是在我的创作自我确认的最深层本质上,我不能不相信有某种现实的存在。我所创造的隐喻形象是象征还是某种现实的反映。诗歌语言直接与神话创作相关联;诗歌的根本点是致力于词语的形象结合。③

这一段话对于象征主义诗人而言极具特色,它阐明的是象征主义者所理解的语言的隐喻性。象征主义者相信这种隐喻在现实世界中能够得到体现。象征主义的形象所具有的神话功能能够使世界接纳该形象,以达到改观为神

---

① 周启超:《俄国象征派文学理论建树》,安徽教育出版社 1998 年版,第 226 页。

② 周启超:《俄国象征派文学理论建树》,安徽教育出版社 1998 年版,第 226 页。

③ А. Белый. *Магия слов* // Н. А. Богомолов（сост.）. *Критика русского символизма*: *в 2 т. Т. II*. М. : Олимп; Аст, 2002. С.187.

话的目的。类似的论断,被称为"象征主义的起义"(梅利采尔语)。

概言之,《词语的魔法》中的核心观点预示着别雷后来艺术理论的探索方向。晚年别雷在他的论文《亚伦之杖(论诗歌语言)》中,又对象征性词语为何拥有魔法这一课题,展开了更为具体的阐述。同时,别雷深切地号召诗人、小说家们要立足于"词语的魔法",积极复活"根词"以及词语的"声音能量",以实现词语在音、形、意上的全面革命。他指出:

> 词语的声音——即符咒。词根——乃是认识活动这门艺术的实践之中创造性练习的结果;它们本身即是魔法。

> 词根——就是创造性的形象,它把两种原生自发的力量(自然与精神)联结成一个统一的整体;……原始话语在人工话语中继续自己的存在:它是根基,在我们身心中无声地鸣响着;……①

无疑,"词语的复活"是象征主义者向往的精神复活得以实现的基础。

三、象征语言的作用机制

《思想与语言》是语言学诗学创始人亚·波捷勃尼亚最重要的语言学论文。波捷勃尼亚的文学语言观是俄国象征主义者文学语言观的起点。别雷作为一个细心的读者从波捷勃尼亚处接受了他关于语言的认识,在自己的《思想与语言—— 亚·波捷勃尼亚的语言哲学》中,别雷指出波捷勃尼亚对于象征主义理论、创作论和认识论的意义,并在此基础上发展自己的象征主义语言观。

别雷表示:

> 研究语言学家,因为他们挖掘了语言的隐喻,即象征主义流派的语言学基础……象征主义流派在洪堡和波捷勃尼亚的学说中看到自己的语言起源……但是象征主义流派不会止步于波捷勃尼亚的著

---

① 周启超:《俄国象征派文学理论建树》,安徽教育出版社1998年版,第228页。

作,而是力求深化它们。①

别雷把握了所读语言学著作的主要思想,并在自己的艺术和语言学观点的框架内加以利用,继而他指出自己对语言学理论的探索方向:"全方位揭示象征主义流派在形式和内容方面的信条,为在语言学的形式、词语理论、风格理论、神话理论、心理学、文艺批评等方面的分析提供新的标准"②。

别雷在《思想与语言——亚·波捷勃尼亚的语言哲学》中叙述了语言的原创理论和词语理论,共在四个基本论题上作出总结。他的第一个论题是:"词语本身就是美学现象"。这一论题是从波捷勃尼亚处借用。别雷在引用波捷勃尼亚的观点时表示支持:

> 词语与诗均被波捷勃尼亚确认为能量,两种活动都引发着对现成的概念与观念予以改造的不间断的过程。词语与诗之所以被相提并论,是由于其活动都是由三种因素不可分割的相互作用而构成:形式、内容与内在形式,或者用我们的术语——象征形象:这两种活动——都是三位一体的。波捷勃尼亚在这里已接近那个境地,那个在诗歌中象征派已经开始宣扬开始布道的境地;俄国象征派情愿在这一位最深刻的俄罗斯学者这样的文字之下签上自己的名字:彼此之间并没有什么根本的矛盾。③

波捷勃尼亚将词语和诗进行类比,把语言视作思想不断创造的载体,而别雷将波捷勃尼亚的观点放入自己的美学环境,在艺术创作领域中最大程度借鉴语言学领域的思想成就。他在文章中写道:

> 声音的形式与其内在形式的结合,构成了生动的、本质上非理性的语言的象征主义……艺术创作的象征主义就是语言的象征主义的延续。

---

① А.Белый. *Символизм как миропонимание*. М.:Республика,1994. С.446-447.

② А.Белый. *Символизм как миропонимание*. М.:Республика,1994. С.447.

③ 周启超:《俄国象征派文学理论建树》,安徽教育出版社1998年版,第244页。

在此，别雷从根本上转向了作为美学纲领的"独立的词语"——词语即象征。别雷在词语中看到：

> 其内在形式最大量增殖，这种增殖通过词语的多种多样的转义表现出来，而词语的各种转义在词语的声音中表露；这里的词语成为象征；在艺术创作中实现词语的独立；词语的独立是构词法的核心。①

别雷在诗歌语言中有关词语的独立价值的观念，后来在俄国形式主义文论中继续发展。继波捷勃尼亚之后，别雷推进了词语理论，他说："由于内在形式和内容的联合，无论在词语象征中，还是在艺术象征中，形式和内容的统一被宣示出来"②。可见，别雷由波捷勃尼亚的思想开始推导，从而明确了俄国象征主义者的创作基础。进而他论证了作为综合的形式与内容的统一体的艺术符号的语言本质。最终别雷指出象征具有神话主义文艺创作的本质：

> 词语——象征，包含多种转义，它随时改变自己的内在形式；由于各种意义的转变，出现了隐喻体系。隐喻体系催生了系列富有诗意的神话。③

如此，别雷确立了象征语言的作用机制。该机制描述了象征在诗歌语言中的运作过程：词语→象征→多重意义→内部形式的改变→隐喻体系的改变→富有诗意的神话系列。有关词语与神话之间相互关系的古老问题经过富有诗意的象征语言体系的运作被提到新的层面。

《思想与语言——亚·波捷勃尼亚的语言哲学》的意义在于，别雷确定了波捷勃尼亚的词语理论和德国语言学家洪堡及其语言学说的直接演变关系。

---

① А. Белый. *Мысль и язык*（*философия языка А. А. Потебни*）// Ю. С. Степанов（ред.）. *Семиотика и Авангард: Антология*. М.: Академический проект, 2006. С.206.

② А. Белый. *Мысль и язык*（*философия языка А. А. Потебни*）// Ю. С. Степанов（ред.）. *Семиотика и Авангард: Антология*. М.: Академический проект, 2006. С.207.

③ А. Белый. *Мысль и язык*（*философия языка А. А. Потебни*）// Ю. С. Степанов（ред.）. *Семиотика и Авангард: Антология*. М.: Академический проект, 2006. С.208.

他阐明了波捷勃尼亚的作用是将语法和语言学知识纳入美学。所以,在此基础上别雷认为,在文化的珍品序列中出现了新的系列:词语的价值珍品系列。

别雷在接受波捷勃尼亚的语言学理论的同时,将之纳入新的艺术语言的实践背景中,创建了自己的象征主义词语创作的认知体系。

四、节奏与象征语言

《亚伦之杖(论诗歌语言)》写于 1917 年。《亚伦之杖(论诗歌语言)》中的观点以各种形式发表于此前和之后的文章中,但是该文以浓缩的形式涵纳了别雷语言观念体系中的所有因素。

《亚伦之杖(论诗歌语言)》像《咒语》一样既是哲学研究,也是关于词语的长诗,还是阐释词语的神话方式的论文。《亚伦之杖(论诗歌语言)》的写作语言不符合严格的科学逻辑演绎法,它观照到更深层次。《亚伦之杖(论诗歌语言)》主要包含四个要素:第一,关于"诗歌的鲜活的新词语"的概念,这一概念类似于"亚伦之杖",从中可以开出"意义的花朵"。第二,"关于词语的神话"体系,其中包括蕴藏在词根里的神秘符号系统。第三,关于新词的思想,新词诞生于诗歌与哲学的结合,产生于抽象的逻辑和声音的唯美主义二者间的调和。第四,关于"心灵的词语的理论"。[①]

必须承认,别雷不仅是节奏爱好者以及各类关于节奏的文章的作者,他更是俄国词语艺术家中将节奏范畴与各类语言现象关联起来的第一人。他把节奏同时作为大众语法、诗歌语言、哲学等领域的现象,在自己的象征主义创作实践的基础上提出了语言问题。别雷视节奏为"流动的结构",这种结构拥有由自身材料所构成的语言,这种语言经常不断革新。别雷表示:

> 节奏是诗歌的有机体的"最里面一层"……而且节奏排除了日
>
> 常的、空泛的意义;它是诗歌的低空;……它是声音的地心。这个地

---

① 参见 A. Белый. *Жезл Аарона* // Ю. С. Степанов (ред.). *Семиотика и Авангард*: *Антология*. М.: Академический проект, 2006. C. 378。

心是炽热的：它沸腾、翻滚。它犹如心脏，火焰般跳跃，从里面为我们熔炼多种形式，借助自己的调制品的推动力，向我们抛来各种声音……①

别雷在具体的诗歌文本中提出了语言材料扩展的固定规则。在这段极富诗意的表述中节奏被理解成某种深层次的层级，它包含诗歌语言的所有成分——从初级的形式单位到最大的形式层级。从该论述中可以看出，节奏不仅被别雷归为诗歌文本的格律框架，而且节奏还涵纳了艺术作品所有形式符号的结构层，并推动所有结构层有序运动进行意义的扩张。

1929年别雷在《作为辩证法的节奏》中论述了关于语言的辩证法，其中节奏被他理解为语言材料的自动组织及动态的结构方法。正是在这个时期，在别雷创作的第二个十年间，节奏被别雷认为是动态的概念。语言对他来说是"被思想的节奏所遮蔽的身体"。诗人犹如巫师，犹如"词语的工程师"。别雷认为，诗人的任务是通过语言所提供的所有方面（诸如音位学、词法、句法、语义符号学等）来描画节奏的曲线图。别雷提出的节奏概念综合了以下几个方面：第一，节奏由话语中的重音构成。第二，节奏是诗行中偏离韵律常规的系统。第三，节奏是诗节或诗行之间相互关系的对比。第四，节奏作为有韵律的"姿势"，与诗作的意义直接关联。第五，节奏作为旋律是"整体的旋律"，它控制了语调表情。②

1922年别雷在《我们要寻找旋律》③一文中，概括了前面阶段对节奏意义的思考：

旋律将诗歌作品变成真正能放声高唱的歌曲。它被置于抒情作品的中心位置。只有在旋律中，形象、音列、音步、节奏等才能各自就

---

① А. Белый. *Жезл Аарона* // Ю. С. Степанов （ред.）. *Семиотика и Авангард*: *Антология*. М.：Академический проект，2006. C.407.

② 参见 В. В. Фещенко. "*Поэзия языка*"：*о становлении лингвистических взглядов Андрея Белого* // *Андрей Белый в изменяющемся мире*. М.：Наука，2008. C.306。

③ 该文是《离别之后》文集的前言。

位。音步是韵脚、诗行、诗节的排列顺序。音步从诗歌的分解机制中得以确定。诗歌在分解机制中被分成一个个小小的元素。

节奏是一个整体,从整体上确定每一位置上的每一要素;音步是总量;节奏是最小倍数;所以音步是一个机制。节奏是诗歌的组成机构,但是组成方式本身取决于个体的组成方式(生物学意义上的组织也是从目的的角度来考察);节奏在与意义的交叉点上被显示出来。节奏是这个意义的姿态;交叉点在哪里? 在意义的语调姿态中,节奏就是旋律。①

别雷的诗论与别雷的语言的音乐模式相吻合,同样具有许多悦耳动听的特点。别雷特别强调:"诗人在自己的旋律中称为作曲家。"②

综上所述,别雷对于文学语言的自觉意识及其对于文学语言理论与实践的执着探索,无论在 19 世纪还是 20 世纪的俄国作家那里都是首屈一指的。只有在别雷那里,他的文学语言理论与他的艺术创作实践相映生辉。当今最先锋的奖项——安德烈·别雷奖,即以别雷之名命名,用以鼓励(非实际物质奖励,而是在象征意义上鼓励)那些以美学创新和语言实验见长的当代作家。

第三节　"节奏与意义"

节奏诗学是别雷创作个性中的第一要素,被别雷提高到辩证法的高度,是作家实施"词语的魔法"过程中所遵循的重要法则。

别雷在《节奏与意义》一文中写道:

存在着一种节奏性的意义,存在着一种被灌注了意义的节奏。

---

① А.Белый. *Будем искать мелоди*（*предисловие к сборнику "После разлуки"* 1922）// А. Белый. *Стихотворения и поэмы*. М.；Л.：Советский писатель，1966.С.546-547.

② А.Белый. *Будем искать мелоди*（*предисловие к сборнику "После разлуки"* 1922）// А. Белый. *Стихотворения и поэмы*. М.；Л.：Советский писатель，1966.С.549.

它的存在表明:在词身上尚有某种领域至今未为我们揭示出来。在词身上存在着"词"。这种词,把节奏与意义连接成不可分割的一体。①

在这里,别雷指出了词的"内在形式"对于节奏与意义的重要性,词的"内在形式"是形成节奏、扩展意义的基础。别雷专门提出了诗歌中词语的自我价值和结构特征。别雷将词语推到叙事的首位。词语涵纳了作者赋予其中的全部象征意义。别雷通过语音和词汇来思维,单个语音或者词语与意象直接相连。他将词语按照语音的特点进行组织,将它们变成统一体,最终构成形象的综合体。别雷笔下的形象诞生于词语之中。对他来说,重要的是找寻决定性的词,这个词能够指明所有叙事的道路。别雷从词的"内在形式"出发,发展出自己独特的节奏诗学。

纵观别雷一生的创作,可以发现别雷的创作个性是在不停地变化过程中逐步形成的,与此同时,它保持了自己的始终如一,即对第一要素的忠诚。笔者认为,节奏诗学是别雷创作个性中的第一要素,它将别雷的多种创作形式连成一个整体。诚如著名别雷研究专家拉夫罗夫提醒,若由帕斯捷尔纳克等在悼词中的论断出发可能会导致一个错误推论,"可能使读者忽略别雷最个性化的特点以及他创作个性中最根本的特点"②。在此,我们将考察别雷的节奏诗学在其艺术发展道路中的起源和发展情况,从整体上勾勒出别雷在其小说创作中的节奏性前进步伐。

一、节奏诗学的创作起源

节奏是音乐的基本元素。别雷的节奏诗学起源于他对音乐的认知。别雷在自己的第一篇理论文章《艺术的形式》(1902)中,多次指出音乐的意义:"音

---

① 周启超:《白银时代俄罗斯文学研究》,北京大学出版社 2003 年版,第 202 页。

② А. В. Лавров. *Ритм и смысл // Андрей Белый. Разыскния и этюды.* М.: Новое литературное обозрение, 2007. С.9.

乐能表达心灵生活的所有的形式";"音乐……紧密联系隐秘的深层本质";"在音乐中能够最成功地表现出永恒的各种形式";"音乐是一个统一体,它连接着过去、现在和未来的世界"①。随后别雷在《美学中的形式原则》(1906)以及《艺术的意义》(1907)等理论文章中,发展了这些观点。他将音乐置于一切艺术的最高点,认为它是"纯粹的意志",是所有艺术的"灵魂"。

在《象征主义是世界观》一文中,他阐明了音乐和象征的关系:

> 音乐是象征的理想表现。因此象征是永远具有音乐性的。从批判主义到象征主义的转变必然伴随着音乐精神的觉醒。音乐精神是意识转变的标志……

> 象征中迸发音乐。音乐超越意识。谁没有音乐感,谁就什么也不会明白。

> 象征唤醒心灵中的音乐。当世界来到我们心灵时,音乐就鸣响起来。……无限增强的心灵乐声——这就是魔力。对音乐感兴趣的心灵有迷人的力量。音乐是一扇窗,从这扇窗里,迷人的永恒滔滔不绝地流入我们之中,从中也迸发出魔力。②

由对音乐形式的推崇出发,别雷宣称,"音调和谐"是象征主义创作的基本内容。节奏被别雷认定为实现象征主义艺术理想的要素。他说:"象征主义来自音乐,来自旋风,它从来不是在静止之中建立形式,而是在运动之中;它用节奏的概念替换陈规,或者它的原则是在各类变体中改变主题以及各种生物进化论,我如此奠定未来所有作品的基础。"③别雷在其诗歌理论中提出了一系列创新想法(详见本章第二节)。在这些理论认知的基础上,别雷始终视

---

① A. Белый. *Формы искусства // Собрание сочинений. Символизм. Книга статей.* М.: Культурная революция, Республика, 2010. C.122–140.

② 翟厚隆等编:《十月革命前后苏联文学流派》上册,上海译文出版社1998年版,第24—25页。

③ Л. Силард. *Андрей Белый // Русская литература рубежа веков* (1890-е–начало 1920-х годов). *Книга 2.* М.: ИМЛИ РАН, Наследие, 2001. C.174.

诗歌创作中的节奏创新为己任。

在诗歌实践方面,虽然别雷处在一个诗歌创作流光溢彩的时代,但在俄国文学史上他并非作为一个大诗人而存在。别雷一生著述丰厚,他兼具多重创作身份:诗人、小说家、象征主义理论家、文学评论家、回忆录作者,等等。在诸多的身份之中,其诗人身份甚至遭到作家本人的怀疑,别雷曾说:"我能数年不写诗,也就是说,我不是诗人。"①确实,别雷的《交响曲》《彼得堡》《莫斯科》等小说作品,无论在规模上,还是审美意义上,明显超越了他的诗歌创作。著名作家帕斯捷尔纳克等人在别雷的悼词中将之与马歇尔·普鲁斯特等并列为欧洲现代文学的高峰,他们称赞的也是别雷的小说艺术。然而,值得注意的是,别雷虽不是一位伟大的诗人,但他独具的艺术个性的发展之路却与其诗歌创作密不可分。

1904年,别雷的第一本诗文合集《碧空之金》和维·伊万诺夫的《清澈澄明》以及勃洛克的《美妇人诗集》同时出版,它们被誉为"俄国象征主义第二次浪潮的最显著的纲领性示威"②。《碧空之金》处于别雷独特创作个性的萌发阶段,表现出作家心灵追求和创作风格的基本特征。在这本诗文合集里别雷展示了与众不同的诗人个性。勃留索夫指出:"在别雷的《碧空之金》的语言中,最普通的词奇特地遇见最精美的表达,充满热情的修饰语和不拘一格的隐喻撞上最无诗意的词语。"③《碧空之金》中词语的印象遮蔽了其他一切。在《碧空之金》中别雷使用的词语风格各异,极具创新之感。

洛特曼在分析别雷的诗作《风暴》时,指出"别雷找寻的不仅是旧词的新

---

① М.Цветаева. *Пленный дух* // *Соч.:В 2 т.Т.2.* М.:Художественная литература,1980.С. 263.

② А. В. Лавров. *«Золото в лазури» Андрея Белого:к истории формирования и восприятия* // А.Белый. *Золото в лазури.* М.:Прогресс-Плеяда,2004.С.273.

③ А. В. Лавров. *«Золото в лазури» Андрея Белого:к истории формирования и восприятия* // А.Белый. *Золото в лазури.* М.:Прогресс-Плеяда,2004.С.285.

意,他寻找的甚至不是新的词汇——他寻找的是另一种语言"①。别雷为实现自己超乎美学的象征主义哲学理想,找到了另外一种表达方式,它结构特别却语义丰富。在别雷的诗歌语言中,一方面,词语向外部扩展为诗行、诗节、诗章。整个诗歌文本由各种词语构成。在文本中,单个词语只是元素,它们复杂地交织在文本语义一体化之中。另一方面,词语从内部分裂,词语意义由最小层级的单位——词素和音素来表达。这样,语义在最小的层级单位诞生,但它很快越出了单词的界限,借助声音的旋风席卷整个文本。这种文本构成方式使得意义的领域无限扩大了。所以,在别雷的诗歌文本里,语音是促发其文本意义增生的开关。

在《词语的魔法》中,别雷强调了声音的特殊意义:

各种词是声音②。

词语创造了新的第二世界——声音的象征符号的世界。在声音里建立了新的世界。在新世界的范围中我感到自己是现实的创造者;那时我开始命名事物,也就是自己开始第二次创造它们。③

别雷把诗语语音当作一种重要的象征成分。他认为,语言首先是一种声音的象征主义。他举例说:"当我说'我'时,我创造了声音的象征,我确信这个象征是存在的,只是在那一刻,我意识到自己。"④别雷的音响表现法的原则脱胎于他关于"节奏的意义"的学说。他认为,节奏化的关键在于,"创造出内在于意群或句子之中的节奏张力",这样才能实现节奏化的目标,即:

使节奏作为一种潜在的声音积极地工作起来,在句中或句间,在

---

① Ю. М. Лотман. *Поэтическое косноязычие Андрея Белого* // *Андрей Белый*: *Проблемы творчества*: *Статьи, воспоминания, публикации. Сборник.* М.: Советский писатель, 1988. C.439.

② А. Белый. *Магия слов* // Н. А. Богомолов (сост.). *Критика русского символизма*: *в 2 т. Т. II.* М.: Олимп; Аст, 2002. C.174.

③ А. Белый. *Магия слов* // Н. А. Богомолов (сост.). *Критика русского символизма*: *в 2 т. Т. II.* М.: Олимп; Аст, 2002. C.175.

④ А. Белый. *Магия слов* // Н. А. Богомолов (сост.). *Критика русского символизма*: *в 2 т. Т. II.* М.: Олимп; Аст, 2002. C.183.

意群或意群之间各个水平上形成一定的节奏指向或节律期待,使词、意群、句子的"音质潜能"发挥出来,最终使那些隐在于文本之中的层面被"语义化",实现"词形—词音—词意"的全面"象征化"。①

之后,这种节奏化、语义化的方式永远进入他的创作诗学。

最初的诗文合集《碧空之金》展现了别雷精巧的音响表现法及其独特的声音游戏技巧。别雷喜欢声音的圆舞曲,他喜欢重复词根或者发音相同的词,比如:"пространство""просторы""простертый"。他大胆使用词语叠用,同义反复、同语反复,这些词语的层叠反复似乎为读者打开了一个又一个空间。科热夫尼科娃认为:"别雷的作品中存在各种类型的词语和词组重复——动词命令式、其他动词形式、形容词、名词、副词、同根动词、同根名词等。"②这种经常性的重复现象在诗文合集《碧空之金》中极为多见,它们填满了诗歌文本的所有词汇空间。

有时别雷别出心裁地将一些词汇搭配在一起,这种做法造成诗歌文本内部语义间的断裂现象。别雷擅长的是在语音修辞层面用韵脚的形式对文本语义的不稳定性作出补偿。《碧空之金》中充满了各种内在的韵脚。作家无节制地使用所有的方法:元音重复、半谐韵、同音重复、近音词搭配等。诗歌文本中充斥着词语的各种声音,它们遮蔽了诗歌的其他部分。关于这一点,别雷后来在诗作中作出诚挚的说明:"对我来说,音列反映了宇宙";"透过音符是幻影般的生活"③。将自己所感受到的宇宙的节奏跳动编入诗歌文本的节奏律动之中,这是别雷的夙愿。他的努力获得了认可。为此,别尔嘉耶夫称赞别雷的作品"有一种独有的内在节奏,他处于同他感觉到的新的

---

① 周启超:《白银时代俄罗斯文学研究》,北京大学出版社 2003 年版,第 201 页。

② Н.А. Кожевникова. *Язык Андрея Белого.* М.: Институт русского языка РАН, 1992. С. 70–71.

③ А.Белый. *Первое свидание // Полное собрание сочинений в двух томах. Т.2.* М.: АЛЬФА-КНИГА, 2011. С.836.

宇宙的协调一致中"①。

　　巴赫金在分析"诗学结构问题的正确提法"的时候,指出,"如果能在艺术作品中找到这样一个成分,这成分既与词语的实物的现存性有关,又与词义的意义有关,它像媒介物一样,把意义的深度和共同性与所发的音的个别性结合起来。这个媒介物将会创造一种可能性,使得能够从作品的外围不断转向它的内在意义,从外部形式转向内在的思想意义"②。笔者认为,别雷为自己的第一部诗集找到了一个极为重要的成分——太阳。在《碧空之金》中太阳是别雷感受到的新宇宙的中心。作家用太阳的象征物——金子命名了整部诗集:"碧空之金"——碧蓝色天空中的金子。太阳的主导主题萦绕在诗集的许多诗行之中。在此基础上,诗集中其他系列形象在太阳——金子这个主导形象的光辉照耀之下,纷纷披上了金色的外衣(如 златосветлый мир, золотое руно 等)。太阳成为诗集中的一个具有综合意义的核心符号。别雷利用它与其他各种事物、现象之间的客观联系来表达自己的复杂思想。

　　于是,《碧空之金》中的太阳成为一个巨大的声音实体,以主导主题的方式将作品中的许多其他细碎声音吸纳为一个整体;在此过程中,各种声音传递着积极"向着太阳进发"的能量,它们合成了整部诗集的节奏。在强烈跳动的节奏的结构原则之下,别雷围绕太阳的主导主题精心挑选艺术词汇。《碧空之金》显示出别雷不凡的选词和造词才能。别雷选用了含有传递变化过程因素的形动词和副动词:发出金色光芒的(золотеющий)、散发着金色光芒的(золотея)、发出琥珀色的(янтареющий)、变白的(белеющий)、雪一般闪耀的(снеоблещущий)、发出火红色的(огневеющий)、变蓝的(голубеющий)等。这种来源于动词变化的词形在诗行之中表现出一种积极运动的姿态。克拉巴耶娃指出:"诗人的独特之处在于他持之以恒地寻找并且找到了能够界

――――――――――

① 〔俄〕别尔嘉耶夫:《文化的哲学》,于培才译,上海人民出版社 2007 年版,第 303 页。
② 〔苏联〕巴赫金:《巴赫金全集》第 2 卷,钱中文译,河北教育出版社 2009 年版,第 262 页。

定词的形式。它们通常来自于动词——形动词和副动词的形式,最大程度地包含能够表达持续意义且有现实意义的内在动作。"①

别雷正是运用这种富于动态变化的词形展示自己"生活创作"的真实过程,表现自己追求艺术的积极精神。他还经常发明一些词,比如将名词转变成动词。他挖掘出现实的名词中隐藏的"姿势",并将之转化为动作,比如:алмазить(来自于 алмаз 一词)、зеркалить(来自于 зеркало 一词)。此外,在诗行的或是崇高或是感伤的语调中,作家大量使用崇高风格的书面语词汇,与之相连的是许多巧妙合成的定语,比如:"молнеблещущий поэт""порфиропламенная заря"。这些强烈风格化的词语组合在这本诗集中不胜枚举,凸显出别雷用艺术改造生活的积极思想。

在声音的强弱组合与主题的演变深化之中,别雷将"金色的太阳"为主导主题的象征符号逐渐扩展为"镶着绿松石的永恒"的象征符号。别雷称:"太阳——是对永恒的追求。"②与勃洛克崇拜的美妇人形象不同,别雷在《碧空之金》中称永恒为自己"钟爱"之形象。永恒是别雷的象征主义理想所在。《永恒之形象》一诗是这样开头的:"钟爱的永恒之形象,/在群山之中遇见了我。/心中没有忧伤……"③在悲怆的语调中,别雷借助声音、呼语、停顿等完成了一个预言家的呼告。在这首诗中,别雷将"钟爱的永恒"直接变身为抒情诗的主人公。在对待"钟爱的永恒"时,别雷采用了类似于演讲者的做法对其直接称呼——"你"。别雷曾说:"声音的意义联系总是模仿时空之中的现象的关系。"④那么,在这首诗中,别雷借"我"与"你",完成了自己与永恒的交流与联系。

所有这些标记为别雷的诗歌作品所特有,具有很高的辨识度。加斯帕罗

---

① Л.А.Колобаева. *Русский символизм.* М.:Московский университет,2000. C.200.

② 汪剑钊译:《俄罗斯白银时代诗选》,云南人民出版社 1998 年版,第 121 页。

③ 汪剑钊译:《俄罗斯白银时代诗选》,云南人民出版社 1998 年版,第 123 页。

④ А.Белый. *Магия слов* // Н.А.Богомолов(сост.). *Критика русского символизма:в 2 т. Т.II.* М.:Олимп;Аст,2002. C.175.

夫指出："别雷的许多诗歌作品,其中包括重要的大型作品,如叙事长诗《基督复活》等,这些诗作都可被称为韵律化小说。"①而别雷的许多小说的韵律化组织也完全服从于韵律化小说的界定,因为它们的文本都有严格的三音节节奏。可见,别雷将自己在诗艺上的许多创新经验引入小说创作,创造了小说节奏化的形式。

在别雷那里,诗歌和小说这两种创作形式之间并没有明显的界限。别雷的第一次文学经验就用节奏破坏了 19 世纪形成的诗歌和小说相对立的二分法。《碧空之金》明确显示了别雷才能的本质特点。与勃洛克的《美妇人诗集》和维·伊万诺夫的《清澈澄明》在形式安排上明显不同,《碧空之金》不仅包含诗歌作品,还包括短篇小说的试作。在别雷创作风格形成初期,这种编排表现出别雷艺术追求的特殊性。艾亨鲍姆在其已成为形式主义经典著作的《〈外套〉是怎样做成的》一文中总结道:

> ……果戈理的文本……由生动的言语观念和言语情感所组成。……词、句子不只是按照有逻辑性的言语的原则,更多地按照富于表情的言语的原则来选择和连接,在后一种言语中发音、面部表情、发音动作等起着特殊的作用。由此产生了它的语言中音的语义学现象:在果戈理的言语中,词的语音外壳、它的音响特点,不管逻辑意义和实物意义如何,都成为有意义的。发音和音响效果作为表达手法,都被提到首位。②

别雷的《碧空之金》正是这样做成的:无论在诗歌创作中,还是小说试作中,别雷都将诗语技巧的发掘和展示作为其创作的最重要的方向。《碧空之金》中共有六篇短篇小说的试作,而在《幻影》《警报》《草稿》这三篇作品中可以看到变化的三音节节奏。其中,《幻影》具有一定的代表意义。《幻影》的外

---

① М. Л. Гаспаров. *Об одном неизученном типе рифмованной прозы* // СБ. статей к 60-летию проф. Ю. М. Лотмана. Таллин, 1982. С.15.

② [苏联]巴赫金:《巴赫金全集》第 2 卷,钱中文译,河北教育出版社 2009 年版,第 242 页。

在形式有如诗章,它的每个句子如诗行般排列有序。它的整篇内容共由 19 个句子组成,作者依次用阿拉伯数字对每个句子进行标注,就像在音乐剧本里用一连串的数字标记作品一样。别雷也用过类似的方法给自己的诗体、散文体的片断标上号码,并称自己的《交响曲》为第一部《交响曲》(《北方交响曲》)、第二部《交响曲》(《戏剧交响曲》)、第三部《交响曲》(《复归》)、第四部《交响曲》(《雪杯》)。《幻影》是一篇十分典型的诗文体,不完全是诗歌形式,当然也不符合小说形式。这种形式是别雷在创作早期特别着迷的艺术形式,与其在《交响曲》中采用的形式安排一致。因为这篇小作品篇幅较短且形式特征鲜明,所以全文摘录如下:

Видение

1. Видел я как бы сон.

2. Мне был послан голос: "Гляди…Вот близится время".

3. И я видел – среди далеких, горных вершин, на заре стоял грядущий Царь, как ясное, утреннее солнце.

4. Его ризы были, как огненная лава, струящаяся по горным вершинам.

5. И грудь, и плечи, и ноги были окутаны кровавою ризой.

6. И среди кровавыхриз, как ясныя очи, как далекия звезды, мерцали аметисты.

7. Блистали топазы, смарагды, сапфиры, гиацинты, карбункулы.

8. И он был опоясан алмазным поясом. И на алмазном поясе висели многострунныя гусли.

9. И от многих струн исходил звон, подобный серебряным источникам.

10. И в одной руке Он держал посох, проростающий лилиями и нарциссами.

11. А в другой руке была золотая чаша, а в чаше горячая кровь.

12. Это была кровь праведных, и от нея курился легкий, оранжевый пар.

13. И сквозьлегкий оранжевый пар смотрело на меня лицо белое, как слоновая кость, с коралловыми губами.

14. И два ряда зубов - два жемчужных ожерелья - обрамляли словно пасть клокочущего вулкана.

15. И на кровавыя плечи, и на окровавленную грудь спокойно, величаво легли белоснежныя седины.

16. Вот он стоял на синем куполе тучи, пронзенном изломами молний.

17. И голос Его вдалеке был как гром и как праведная буря.

18. Уже тихо снимался синий купол с розовых ледников и нес на меня дивного мужа.

19. Вот придет днем воскресным с утренними облаками.①

这篇《幻影》中充满了别雷在诗歌里使用的各种重复,并通过新的表达形式加以巩固。别雷认为:"声音转变为语言写出,是从火山中取出的飞舞的火焰。"②《幻影》中,在"де""не""ре""це""ме""ле"等构成的许多细碎而连续的声音中,声音的表达功能被凸显出来。近音词"ро"和"оро"相连,并且通过"р"音增强了近音效果(горным,кровавою,проростающий,горячая,кровь,оранжевый,коралловыми,пронзенном,гром)。所有的这些声音构成重复、平行、叠句,声音的效果因此被无限放大。类似的这种规则在别雷的小说中很容易被发现,因为别雷经常不是凭借直觉,而是有意识地在自己的创作实践中

---

① А.Белый. Золото в лазури. М.:Прогресс-Плеяда,2004. С.178.

② А.Белый. Мастерство Гоголя:Исследование. М.:МАЛП,1996. С.19.

如此应用。这些装饰性的声音像一个个闪光的圆点编织出一个五色斑斓的文本。

《幻影》中别雷除了采用诗歌中常用的头韵、尾韵的押韵方式之外,他还采用首尾相连的韵脚来强化句子韵脚部分的节奏,即在下一句行的开头部分重复前一句行的末尾部分。别雷有效地运用了这种潮水式递进的方式推进了短文的节奏。而在对节奏的控制上,作家通篇采用了一种有韵律的对称结构。各种形式的对称嵌入其中:有名词、形容词、副词等词语的对称,还有名词词组、前置词词组等词组对称形式,乃至于句子之间也相互对称。

别雷大范围地使用并列连接词"и...и...",在全篇的总共 19 个句子中,别雷共用了 17 个并列连接词"и"(和)。而在全篇约中间的位置,即在第 11 个句子中,别雷用了 2 个对别连接词"a"(而)替代了"и"。作家采用大量对称的结构以使全篇的节奏保持均匀和稳定。连接词"и"和"a"不仅在语音层面固定小说的节奏,增强小说韵律上的协调感;同时在语义层面上,它们促进与其连接的其他音素之间的意义以或是对立或是协同的方式不断增生。"и"和"a"仿佛构建了一条巨大的意义之船,它们负载着不断增生的意义,不知疲倦地不断前行。在这条巨船之上,作家还使用比较连接词"как"(就像,仿佛)连接各种语音形象,各种生动的比喻仿佛为意义之船扬起助力之帆。在开篇的第一句中别雷就采用一个"как",展开自己的梦境。通篇共出现了 8 个"как"和 1 个"подобный"(如同,好像)。"как"在语音层面上与语音"a"相互呼应,同时拓展并深化形象层面的意义。

别雷评价,在果戈理的《可怕的复仇》中,"形象闪着光,形象反映在词汇中,就像水中月亮的闪光,在音符中闪光,在节奏中流动,在这里视觉的效果变成了声音的共鸣;《可怕的复仇》是一首歌,……不是形象、不是性格和人物的心灵感受,而是小说声音的鲜明节奏使人感动"[1]。《幻影》尚不能算严格意

---

① А.Белый. *Мастерство Гоголя*:*Исследование*. М.:МАЛП,1996. С.86.

义的小说，但它将形象融入词汇，词汇化作音符，音符汇成节奏，在逐级替换过程中，文本变成了声音的和声。在这一点上，《幻影》和《可怕的复仇》异曲同工。

在别雷那里，形象是音的可感性与意义相结合的完美产物。别雷的声音和节奏是为了促进小说形象的象征意义不断增生。《幻影》主要描绘了梦境中的"未来之王"：他的身躯、华服、琴声、手中的权杖和酒杯、脸庞、嘴唇乃至牙齿。"未来之王"的形象在语音层诞生后就借助于声音的手段在文本里扩张，不断增强自己的含义。《幻影》的节奏和内容将读者引向《彼得堡》，引向"身着白色多米诺的忧伤而纤长"的形象，也就是基督的形象。"未来之王"——基督的形象将出现在 1905 年首都的大街上，试图调和众人。基督的形象是别雷全部创作主题中的重要象征符号。在《幻影》以及之后的《北方交响曲》中，这个形象的内容及结构尚未显示出自己全部的复杂的规模，暂时在这里读者只看见"未来之王"的幻影，它浪漫而美好，但是显得空洞而抽象。

无疑，文本韵律化构成了别雷小说创作的基础风格。《碧空之金》中的三篇节奏化小说，虽然只是别雷短篇小说的试作，但在其中别雷创造性地使用了以往只能在诗歌中运用的节奏方法。准确地说，别雷将诗歌中的句法原则移用到小说创作中。在别雷的节奏化小说中，韵律化结构直接影响了句法排布，句法为适应韵律则须调整句子的结构，因而小说中的句子出现诗行中的句法形式。而句法形式的变化直接导致句中单个词语所表现的意象位置发生变化。这样，词语的语音效果及其所表现的意象通过形式变化被强调出来。处于相同韵律位置的词互相形成对比关系，彼此丰富、加深各自的形象和意义。

显然，别雷通过对诗歌文本的"节奏姿态"的分析，广泛吸取民间诗歌中声音和谐的方法，运用民间歌曲中带有韵律的语音对称结构，再经过千锤百炼形成节奏性诗行，凝固在小说的文本之中。别雷曾说："我的诗歌作品中显示出复杂的节奏痕迹，它们把诗歌通过自由音步引向宣叙调性质的小说；最后小说就有了曲调和谐的特征。"①这是别雷的主要功绩,"他是诗化小说的创建者。果戈理是节奏大师、诗人,醉心于诗化小说的声音和节奏。别雷是果戈理之后的首位作家,他有意识地为自己树立起观察捕捉新的诗歌节奏的任务,并在自己的诗化小说中表达出来"②。

二、节奏诗学的创作发展

经由早期的诗歌集中发展而来的节奏性试验的经验在别雷成熟期的作品中大规模运用,别雷的文本节奏性因素表现得愈来愈强烈。

四部大型《交响曲》即用典型的诗节结构写成,意在呈现交响乐般的声音效果。比如:第二部《交响曲》从第一章起就混杂了各种声音:白天可以同时听见马路上一队马车行进辚辚作响,窗内争辩者大声喊叫,大街上洒水车驶过,院子里一只公鸡带着一群母鸡奔跑,林荫道上孩子们在滚铁环。到了傍晚,林荫道上乐曲声、玩笑声、小号手的嚷嚷声、疯子的轻声耳语交织在一起。别雷将交响乐的艺术手法移用到文学作品中来。

在《银鸽》中别雷没有大面积使用节奏化形式。他在一页中某几行而非每一行进行节奏化。有时候连续几页出现节奏化形式。第一个节奏化的段落出现在第一章《采列别耶沃的居民》的第四小节:

> Ничего себе, гостеприимный, придешь к нему, бабу свою
> (жену схоронил Митрий) пошлет на колодезь: воды в самовар
> принести, сейчас это лавку очистит от стружек и начнет всякие
> тары-бары про мебельное свое дело...③

---

① А.Белый. *Как мы пишем. О себе как писателе* // Ст.Лесневский, Ал.Михайлов (сост.). *Андрей Белый: Проблемы творчества: Статьи, воспоминания, публикации. Сборник.* М.: Советский писатель, 1988. С.21.

② А. В. Лавров. *Ритм и смысл* // *Андрей Белый: разыскния и этюды.* М.: Новое литературное обозрение, 2007. С.11.

③ А.Белый. *Избранная проза.* М.:Советская Россия, 1988. С.37.

在随后的几页中,节奏被强化了,许多倒装句促成了句子特别的节奏性感觉。科尔米洛夫做了一个有意思的实验,如果机械性地将小说平分成两个部分,那么伴随着行为紧张性的增强,小说结尾的节奏化因素相应被强化。他指出:"在 1988 年出版的《小说选集》中,节奏化因素在《银鸽》前一半中占 25页,在后一半中占 38 页。"①节奏化句式最后一次出现在达尔亚尔斯基被带到小屋里过夜,在那里达尔亚尔斯基遇害。

和《银鸽》相比,《彼得堡》中节奏化的形式显著增强,它几乎遍及小说的每一页。别雷擅长从一整套语音的细小元素出发,把它们扩展为艺术文本构造的重要因素。小说中不断重复的圆唇音"y"极具典型意义,它可以看作是什克洛夫斯基称作的"语音原型"(звуковой праобраз)。"y"本来就常常给人以一种空洞洞的感觉,不断重复的"y"经过与小说的语义结合,为小说增添忧郁、凄凉、恐怖的情调和色彩。由这个"y"音展开,作家还巧妙利用了与"y"相关的词。他在原词基础上创造出一些拥有特殊词形的词:Петербууууррг(彼得堡),мууууть(沉渣;昏沉),Сатрууун(土星),труууун(嘟哝声),Аблеууухов(阿勃列乌霍夫),Дууудкин(杜德金),Цууукатовые(楚卡托夫一家),Лихуутин(利胡金),печальныйигрууустный(悲伤的和忧郁的人)。无论是在小说的题名还是小节的标题中,无论是主要人物还是次要人物的命名中,"y"无处不在。"y"音如旋风般刮过了小说的每个角落,强化表现了现代主义者"深渊"之上的感受。别尔嘉耶夫指出:"别雷的特点是,他的语言和谐音总是盘旋起来,存在在这股词组的旋风中解体,一切界限被消除。"②音与音组融汇在句子之中,通过各种谐音贯穿于文本整体。

在《彼得堡》中,密集的节奏形式几乎遍及小说的每一页,它破坏了言语

① С.И. Кормилов. *Жанровые тенденции в метризованной прозе* // В. А. Келдыш, В. В. Полонский(научн. ред.). *Поэтика русской литературы конца XIX - начала XX века. Динамика жанра. Общие проблемы. Проза. М.*: ИМЛИ РАН, 2009. С.604.

② [俄]别尔嘉耶夫:《文化的哲学》,于培才译,上海人民出版社 2007 年版,第 301—303 页。

的连续性。什克洛夫斯基曾说:"散文节奏,是干活时唱的歌、船夫曲的节奏,一方面在必要时能代替口令,另一方面能减轻劳动强度,使之自动化。确实,合着音乐的节拍走路比没有音乐要轻松些,但是一面兴致勃勃地谈话一面走路,让走路的动作脱离我们的意识,这样的走路也很轻松。可见,散文的节奏作为一种促进自动化的因素,是很重要的。"①密集的节奏形式成为促进《彼得堡》小说文本的自动化因素,甚至于有时候叙事者迫于节奏的压力,不得不忽略细节的准确性和人物的心理。小说行文中时有简短的叹息以简单而直白的方式脱离叙事而直接出现,这种抒情插叙构成《彼得堡》中独特的节奏舞曲。

密集的节奏形式使《彼得堡》具有"韵律化小说"的特点。奥尔利茨基评价道:"别雷试图节律化的不是个别的,……而是全部作品。"奥尔利茨基指出《彼得堡》的全部音律变化图景。片段的音律变化可以总计为 75% 的三音节的节奏变化(三音步的扬抑抑、抑扬抑、抑抑扬格)。他认为,在《彼得堡》中音步是诗歌思想和结构的主要表现手段。因此可以称《彼得堡》为"全面的三种三音步诗"②。在此基础上,不难发现,为了配合这种全面的节律化,别雷在《彼得堡》中还使用全元音形式(如 ууу-ууу-ууу),虚词(如 и,да,a)承担必要的音节,或者使语言收缩(如 перед 变为 пред,вокруг 变为 вкруг,бы 变成 б),或者词序倒装,甚至创造出明显背离语言常规的词语形式(如 xa-xa-xa-xa-xa-xa,Ивван,ваалнеения,безнаа-дее-жнаа-ее сее-еердцее,о с о б а)。

继《彼得堡》之后,别雷创作出《柯季克·列塔耶夫》。它被叶赛宁誉为"当代最具才力的作品"。叶赛宁把别雷比作渔夫"在静谧的河湾放下捕捉和音的网",因此获得了"打开天使之门的金钥匙","闪烁着上帝灵光的话语"。在这部关于自己婴儿时期和婴儿般感受的作品之中,别雷巧妙地创建了一个节奏性的结构,这个节奏性的结构使小说独具魅力。所以,叶赛宁指出:"问

---

① [苏联]巴赫金:《巴赫金全集》第 2 卷,钱中文译,河北教育出版社 2009 年版,第 222 页。

② Ю.Б.Орлицкий. *Русская проза XX века:реформа Андрея Белого* // А.Г.Бойчук(ред.). *Андрей Белый. Публикации.Исследования.* М.:ИМЛИ РАН,2002.С.170−173.

题的实质不在于变换对象外形的戏法,也不在于词语故作姿态,而在于捕捉和把握本身,一旦具有这样的能力,如果夜里你梦见果汁,那么翌晨起床时嘴唇便会因吃了甘汁而变得湿漉漉和甜腻腻。"①

十月革命前后,别雷试图使自己的非艺术文章同样节奏化。在《革命与文化》中,节奏化形式发挥重要作用。1920 年至 1930 年初,别雷进行大量试验,尝试完全用节奏化形式写作小说、回忆录乃至研究专著。1932 年别雷写成最后一本研究专著《果戈理的艺术》,他"将出色的语文学分析和伟大艺术家的优秀小说凝为一体"②。这本书既是对果戈理技巧的分析和总结,也是别雷献给影响自己一生创作的果戈理方法的最佳回馈。研究专著之中的很多段落都是用节奏化形式写成,有时甚至运用了别雷独特的"隐秘的诗行"。

作为节奏化小说的大力推进者,别雷一生致力于发展节奏诗学。从其四部《交响曲》起别雷逐渐转向三音节的节奏化,这成为"别雷的万能的言语形式"③。在别雷的其他小说中,比如《银鸽》《彼得堡》《柯季克·列塔耶夫》《受洗的中国人》《莫斯科》《面具》中,可以看到,别雷"转向越来越富有成效的节奏化,转向偏重二音节的间隔"④。节奏化模式体现在别雷的小说构建中,表现在叙事的突兀转折中,它已然成为别雷的创作公式。因此,著名作家扎米亚金戏称别雷为"长期的抑抑扬格病人"。

实际上,别雷小说的节奏化构建特点一直是别雷研究专家们的研究对象。

① [俄]叶赛宁:《青春的忧郁:叶赛宁书信集》,顾蕴璞译,经济日报出版社 2001 年版,第254—256 页。

② Н. Жукова. *О мастерстве Гоголя, О символизме Белого и о формосодержательном процессе // А.Белый. Мастерство Гоголя:Исследование.* М.:МАЛП,1996. С.3.

③ С.И. Кормилов. *Жанровые тенденции в метризованной прозе //* В. А. Келдыш, В. В. Полонский(научн. ред.). *Поэтика русской литературы конца XIX－начала XX века. Динамика жанра.Общие проблемы.Проза.*М.:ИМЛИ РАН,2009. С.603.

④ С.И. Кормилов. *Жанровые тенденции в метризованной прозе //* В. А. Келдыш, В. В. Полонский(научн. ред.). *Поэтика русской литературы конца XIX－начала XX века. Динамика жанра.Общие проблемы.Проза.* М.:ИМЛИ РАН,2009. С.603.

著名的研究专家希拉尔德、亚涅切克等都曾对别雷小说结构的罕见的节奏特点进行过分析和阐释,他们的研究论著已经成为经典。他们的主要观点可以概括为:别雷小说的总体特征符合严格而一致的节奏性写作结构。的确,别雷小说的节奏是分层级的,类似于传统意义上的诗歌,即以音节为单位,与抑扬格律作诗法的节律体系相吻合。别雷在1919年所写的论文《关于艺术小说》中阐明了这一点。他试图用传统的作诗法的方法论消除小说和诗歌的界限。他在俄国经典小说中寻找各种长度的节奏性段落,然后将之作为该小说中的重要论据,以此证实在言语材料的节奏性编排的两种类型之间没有界限。

纵览别雷创作的各个阶段,可以看到,节奏虽然折射出不同的光芒,却始终跳跃在他的创作中。如果说别雷的各类文本创作犹如有机体,那么他的节奏诗学记载的是其有机体内心脏跳动的轨迹。别雷曾将自己的一生分为几个七年,每个七年按照自身的内在结构被他视为与之后的岁月同晶同构。每个七年构成之后七年的对立面,如此构成不变的对称结构。这一结构显示出变化的特点以及人生各个阶段之间的各种相似点。① 可见,无论生活中还是创作中,别雷的节奏诗学反映出其一生"生活创作"的根本特点。

节奏统领了别雷的多种创作形式,它通过多重语言系统表现出来,成为符合象征主义世界观的关键所在。象征主义世界观致力于能在多重现象中看到统一的东西,并在各种现象中建立起联系。作家将节奏视作包罗万象的范畴,认为它具有宇宙形成过程中的本质并且包含存在和创作的所有层面。别雷希望,世界的节奏将多样化的现象变成统一体,实现自我认识,并能到达理性认知之外的"纯粹的意义"。他说:"节奏的生动变化过程就是纯粹的意义。节奏超越形象,超越心灵,超越精神,不可捉摸,既富于变幻,又严整统一;而出自于节奏的思想比普通的思想更深刻。在火山般的思想中,在节奏的跳动中,认

---

① 参见 А. В. Лавров. *Андрей Белый и Иванов—Разумник. Переписка.* СПб.: Atheneum; Феникс, 1998. С.481–509。

识纯粹的思想……纯粹的节奏、纯粹的思想——这是认知形象和理智真理所依靠的。"①

毋庸赘言，节奏诗学是别雷认识和实践象征主义艺术理想过程中的重要依托，它起源于作家的音乐认知，形成于作家的诗歌创作，在作家的小说创作之中逐步发展并日臻成熟，进而沿用至作家的理论作品中，它表现出作家在追寻象征主义艺术理想的过程中最具个性化的姿态。

第四节　"神圣的颜色"

颜色的象征意义在别雷的宗教美学、象征主义世界观中占据重要地位。别雷十分熟悉自然哲学，也熟悉颜色的神秘意义，所以尝试将它们综合起来创造出自己的配色方案。

别雷撰写《神圣的颜色》进行专门阐述。在《神圣的颜色》中别雷详细阐明了他对颜色象征的理解。他以"光的本质"开篇：

> 上帝就是光，在他身上没有任何黑暗。与单个颜色不同，光的特点在于它包含了丰富多彩的颜色。颜色就是或多或少受限于黑暗的光，由此产生颜色的非凡现象。对于我们而言，上帝是：第一，绝对的本质；第二，无限的本质。
>
> 颜色能表示绝对的存在。无限的存在可以通过包含在白色的光线中的无穷无尽的颜色象征化地表示。这就是为什么"上帝就是光，在他身上没有任何黑暗"。……如果白色象征最为完满的存在，那么黑色象征虚空与混沌。……灰色象征虚空向存在转化，它赋予存在模糊的特点。……梅列日科夫斯基为颜色的神智学奠定了坚实

---

① А. В. Лавров. *Ритм и смысл* // *Андрей Белый. Разыскния и этюды.* М.: Новое литературное обозрение, 2007. С.23.

的基础……①

……在红色中,集中了火的可怕和痛苦的荆棘。②

从别雷关于颜色的认识、意义、目的等的叙述中可以看到,别雷所认知的颜色表现出超乎艺术造型之外的意义。别雷将颜色与对世界的认识、改造世界的目的联系在一起。别雷借"神圣的颜色"为自己的艺术创作涂上神秘的色彩。

在此我们首先分析别雷对颜色的象征主义认识和理解,继而比较在其艺术创作的各阶段中颜色运用的发展和变化情况,力求把握作家在追寻象征主义艺术理想过程中运用的"最细腻的色彩"③,呈现其主要艺术作品中色谱的变化,阐明别雷将颜色和声音相结合的创作技巧。

一、颜色的象征意义

在别雷的艺术作品中,颜色的象征被广泛运用。别雷特别强调颜色的象征对于作品的重要意义,他说:

……对我来说,在颜色中归结了所有能创建神秘主义和宗教形

象的一切。此时,对我来说,没有什么如此重要、如此不同寻常。④

颜色的象征不仅被别雷运用在作品中,也被他运用在生活里。鲍里斯·尼古拉耶维奇·布加耶夫在踏上象征主义艺术道路之初,选择笔名——别雷(俄语意为:白色)。白色被别雷视为光的颜色,是基督的象征,是心灵能力、和谐与永恒的象征。在各种颜色中,白色是别雷最钟爱的颜色。别雷——这

---

① А.Белый. *Священные цвета* // *Критика русского символизма*: В 2 т. Т. II. М.: Олимп; Аст,2002. С.120-121.

② А.Белый.*Священные цвета* // *Критика русского символизма*: В 2 т. Т. II. М.: Олимп; Аст,2002. С.127.

③ 巴尔蒙特曾作诗《最细腻的色彩》。

④ А.В. Лавров (сост.) *Неотправленное письмо Белого Блоку от 25 марта 1903 г.* // *Андрей Белый и Александр Блок.Переписка* 1903—1919. М.:Прогресс-Плеяда,2001. С.59.

一笔名显示出作家一生执着于追寻象征主义理想的积极姿态。

无论在早期作品中，还是在后期作品中，别雷始终按照神秘主义的方式阐释颜色的意义。在忆及勃洛克对紫色、暗紫色的迷恋时，别雷再次谈到自己对颜色象征的领悟。

> 究竟什么是紫色？——勃洛克试探性地望着我。我感到窘迫。要知道，在关于颜色的经验里，我主要用三种颜色：光的颜色——白色；……能透过光的碧蓝色；还有紫红色，……这三种颜色（洁白、碧蓝、紫红）按照我的想法融合，绘成颜色的神秘三角——基督的圣像；我提倡：像基督受难一样领悟三种颜色……①

然而别雷对颜色的神秘主义认识并非幻想的结果，大自然中的一切是别雷艺术认知的灵感和源泉。自然界中有一切最神圣、最伟大、最科学的颜色和层次方案。事实上，别雷具有画家的视觉感知能力。他经常在自己的文章和著作中，绘制各种草图、示意图、自画像等。可以顺便提及的是，在俄罗斯圣彼得堡的国家图书馆的别雷资源库中珍藏着一些别雷绘制的山景图。在这些山景作品中山势起伏的生动性和细腻的色彩层次表现出别雷诗意幻想的装饰性体系。别雷的水彩画使人联想起白银时代其他艺术家的作品。作家在高加索作画的时候，也时常想起弗鲁贝尔等画家的绘画。这些画家对于别雷绘制画作有着直接或者间接的影响。从别雷的画作中可以看出在色彩、远景建构、整体环境方面存在某种相似性。除了绘画，别雷喜欢收集各种颜色的树叶和各种各样的石头。别雷将自己搜集的秋天的叶子和一盒一盒海里的石头称为"模型""模特"，因为在他看来，这些叶子和石头同样具有渐进的层次和色调分布。

别雷从观察自然、模仿自然中获取经验，增进自己对生活的理解和思考。宏伟的大自然开阔了别雷的视野，锻炼了他的观察能力。1928—1929 年夏天

---

① А.Белый.*Арабески.Книга статей*. М.：Мусагет，1911. С.115-129.

别雷住在第比利斯旁的山区疗养院。在写给帕斯捷尔纳克的信中他说：

> 令人惊讶的地形……高度与广度的交汇。几乎是一副向着四方
> 伸展的地理图;下到第比利斯,……我走进历史,进入时间的维度;登
> 上科德若尔疗养院,我走出时间之维。我看着科德若尔,犹如看着空
> 间的第四维度。在这里,在科德若尔里,时间变成了一个圆……①

别雷从对山势地形的观察和描绘中感知时间与空间,进而感知历史和
未来。

这种来自大自然的直接经验被别雷运用于艺术创作。在绘画中对结构的
渐进层次以及完整性的追求,影响了别雷的思考方式和艺术实践。布加耶娃
回忆称:"整一性(единство)是别雷关注的中心问题。"②别雷试图把握完整
的结构和风格,所以他能够看见少人问津的最微小的细节,并且注意到一切琐
细之事。在追求这种整一性的过程中,他能以罕见的敏锐抓住细微之处。他
不会放过任何一个最微小的细节,哪怕是最细小的特征也不会错过。大量的
观察不但不会分散他的感受,而且他会立即总结并合成一个完整的结构。他
的建设性总结并未止步于此,一个结构只要一出现就会与另一个结构产生交
集,以便再建立第三个结构、第四个结构,如此等等。"结构的认知层级"如此
得以逐步建立。在这样的结构中,每个单独的板块会燃起新的意义之光。在
弄清楚每个意义并加以比较之后,别雷最终达到对事物全面认识的目的。
"一切存在于一切之中","概念存在于概念之内"——这是别雷思考和生活的
方式。

别雷认为,颜色中有某种能直接发挥作用的东西。颜色构图和它们的层
次象征着每一个性(личность)在不停渐变,最终形成"个性的综合"——个体

---

① Е.В.Пастернак и Е.Б.Пастернак(сост.).*Письмо к Б.Л.Пастернаку от* 23 *июля* 1928г.
См.:*из переписки Бориса Пастернака с Андреем Белым //*Ст.Лесневский, Ал.Михайлов (сост.).
Андрей Белый: *Проблемы творчества. Статьи. Воспоманания. Публикации.* М.: Советский
писатель,1988. С.697.

② К.Н.Бугаева.*Воспоминания об Андрее Белом.*СПб.:Ивана Лимбаха,2001. С.119-120.

（индивидуум）。别雷认为个性是面具、伪装。他相信个体，而非个性。别雷在随笔《为什么我成了象征主义者》（1928）中作出解释：

> 某"我"在个性中不能用直线表示。在各个个性的层级中，每一层都有自己的"角色"……个性与个体的区分，是推理的心灵和自我认识的心灵的区分——是认知的重要时刻。①

别雷将每一个性的渐变视为走向"整一"的"自我认识"的过程。"整一性"概念是别雷的象征主义理念的核心，他在关于象征主义的理论文章中强调：

> 归根结底，我们把我们的感悟所生成的形象称之为象征；我们把形象这个词理解为对于感觉、意志、思维之进程所拥有的、不可解析的整一的感悟；我们把这"整一"称之为象征性形象，因为它是不能被情感、意志与思维诸术语所界定的；正是这"整一"在每一个瞬间都在得到个性化的体现；我们把象征称之为个性化的感悟所生成的形象；接着，我们来捕捉我们的感悟的交替变更中所拥有的那种整一的节律，同时使那些瞬间的交替被体现出来；感悟所生成的形象依照一定的次序——各居其位；这一次序，我们称之为被感悟的象征的系统。②

别雷的颜色构图和层次论还反映出象征主义者所寻求的浪漫主义的唯心论和现实主义的模仿现实论之间的动态平衡。象征主义世界观的独特之处在于，它中和了浪漫主义的观念和现实主义的观念。所以象征主义理论呈现出比浪漫主义理论更为复杂的状态。在象征主义者那里，"现象真实"和"理念真实"之间的界限十分模糊。象征主义者希望在艺术中呈现的理念世界，不是被作为真实世界的影子，而是作为真理本身。象征主义者的目的是，在模仿

---

① А.Белый. *Почему я стал символистом и почему я не перестал им быть во всех фазах моего идейного и художественного развития.* Ardis：Ann Arbor，1982. С.11–12.

② 周启超：《俄国象征派文学理论建树》，安徽教育出版社1998年版，第134页。

社会现实的同时,揭示它的理念本质。别雷为了消除艺术创作的现象世界和理念世界之间的冲突,在自己的美学模式中引入了两种模式。他深信:

> 根据颜色的象征,我们能够重建一个战胜世界的形象。哪怕这个形象被迷雾笼罩,我们相信,迷雾终将散去。他的脸应是如雪一般的白色。他的蓝眼睛——无比深邃,能穿越天空。他浓密的金发,犹如漫溢的蜂蜜——这是圣徒们对于天空的狂喜。然而蜡黄色附着在他的脸上——这是遵守教规的人们对于世界的悲伤。他的双唇——血一样紫红……他的双唇是紫红的火焰。……在孩童般纯净的脸上永恒在闪耀。……我们知道这是永恒的余晖,我们相信,真理没有离开我们,它与我们同在。爱与我们同在。有爱,我们就能胜利。光辉与我们同在。我们骄傲我们的光辉。安宁与我们同在。还有幸福与我们同在。①

对于别雷来说,语言的神话创作能力能够实现理念世界与现实世界平衡,而颜色是别雷这位语言的魔法师所拥有的魔法宝盒里的重要法宝,是增强"词语的魔力"、创造神话的重要手段,是别雷战胜世界、改造世界、实现象征主义艺术理想的魔法助力。

二、颜色与象征形象

在第一部诗文合集《碧空之金》②(1904)中,别雷用诗歌情节建构了一个改造世界的神话。当时别雷以阿尔戈勇士——莫斯科大学学生小组领袖的身份进入文坛。莫斯科大学的"阿尔戈勇士"们推崇"生活创作"的创作理念,他们试图消除生活与神话创作的界限,在普通平凡的日常生活中感知象征意义。

---

① А.Белый.Священные цвета // Критика русского символизма:В 2 т. Т. II. М.:Олимп; Аст,2002. С.133-134.

② 笔者曾多次思考别雷第一部诗文合集的名称,也曾沿用过自己见到的许多国内研究者的译名,例如:《蓝天里的金子》《蔚蓝色天空中的金子》《碧空澄金》《蓝天之金》《碧空之金》等,最终认为《碧空之金》应该是比较符合别雷审美的一种翻译。

别雷利用语言的潜能与颜色的表现手法作为改造世界和实现象征主义世界观的工具。他赋予日常生活以象征主义的意义,努力从周围的"老生常谈"中创造出新神话。

《碧空之金》中颜色的选配方案充满了神话诗学中的特征。"碧"和"金"既是诗文合集《碧空之金》题目中的颜色,也是整部诗文合集中最重要的颜色;是索洛维约夫的"永恒女性"的颜色,是美好的理念世界的象征,也是联系此岸世界和彼岸世界之间的独特桥梁。别雷研究专家拉夫罗夫指出,无论在作家的早期作品中还是晚期作品中,"别雷的颜色特点是理解其颜色的象征意义的关键"①。在别雷那里,颜色克服了在绘画的造型功能方面的局限,开始占据艺术文本中的主要地位。颜色并未丧失作为修饰语的意义,同时它的语义范围得以扩大,能将模拟的现象世界和神话世界结合起来。如果"碧"和"金"作为理念真实的本质表现,不能克服自身描绘意义的局限,那么别雷就不能借助此形象开启另一世界。所以,"金"体现出比"金子"更丰富的语义,"碧"表现出比"碧绿"更深刻的内涵,如此所描绘的对象就能超出物理世界的范围,能够连接现实生活中的各种现象。所以,语义的拓展对于象征主义者重估世界是必要的环节。

诗集的第一部分诗歌展现了乌托邦式的神话创造,艺术文本中神话创造的世界代替了物理世界的存在。在《致巴尔蒙特》《金羊毛》《太阳》中,别雷聚焦于太阳主题,所以,这部分诗歌中主要运用金色和红色等明亮色调。普通的修饰语"红色的"在诗作中有多种表达形式,比如:紫红色的(пурпурный)、暗红色的(багряный)、火焰般的(пламенный)、火红的(огнистый)、鲜红的(алый)、绯红的(пунцовый)、赤色的(червонный)。这些表现形式是按照巴尔蒙特的范例②进行改造的结果。按照别雷的解释,不同的颜色连接不同的

---

①　А.В. Лавров. *Материалы Андрея Белого в рукописном отделе Пушкинского Дома // Ежегодник рукописного отдела Пушкикского Дома на 1979 год*. Л. : Наука, 1981. С.40.

②　巴尔蒙特喜欢用复杂的形容词,比如:金红色的(красно-золотой)。

意义群。每种颜色都与社会生活中思想的、心理的状态乃至具体的日常生活的方方面面相连。

这种明朗的色调洋溢着别雷的勇士情感,成功地将读者带入神话世界。色彩的特性超出以色彩为特点的客体。彼岸世界的夸张的金色以及令人目眩的红色代替了太阳、月亮和霞光的自然色调。诗人的主观见解胜过写实描绘。别雷从直接的感受中看见象征幻象并运用理念反映现实,借助于对颜色的描绘完成了战胜现实的精神诉求。值得注意的是,别雷的象征主义幻象不是一个个隐喻:这是极其精准而生活化的描绘。别雷最大程度上利用语言的形象性来呈现形而上的抽象认识。霞光为天空染上火焰一般的红色和金色——这一大自然的现象是别雷描绘天空并为之着色的依据。别雷选择霞光并非偶然:在霞光中他看到了现实世界和神话世界的共通因素。在霞光中别雷找到了两个世界瞬间转化的可能性。当现实世界发生变化,而变化扭曲人的视野,于是人就拥有了在幻象中改造大自然的能力。霞光中的自然景观并未改变,只是它的色彩被改造者予以夸张呈现。如此描绘出的霞光的颜色使别雷得以同时出现在理念世界和现实世界,从一处转向另一处,并在两者间获得平衡。霞光是改造与变化的因素,是各个世界之间动态平衡的因素。诗歌为世界造就出神话。

别雷利用“霞光”作为《日暮时分》里的瞬变因素。蓝天上的太阳光线是金色的,天空呈现温和的蓝色与青色。太阳和云朵在霞光的映照下拥有彼岸的色彩,于是,自然的蓝天让位于“碧空”,“碧空”指示的不仅是彼岸世界的天空,它更是真正现实的天空。诗人观察到霞光神奇的颜色,逐渐将神秘的色调附着于他的周围世界,然后借助这些颜色,在最隐秘的生命时刻表现改造世界的感受。“碧空”意味着隐秘的改变。哈泽—列维写道:“尘世的‘青色’和‘蓝色’经常构成‘碧色’的彼岸对应物。碧色在这些颜色中象征性地呈现、表露出来,犹如在窗户玻璃里的映像一般。”[①]别雷洞察了自然的青色和蓝色,这

---

① A. Ханзен-Леве. *Русский символизм. Система поэтических мотивов. Мифопоэтический символизм начала века. Космическая символика.* СПб. : Академический проект, 2003. С.431.

两种颜色成为被改造的世界图景的背景色,然后别雷将自己的象征主义幻象附着于其上。

鲍里斯·尼古拉耶维奇·布加耶夫接受的是现象的世界、模仿的世界,而象征主义者别雷用诗歌改造他所接受的现象世界,使之成为神话的本体世界,然后将此神话注入到日常生活中。别雷在同一幅画面中交汇融合两个世界的风景:一个是在他周围的现实世界,另一个是在他身后的理念世界。这种风景被一位象征主义诗人所辨识,同时用信念和幻想加以改造。这个改造的关键之处在于从颜色特征中进行改造,这样的"天空"变成"碧空"。词语"碧空"代替普通的"天空",展现了隐喻的手法。这就是纯粹象征主义语言的运用。颜色并非仅仅指示客体的特征,而是变成客体本身。"金"和"碧"不仅表现了太阳和天空的颜色特征,而且这两种颜色开始独立存在,它们替代"太阳"和"天空",是为了在扩展、变形的状态中展示"太阳"和"天空"。在这种安排设置下,极其明亮的、夸张的色彩如此真实地存在,犹如它们所代替的对"太阳"和"天空"的自然描绘。诗歌中耀眼的"碧空"代替了"天空"。这种替代开启了对彼岸世界的描绘,这种描绘能使读者感受到被改造的现实。日暮的大自然开启了从一个世界转换到另一世界的中间环节。在这里,语言服从于现实,客观性高于主观性(梅里采尔语)。

可见,别雷在诗文合集《碧空之金》中取法于自然,运用语言魔法,创造出有现实基础的颜色象征形象,将世界和现实生活神话化,成功拓展象征主义的观照视野。

三、颜色与声音

别雷年少时的神话创作法则预设了他后来的创作道路。颜色体系是别雷成熟期最出色的两部小说《银鸽》和《彼得堡》的诗学特色中的重要方面。别雷将所感知的声音和色彩关联起来,从声音和颜色出发建构出小说的形象和情节。

别雷在自己的诗学研究专著——《果戈理的艺术》中的辟出专章"别雷与果戈理"分析自己作品对果戈理作品的风格模拟,其中颜色体系是其进行风格模拟的重要环节。他为此绘制色彩使用频率的表格进行对比。他统计了《银鸽》和《狄康卡近乡夜话》中精准的用色比例,并指出它们之间的相似性:

> 对《银鸽》的第一章中颜色运用统计表明:三种颜色与果戈理常用的色彩一致。这三种颜色是由果戈理创作三个阶段的中间阶段总结而来:红色、白色、黑色集中于果戈理的中期创作色谱中,也存在于其创作第一阶段的色谱中。白色在别雷那里占 13.2%,在果戈理那里占 14%;在红色运用比例中,别雷与果戈理趋同(29% 和 26%)……在创作的第一阶段,黑色的运用比例在果戈理和别雷那里都是一致的(12% 和 12%)。在三个创作阶段中,蓝色的运用比例在果戈理和别雷处相吻合(8.8% 和 8.7%)。绿色的使用比例在三个阶段中接近。《银鸽》的颜色基本上和《狄康卡近乡夜话》的色彩相近。这些颜色就像在果戈理那里一样被涂上了不匀的斑点。[1]

别雷继而将《彼得堡》中的色谱与《死魂灵》中的色谱进行对比,解释两者之间的相同和相异之处:

> 在《死魂灵》中的基调是白色,而《彼得堡》中的基调是灰色。《彼得堡》的氛围是一片片脏兮兮的雾,在此背景上闪耀着黑色的、灰色的、绿色的、黄色的斑点。而《死魂灵》中,白色之上是黑色的、灰色的、绿色的、黄色的斑点。在《彼得堡》中两种颜色占主要地位:黑色、灰色;黑色的四轮马车里面是灰色的脸和黑色的大礼帽。黄色房屋的斑点在灰色的雾中。黄色的房屋里是灰色的仆人。黑色的四轮马车驶向黄色的房屋。绿色的斑点是指:军官和学生制服的斑点;绿幽幽的水,发绿的脸。四轮马车上的红色灯笼和红色多米诺指的

---

① A.Белый. *Мастерство Гоголя:Исследование*. М.:МАЛП,1996. C.321.

是在绿色、灰色之上红色的爆发。这是《彼得堡》的色谱……①

通过比较,别雷概括出自己作品的色谱趋势以及果戈理作品的色谱趋势:

　　果戈理的色谱总的趋势是:从《狄康卡近乡夜话》到《死魂灵》中,红色、蓝色、金色的百分比下降,提高了灰色、黄色、黑色、白色和棕色的应用比例。别雷的色谱的趋势,从《银鸽》到《莫斯科》的第一部中,红色、蓝色、金色的百分比下降,灰色、黄色、黑色、棕色的比例提高。……果戈理提高了白色的比例,而别雷降低了白色的比例。②

别雷还阐明了在自己的晚期作品《莫斯科》中色谱继续发生变化:

　　《莫斯科》的色谱极度夸大了果戈理运用黄棕色代替红色的趋势。《莫斯科》的第一部中第一章的背景是黄色的,其中落入了棕色的、沾满了黑色污点的碎片。教授的房子、柜子、书皮、一绺胡子都是棕色的;椅子、常礼服、圆顶礼帽、影子、飞来飞去的苍蝇都是黑色的;灰色的积尘落在黄色、黑色和棕色的背景上;四处都是灰棕色的斑点。③

通过对比分析,别雷得出结论:自己的小说是"果戈理的语言形象工作的总结"④。不可否认,别雷在创作中向"语言的画家"——果戈理借鉴了许多色彩运用的技巧。同时,值得指出的是,别雷对颜色和色调的认知有着自己的特点。他的独特性在于视觉和声音交互时的联觉感受。别雷具有高度发达的视觉记忆力。音乐激起他的色彩色调感受。在他的艺术创作过程中,音阶和色谱紧密交织呼应。他擅长在特定的光感里体验字母的特别之处:

　　每一个字母具有自己的光与色的细微差别。"c"和"ч"是浅色、明亮的字母。"p"是红色的。此外,每一个字母具有自己的表意姿

---

① А.Белый. *Мастерство Гоголя:Исследование*. М.:МАЛП,1996. C.327.

② А.Белый. *Мастерство Гоголя:Исследование*. М.:МАЛП,1996. C.327.

③ А.Белый. *Мастерство Гоголя:Исследование*. М.:МАЛП,1996. C.327.

④ А.Белый. *Мастерство Гоголя:Исследование*. М.:МАЛП,1996. C.326.

势。比如："м""п""л"——柔软而润湿,如同水流流淌。"г"和
"к"——坚硬而有冲击性,犹如石块撞击。"р"表示能量与运动。①

在 20 世纪之初俄罗斯文学与艺术发展的独特背景之下,声音和颜色成为
恢复艺术的表现力运动中最重要的因素。比如著名音乐家斯克里亚宾执着于
在声音中感知颜色、在颜色中感知声音。巴尔蒙特在诗作《朝思暮想的旋律》
中概括了俄语诗歌中韵律和颜色的关系:

> 在潺潺的溪水声中,
>
> 我分辨出短促的扬抑格和抑扬格……
>
> 而桦树细长的垂枝
>
> 为我送来了抑扬抑格,
>
> 并未流逝的幻想奏起了华尔兹舞曲。
>
> 在洪亮的钟声中我抓住了扬抑抑格,
>
> 而抑抑扬格就在士兵的脚步声中……
>
> 在矢车菊花朵的黄颜色中,
>
> 我终于找到了诗歌的蓝色韵律。②

别雷认为,词语能从其语音中激发出有关色彩的联想。词语是声音和色
彩的结合。词语的颜色体系和声音体系共同构筑小说的诗学系统。就像韩波
的著名的诗篇《元音》中描述的那样:"A 黑,E 白,I 红,U 绿,O 蓝:元音
……"③每个音都有自己的色彩,语音与色彩结合,赋予词语崭新的意义。罗
蒙诺索夫在《口才简明指南》中特别谈到过俄语中元音和辅音的独特用法:
"元音'a'适合描写辉煌、广袤、高大、深厚的事物以及骤然的恐惧和不安;元

---

① М. Спивак. *Посмертная диагностика гениальности. Эдуард Багрицкий. Андрей Белый. Владимир Маяковский в коллекции Института мозга*(материалы из архива Г. И. Полякова). М. : Аграф,2001. С. 266.

② 季元龙编译:《俄罗斯诗歌翻译与欣赏》,上海译文出版社 2008 年版,第 4 页。

③ 黄晋凯、张秉真、杨恒达主编:《象征主义·意象派》,中国人民大学出版社 1998 年版,第
247 页。

音'e'、'и'、'ю'适合表现温柔、抚爱及悲惨或微不足道的事物；元音'o'、'y'、'ы'适合描绘强劲、可怕之事，表现仇恨、嫉妒、恐惧和悲戚；辅音'c'、'ф'、'x'、'ц'、'p'适合描写强大、响亮、可怕的事情；辅音'ж'、'з'、'в'、'л'、'м'、'н'适合描写温柔、随和的事物和行为。"[1]

别雷将声音和色彩的作用放至最大。能够被听到和被看到的词语在别雷那里获得具体的内容，形成情节。别雷表示："《彼得堡》的情节内容是按照果戈理的方式以声音的形式表达出来。同样，情节内容也反映在色彩描绘上。"[2]他在自己的回忆录的第三卷第二部分描述了《彼得堡》中形象的诞生过程。不妨借此一观声音与颜色如何促发了小说主要形象（帝俄的参政员）的生成这一细节："我考虑如何将小说《银鸽》的第二部分继续下去；按照我的构思它应该这样安排……第二部分应该在彼得堡展开，以和参政员会面开始，这样按照构思我必须对参政员进行描述；我仔细考察我并不十分清楚的参政员的外貌和他周围的背景，但是——徒劳无功……我感到形象应该由某种微暗的声音点燃；突然我听到某种类似于'y'的声音；这个声音穿越了小说的全部空间……；这样柴可夫斯基的歌剧《黑桃皇后》中描写冬宫运河的主题与'y'音调结合起来；涅瓦河与冬宫小运河的画面也突然闪现在我面前；月光暗淡的、灰色发蓝的夜晚和挂着红灯笼的黑色立方体四轮马车；我似乎在用思想追逐四轮马车，努力窥视里面的乘客；四轮马车在参政员的黄色房子前停下来，就像在《彼得堡》里描写的一样，从马车里走出参政员，完全跟小说里描写的一样……"[3]

弗洛连斯基在1935年给女儿的信中也转述了这一细节："《彼得堡》就是这样建造出来的。安德烈·别雷给我讲述了它的诞生。在'彼得堡'基础上的第一个形象是黑色的立方体，一个特别的音与之相伴。渐渐这个立方体扩

---

① А.И.Горшков. *Русская словесность*. М.：Просвещение，1996. C.140.

② А.Белый. *Мастерство Гоголя：Исследование*. М.：МАЛП，1996. C.326.

③ А.Белый. *Между двух революций*. М.：Художественная Литература，1990. C.435.

张出次要的形象,变成沿着涅瓦河畔行驶的黑色四轮轿式马车。别雷倾听这个伴随音,辨认出它是由两个音组成,或者,更准确地,主音由一个比主音——最高音更弱的辅音相伴。基本形象继续发展,并且和它内在相连的这个音就像胚芽细胞一样继续繁殖。"①

在别雷的概念中词语犹如一棵完整的树,它诞生于"节奏性姿势"(ритмический жест)②,犹如由种子长成枝繁叶茂的大树。声音和颜色从不同方面反映出这一"节奏性姿势"。别雷称,声音和颜色为自己提供了"整一性的投影"。确实,声音和颜色借助有魔法能量的文学语言本身的创造机制,合力生成了表现象征主义理念的形象和情节,反映了艺术象征形象的本质,它们成为别雷拥抱象征主义理想的双翼。正如多尔戈波洛夫指出:"颜色和声音是别雷形象思维的基础。包围作家的并以其艺术的一面进入他的意识世界的并非一堆无生命的、无个性的事物、特征和场景。它们拥有声音和颜色,声音和颜色的组合构成了世界的最终形式表达。形象的完成性就是颜色和声音的结合。这个原则被别雷运用到他所有的小说中。"③

综上所述,别雷结合宗教神秘主义知识调配颜色的方案表达了象征主义者在现实中感受永恒的精神诉求。从他早期作品的明亮色调到他后期作品的灰暗色调的演变中能看出别雷对现实的感受发生了深刻的变化。别雷将对历史和未来、时间和空间的直觉感受凝聚于笔端,借助有魔力的词语呈现出来。他不仅是语言的画家,还是语言的音乐家,在他的笔下,词语成为颜色与声音的结合体,迸发出跃然纸上的艺术感染力。

最后,让我们再次回到如何定位安德烈·别雷的问题。这个问题也是鲍里斯·尼古拉耶维奇·布加耶夫毕生思考的问题。在生命即将终结的时候,

---

① И. Андроник (А. С. Трубачев), П. В. Флоренский, М. С. Трубачева, П. А. Флоренский. *Соч.*: *В 4 т. Т. 4*: *Письма с Дальнего Востока и Соловков.* М.: Мысль, 1998. С. 293.

② А. Белый. *Жезл Аарона (о слове в поэзии)*// Скифы. СБ. 1. Пг. 1917. С. 210.

③ Л. К. Долгополов. *Андрей Белый и его роман 《 Петербург 》*. Л.: Советскийписатель, 1988. С. 204.

他自述：

> 我感到羞愧而且棘手，我不能把自己当成一位作家来谈论。我
> 不是专职作家；我只是探索者；也许我会是一名学者，一个木匠。关
> 于写作，我考虑得最少；不过我又不得不苦苦思量我这一行的细枝末
> 节……①

别雷自我定义为"探索者"，这个定义颇为准确。在别雷思想和艺术发展的各个阶段，他不断努力用无所不包的方法论来论证自己的世界观，以期获取新的心灵知识，从而达到自己毕生追求的"整一性"。在丰富而多舛的一生中，作为自然科学工作者，别雷热心研究无脊椎生物和化学。作为人文科学工作者，别雷迷恋佛教、神秘论、神智学、人智学；他同时广泛阅读康德、叔本华、李凯尔特、冯特、穆勒、斯宾塞、易卜生、歌德等唯物论者的作品。别雷一边写作诗歌、小说，一边坚持出版理论专著《象征主义》《词语的诗》等。无疑，无论在生活中，还是在艺术中，"整一性"命题始终是别雷一生求解的命题。

别雷认为"整一性"能真正解决存在和意识的两面性问题，宣示人类存在的真正价值和意义。如果说别雷的象征主义的起点是解决存在与意识的两面性，那么"整一性"则是别雷的象征主义艺术的追求目标。他所定义的规范的艺术象征应如教堂里的合唱首先具有"整一性"，而词语、节奏和颜色应在生动的象征形象中统一。生动的象征形象能用思想照亮生命的深渊和认知的深渊。别雷在宗教神秘剧中强烈感受到这种连接存在和意识的"整一性"。神的生动形象，即圣像，处于别雷的象征主义艺术中心；而圣像来自于人的形象。所以从这个角度看，别雷的象征主义美学在本质上是伦理学。别雷在自己小说艺术发展的各个阶段中，艺术的直觉服从于这些理论思想，同时他的理论思想也是他艺术实践的结晶。

---

① А. Белый. *О себе как писателе* // Ст. Лесневский, Ал. Михайлов（сост.）. *Андрей Белый*：*Проблемы творчества*：*Статьи, воспоминания, публикации. Сборник*. М.：Советский писатель，1988. С.19.

第二章 别雷小说艺术的起源：诗歌之韵——《碧空之金》

别雷一生执着于探索人类心灵的本质价值，而诗文合集《碧空之金》是别雷的象征主义美学理想的萌发之地。在《碧空之金》中他首先创造虚幻的太阳形象象征永恒，用以点燃人心对未来的渴望；然后借助勇士飞日的壮举表现人类朝圣永恒之决心与艰难，象征人心对未知世界的漫漫求索；最终永恒形象映照于人的心灵之镜，象征人心获得真正的存在的价值。诗文合集中诗歌与小说共生，虚构与现实相连，众多象征形象合力表达别雷追寻永恒、复活心灵的崇高艺术理想。不可否认，在探索艺术之美的道路上，别雷比尼采和索洛维约夫走得更远。

从形式上看，在诗文合集《碧空之金》里"小说体抒情片断"部分被并置于诗歌创作之中。这是一个值得关注的现象。据拉夫罗夫考证，《碧空之金》中收录的是别雷在大学时代的一些练习作品。1897—1901年间创作的短篇小说和诗歌被别雷记录在自己的练习本里，它们被分为两个部分——"小说体抒情片断"和"诗歌体抒情片断"，其中包括相应的26个抒情片断和137首诗。有意思的是，这个练习本里别雷的很多诗作没有划分押韵诗行，而是按照问题分段。比如收录在《碧空之金》的诗作《不惧怕》就是经过修订后的形式。起初按照练习本里呈现的第一稿是未分诗行的形式："心灵的伤口上疼痛一直在增长,增长……田野上雾蒙蒙的……夜幕即将来临。"①

在 1929 年重新修订《碧空之金》时,别雷将初版时候的一些"小说体抒情片断"改写为"无韵的诗",并为它标注了两个出版时间,比如:《长毛怪物》(1898、1929)、《风神》(1898、1929)、《寻找金羊毛的勇士》(1903、1929)②。这些外在编排形式上的几次变化表明:在别雷的创作认知中,小说和诗歌是相互关联、相互流通的创作形式,它们之间没有明显的界限。在《碧空之金》的"小说体抒情片断"中,无论押韵的抒情片断,还是无韵的抒情片断,它们都是创作者眼里的"诗"。在第一章第三节"节奏与意义"对于"小说体抒情片断"中极具代表性的语音、节奏和意义已有详细论述,在此对《碧空之金》的主要象征形象和"小说体抒情片断"的诗性思维特征进行具体分析。

第一节　虚幻而真实的太阳形象

1904 年春,别雷的第一本诗集《碧空之金》和维·伊万诺夫的诗集《清澈澄明》以及勃洛克的《美妇人诗集》同时出版。这三本诗集是俄国文学中年轻一代象征主义者最具特点的一次集体表达。然而出版之后,它们的反响相差甚大。《美妇人诗集》使年轻的勃洛克蜚声文坛,而《碧空之金》却给别雷招致颇多非议。对于《碧空之金》和《清澈澄明》,勃留索夫在仔细比较之后,承认别雷和维·伊万诺夫都是"新艺术最出色的代表人物",但他也尖锐地指出,别雷的语言是"金线绣的皇帝的紫红袍上缀着的丑陋补丁",而维·伊万诺夫的语言"为他的诗歌披上了祭司的明亮法衣"③。

---

① A. В. Лавров.《Золото в лазури》Андрея Белого:к истории формирования и восприятия // Андрей Белый.Золото в лазури. М.:Прогресс-Плеяда,2004. С.274.

② 参见 О. В. Шалыгина. "Проза" - "поэзия" в сборнике Андрея Белого "золото в лазури"// Андрей Белый в изменяющемся мире. М.:Наука,2008. С.327。

③ A. В. Лавров.《Золото в лазури》Андрея Белого:к истории формирования и восприятия // Андрей Белый.Золото в лазури. М.:Прогресс-Плеяда,2004. С.285.

为何对于《碧空之金》有着如此复杂的评说？不可否认，别雷的这部诗集有着太多有悖寻常之处：作者在主题形象、语言技巧、体裁风格等多方面背离了众所周知的常规惯例，这足以引起众多同时代评论家以及读者的惊诧。如何理解这样一部违背常规的诗集呢？别雷用驳杂的笔调编织出众多的语言陷阱，如果读者深陷其中，就不能领悟这部诗集所要表达的最重要的思想。那么，在别雷创造的非同一般的语言迷宫之中，有没有一条能够引导读者前行的阿里阿德涅之线①呢？

弗洛连斯基在当时未及公开发表的对《碧空之金》的评价中，公允地指出："读者们感受到……但是他们没有看到精神内核，没有看到一个统一体。"②希拉尔德指出，《碧空之金》的第一任务是"传达莫斯科索洛维约夫小组③的情绪"④。笔者以为，"碧空之金"——碧蓝色天空中的太阳——这既是别雷为自己的第一本诗集选择的题目，也是能够引导读者走出诗集语言迷宫的阿里阿德涅之线。这里包含复杂的象征系统。这一象征系统的基础是通过使人了解自然的生命——太阳的崇高价值，从而实现人的心灵复活的全部思想。透过诗集中驳杂的笔调，读者能够看到，追寻永恒、复活心灵的理想是整部诗集所要表达的核心思想，而在艺术中实现这一理想是别雷创作诗集《碧空之金》的第一任务。

一、太阳——理想的象征物

太阳对于白银时代的诗人来说是重要的象征物。巴尔蒙特曾发表著名诗

---

① 阿里阿德涅之线：希腊神话中英雄忒休斯在克里特公主阿里阿德涅的线团帮助下，走出迷宫。后常用来比喻走出迷宫的方法和路径，解决复杂问题的线索。

② А. В. Лавров. 《 Золото в лазури 》 Андрея Белого: к истории формирования и восприятия // Андрей Белый. Золото в лазури. М.: Прогресс-Плеяда, 2004. С.287.

③ 即"阿尔戈勇士"小组，因为小组成员都受到弗·索洛维约夫启示录情绪的影响，所以也称"索洛维约夫小组"。

④ Л.Силард. Андрей Белый // Русская литература рубежа веков（1890-е-начало 1920-х годов）.Книга 2. М.: ИМЛИ РАН, Наследие, 2001. С.155.

歌《我们将像太阳一样》。受其激发,同时代的象征主义者纷纷以太阳为主题进行创作。与象征派其他诗人的太阳形象相比,别雷在《碧空之金》中创造的太阳形象更加具有原始自然的生命活力。它虽是一个虚幻的形象,却是别雷象征艺术中最重要的理想象征。

维·伊万诺夫著有《太阳——心》一诗。在分析其中的太阳象征时,巴赫金说:"太阳的象征取自古希腊的神话。这个取自埃拉多斯的太阳,后来成为以马忤斯的太阳;不过在这里它出现于多神教的语境中……"①确如巴赫金所言,维·伊万诺夫的太阳象征内蕴丰厚,但也正是这些复杂的文化层面使他的太阳形象如宇宙中的太阳一般神秘莫测,让人感到遥不可及。而在《碧空之金》中别雷塑造的太阳形象则完全不然。诗集中的主要象征符号——太阳更具首创精神。它没有被文化传统所累,而是直接充满生动的内容,这些内容建构了《碧空之金》的象征系统。太阳成为诗集的主导形象,贯穿整部作品。而且,诗集之中太阳、金子的形象完全融合。换言之,金子几乎是作为太阳的同义词而出现。别雷以地球上的金子隐喻宇宙中的太阳,将原先遥不可及的宇宙存在瞬间变为近在咫尺的现实事物,太阳的形象自然明朗而令人亲近。

《碧空之金》以献给巴尔蒙特的组诗开篇,之后是诗集中纲领性的诗作《太阳》,它同样是献给《我们将像太阳一样》的作者。诗人在这首动人的诗篇《太阳》中写道:

> 心灵被太阳所点燃。
>
> 太阳是向着永恒的疾驰。
>
> 太阳是永恒的窗口,
>
> 敞开在金色的眩目里。
>
> 鬈发的金光里有一朵玫瑰。
>
> 玫瑰在温柔地摇曳。

① [苏联]巴赫金:《巴赫金全集》第7卷,钱中文译,河北教育出版社2009年版,第175页。

> 玫瑰丛里的金辉，
>
> 仿佛是红色的灼热漫溢。
>
> 可怜的心中有许多灾难
>
> 被烧毁和碾碎。
>
> 我的心是一面镜子，
>
> 映照出澄黄的金子。①

在这首诗中，太阳从令人眩目的自然界的中心，变身为人们积极追求的永恒的象征。永恒是别雷艺术的一个极为重要的支点。它指向世界的深层本质、存在的最高价值。与勃洛克崇拜的"美妇人"形象不同，别雷毕生执着于"钟爱的永恒"②形象。在这种抽象含义里，别雷的太阳仍然充满着非一般的自然能量。全诗之中火的象征符号与太阳主题始终紧密相连。火是太阳能量的表现形式。在太阳之火——太阳金色光线的照耀下，心中的恶之花被毁灭，玫瑰——心中的"善之花"盛开。这种语义的展开直接与自然世界中太阳光的作用相关联。自然世界中，太阳播撒生命之光，植物受到光照，生生不息。人类世界中，人们需要如太阳一般拥有巨大能量的永恒，它能照亮人的心灵，使人充满活力。显然，从类比的象征语义中提取出来之后，别雷的太阳形象拥有了虚幻的色彩，它属于巴尔蒙特的太阳形象范畴，是"温暖的，自然的力量，是维持主观幻想的梦"③。

此外，从语义构成上分析，别雷的太阳形象也直接对立于维·伊万诺夫的太阳形象。巴赫金将维·伊万诺夫的太阳的象征意义归纳为"……不是世界

---

① 汪剑钊译：《俄罗斯白银时代诗选》，云南人民出版社 1998 年版，第 121 页。

② 永恒是别雷象征艺术中的重要范畴。别雷总结了自己对存在问题的思考，形成了关于人的特殊的艺术结构，其中最主要的是人的多重存在的观念：人同时处在"日常生活"与"永恒存在"之中，即经验的、物质可感的世界与心灵世界。别雷希望在亘古不变的"永恒存在"中找到他在周围经验世界中看不到的思想。《碧空之金》中收有《永恒之形象》一诗："钟爱的永恒之形象——/在群山之中遇见了我……"

③ ［苏联］巴赫金：《巴赫金全集》第 7 卷，钱中文译，河北教育出版社 2009 年版，第 142 页。

光明之源的阿波罗神,它是炎热、正午、欲火的太阳。因而它成为痛苦和受难、痛苦和爱情、痛苦和死亡的象征。"①在别雷那里,太阳形象的自然科学方面的意义(太阳——生命之源)和宗教语义(太阳——基督)交汇在一起。太阳幻化为基督,它赐予生命,但不是用自己的苦难,而是用变革与重生的方式使人们获得最高真理。变革与重生,继而接近永恒——别雷的创作思想正是沿着这个方向推进。

《碧空之金》中别雷秘制了碧蓝色和金色作为太阳存在的主要配色。太阳的金色和天空的碧蓝色是诗集的主导色系。很多年后,别雷揭秘诗集中"蓝天和金子是索菲亚圣像画的颜色……弗·索洛维约夫的'索菲亚'……她从天上来到地球,将金子和蓝天带到我们这里"②。索菲亚是弗·索洛维约夫所认为的最高智慧的化身,是"永恒的女性"形象,是"逐渐获得了神性的自然和宇宙的最高形式和活的灵魂"③。别雷认为,只有索菲亚的知识和智慧能够带领人们摆脱尘世中无法克服的不幸与矛盾。他相信,索菲亚拥有点燃人心、除恶扬善的能力。诗集中的太阳集成了索菲亚的功能。诗集中还大量运用太阳形象的变体:霞光、日出、日落等,它们在诗集中也发挥着重要作用。昼与夜的交替被看成是光明与黑暗的交替,日出代表新生,而日落则代表毁灭。日落的主题在《碧空之金》中多次重复。别雷利用日落这一自然界的普通现象,创造出人们失去真正智慧的寓言性画面。

太阳的形象在《太阳》一诗中诞生之后,在其后的《晚霞》《追寻太阳》《永恒的召唤》《日落时的雷雨》《永恒的形象》《世界的灵魂》等诗篇中,语义不断发展、扩大。太阳的形象集合构成了《碧空之金》中最重要的象征系统。进而,在《碧空之金》的主题范围内形成的太阳的象征体系将继续发展,贯穿于别雷一生众多的诗歌集、小说以及理论作品中。多年之后,当别雷创作自己一

---

① 　[苏联]巴赫金:《巴赫金全集》第7卷,钱中文译,河北教育出版社2009年版,第175页。

② 　В.М.Пискунов (сост.). *Воспоминания об Андрее Белом.* М.:Республика,1995. С.178.

③ 　徐凤林:《索洛维约夫哲学》,商务印书馆2007年版,第221页。

生中最重要的作品——《彼得堡》的时候,虽然他的思想和创作都已经发生巨大的改变,但是太阳的形象被保留下来。在运用这一象征性形象的时候,别雷仿佛回到了自己的年轻时代。《彼得堡》的主人公预言:"在那一天最后的太阳照耀我故乡的土地。"①这个预言为《彼得堡》结束时的大灾难场景增添了一些田园色调。太阳成为《彼得堡》中最主要的理想象征,它预示主人公在经历心灵的磨难和考验之后,重新找到一条与父亲相互和解的道路。

可见,在别雷的神话诗学中太阳作为宇宙的中心只是一个虚幻的存在,与之对应的真实存在是人心。心灵是人自身小宇宙的中心,它是生命的支点,主宰人和人际关系,主宰社会以及国家的未来。思考心灵的现象是别雷一生的追求。这些思考的过程、方式与结果已经初步显露在他的第一本诗文合集《碧空之金》中。在其中别雷创造了虚幻的太阳形象象征永恒,用以点燃人心对未来的渴望,希望人心能超越日常生活的经验,走向崇高,实现真正意义的永恒存在。在虚幻的太阳形象中,别雷寄予了自己对真实的人类心灵的厚望。不一样的太阳——人心决定了别雷未来的探索方向。

二、飞行——实现理想的方式

诗集中的太阳照亮人们的心灵,点燃人们的梦想,那么人们有何方法能认知永恒呢?飞行——向着太阳飞行是《碧空之金》中别雷设想的认知永恒的唯一方法。他认为,飞行不仅是地球上人们日常生活状态的改变,而且这一过程还包含着人对于光明的向往、对真理的认知,是对永恒进行探索的必经之路。别雷将飞行之路安排为朝圣永恒之旅。

《碧空之金》全面复活"阿尔戈勇士取金羊毛"的神话。诗集中,为了让地球上的人摆脱日常浑浑噩噩的生活,别雷设想将他们迁居到太阳上去。这当然是一个工程浩大的飞日计划。为了实现这一计划,地球上的人们需要建

① [俄]别雷:《彼得堡》,靳戈、杨光译,作家出版社 1998 年版,第 153 页。

造一艘飞船。飞船发明人和勇士们将率先乘坐飞船飞行，进入宇宙，然后按计划把全部人类送到太阳上。别雷借用古希腊神话中"阿尔戈勇士取金羊毛"的故事来创造《碧空之金》的神话结构。"阿尔戈勇士主义"的思想成为诗集的思想基础。"金羊毛"成为诗集中勇士们太阳之旅的朝圣目标。

需要再次说明的是，《碧空之金》不仅包含诗歌作品，还包括短篇小说的尝试之作。这种编排表现出在别雷创作风格形成初期艺术追求的特殊性。别雷梦想创作出一种综合的艺术形式，就像他所认为的心灵文化一样具有无所不包的功能。诗歌和小说在《碧空之金》中相互应和，就像一枚硬币的两面，共同体现别雷的艺术主题。短诗《金羊毛》①和短篇小说《寻找金羊毛的勇士》是《碧空之金》的中心作品，分别表现勇士们乘坐飞船、飞向太阳的内容。

首先，《金羊毛》一诗凝练了勇士们的飞行故事。勇士们要建立功勋，他们准备飞行："在我们头上，/在高山之巅，/我们的勇士阿尔戈。/我们的勇士阿尔戈，/插上金色的翅膀，/去准备飞翔"。"太阳之子"——"阿尔戈勇士"被热情、狂喜和信心点燃，满怀获取"金羊毛"的希望："号角响彻金色世界，/召唤阿尔戈们去赴太阳的酒宴。/听，听：/苦难已到尽头，/披上阳光织成的铠甲"。然而希望在瞬间转为绝望："信天翁的叫声悲切凄凉：/太阳的孩子们！/又是无情的冰冷。/它已沉没了——金色的古老的幸福，/金羊毛。"在信天翁的叫声中勇士们的飞行失利。

随后，短篇小说《寻找金羊毛的勇士》从情节上加工了勇士的形象以及在飞行之中的死亡主题。飞船起飞的伟大时刻来临："……伟大的勇士团团长站到金龙的翅膀中间。……金色的飞龙在蓝天挥动翅膀，化作一个亮点逐渐消失。"然而，在飞船进入太空后，勇士团团长得知，由于设计方案不完善飞船

---

① 《金羊毛》一诗于1903年首先刊印在理论文章《象征主义是世界观》里，这次刊印别雷将诗歌文本嵌入了理论文章，之后该诗作收录于诗集《碧空之金》。《金羊毛》部分译文参见〔俄〕别雷：《象征主义是世界观》，载翟厚隆编：《十月革命前后苏联文学流派》上册，上海译文出版社1998年版，第29—30页。

发生故障。但此时勇士们既无法消除飞船的故障，又不能返飞地球。所以飞船里的勇士面临随时赴死。然而死亡并不可怕。因为在别雷看来，以死亡为代价，人们才有机会摆脱"由于对美好的未来缺乏信心而永远碌碌无为的平庸生活"。勇士团的团长在太空中渐渐冻僵，团长明白了："好吧，就让我做他们的神吧，因为地球上至今还没有谁能够想出一个使人类永远脱离苦海的骗局"。短篇小说最后以多义的句子结束："前面空空如也，后面也是如此。"①在前面的虚空和后面的虚空之间是追逐梦想的飞行和紧随其后的死亡。

既然飞行之路如此艰险，那么飞行的目的是什么呢？关于"寻找金羊毛的勇士"的飞行目的及其意义，别雷曾先后在两封信中进行说明。在1903年3月26日给梅特涅的信中，他说："我……准备以尼采的名义成立一个秘密团体——阿尔戈勇士联盟……，隐秘的目的是，通过跟随尼采的探索，希望能找到金羊毛。……对于别人来说，我想进行的这次远行——到地平线之外去，是一次赴死的旅行。但是人们要知道一点：当帆隐没于岸上居民目光所及的地平线之外时，为了飞向神秘的上帝，帆始终坚持与风浪搏斗。"②随后，1903年4月17日别雷给勃留索夫写信表达了相近的意思："可以永远做一个阿尔戈勇士，可以在黎明时剪断太阳光，用它制造战舰——用太阳光束做成的战舰——这就是阿尔戈号。它朝向永恒的金盾飞驰——朝向太阳——朝向金羊毛。"③从这两封信可以看出，勇士飞行的目的是为了追寻永恒，探索未知的世界。

更值得注意的是，同样在1903年，别雷发表了《象征主义是世界观》④的

---

① ［俄］别雷：《寻找金羊毛的勇士》，载吴迪编译：《对另一种存在的烦恼——俄罗斯白银时代短篇小说选》，云南人民出版社1998年版，第251—253页。

② А.В.Лавров. "Примечания" // Андрей Белый. *Золото в лазури*. М.: Прогресс-Плеяда, 2004. C.292.

③ А.В.Лавров. "*Примечания*" // Андрей Белый. *Золото в лазури*. М.: Прогресс-Плеяда, 2004. C.292.

④ 又译成"作为世界观的象征主义"。

文学宣言。在宣言中,别雷说明了当时的文化环境:在尼采之后人们的心中充满对未来的渴望,人的心灵深处渴求具有永恒价值的东西,人心向往飞行。他说:"尼采的后面是悬崖绝壁。情况就是这样,意识到站在悬崖绝壁上毫无希望,而返回思想境界低处又不可能,只好寄希望于神奇的飞翔术。"但他也看到,由于条件尚不成熟,飞行引发多起悲剧,"前不久飞行家利里安泰尔牺牲了。前不久我们还见到另一次同样是失败的飞行:在很多人的心目中,另一位整个文化界的飞行家利里安泰尔——尼采也牺牲了"。即便如此,别雷还是寄希望于飞行的奇迹,因为他理想中的象征主义艺术拥有巨大的"魔力",它能给人的心灵插上翅膀,"或许这是新教徒先知般的勇敢,他们深信在下沉的刹那间会长出翅膀,并把人类拯救出来,翱翔于历史之上"。别雷并不否认,这项任务复杂而难以完成,"术士们的任务很复杂,他们必须在尼采停住的地方——在空中行走。……这样很可能就接近了尼采本人未能达到的、他所幻想的地平线"①。不难看出,别雷在宣言中以飞行的必要性来阐明必须走出文化危机的理由。

概言之,别雷在《碧空之金》中用诗歌和小说两种形式,对"阿尔戈勇士"和他们艰难的飞行之路进行了艺术性的描绘,形象地表达了人们摆脱地心引力、飞往太空的过程,以此象征心灵摆脱尘世俗务的束缚,获得飞行的自由。飞行是别雷在自己的神话中对于"朝圣"的宗教仪式因素的象征主义再现。他借助勇士飞行的方式表现人朝圣永恒的精神诉求,指引人心探索未知的世界。这是别雷用象征主义的思维所思考的个人摆脱精神危机的办法,也是他所设想的社会走出文化危机的办法。

三、人心——实现理想的基础

诗集中勇士们为了探索未知、认识永恒而向日飞行,这个任务复杂而难以

---

① ［俄］别雷:《象征主义是世界观》,载翟厚隆编:《十月革命前后苏联文学流派》上册,上海译文出版社 1998 年版,第 28、29 页。

完成,那么人们究竟能否认识永恒?别雷用什么说明这个难以实现的梦想具有实现的可能性呢?艺术中,"阿尔戈勇士主义"思想引领别雷的勇士们追逐梦想,执着飞向太空,虽死无悔。生活里,在"阿尔戈勇士主义"思想的指引下别雷创建了"阿尔戈勇士"小组,努力跟随诗集之中的抒情主人公,重塑自我,改造心灵。这种审美转化被别雷视为在认识永恒过程中存在所散发的最为积极的能量,而这种能量拥有重铸性灵、改造世界的魔力。别雷相信,在这种精神体验之下,人的心灵素质会得到提升,就能认识永恒。

"阿尔戈勇士主义"的思想是《碧空之金》中重要形象的思想基础。诗集中勇士们为了梦想而飞翔。别雷设计的飞行之路既是朝圣之路,也是死亡之路。飞行之中勇士们很快知晓梦想只是梦想。美好的欺骗、金色的梦、追逐梦想的疯狂转瞬之间全部灰飞烟灭。在通往未来的道路上人类付出了惨重的代价。但即便如此,勇士们还是愿意相信,梦想毕竟是梦想,只有它能推动人们建立功勋。那么梦想是否具有欺骗性呢?在解决这个问题的时候,别雷以自己的方式作出回答:哪怕梦想是幻觉,甚至是欺骗,哪怕人类要实现梦想会付出死亡的代价,梦想对人类也是必需的。因为梦想本身根植于心,不能被消除,而且无论怎样悲伤的教训也不会对人有益。百年之中仍然有人在追逐梦想中死去,而且,"一百年过去了……太阳能飞船组成的船队正在升空"①。诗集中,前赴后继踏上登日之旅的"阿尔戈勇士"既像扑火的"飞蛾",充满自我焚毁的英雄主义气魄;也像浴火的"凤凰",经历多少次痛苦灼烧的体验,就会获得多少次的重生,他们是"阿尔戈勇士主义"思想的直接化身。

同时,"阿尔戈勇士主义"的思想还按照自己的方式决定了诗集独特的"存在"的语义结构。在诗行之间直抒胸臆的抒情主人公展现出一种前所未有的、充满崇高精神的形象。他自我解嘲:"我是驼背的漂泊者,脸色苍

---

① [俄]别雷:《寻找金羊毛的勇士》,载吴迪编译:《对另一种存在的烦恼——俄罗斯白银时代短篇小说选》,云南人民出版社1998年版,第253页。

白,/——在金色的庄稼地里奔走。"①他深知自己的使命:"我默默接受自己的命运,/以一颗沉默的心灵,/领略大海命定的轰隆,/和生活不自由的功勋。"②诗集的抒情主人公行吟在令他困扰的日常生活的琐碎之中,只有在揭示"我"的非日常生活的意义过程中,才能感受到真正的心灵和谐。他在诗集中狂热地呼唤:"抚摸一下我吧,温柔的小花,/请为我洒落一点晶莹的露滴。/我要让这颗命运多舛的灵魂、这颗狂放不羁的灵魂有片刻安息。"③在别雷的认知中,因为外在的各种庸碌生活遮蔽内心真实的存在,人的心灵无所依托,失去和谐;而生命的真正意义只能在生命的真正的存在层面——心灵层面被揭示。这里"温柔的小花"和《太阳》中的"温柔的玫瑰"有异曲同工之妙。只有永恒存在如活水一般浇灌,人的心中才能盛开"善的花朵",才能得到和谐与安宁。抒情主人公的表现和自我实现都是因为主人公的心灵素质在认知永恒存在的过程中得以提升,这是"阿尔戈勇士主义"思想的本质体现。

　　别雷解释说,"阿尔戈勇士"的本质是拥有"能够向往飞行的心灵"④。换言之,具有特别素质的人才能成为"阿尔戈勇士"。这种特别素质指的是心灵素质。别雷认为,心灵素质的提升决定人能超越自我,实现永恒。1903—1905年间别雷组建"阿尔戈勇士"小组。一群有着共同理想和认知的莫斯科大学的学生加入这一小组。他们自认为是"太阳之子"——上帝的选民,是探索永恒的先驱。所以,他们为自己树立崇高的任务——试图通过艺术创作探索永恒的秘密,希望借此找到开启心灵和谐的密钥,从而提升心灵,重塑自我,改造世界。正因为如此,与维·伊万诺夫的创作不同,别雷的创作不是集中在以美学认知为基础之上的创作,提升心灵素质的思想使别雷将提升大众心灵素质作为创作的远景目标。

---

① 汪剑钊译:《俄罗斯白银时代诗选》,云南人民出版社 1998 年版,第 122 页。

② 汪剑钊译:《俄罗斯白银时代诗选》,云南人民出版社 1998 年版,第 130 页。

③ 汪剑钊译:《俄罗斯白银时代诗选》,云南人民出版社 1998 年版,第 122—123 页。

④ А.Белый.*Символизм как миропонимание*.М.:Республика,1994. С.332.

别雷对艺术之美拥有自己的独特见解。在《象征主义是世界观》中,别雷概括指出象征主义对世界的认识过程经历三个阶段:第一,叔本华、尼采消除了个人因素中的意识和表象之间的二律背反;第二,索洛维约夫在无意识中看到人与神之间的联系;第三,象征主义者在无意识中交融了形而上的意识与现象世界。① 可见,在别雷的认知中,象征主义艺术处于认识世界的最高阶段,它架起了永恒与人心之间的桥梁,通过象征主义艺术,人心可达永恒。

所以,别雷认为,美的形而上如果处于美与心灵需求的联系之外,就其本身而言是死的。美必须走进生活,进入受不和谐所主宰的生活之中。他指出,真正的创作是生活本身的创作,首先需要领悟人和世界的本质意义。这样美学就变成伦理学,象征就不但是潜在的、暗示的意义的表达,而且是"心灵的自然力","感觉的统一,也就是人关于自身知识的无止境的表达"②。在踏上象征主义艺术道路之初,别雷便从理论上阐明了象征主义艺术与心灵文化之间的关系,他预言:"新艺术的任务不在于形式上的和谐,而是心灵深处直观的阐述……根据这种改变,在时间上对永恒的认识不再是不可能的。"③

这种理性认知在《太阳》一诗中被别雷以抒情的方式展现出来:"可怜的心中有许多灾难,/被烧毁和碾碎。"然而,这只是表象,表象背后,是隐藏在心灵里的"金子":"我的心是一面镜子,/ 映照出澄黄的金子"④。别雷曾说:"象征唤醒心灵中的音乐。……音乐是一扇窗,从这扇窗里,迷人的永恒滔滔不绝地流入我们之中,从中也迸发出魔力。"⑤他赋予诗歌以音乐的魔力,调动各种象征形象以期唤醒人们心中的永恒。整首诗仿佛是一支由被俘的灵魂唱响的

---

① 参见[俄]别雷:《象征主义是世界观》,载翟厚隆编:《十月革命前后苏联文学流派》上册,上海译文出版社1998年版,第24—31页。

② А.Белый.Критика.Эстетика.Теория символизма.Том I. М.:Искусство,1994. С.87.

③ [俄]别雷:《象征主义是世界观》,载翟厚隆编:《十月革命前后苏联文学流派》上册,上海译文出版社1998年版,第26页。

④ 汪剑钊译:《俄罗斯白银时代诗选》,云南人民出版社1998年版,第121页。

⑤ [俄]别雷:《象征主义是世界观》,载翟厚隆编:《十月革命前后苏联文学流派》上册,上海译文出版社1998年版,第26页。

追求自由的歌曲:恶魔般庸碌的日常生活俘获了心灵,心灵折翼,丧失光明与自由;永恒之火点燃了心中的梦想;被俘的心灵渴望重新飞翔;决战在心中展开:当胜利的旗帜化作花朵,开遍了心灵的原野,灵魂就长出了翅膀,飞向光明与自由之境。全诗以在平和安宁的心灵之镜中出现"金子"的形象而告终。换言之,在人的心灵之镜中最终映出永恒的形象,象征人心获得真正的存在的价值。不难看出,在心灵腾飞的语境中,认识永恒的理想得以实现。

毋庸赘言,别雷试图以自己特有的方式追求心灵的革命,他渴望改造生活,希望借助新的包罗万象的文学改变人们相互关系的本质。1903—1904 年别雷相继发表内容紧密关联的小说、诗歌以及理论文章,它们虽然外在形式各不相同,但共同体现的是别雷的同一艺术目标——在艺术中探索永恒。因为别雷始终相信,象征主义的艺术是一种"使永恒与其空间、时间表现相结合的方法"①。追寻永恒,揭开人类心灵生活的秘密,这一切的终极目的是为了改造人性,改造生活。用艺术指引生活——对于这一伟大的艺术理想别雷终其一生在艺术和生活两方面进行实践。无可否认,别雷冲破了美学的界限。

透过"阿尔戈勇士"的面具,我们看到新神话的作者——别雷的崇高的艺术理想。别雷相信只要建造起人类心灵的方舟就能使人接近永恒。美国学者玛丽亚·卡尔森说:"别雷的成功在于他表现在象征主义小说中的想象的成就和他的思想的高尚优美。无论读者如何对待别雷基于灵感基础上产生的世界观,他都应该赞叹别雷对于人类心灵本质价值这一信念的力量。对于这种心灵本质价值的信念充分表现在他的小说和理论文章中。别雷把这些小说和文章看成一条人类应该前进的道路,一条能够保存基本的人(性)的价值并最终顺利解放所有人类心灵之中优秀之质的道路。"②确实,别雷从他的第一本

---

① [俄]别雷:《象征主义是世界观》,载翟厚隆编:《十月革命前后苏联文学流派》上册,上海译文出版社 1998 年版,第 25 页。

② Maria Carlson, *The Conquest of Chaos:Esoteric Philosophy and the Development of the Andrei Belyi's Theory of Symbolism as a World View* (1901—1910),Indiana:Indiana University Press,1981,p.354.

诗文合集《碧空之金》开始,已经向着自己的理想进发了。

第二节　抽象和具象的意象体系

　　世纪之交的别雷经历了由中学生到大学生的转变。在大学里他参加了
"阿尔戈勇士"的象征主义小组,心中充满对"霞光"和巫术的神秘渴望。为了
寻求符合象征主义认知的新的表达形式,他把目光投向果戈理。别雷注意到
果戈理的天才不是传统所认为的"批判现实主义"的天才。他认为果戈理是
"神奇的魔法师,从自己的外套里变出了 19 世纪的俄国文学"①。别雷推断,
果戈理具有独特的世界观,"他在周围的世界中看见了深渊和道德的顶峰,而
非真实的大地"②。所以在别雷眼里,果戈理所擅长的不是描绘"真实的大
地",而是用非理性、原始活泼的诗性思维打破逻辑的、秩序的世界。果戈理
的作品所具有的诗性思维和狂欢精神契合了别雷的象征主义气质,成为指导
别雷开拓自己艺术道路的重要方法。可以说,《碧空之金》是别雷用诗化的语
言和诗性的思维为自己意识中的各种意象创建的一片充满诗意的"天空"。
这一节我们主要分析《碧空之金》中"小说体抒情片断"部分的各类意象以及
它们所展现的别雷对于抽象的永恒存在以及具象的物与人之存在的诗性
之思。

一、抽象意象的形象化表达

　　屠格涅夫在 19 世纪写过许多著名的散文诗,比如:《门槛》《麻雀》等,影
响甚大。在 20 世纪,这种形式在布宁、别雷、索洛古勃、列米佐夫等人的作品
中得到延续。诗文合集《碧空之金》中的"小说体抒情片断"收录的尚不是严
格意义上的小说,大都缺少完整的情节和时空更替。它们继承的是屠格涅夫

---

① A.Белый.*Мастерство Гоголя:Исследование*.М.:МАЛП,1996. С.4.
② A.Белый.*Мастерство Гоголя:Исследование*.М.:МАЛП,1996. С.5.

的散文诗的文体,只截取生活中的某一片断,描绘景象和形象,显示诗化语言的魅力。"小说体抒情片断"里的抒情片断大都篇幅很短,常常描写一个意象、一个幻觉、一个梦,它们可以视作别雷为自己以后创作长篇小说所做的微型练笔。其中的《幻影》《梦》这两篇是别雷在自己的创作计划中首次以诗化小说的形式记录自己的幻觉、非理性之梦以及对于永恒存在的探索。

当别雷展示一个世界时,十分细心周到,他首先让读者明白他的笔下并非真实的世界。《幻影》和《梦》写的都是对世界的重大事件——基督出现的期盼和神秘的等待。超自然的或者神话中的人物和事件出现在作品中,这后来成为别雷小说中的普遍现象。《幻影》主要描绘未来之王的光辉形象。虽然未来之王只是一个虚幻而抽象的象征意象,但是别雷一丝不苟地进行了大量细节性虚构。细节描写主要以意象堆叠的方式呈现出来:从未来之王的华服、腰带、权杖、酒杯以及他的脸、牙齿、嘴巴、胡子、声音等,作者都进行了细致而周到的描摹。别雷最擅长用形象化的描绘来表现抽象的意象,这是别雷在意象表达方面的突出特点,所以他笔下的抽象意象并不让人觉得陌生、不可理解。

这种描写方式影响了文本的语言风格。在《幻影》的短短十数行中,词语与词语的联系是音乐性的。在前面一小节中我们曾对其节奏性特点进行详细的分析。在这一小节中我们主要分析其中的意象特征。意象本是诗歌文本的重要组成部分,在别雷的小说文本中同样占据重要地位。在《幻影》中别雷使用了如此之多的同质词汇,数量之大几乎占据了整个文本:贵重物质(黄玉、绿宝石、蓝宝石、红锆石、红榴石、钻石、珍珠项链)、身体(胸膛、肩膀、嘴唇、牙齿、脚)、衣饰(华服、腰带、权杖)、颜色(红、黄、青、绿、蓝、白、金、紫)。它们以意象的形式在文本中一一铺排开来,造就了《幻影》极其华丽的语言风格。文中还大量运用明喻和暗喻的手法使未来之王的形象清晰而又飘渺,具有某种浪漫主义特点。若从《幻影》的象征机制上考察,可以发现别雷的这个文本缺少暗示,《幻影》的文本意义扩展主要借助于联想这一诗学手段。《幻影》从第二句"有个声音对我说:'瞧,时间就要到了'"①开始,随之丰富的视觉形象、触觉形象、声音形象不停炫丽转换,构成了意义之链不断增长的过程,到最后一句"在一个星期日,他一定会来到,身披清晨的云彩"全文戛然而止。在短短的小说文本中同样达到了诗歌文本中意象相连、首尾相顾的效果,《幻影》恰如一首精致的小诗。

从《幻影》中的意象表达方式,我们可以一窥整部诗歌集《碧空之金》中的意象写作特色。《碧空之金》中独出心裁的形象体系给读者留下深刻印象:"这是十分富有表现力的诗歌,一页接着一页地阅读,您几乎感受到太阳明亮的金色,几乎能看见金色的阳光在宝石间闪耀,华丽而灵巧,金色被饶有兴味地洒满在别雷长长短短的诗句中。在每一部分您都会看到写得很棒的形象,如在眼前。""合上书卷,您会不由自主地感觉到,作品给您留下深刻的印象。这本书充满了某种神秘主义,它缓缓地流入读者的心里,之后留下鲜明的印象。对日常现实的不满,对逝去的明亮而美丽的过去的向往,渴望向上飞翔,飞向天空,飞向太阳——别雷年轻的呼唤中充满了这一切。"②《碧空之金》的形象体系形成于西欧的"现代主义"和俄国的"艺术世界"的大背景之下,它深化了自茹科夫斯基以来的俄国浪漫主义的文化传统。

如果说《幻影》总体上反映了《碧空之金》中作者对未来满怀期待和渴望的积极情绪,那么《梦》则代表了《碧空之金》中的另一种更深层次的悲伤意识。《梦》中的基督不再是《幻影》中立于群山之巅的未来之王的形象。他失去了万丈光芒。这是一个"绵长而忧伤的"形象,他更接近于别雷后期小说中的基督形象。《梦》的开头以接连四个"我觉得"的结构,开启了对梦中的某人、大地、树木以及雾霭等虚幻形象的描绘。这是四个句法形式完全相同的主

---

① 本小节中引用的《幻影》《梦》《长毛怪物》的译文均为笔者所译,原文参见 А.Белый. *Золото в лазури*.М.:Прогресс-Плеяда,2004.С.177–197。

② А. В. Лавров. 《 *Золото в лазури* 》 Андрея Белого: к истории формирования и восприятия// А.Белый.*Золото в лазури*. М.:Прогресс-Плеяда,2004. С.282.

谓句,属于诗章中常用的句法现象。这种结构既包含明显重复的句式,又寓变化于重复之中。在《梦》中这样诗语形式的重复不止于此:有句中的词语重复,比如"在雾蒙蒙的黑影中绝望……在空中绝望……在海水铅灰色的闪光中绝望";也有整句重复,例如"这个永恒的秋日的无忧无虑的雾"在文中多次重复。在这些近乎偏执的"咒语"般的重复中加深了读者对"雾"和"绝望"的感受。这种诗歌技巧中常用的重复,它兼具另一种表达功用,之后成为别雷频繁使用的小说创作技巧。此外,《梦》里一直使用一种不甚明朗的表达:不定代词"某人"和"某处"使人物和地域都显得异常模糊。不断使用的省略号增加了文本的断续性。当不确定性、断续性和抽象的感受结合在一起,并被不停重复时,常会使读者觉得如坠云雾之中,不知所云,不知所论。然而别雷巧妙地用隐喻性的意象弥补了这一切。他将抽象的无法理解的意象诉诸感官揭示出来。

　　抽象的象征层面的意象与风景描绘大胆地结合在一起——"树木,就像一群群阴郁的巨人,伸向天空的手臂做出威吓的手势";"地平线上危险的雾霭正在那片大地上游荡,黏在草上……而风儿已不再停留,乌鸦也不再聒噪,透过秋日沉重的、无忧无虑的雾,树木也不再喧哗"。动物成为具有特殊意义的意象:"最后的飞鸟黑点般布满雾幕表面,它们要穿过这个秋日永恒的、无忧无虑的雾,飞向温暖的阳光国度";"一只饥饿的狼走到树林边缘……它可怜地嚎哭着,精疲力竭的身体战栗着,尾巴和耳朵蜷曲着……胆怯地噪叫——一只野兽在哭"。所有这些从上下文中摘录出来的句子,似乎都能从万物有灵论的角度去解读。这些意象属于隐喻性意象。彭斯在隐喻中区分出拟人化的隐喻和移情的隐喻,认为它们是"两个极端之间的巨大对照,一方面是神话式的想象,它把个人人格投射在外部事物上,赋予自然生命和灵魂,另一方面是截然相反的想象,它在陌生、异己的事物中摸索,使自己失去生命和主观意识"①。隐喻作为

---

① ［美］勒内·韦勒克、奥斯汀·沃伦:《文学理论》,江苏教育出版社 2005 年版,第236 页。

诗歌的起组织作用的结构原则之一,被别雷移用到小说文本创作中。别雷旨在以普通的事物来类比意义深远的事物。这些散在的意象在抒情主人公无意识的思维活动——梦中进行多重类比,构成了揭示小说主旨的意象范例。这些意象的隐喻性表达形式被保留下来,它们在作家的长篇作品中成为参与文本意义建设的重要象征意象的表达形式。

梦境对于象征主义者别雷来说,具有非凡的功用,它是作者透视现实、审视内心的魔镜。在其最重要的小说《银鸽》《彼得堡》《柯季克·列塔耶夫》等作品中,梦境发挥出重要的结构作用。更值得指出的是,对于20世纪的别雷,他笔下的梦已不像在19世纪的屠格涅夫那里只是一个主题因素,它变成一个操纵阅读的装置,是文本解读方式的一个标记。在《碧空之金》中,作者如此宣示:"生活如一口干涸的泉眼,/奔突在反常的天气;/在恼人的梦境里,/我们见到大地上的一切"①。这首短诗点明的不仅是《碧空之金》的诗学原则,它后来成为别雷一生创作的最重要的诗学原则。《碧空之金》包含两个范畴:日常生活的范畴和永恒存在的范畴。《梦》中是对世界的重大事件的描绘,而同时嵌入其中的完全是对地球上最平常的景致的摹写。在对普通景象的描绘之中,《梦》同时开启的是另一内在主题——"心中疯狂的悲伤",此为《梦》所表现的宇宙层面。《梦》在紧张的心灵体验之中以隐秘的情感形式表现了永恒存在。别雷以新的方式无可估量地将永恒存在与尘世的具体事物相连。

1904年,别雷在《新路》杂志上如此评定勃留索夫的诗学原则:"在每一处努力将普遍现象的偶然性与永恒世界的非偶然意义在象征之中关联。现象的表面越偶然,由其中显现出来的永恒越伟大。"②无疑,别雷赋予勃留索夫的创作实践以巨大的意义。与此同时,他明确了自己的创作原则。别雷正是这样开创了属于自己的创作主题。"钟爱的永恒"主题在《碧空之金》中将所有的

---

① 汪剑钊译:《俄罗斯白银时代诗选》,云南人民出版社1998年版,第133页。

② Л.Долгополов. *Андрей Белый и его роман 《Петербур》*. Л.:Советский писатель,1988. С. 150.

主题联结在一起,它既存在于抒情主人公的意识之中,也存在于"阿尔戈勇士"的神话之中。永恒成为别雷毕生的猜想和追寻的对象。确实,有谁能写出"镶绿松石的永恒",有谁会称"永恒"为自己的"钟爱"? 当年轻的茨维塔耶娃在"阿尔戈勇士"小组中遇到年轻的别雷时,因为别雷的眼睛,她称呼别雷为"那个——永恒"。从此,别雷和永恒剪不断的关系相伴他的整个创作生涯。

二、具象意象的隐喻性表达

《碧空之金》中收录了关涉各种形象的诗作。在多样化的风格模拟中,别雷描绘了传说、故事和神话中的各种形象:肯陶洛斯①、地下财宝的守护神②、牧神、战争女神、巨人和矮人、先知和女预言家等。这些形象代言了别雷在"霞光"时期的各种神秘的体验,初步显示出别雷创作中新神话主义的方向。这些多样化的形象是别雷在找寻真理和风格过程中的重要依托,它们不仅活跃在别雷的抒情诗中,也出现在别雷的抒情片断中。在"小说体抒情片断"里有一篇《长毛怪物》,其中别雷以神秘剧的形式描绘了一只长满浓密绒毛的巨型蜘蛛的形象,借以表达自己对物之存在的独特思考。

《长毛怪物》首先交代了神秘剧的时间、地点和剧中角色。神秘剧发生在"笼罩在傍晚霞光之中"的"位于悬崖之上的大理石镶面的露台"。以露台为界,露台之上的是欢饮的人群;露台之下,"在深渊之上,玫瑰之下,挂着一个奇怪的东西,它紧紧抓住带刺的小灌木丛。这是一只硕大的蜘蛛……在黑色蜘蛛肥胖的身体上,布满浓密的绒毛。凶狠侏儒的衰老的胡子和稀疏的脑袋迅速转动:这是深渊的幽灵。它在深渊之上种下玫瑰,它诱惑自己的牺牲品进入危险的深渊并在那里将之捕捉"。露台之上的人群和露台之下的蜘蛛隔着露台遥遥相望,似乎形成了某种对峙:"长毛怪物从缎子一样光滑的花瓣下面

---

① 肯陶洛斯:希腊神话中的半人半马怪兽。

② 西欧神话中守护地下财宝的丑陋侏儒。

探出两只眼睛——两只闪光的眼睛。长毛怪物看着宴饮的人群。从上面看来,似乎钻石般的流萤落在玫瑰花上"。

紧接着,相互对峙的平衡被打破:夜幕降临,沉重的夜幕替代了傍晚霞光的光亮。因此"宴饮的欢愉被某种东西打破了。某根忧郁而沉思的琴弦断了。某种原先没有的、新的内容加入了情绪,但大家对所发生的事保持沉默"。在接连运用的不定代词"某种东西、某根琴弦、某种情绪"的描绘中,似乎露台上的神秘剧已经上演:某种神秘的力量侵入了露台。人群变得不安,"大家明显感到,某个并非这里的、不可战胜的、可怕的人飞奔而来"。此时露台上响起狂热的声音,"恐怖降临。这些四散的声音奔跑、飞驰"。随着恐怖力量笼罩露台,露台下的长毛怪物似乎"看到了自己的猎物,高兴得唧唧叫";而露台上"飞舞的流萤正准备赴死"。

最终,胜利的决定性力量出现,黎明来临:"钻石般的天空里一切悄然凝滞,但是在明亮的霞光中响起温和的召唤……长毛怪物来迟了……夜晚的酒杯没有毁了流萤"。夜幕被一种巨大的力量拉开,太阳升起。太阳就是基督,是关键性的拯救力量。于是,一切恢复了生机:"瞧,流萤向上帝祈祷,感谢获救。若有所思的少年郑重举起一只手,朝黑暗的深渊画了十字。那时危险的玫瑰蜷缩起来——枯萎。绵延的山谷闪着光亮。"显然,在黑暗与光明的角力之中,光明战胜了黑暗。但是危险并未消除,它只是暂退一旁,仍在等待时机:"山谷里还有两只凶狠的眼睛在闪烁:这是长毛怪物。它没有喝到血,贪婪地咬噬着自己吸血的颤抖双唇。"

神秘剧中的时间、空间和各类意象都是虚幻的,它们承载着各自的象征意义参与神秘剧的演出。神秘剧分为三个时间段:傍晚、夜晚、黎明。这三个时间既是自然界中光明与黑暗转换的时间点,也是剧中光明力量和黑暗力量发生转变的时间。它们带有各自固有的性质:黎明代表着新生,而夜晚则代表着毁灭。太阳代表永恒,黎明和傍晚时分的霞光是永恒形象的一个明显标志,它们出现在神秘剧中,寓意金色的希望。神秘剧的发生空间是露台:露台之下是

深渊、灌木丛和蜘蛛,它们是混沌因素的代表。露台之上宴饮的人群,表现的是世界的秩序因素。请看:

> 姑娘们和小伙子们身着镶金红色无袖长袍。姑娘们在晚宴上怡然自得地站立,就像神庙中心怀纯洁喜悦的祭司。在茂密的玫瑰丛中,她们梦幻般的头颅犹如大理石雕。
>
> 一些姑娘扯下玫瑰,玫瑰花雨洒落在站立在侧的小伙子们身上。另外一些姑娘一边吃着柔滑的金色杏仁,一边喝着微微温热的血红色葡萄酒。而那位姑娘比其他人更端庄、细致,她警惕地咬紧嘴唇,弹奏着笼罩在傍晚霞光中的竖琴。

露台之上仿佛是晚霞照耀下的阿波罗的神庙,姑娘和小伙子如同神庙中的祭司,美好而梦幻。

露台位于代表混沌力量的深渊和代表秩序力量的神庙之间,它符合巴赫金阐述的"时空体"概念要求。巴赫金说:"现实生活里的任何一个地方,它的背后都还应该透视出一个地形学意义上的位置,唯有这样,地方才能成为展开重大艺术事件的舞台;这个地方应该纳入到地形学的空间中去,应该与世界的坐标发生联系。"①露台变身为一个特殊的空间点,它在剧中成为光明与黑暗双方角力的舞台。这里的露台很像陀思妥耶夫斯基作品中的门槛。如巴赫金指出:"在空间中的任何运动、任何易位,除了表达自己现实的涵义、情节的涵义和日常生活的涵义之外,总还具有一定地形学的意义,这就是从一个地形位置的点向另一个地形位置的点易位。这种易位是由舞台和文学空间的地形结构决定的。……这一点决定了任何运动和任何位置都具有双重的逻辑。"②

露台上下两极之间的运动和变化是一个从平衡到失衡再恢复平衡的复杂的运动过程,它通过露台上的声响、人物的姿势以及流萤的运动表现出来。露台成为运动和变化的关键点,它不仅是两种力量角力的地点,还具有自身存在

---

① ［苏联］巴赫金:《巴赫金全集》第6卷,钱中文译,河北教育出版社2009年版,第578页。
② ［苏联］巴赫金:《巴赫金全集》第6卷,钱中文译,河北教育出版社2009年版,第578页。

的独特意义。"大者"在"小者"中复现是别雷的艺术空间的结构原则。别雷重要作品的空间设置都是按照这样的原则布局,比如:在《银鸽》中,别雷选择古戈列沃夫村和利霍夫城作为天堂和地狱的代名词,将它们作为光明与黑暗、白昼与黑夜的对比物。而在代表作《彼得堡》中,别雷把东西双方世界性力量争斗表演的舞台设置在彼得堡这座城市。彼得堡被划分为岛屿区域和中心区域,它们分别作为敌对双方的活动地点。位于中心区域的高官公寓和位于岛屿上的革命者的亭子间被作家浓缩为两种敌对力量分别控制的两个点。这样整个世界的力量都参与到彼得堡的表演中,整个世界也都被吸引到这种表演中。

深渊里的长毛大蜘蛛是这场神秘剧的核心角色。它是一种神秘的隐喻:它既是深渊中的危险存在,也是混沌世界的象征。深受索洛维约夫的启示录情绪的影响,别雷预感,古老的俄国正跌入深渊,一个新的俄国即将出现。别雷并未将旧俄帝国的厄运归结到它的社会历史问题中,而是将之归结为世界混沌的秘密。别雷为混沌的世界找到一个理想的象征物——蜘蛛。它不是自然界活生生的蜘蛛,而是作家心目中的一个幻觉生物,既是一个事物,也是一个象征。它隐秘地使人联想起陀思妥耶夫斯基著名的卡拉马佐夫的澡堂里具有象征意义的蜘蛛。在《碧空之金》之后,别雷创作了诗歌集《灰烬》。在《灰烬》中,别雷专门以"蜘蛛"为题创作系列诗歌。他在这些系列诗作中延伸了自己的主题,将自己痛苦的心灵和蜘蛛相比,表达被"蛛丝"束缚的恐惧。在《银鸽》中,别雷塑造了一个人形蜘蛛——"没有脸"的瘸腿木匠、鸽派的首领米特里依的形象。鸽派首领使越来越多的人陷入他的蜘蛛网,成为"鸽子"。与长毛大蜘蛛相连的意象是深渊。深渊在古希腊罗马神话中指不可逆转的劫运,即加在个人身上的命定的惩罚。别雷时常借助这个意象来渲染 20 世纪初俄国的时代氛围,借以揭示旧俄帝国必将覆灭的命运。在《银鸽》中,别雷在对主人公的命运、城市和村庄乃至俄罗斯的命运的预言中广泛运用蜘蛛网和深渊的意象,反复提示主人公、城市和村庄乃至整个俄罗斯在劫难逃的厄运。

无疑,别雷将自己的许多神秘体验幻化成各类物像,用以表达自己建立在"象征主义是世界观"基础上对社会生活的思考。《长毛怪物》中的蜘蛛、露台、晚霞、黑夜、深渊等各类事物都不是真实的事物,它们各自携带着大量的饱含隐喻意义的信息,成为小说中的象征存在,显示出别雷对物之存在的诗性之思。

三、诗性思维与狂欢精神

在别雷的诗作中,故事和神话的因素有时通过荒诞和幽默的色调展现出来。在著名的诗歌《在山间》中崇高的抒情冥思被转换为狂欢化的怪诞形式,而在诗歌《白发驼背人》中别雷将游戏的、火热的酒神因素掺入了山间"净化的寒冷"氛围之中。《碧空之金》中有不少这样的文本,既充满预言和重建现实的激情,又伴随最为滑稽和幽默的配音。

诗集的结构强调了这一风格的共生性:在理想和滑稽层面显示事物的双重幻象。《碧空之金》的主要部分歌颂了"钟爱的永恒"形象,歌颂了世界的灵魂;而其中的"往昔和现今"这部分则展示了现象的混乱和表面的繁荣。所以,在整部诗歌集中可以看到:一方面,神秘的乌托邦在"阳光照耀"中找到自己的主导思想,浓缩为神话故事主题的各种自由变体;另一方面,金色的葡萄酒和宴饮狂欢的隐喻表现出狄俄尼索斯式的神圣的狂欢主题。在《碧空之金》的最后一部分则可以发现浪漫的乌托邦的"正题"转变为自我批评的、自我毁灭的现实主义的"反题"。这种独特的主题表达方式不仅体现在别雷的诗歌创作中,同样也表现在其小说创作之中。仅以"小说体抒情片断"中的《寻找金羊毛的勇士》来说明别雷借"寓深刻于幽默"的独特方式表达作家对人之永恒存在的诗性之思。

别雷借用希腊神话中"寻找金羊毛的勇士"的故事外壳,描绘白银时代的"勇士"追寻心灵自由的历程。小说《寻找金羊毛的勇士》从情节上加工了金羊毛勇士的形象、他们的双面性特点以及道路中的死亡主题。这是别雷如同一位天才的魔法师精心开启的一场幻想之旅。《寻找金羊毛的勇士》中的勇士并非英雄,人物也没有被艺术美化。作者以一种诙谐的讽刺笔法,描写人物外貌、行动和语言中荒唐可笑的一面。故事开篇勇士团团长和他的工程师登场:勇士团的团长是"一位大作家、幻想家",他"身材魁梧,胡子雪白,鬈发随风飘拂",他"像寻找金羊毛的勇士那样要去寻找太阳"①;与之相伴的是他的工程师,"驼背,脸色苍白,胡子像笤帚,眼睛低垂,苍白松弛的脸上有两片红红的橡皮嘴唇"②。年迈的勇士喜欢挥舞拐杖,发出豪言壮语:"我要把整个世界镀上一层金……我们要把阳光压成金板藏进地下室,再锻造成阳光铠甲。……飞船将穿越太空飞往太阳。我们将负责迁徙事宜。到时候地球上将无人居住,而太阳的宫殿里将人满为患"③;而身旁的同伴则默默无语,他是一个又聋又哑而且没有眼睛的工程师。然而这么一个外表不起眼的工程师,却仿佛有着某种神秘的死亡力量:"但是他所到之处,无不令人不寒而栗,仿佛有一阵冷风吹过……他那呆板的脸上的两片红色橡皮嘴唇就嘲弄似地跳动几下"④。

勇士团团长的伟大飞日计划需要双目失明的工程师助手来帮助实现,这暴露出飞日之行的可笑与荒诞。与奇特的人物相互辉映的是滑稽、荒诞的场景。《寻找金羊毛的勇士》中,每当勇士团团长发表宏大的飞日计划时,"天生不会说话的驼背同伴都抬起睫毛望着勇士:他没有眼睛"⑤。荒诞的故事高潮出现在飞船升空之后:"置身于地球上空之后,团长的脑子清醒到了超人的程

---

① 〔俄〕别雷:《寻找金羊毛的勇士》,载吴迪编译:《对另一种存在的烦恼——俄罗斯白银时代短篇小说选》,云南人民出版社 1998 年版,第 247 页。

② 〔俄〕别雷:《寻找金羊毛的勇士》,载吴迪编译:《对另一种存在的烦恼——俄罗斯白银时代短篇小说选》,云南人民出版社 1998 年版,第 247 页。

③ 〔俄〕别雷:《寻找金羊毛的勇士》,载吴迪编译:《对另一种存在的烦恼——俄罗斯白银时代短篇小说选》,云南人民出版社 1998 年版,第 247—248 页。

④ 〔俄〕别雷:《寻找金羊毛的勇士》,载吴迪编译:《对另一种存在的烦恼——俄罗斯白银时代短篇小说选》,云南人民出版社 1998 年版,第 250 页。

⑤ 〔俄〕别雷:《寻找金羊毛的勇士》,载吴迪编译:《对另一种存在的烦恼——俄罗斯白银时代短篇小说选》,云南人民出版社 1998 年版,第 248 页。

度。飞船的缺陷暴露无遗,但是已经无法弥补。可以预料,这两名飞行员以及今后步他们后尘的人都将必死无疑。在不远的将来人类肯定会造出许许多多太阳能飞船,但这些飞船注定要遭到毁灭,因为只有在远离地球又无法返回的时候才会发现地球上无法预料的种种意外情况。"①事实上,无论是飞日计划,还是选拔勇士、制造飞船,所有的工作都将以美好的骗局而告终。伟大的飞日勇士们吟唱的是一曲一去不返的悲歌:"勇士团团长这时候恍然大悟:当他的名字被人们作为能够摘下太阳的新神大加颂扬的时候,实际上已经世世代代为他准备好了人类刽子手的罪名。"②注定的死亡命运彻底击溃团长,他想抓住最后一根救命稻草:"恶狠狠地抓住了使他恐惧的同伴的手,可是留在他手里的确是哑巴工程师的一只手掌,这是一只塞满干草的手套。原来工程师不是人,而是蒙着面具、撑在木棍上的稻草人。"③

　　一方面有着雄心壮志的勇士团团长的形象大声昭示的是对飞日计划的十足信心,另一方面与之如影随形的聋哑工程师的形象默默透露的则是对飞日计划的死亡恐惧。他们如同纸牌中的人的头像一般,上一半映照着下一半。如果两个对立面并列站在一起,互相对望,他们就能互相知悉。他们一个是荒诞计划的制造者,一个是荒诞计划的承受者,既相互依存,又相互独立。它们如同一个统一的"狂欢体"形象,既分别象征了狂欢世界的两极:生命与死亡、喜剧与悲剧,又共同构建了这部小说的狂欢世界。对人物的戏谑性的降格处理方式在别雷的日后的小说创作中被保留下来。在混沌世界中,主人公的英雄主义的"脱冕"注定是不可避免的。比如在《彼得堡》中,别雷将俄罗斯帝国的高官——参政员以日神阿波罗的名字来命名,同时他在小说中也是被妻子

---

　　①　[俄]别雷:《寻找金羊毛的勇士》,载吴迪编译:《对另一种存在的烦恼——俄罗斯白银时代短篇小说选》,云南人民出版社 1998 年版,第 252 页。

　　②　[俄]别雷:《寻找金羊毛的勇士》,载吴迪编译:《对另一种存在的烦恼——俄罗斯白银时代短篇小说选》,云南人民出版社 1998 年版,第 252 页。

　　③　[俄]别雷:《寻找金羊毛的勇士》,载吴迪编译:《对另一种存在的烦恼——俄罗斯白银时代短篇小说选》,云南人民出版社 1998 年版,第 252 页。

抛弃并且遭遇沙丁鱼罐头炸弹的"憨厚"而体弱的老人。

如果说文本在人物的戏谑性降格、场景的戏剧化处理等方面是为了表现飞日计划的荒诞性以及飞日过程中的死亡主题，那么在此基础上以狂欢模式衬托更深层次的永恒复归主题才是作者的真正用意。在飞船起飞之前有一场庆祝仪式，作家将之打造成一场狂欢仪式，它是理解整篇小说的表达方式及其深意的关键所在。这里仿佛是全民参与狂欢的狂欢节的广场："展翅欲飞的金龙在鲜红的晚霞衬托下格外醒目。金龙牢牢地固定在编辑部平坦的屋顶上。广场上搭起了几座大看台，来自世界各国的新闻界代表可以从这儿欣赏起飞的壮观场面。描写首次安全离开地球的勇士们的书籍被地球上的公民抢购一空。人们把勇士团团长比作摩西再世，因为他能够把人类送到太阳上。"①

与狂欢节的广场相连的是狂欢的象征、狂欢时的演出和笑声。在灯火辉煌的会议大厅，当为勇士们举行的欢送会进入高潮时，"一队身披黑斗篷、风帽上画着骷髅头的人不合时宜地闯了进来。"狂欢的面具们开始狂欢表演："黑斗篷刷地拔出马刀。一刹那间，只觉得锋利的刀刃上涌出一道银白色的寒流，这寒流从这个大厅蔓延到另一个大厅。……一眨眼的工夫——一切都变了样。面具们亲热地邀请女士们跳舞……对于戴假面具的人们出乎意料的玩笑，勇士们报以亲切的微笑。于是一切又重新进入自己的轨道。"②似乎，晚会变成一场闹剧，作者用这个典型的狂欢化场景消解勇士出征的悲凉，促进读者思考隐藏在表层死亡主题之后的深层主题。

小说在结局处显示了对死亡主题的彻底消解：

> 勇士的心情已经平静下来，他看到："人类由于认为存在着一条

---

① ［俄］别雷：《寻找金羊毛的勇士》，载吴迪编译：《对另一种存在的烦恼——俄罗斯白银时代短篇小说选》，云南人民出版社 1998 年版，第 249 页。

② ［俄］别雷：《寻找金羊毛的勇士》，载吴迪编译：《对另一种存在的烦恼——俄罗斯白银时代短篇小说选》，云南人民出版社 1998 年版，第 251 页。

通向太阳的路而在不远的将来欣喜若狂的情景。那将是面对史无前例的死亡而爆发出来的史无前例的狂喜。现在静心一想,他明白了:面对死亡的那种狂喜本身将使人类摆脱由于对美好的未来缺乏信心而永远碌碌无为的平庸生活。"①

这里简短的几句话揭示出勇士飞日的意义:勇士们的飞日行为不是疯狂的自杀行为,而是为了摆脱日常的庸碌生活、达到永恒存在的一种方式,即从一种日常存在形式到达另一种永恒存在形式的途径。

为了表达永恒复归的思想,作家建立了一种首尾相接的环形结构。小说的开始处:"一束束阳光在绿宝石一般的波涛上来回晃动。这是阳光在跳舞。这是一条条金虫。过了一会儿,这些金虫又染上了一层红宝石的颜色。明晃晃的玻璃渐渐变成紫色的金片,傍晚的房间里洒满阳光。这阳光简直可以用桶舀起来。幻想家一只手按住心口,站在窗户旁边,浑身发出琥珀一样的光芒……"②小说的结尾处:"一百年过去了。一束束阳光在绿宝石一般的波涛上来回晃动。这是阳光在跳舞。这是一条条金虫。过了一会儿,这些金虫又染上了一层红宝石的颜色。明晃晃的玻璃渐渐变成紫色的金片,傍晚的房间里洒满阳光。这阳光简直可以用桶舀起来。幻想家一只手按住心口,站在窗户旁边,浑身发出琥珀一样的光芒。"③对比首尾的这两段,可以发现:除了时间已经过去百年,其他的场景和人物似乎一切依旧。

值得注意的是,小说的最后增加了这样两句话:"远处,平如镜面的红色的地平线上,一道道火光直刺天空。这是几只金色的箭。这是一支把人类送

---

① 〔俄〕别雷:《寻找金羊毛的勇士》,载吴迪编译:《对另一种存在的烦恼——俄罗斯白银时代短篇小说选》,云南人民出版社 1998 年版,第 253 页。

② 〔俄〕别雷:《寻找金羊毛的勇士》,载吴迪编译:《对另一种存在的烦恼——俄罗斯白银时代短篇小说选》,云南人民出版社 1998 年版,第 248 页。

③ 〔俄〕别雷:《寻找金羊毛的勇士》,载吴迪编译:《对另一种存在的烦恼——俄罗斯白银时代短篇小说选》,云南人民出版社 1998 年版,第 253 页。

往天空的太阳能飞船组成的船队在升空。"①首尾呼应却不完全重叠,形成了一个盘旋上升的螺旋状结构。小说在结构上的呼应通过重复的句子和重复的段落表现出来。各类堆叠的意象也成为小说结构的重要支撑。比如太阳的各种意象及变体在小说中频频出现,它纵贯整部小说,像一条长长的线,将散落的情节串联在一起。太阳的光辉形象与小说的戏谑风格相互反衬,成为突出小说主题的有力工具。

可见,《寻找金羊毛的勇士》中的勇士们的飞日计划从幻想到实施都表现出人类无所畏惧的崇高精神。飞日作为一种追寻生命自由的理想模式,虽以虚幻的方式存在于世,但是这种虚幻存在的目的是为了让生命在一种既无社会束缚又无自然负重的状态中能够单纯存在。别雷在《寻找金羊毛的勇士》中表现的这种建立在"共同性"原则基础上的、全民参与的、带有巫术精神的狂欢化思维模式,体现了狂欢的本质,深刻地表达了别雷对于人类脱离日常生活而到达更深层次的诗意存在的希冀与向往。

综上所述,"小说体抒情片断"中诗行般的句式和具有多重意蕴的各类意象构成了别雷小说文体的重要风格。正如拉夫罗夫所说:"这种原型文本占据了年轻作者的意识,逐渐形成并表达出来,由此,原型文本逐渐演变为《交响曲》的固定形式。"②"小说体抒情片断"不仅显示出诗歌因素在小说体裁中的扩张,而且作者在叙述主题以及艺术细节等方面表现出原初的、个体性以及"非理性""非逻辑性"的原始诗性的感觉,体现了别雷艺术思维的特质。这些片断作为别雷小说创作诗化形式的雏形,具备了"纯诗"的品格,显示出别雷的写作与传统小说写作不同的思路。在其之后的重要小说创作中,别雷按照"纯诗"的要求,力图将诗歌的技巧和小说的行文方式结合起来,既表现人物

---

① [俄]别雷:《寻找金羊毛的勇士》,载吴迪编译:《对另一种存在的烦恼——俄罗斯白银时代短篇小说选》,云南人民出版社1998年版,第253页。

② A. В. Лавров. 《 Золото в лазури 》 Андрея Белого: к истории формирования и восприятия // А.Белый.Золото в лазури. М.:Прогресс-Плеяда,2004. С.273.

对外在日常生活和内在心灵存在的关注,又用抒情史诗般的浑厚风格指涉决定个体存在的社会环境、历史环境以及生存环境。

此外,"小说体抒情片断"虽然与《碧空之金》中其他的抒情诗歌在书写形式上有所不同,但它们同样延续了象征主义者所认知的"巫术"传统,它们同样是别雷的"阿尔戈勇士"式的心灵追求的诗意表达。别雷的心灵追求发源于他的老师——弗·索洛维约夫的巫术思想,而索洛维约夫的巫术思想则是一种来源于神的行为的思想,它充满神性力量,以重塑世界和人类为目的。别雷从其老师那里继承而来的不仅有老师的思想,还包括这种思想的表达方式。别雷在给弗洛连斯基的信中指出:"索洛维约夫身上隐藏的一切最深刻的思想都是用奇谈怪论表达出来,并伴随有独特的'嘿嘿'的笑容。"①索洛维约夫的著名诗歌《三次约会》中就以戏谑的诗行再现了最有意义的生命感受。索洛维约夫的表达方式鼓舞了别雷。别雷意识到,揭示神秘的思想不一定要通过完全相等的形象,它可以通过幽默的暗示讲述,通过幽默的暗示"山顶"可以变为"谷地"。这样崇高的、神秘的事物被熔炼成为幽默的、离奇的、不丧失自己的本质且不受价值重估影响的幽默元素。这些幽默元素能够穿透现实的帷幕,折射来自神秘宇宙中心的光束。它们是理解别雷诗性思维的密码,充分反映别雷基于神秘体验基础上的创作认知。总体上,诗文合集《碧空之金》中的"小说体抒情片断"部分虽然各篇篇幅短小并且带有实验性质,但是已经基本展露出别雷小说创作艺术中的几个基本特点,语音、节奏、象征形象和诗性思维等艺术特质在别雷之后的小说创作中得以丰富和完善。

---

① А.В.Лавров. *Андрей Белый*: *Разыскания и этюды.* М.: Новое литературное обозрение, 2007. С.30.

第三章 《交响曲》的结构原则：
音乐精神

皮亚斯特认为：“《碧空之金》是《交响曲》的间奏曲。”①诗文合集《碧空之金》中的节奏和声音作为诗歌文本意义的主要因素，始终保留在别雷的创作中，而且成为他在文学创作中独特的艺术实验的基础。与《碧空之金》(1904)同时期的重要作品是四部《交响曲》。四部《交响曲》是别雷的第一批大型艺术作品。第二部《交响曲》(《戏剧交响曲》)是年轻的作家在 1902 年发表的小说处女作。继而 1904 年他出版了第一部《交响曲》(《北方交响曲》)(写于 1900 年)。1905 年别雷发表了第三部《交响曲》(《复归》)(写于 1902—1903 年)。1908 年他出版了第四部《交响曲》(《雪杯》)(写于 1902—1906 年)。

别雷的四部《交响曲》自发表之后，引发了诸多不同的反应。值得关注的是，勃留索夫对这种体裁的评述：“别雷的《交响曲》创建了前所未有的独特形式。它们具有真正长诗的音乐结构，保留完全的自由、广阔和从容的特征，这些特征在我们的时代为长篇小说赢得了绝对的地位。”②勃留索夫确定了新出

---

① В.А.Келдыш (отв. ред.). *Русская литература рубежа веков* (1890 - е - начало 1920 - х годов). *Книга 2.* М.: ИМЛИ РАН, Наследие, 2001. С.155.

② В. Брюсов. *Среди стихов.* 1894 - 1924. *Манифесты, статьи, рецензии.* М.: Советский писатель, 1990. С.127.

现的体裁在已有体裁中的地位。他指出，别雷用自己的《交响曲》创造出新型的诗学作品，"它具有诗歌作品的音乐性和严谨性以及小说的容量和自由；……他试图……混合宇宙的不同层面，用另一种非尘世的光穿透所有强大的日常生活"①。哲学家阿思科尔多夫对《交响曲》的评价经常被研究者引用，他指出，《交响曲》属于一种新的文学叙述模式，与别雷接受世界的方法相一致；在介乎诗和散文之间的字句中，能听到"生活的乐曲——而这乐曲并不和谐一致，也就是说，它不只是由小块独立部分组成，而是最复杂的交响形式的音乐"②。

在四部《交响曲》中，无论从文意构思，还是从创作实际，都属第二部《交响曲》（《戏剧交响曲》）最为成功。第二部《交响曲》奠定了别雷一生创作的多方面基础。作品以广阔的史诗般的容量体现出时代脉搏的节奏。别雷本人在为第二部《交响曲》写下的代前言中，清晰地表达了他对自己的"交响作品"的理解：

> 此作品体裁的特殊性使我有责任说几句解释的话。
>
> 这部作品有三重意义：音乐的、反讽的，还有思想象征的意义。
>
> 第一重意义，这是交响曲，它的任务在于表达由主要情绪（思想情感，曲调）联系起来的系列情绪；所以必须将其分成章、将章分成片断、将片断分成诗节（乐句）；某些乐句的多次重复强调了这种划分。
>
> 第二重意义——反讽的意义：在此嘲笑神秘主义的某些极端情况。那么有一个问题：当绝大多数人对于这些人和事的存在尚存怀疑的时候，对这些人和事的讽刺态度是否有依据？作为回答，我建议更仔细些去观察周围的现实。

---

① В.Брюсов. *Собрание сочинений*: *В 7 т. Т.6.* М.: Худож.лит., 1975. С.307.

② С.Аскольдов. *Творчество Андрея Белого* // А. В. Лавров（сост.）. *Андрей Белый*: *pro et contra*.СПб.: РХГИ, 2004. С.499−500.

第三重意义,在音乐的意义和反讽的意义背后,细心的读者可能才会明了思想的意义,它是最主要的意义,它既保留了音乐意义,又保留了讽刺意义。在一个片断或诗节中综合了以上三个方面,于是导向象征主义。①

别雷在代前言中提示了这部小说在体裁上的特殊性及其内蕴的三重意义。本章着重分析别雷在文本构造中为促进小说的三重综合意义的生成所设置的独特的结构机制。

第一节　标志性的诗节结构

《交响曲》的外在编排形式与传统小说页面安排有所不同。在第一部《交响曲》和第二部《交响曲》中别雷按照诗节进行编号。在第三部《交响曲》中别雷不再按照诗节编号,但是将小说三个部分中每一部分划分为罗马数字编号的章,每章由大体相当的未编号的诗节构成。第三部《交响曲》中还加入了大量的引用诗歌。第四部《交响曲》中作者向着更为传统的、整体式小说进一步靠拢:这里面出现了章的标题,章首的标号消失了,大诗节的数量增加了。

一、叙述节奏的构成方式

在《我们如何写作》一文中,别雷对《交响曲》的形式作出说明:"最初的作品就像试图为青年时期的音乐作品作文字说明而产生的;我憧憬着标题音乐;我将最初四本书的情节……不是称为中篇或长篇小说,而是称作交响曲……由此而诞生它们的语调和音乐构思,由此而产生它们的形式特征。"②别雷首

---

① А.Белый. *Сочинения*. Вступ. ст., сост., подгот. текста и комм. Н. А. Богомолова. М.: Лаком-книга, 2001. С.66.

② А.Белый. *Как мы пишем. О себе как писателе* // Ст.Лесневский, Ал.Михайлов (сост.). *Андрей Белый: Проблемы творчества: Статьи, воспоминания, публикации. Сборник.* М.: Советский писатель, 1988. С.20.

批面世的大型作品即以《交响曲》命名，作品的题名首先指明作品的主要结构原则，这完全符合别雷的美学观念。

别雷视交响曲为音乐中最完善和最复杂的形式，认为它统一了生活主题的多样性和斗争性。别雷指出："所有的艺术形式都具有作为出发点的现实性和作为终点的音乐心房。在交响乐中完成对现实的改造……"①在这一认识上勃洛克和别雷心有灵犀。勃洛克也表示："音乐是运动的艺术，难怪在《交响曲》中总有两个争斗的主旋律。在音乐主题中，音乐独自摆脱它的各种变奏经不协调而复归。"②

《交响曲》——不仅是别雷自己对于音乐的深刻认识的成果，也是受到叔本华、尼采哲学的深刻影响的结果。受叔本华、尼采思想的影响，别雷相信，音乐居于所有艺术之首位，并且在某种程度上决定其他艺术。音乐吸取所有其他艺术中富于表现力的手法，最大限度地包含精神和存在的全部内容。叔本华和尼采的美学感受以及他们把音乐作为最高艺术形式的认识深深地吸引了年轻的别雷。

弗洛连斯基首先注意到《交响曲》的节奏化特色，他指出，作品的节奏像音乐中的主题或者单句的循环往复，而且几种不同的类型迅速发展：它们表面各不相同，内里则凝为一体。弗洛连斯基多年后在自己的私人信件中勾画出别雷创作中音乐精神的表现方式："……在别雷那里最重要的是音乐，不是指在声音层面，而是在更为深远的意义层面。他的抒情诗以节奏和旋律为目标，而大型作品《交响曲》是特殊的对位的交响曲，他追求的是对位选音。"③

---

① А.Белый. *Формы искусства // А.Белый. Символизм как миропонимание.* М.：Республика，1994. С.102.

② Т.Хмельникая. *Литературное рождение Андрея белого //* Ст.Лесневский，Ал.Михайлов（сост.）. *Андрей Белый：Проблемы творчества：Статьи，воспоминания，публикации. Сборник.* М.：Советский писатель，1988. С.116.

③ А. В. Михайлов（ред.）. *Контекст：Литературно-теоретические исследования.* М.：Наука，1991. С.96.

在《交响曲》中,别雷模仿尼采的《查拉斯图拉如是说》,用主导主题句填满小说文本,致力创建节奏化的小说。《交响曲》中声音和诗节的规整性促成文本的节奏性风格。《交响曲》文本的这种层级划分、各层级的结构元素与以诗节为单位的抑扬格律诗歌中的言语组织结构类似。众所周知,别雷的晚期小说最明显地表现出这种诗歌化倾向。

实际上各层级元素节奏化的基础在《交响曲》中早已奠定。受到音乐原则制约,在《交响曲》的文本组织结构中能够迅速发现对于经典小说文本来说非典型的、特殊而规整的诗歌分节模式。仔细考察第二部《交响曲》不难知晓,它共有 3590 行(印刷的诗行),划分为 263 个编了号的诗节。每个诗节的长度是 1—6 行:有些诗节很短,由一个词构成:"6.Светало"①(天亮了);或者一个短句构成一个诗节:"6.У Поповского болели зубы"②(波波夫斯基牙疼)。一般的诗节 3—4 行,最长的诗节有 6 行,所以作品中会出现诗节内诗行长度的扩张。请看这个长长的诗节:

5. Хор подхватывал. Фрачники и молодые девицы раскачивалиголовами вправо и влево, аккомпаниатор плясал на конце табурета; молодой демократ думал: 《Это не люди, а идеи моего счастья》.Ста-ричок, бритый и чистый, со звездою на груди, стоял в дверях иумильно улыбался, глядя на поющую молодежь, шепча еле слышно: 《Да, да, конечно》.③

(5.合唱继续。燕尾服男士们和年轻姑娘们忽左忽右摇头晃脑,伴奏者摇晃凳子脚;民主派年轻人想:"这不是人群,而是我的幸福

---

① А.Белый. *Сочинения*. Вступ. ст., сост., подгот. текста и комм. Н. А. Богомолова. М.: Лаком-книга, 2001. С.132.

② А.Белый. *Сочинения*. Вступ. ст., сост., подгот. текста и комм. Н. А. Богомолова. М.: Лаком-книга, 2001. С.144.

③ А.Белый. *Сочинения*. Вступ. ст., сост., подгот. текста и комм. Н. А. Богомолова. М.: Лаком-книга, 2001. С.86.

思绪。"一位胸前佩戴勋章、脸上刮得干干净净的老者在大门口站着，望着唱歌的青年，亲切地笑着，勉强能听见他在耳语："是的，是的，当然"。）

第二部《交响曲》由前言和基本匀称的四部分组成，第一部分共 85 个诗节，第二部分共 60 个诗节，第三部分 54 个诗节，第四部分 64 个诗节，这四个部分相当于传统小说形式中的四章。然后四个部分分别被作者划分成一些诗段，各个诗段之间由自然空行隔开。作者对每个诗段里的诗节进行连续编号。在一个诗段里可能含有 1 个诗节，比如："1. У Поповского болели зубы"①（波波夫斯基牙疼）；也可能含有更多诗节。在该小说第三章的一个诗段中包含 35 个连续编号的诗节，堪称该小说中的最长诗段。一般情况下，一个诗段大致含有 3—8 个诗节，这样中等容量的诗节组成的诗段在该小说中最为普遍。

别雷研究专家奥尔利茨基指出："诗节的样本性、诗行和词语数量的规整性是四部《交响曲》最稳定的节奏构成方式。"②他专门列出表格对四部《交响曲》《前交响曲》以及抒情片断《幻影》中诗节单位里的诗行以及诗节中的词进行统计、比较。他认为，诗节排列的一致性和规律性督促读者留意文本的分节情况，使读者的阅读速度放缓，从而阅读从整体中凸显出来的每一元素。在第二部《交响曲》中所有编号的诗节都是由 2—3 个句子组成。这能说明"诗节中的样本性诗节结构学"③。

在这种结构方式下，个别元素在文本组织的所有层级上首先凸显出来，文本的可分割性大大提高。这种非规范化小说文本中细小的可分割性现象被希拉尔德称为文本的分裂现象（сегментация）。由于小说文本中标志性诗节结构的断裂和组合形成了小说叙述的反面节奏与正面节奏。

---

① А. Белый. *Сочинения*. Вступ. ст., сост., подгот. текста и комм. Н. А. Богомолова. М.: Лаком-книга, 2001. С.83.

② Ю. Б. Орлицкий. *Ритмическая структура симфоний Белого* // Андрей Белый в изменяющемся мире. М.: Наука, 2008. С.296.

③ Ю. Б. Орлицкий. *Стих и проза в русской литературе*. М.: РГГУ, 2002. С.180.

二、叙述的反面节奏

第二部《交响曲》的文本由样本性的诗节组成,相应地在每一页文本排列的作曲模式被特别强调出来。小说中的诗节具有与诗歌创作语言的外部相似性。由诗节乃至句子的长短之间的对比关系中可以看到,诗节被分成许多小块的结构。有时候,小块结构出现在一个诗节中:

1.Двое спорили за чашкой чаю о людях больших и малых.Их надтреснутье голоса охрипли отспора.

2.Один сидел, облокотившись на стол. Он поднял глаза к окну. Увидел. Оборвал все нити разговора. Поймал улыбку вечной скуки.

3.Другой наклонил к нему свое подслеповатое лицо, изрытое оспой,и,обрызгивая слюной противника,докриковал свое возражение.

4.Но тот не пожелал обтереть лицо свое платком;он удалился в глубокое,окунулся в бездонное.①

(1.两个人在喝茶时辩论大大小小各色人物的话题。他们颤抖的声音在辩论中变得嘶哑。

2.一人倚桌而坐。他抬眼望向窗外。他看见了。他突然中止闲谈的话题。他察觉了永恒苦闷的笑容。

3.另一人俯身对着他,一边向他喷口水,一边补充自己的不同意见。这是一张坑坑洼洼、暗淡无光的麻脸。

4.而那人不情愿地用手绢擦脸。他躲进一片蔚蓝,遁入茫无边际的天空。)

有时,从小块结构中再频繁分出一些不完全句构成单独的诗节:

---

① А.Белый. *Сочинения*. Вступ. ст., сост., подгот. текста и комм. Н. А. Богомолова. М.: Лаком-книга,2001. С.67.

1. Философ проснулся... Поднял голову со скомканных подушек...И прямо в глаза ему смотрел резко очерченный месяц на темно-эмалевой сини...

2. Красный месяц!..

3. Философ вскочил в ужасе; схватил себя за голову; как безумно влюбленный, смотрел на страшный диск.[①]

（1. 哲学家醒了……从皱成一团的枕头上抬起头。深珐琅蓝中轮廓分明的月亮恰好映入他的眼帘……

2. 红色的月亮！……

3. 哲学家胆战心惊一跃而起。他抓住自己的头；就像一个疯狂热恋中的人看着可怕的圆盘。）

又如：

4. В небе словно играли вечные упражнения. Кто-то брал пальцем ту и другую ноту.

5. Сначала ту, а потом другую.[②]

（4. 天空中似乎在弹奏永恒的练习曲。某人用手指弹出一个又一个音符。

5. 先是一个音，然后是另一个音。）

这种固定的诗节结构方式在小说文本中处处可见，铺呈至整部小说：

15. Была отчаянная скука. В небе играли вечные упражнения; словно кто брал пальцемту и другую ноту.

16. Сначала ту, а потом другую.

---

① А. Белый. *Сочинения*. Вступ. ст., сост., подгот. текста и комм. Н. А. Богомолова. М.: Лаком-книга, 2001. С.79.

② А. Белый. *Сочинения*. Вступ. ст., сост., подгот. текста и комм. Н. А. Богомолова. М.: Лаком-книга, 2001. С.80.

17.Едва кончал, как уже начинал.①

(15. 令人绝望的忧愁。天空中在弹奏永恒的练习曲。似乎某人用手指弹奏出一个又一个音符。

16.先是一个音,然后是另一个音。

17.甫一结束,却已开始。)

有些诗节出现在文本中,与复合句的句法结构断裂相关,在并列连接词之间出现若干新的诗节。比如:

1. И когдаотворили безумцу, тот, не смотря на прислугу, прошел к себе в комнату и заперся на ключ, боясь впустить грозящий ужас.

......

9.Тогдагрозящий ужас вышел из-за шкафов с философскими книгами, открыл окно и спустился вниз по желобу.②

(1.当时,有人给疯子开了门,他没有看仆人,一进自己的房间就用钥匙反锁,他害怕放进危险的恐惧。

......

9.那时,危险的恐惧从装着哲学书籍的书柜后走出来,打开窗户顺着水槽滑下去了。)

以上列举的所有例子均表明,作者故意破坏连续不断的语流,造成语流的不连贯性,形成叙述中的反面节奏。

三、叙述的正面节奏

文本结构中叙述的反面节奏与正面节奏相对立。别雷借助于传统的节奏

---

① А. Белый. *Сочинения*. Вступ. ст., сост., подгот. текста и комм. Н. А. Богомолова. М.: Лаком-книга, 2001. С.80.

② А. Белый. *Сочинения*. Вступ. ст., сост., подгот. текста и комм. Н. А. Богомолова. М.: Лаком-книга, 2001. С.88.

构成因素——重复，建立起小说叙述的正面节奏。在别雷的小说中，重复具有贯穿始终的多层级的特征。他运用各种各样的重复来对词汇材料进行结构的关联与分解。在第二部《交响曲》中可以发现相当多的与诗语技巧类似的重复。语音、词汇、句子的重复时常出现在一个诗段里，比如：

3. Вдали чей-то груднойголос пел: 《Ты-ипра-асти-иии, пра-асти-иии, мой ми-и-и-и-лааай, маа-а-ю-у-уу лю-боовь》.

4. Павел Мусатов укатил в беспредметную даль; только пыль вставала на дороге.

5. Голос пел: 《Ва краа-а-ююю чужоом далее-о-о-кааам вспа-ми-на-ю я ти-бяяя》.

6. Одинокий крестрьянин, босой и чумазый, затерялся где-то среди нив…

7. Голос пел: 《Уж ты-ии доооля маа-я гооорь-каа-ая, доо-о-ляя гоо-оо-орь-каа-яяя…》①

（3. 远处一个低沉洪亮的声音在哼唱："你——咿原谅吧，原谅吧，我亲爱——爱的，我的爱——爱。"

4. 巴维尔·穆萨托夫匆忙赶往无意义的远方，只有尘土在大路上飞扬。

5. 一个声音在哼唱："在遥远——远的他乡——乡我想起你——咿。"

6. 一个农民孤身一人，赤着脚、脏不溜秋的，消失在庄稼地里……

7. 一个声音在哼唱："你——咿是我的伤——伤心事，伤心事……"）

---

① А. Белый. *Сочинения*. Вступ. ст., сост., подгот. текста и комм. Н. А. Богомолова. М.：Лаком-книга, 2001. С.124.

如此不断回环的重复增强了文本的感染力。

在长长短短的诗段分布中特别突出的是由单个诗节构成的诗段。每一个由单个诗节构成的诗段都具有叠句的特征。单个诗节被作家整体提取出来，重复运用了两次或者多次。在第二部《交响曲》中时常遇到完整的诗节重复，这些诗节有时被分置在数页之中。这是一个典型的诗节：

5. Одинокий крестрьянин, босой и чумазый, затерялся где-то среди нив…①

（5.一个农民孤身一人，赤着脚、脏不溜秋的，消失在庄稼地里……）

此例中的诗节在第 119 页出现，之后又在第 124 页两次复现。

除了单个诗节可以形成多次重复外，多个诗节构成的诗段也会进行多次重复，请看这一处诗段：

11. Огоньки попыхивали кое-где на могилках.

12. Черная монашка зажигала лампадки над иными могилками, а над другими не зажигала.

13. Ветер шумел металлическими венками, да часы отбивали время.

14. Роса пала на часовню серого камня, где были высечены слова:《Мир тебе, Анна, супруга моя》.②

（11.墓地里的某个地方灯火明灭可见。

12.黑衣修女点亮几处墓葬的油灯，另几处墓葬的油灯熄灭了。

13.风拂起铁制的花环，而时钟嗒嗒地走时。

14.露水滴落在灰色石制的钟楼上，那上面写着："我的夫人，安

---

① А. Белый. *Сочинения.* Вступ. ст., сост., подгот. текста и комм. Н. А. Богомолова. М.: Лаком-книга, 2001. C.119.

② А. Белый. *Сочинения.* Вступ. ст., сост., подгот. текста и комм. Н. А. Богомолова. М.: Лаком-книга, 2001. C.113.

娜,你安息吧"。)

至小说结尾处,这一诗段完整复现:

9.Огоньки попыхивали кое-где на могилах.

10.Черная монашка зажигала огоньки над иными могилками, а над иными не зажигала.

11.Ветер шумел металлическими венками, да часы медленно отбивали время.

12.Роса пала на часовню серого камня; там были высечены слова:《Мир тебе, Анна, супруга моя!》①

(9.墓地里的某个地方灯火明灭可见。

10.黑衣修女点亮几处墓葬的油灯,另几处墓葬的油灯熄灭了。

11.风拂起铁制的花环,而时钟慢慢地走时。

12.露水滴落在灰色石制钟楼上,那上面写着:"我的夫人,安娜,你安息吧!")

一般情况下,重复性结构安排在文本中彼此相距不远的位置。请看这个既有特色又富深意的诗段:

3.Вечность шептала своему баловнику:《Все возвращается... Все возвращается...Одно...одно...во всех измерениях...

4.Пойдешь на запад, а придешь на восток... Вся сущность в видимости.Действительность в снах.

5.Великий мудрец, и великий глупец...Все одно...》

6.И дерева подхватывали эту затаенную грезу: опять возвр-

---

① А.Белый. *Сочинения*. Вступ. ст., сост., подгот. текста и комм. Н. А. Богомолова. М.: Лаком-книга,2001. С.156.

ащается... И новый порыв пролетающих времен уностился в прошлое...①

（3.永恒对自己的顽童轻声耳语:"一切都在轮回⋯⋯一切都在轮回⋯⋯在所有的维度⋯⋯一切归于统一⋯⋯统一⋯⋯

4.你向西走,却来到东方⋯⋯一切本质存于假象中,梦境中有真实。

5.伟大的智者,还有伟大的愚人⋯⋯一切归于统一⋯⋯"

6.于是树林抓住这个隐秘的梦:又一次轮回⋯⋯飞逝的时代在新一轮风暴中被卷进历史⋯⋯）

在上面这个诗段中,重复结构出现在一个诗节或者相邻的诗节中。读者还可以迅速在下一页发现相同的重复结构:

13. Всё одно... И все возвращаются... Великий мудрец, и великий глупец.

14.И он подхватил:《 Опять, опять возвращается...》И слезы радости брызнули из глаз.②

（13.一切归于统一⋯⋯一切都在轮回⋯⋯伟大的智者,还有伟大的愚人。

14.于是,他抓住了:"又一次,又一次轮回⋯⋯"于是幸福的泪水夺眶而出。）

细读这些重复性结构,能够发现,如果是间隔较远的重复常常伴随着文本的细微变化:"1.У Поповского болели зубы"③。（波波夫斯基牙疼。）相隔六

---

① А.Белый. *Сочинения*. Вступ. ст., сост., подгот. текста и комм. Н. А. Богомолова. М.: Лаком-книга, 2001. С.122.

② А.Белый. *Сочинения*. Вступ. ст., сост., подгот. текста и комм. Н. А. Богомолова. М.: Лаком-книга, 2001. С.123.

③ А.Белый. *Сочинения*. Вступ. ст., сост., подгот. текста и комм. Н. А. Богомолова. М.: Лаком-книга, 2001. С.83.

页之后，"1.У Поповского болели зубы：он был по ту сторону добра и зла，равно забыв Бога и черта"①。（波波夫斯基牙疼：他在善恶之间，既忘却了上帝，也忘却了魔鬼。）有时候重复性结构围绕着诗段，建立起一个环形结构：

1.Пророк говорил：《И дух，и невеста говорят：прииди.

2.Я слышу топот конских копыт：это первый всадник.

3.Его конь белый.Сам он белый：на нем золотой венец.Вышел он，чтоб победить.

4.Он мужеского пола. Ему надлежит пасти народы жезлом железным.Сокрушать ослушников，как глиняные сосуды.

5.Это наш Иван-Царевич.Наш Белый знаменосец.

6.Его мать－жена，облеченная в солнце. И даны ей крылья，чтобы она спасалась в пустуне от Змия.

7. Там взрастет белое дитя，чтоб воссиять на солнечном восходе.

8.И дух，и невеста говорят：прииди》.②

（1.先知说："神在说，未婚妻也在说：来吧。

2.我听到马蹄声疾：这是第一位骑士。

3.他骑着白马。他身着白衣，头戴金冠。他为胜利出发。

4.他是男子。他当用铁棒驱赶人类，像摧毁陶器一样，毁灭违背意志的人。

5.这是我们的伊万王子，我们的白衣骑士。

6.他的母亲是那位披着太阳光芒的妻子。神赐予她双翅，在荒

---

① А.Белый. *Сочинения*. Вступ. ст.，сост.，подгот. текста и комм. Н. А. Богомолова. М.：Лаком-книга，2001. С.89.

② А.Белый. *Сочинения*. Вступ. ст.，сост.，подгот. текста и комм. Н. А. Богомолова. М.：Лаком-книга，2001. С.105.

漠中拯救她免遭毒蛇吞噬。

7.一位白衣孩童在那里成长,他会在日出时分发出光芒。

8.神在说,未婚妻也在说:来吧"。)

第二部《交响曲》中的诗节在整体上具有与诗歌创作语言的表面相似性。从单个诗节的重复中,可以发现小说语言中重复的其他扩展类型,比如头语重复①:

6.И опять,и опять под яблоней сидела монашика,судорожно

сжимая четки.

7.И опять,и опять хохотала красная зорька,посылая ветерок

на яблоньку.

8.И опять обсыпала яблоня монашку белыми цветами забвения...②

(6.又一次,修女又一次坐在苹果树下,不安地紧握念珠。

7.又一次,红色的霞光又一次哈哈大笑,为苹果树送来微风。

8.又一次,苹果树上白色的忘忧花落满修女的身上。)

经统计,在第二部《交响曲》中以"И"和"А"开头的句子的数量占绝对优势。头语重复经常出现在"Он,Она,Уже,Это,Но,Не"等词语上。当然必要的诗节编号也发挥了重要的节奏作用。

再如:对接重复③,即在后一个诗节中重复出现前一个诗节中的最后的词语,如此推进节奏,形成与山谷中的回声类似的音响效果:

13.Скоро каскад бриллиантов должен был засыпать оскуде-

вшую страну. Скоро звезды пророчеств должны были снизойти

с небес.

---

① 重复的成分安排于每一行之首。

② А.Белый. *Сочинения*. Вступ. ст., сост., подгот. текста и комм. Н. А. Богомолова. М.: Лаком-книга,2001. С.155.

③ 重复的成分安排于前一行末和后一行之首。

14. Небесный свод казался расписанным по фарфору.

15. На горизонте вставали вихревые столбы черной пыли.

16. Поднималась чернопыльная воронка и потом, разорвавшись, возносила пыль к равнодушным небесам.①

（13.一连串的钻石即将洒满贫穷的国度。预言的行星即将从天而降。

14.如同绘在瓷器上的精美纹饰绘满了天空。

15.地平线上黑色灰尘卷起旋风般的烟柱。

16.漏斗型的黑色烟柱腾空而起,而后猛地散开,将灰尘抛向冷漠的天空。）

细细分辨,可以知晓在这类对接重复中可能会出现词语变异,即出现词音近似而词义不同的词,比如在这两个诗节中巧妙利用了两个近音而异意的词"Дрожжиковский"和"дрожжевое"：

10. Он пожелал загореться проповедью перед московскими учениками; это был народ бедовый, постигший мудрость науки и философии;здесь мерцали утренницы,подобные Дрожжиковскому.

11. Это было дрожжевое тесто, поставленное на печь искусным булочником.②

（10.他热切渴望在莫斯科的学生面前宣讲;这是一群天不怕地不怕的人,他们掌握科学和哲学的真知灼见;他们就像德罗日科夫斯基一样,如朝霞般闪耀。

11.这是一块制造酵母的面团,被巧手的面包师放在炉子上。）

---

① А. Белый. *Сочинения*. Вступ. ст., сост., подгот. текста и комм. Н. А. Богомолова. М.: Лаком-книга,2001. С.117.

② А. Белый. *Сочинения*. Вступ. ст., сост., подгот. текста и комм. Н. А. Богомолова. М.: Лаком-книга,2001. С.117.

传统的重复和以音节为单位的抑扬格律作诗法有关。这对于别雷并不陌生。在这部小说中别雷两次直接引用费特的同一首诗来形成诗歌节奏：

4.И...,он шутливо задекламировал：

Сголовою седою верховный я жрец

На тебя возложу свой душистый венец！

И нетленною солью горящих речей

Я осыплю невинную роскошь кудрей！①

（4.于是……，他玩笑般开始朗诵：

"我是头发花白、至高无上的祭司，

要为你戴上芬芳的花环！

还要将火热的话语——永垂不朽的俏皮话

作为珍品镶满你贞洁的卷发！"）

在随后的场景中别雷巧妙移花接木：

1.Голубой ночью племянница Варя стояла у открытого окна；

она блистала очами и декламировала с Фетом в руках：

Сголовою седою верховный я жрец‐

На тебя возложу свой душистый венец！..

И нетленною солью горящих речей

Я осыплю невинную роскошь кудрей！..②

（1.浅蓝色的夜里侄女瓦利亚站在打开的窗前，她眼光闪烁，手捧费特的作品开始朗诵：

"我是头发花白、至高无上的祭司，

---

① А.Белый. *Сочинения*. Вступ. ст., сост., подгот. текста и комм. Н. А. Богомолова. М.：Лаком-книга，2001. С.124.

② А.Белый. *Сочинения*. Вступ. ст., сост., подгот. текста и комм. Н. А. Богомолова. М.：Лаком-книга，2001. С.125.

要为你戴上芬芳的花环!

还要将火热的话语——永垂不朽的俏皮话

作为珍品镶满你贞洁的卷发!")

当然,第二部《交响曲》中更多的情况是,在小说的诗节中经常可以碰到相邻诗行、诗节的韵脚和谐一致。比如:

1. Это были дни полевых работ, дни выводов из накопившихся материалов; дни лесных пожаров, наполнявших чадом окрестность.

2. Дни, когда решались судьбы мира и России дни возражений Мережковичу.

3. И все ясней, все определенней вставал знакомый образ с синими глазами и печалью уст.

4. Это было снежно-серебряное знамя, выкунутое на крепости в час суеверных ожиданий.①

(1.这是田间劳作的时日,也是由堆积的材料开展推理的时日,还是林间大火卷起烟雾覆盖城郊的时日。

2.这是决定世界以及俄罗斯命运的时日,也是写文章反驳梅列日科维奇的时日。

3.蓝色的双眼和悲伤的双唇——熟悉的面容越来越清晰、越来越明了。

4.这是银色的旗帜,雪一般闪耀,在期待的神秘时刻升起在城堡之上。)

甚至在不少的诗段里诗节的韵脚保留着诗歌的幻觉,这是一段作家对"钟爱的永恒"的抒情诗:

---

① А. Белый. *Сочинения.* Вступ. ст., сост., подгот. текста и комм. Н. А. Богомолова. М.: Лаком-книга, 2001. С. 125.

1.Это была как бы большая птица… в печали. И печаль не имела конца.

2.Эта печаль прокатилась тысячелетия.Тысячелетия лежали впереди.

3. Она облетела планетные системы. И планетные системы меняли свое напраление.

4. А она была все та же и та же, спокойная, величавая, безжалостно- мечтательная.

5. Это была как бы большая птица. И имя ей было птица печали.

Это была сама печаль.①

(1.永恒,仿佛一只巨大的鸟儿……陷入了悲伤之中。于是悲伤绵延无尽。

2.悲伤绵延千年,还有千年在前。

3.它飞过星系,于是星系变了方向。

4.它还是那样,那样安详、庄严、酷爱幻想。

5.永恒,仿佛一只巨大的鸟儿。于是它被赋予悲伤之名。

永恒就是悲伤。)

综上所述,创造类诗化小说的各种手法在第二部《交响曲》的全部文本中普遍使用,形成了小说独特的诗学结构。别雷在小说领域内进行的诗节改革试验是令人钦佩的。所有上述这些诗语技巧手段后来被别雷运用到自己的其他小说创作中,他的长篇代表作《彼得堡》正是这些经验的最大化的呈现。

---

① А. Белый. *Сочинения*. Вступ. ст., сост., подгот. текста и комм. Н. А. Богомолова. М.: Лаком-книга,2001.С.92–93.

第二节 片断化的文本体裁

片断是别雷进行文学革命的重要体裁形式。不完整的片断使文学的形式和内容发生了根本的转变。

一、片断的形式与内容

拉夫罗夫在谈及别雷的第一本诗文合集《碧空之金》时，就曾指出其中"小说体抒情片断"部分的特点，称这些片断是"别雷的情绪和印象的自然而日常的记录——是诗人所有小说体裁的起始形式"[①]。他注意到，这些短篇是别雷随手记在笔记本中的，包含着很多他早期的小说经验。所以，小型的笔记片断可以视作别雷文学之路的开端，别雷由类似的短小片断的形式起步逐渐转入在大型叙事形式中形式和内容上的根本性试验。

在《碧空之金》的"小说体抒情片断"部分，除了《阿尔戈勇士》之外，还包括两篇具有明显抒情特点的片断《幻影》《梦》以及几个具有明显情节的片断《长毛怪物》《风神之吼》《吵架》《草图》。这些片断的主题大多与异国情调相连。《幻影》从标题上已反映出这一联系。《风神之吼》的场景发生在景色奇妙的山区，主要人物是一个神秘的老者，这使人联想起《幻影》。在《草图》中展现的也是神话般的异国风光。在《吵架》中，别雷放置了日常生活的小片断。《梦》是最典型的片断，这篇片断的结构意义在于它某种程度上是"开放"的。读者会一瞬间落入别雷的微型画中，接触到它的"未完成"的情节，催眠的"情节"继续发展。《梦》显示出"不可预言性"，其中缺失了作者的权威的声音。对于传统的叙述者来说，"梦"既不完整，也无逻辑，是通往意义道路上的障碍；而对于别雷来说，以不完整的片断方式进行叙述是他一生创作中具有

[①] А.В. Лавров. *У истоков творчества Андрея Белого*（《*Симфонии*》）// А. Белый. *Симфонии*. Л.：Художественная литература，1991. С.10.

重要意义的实验手段。

如果说在"小说体抒情片断"中这些短篇只是一些小型片断的试作；那么，在四部《交响曲》中呈现的是俄国文学中第一批大型片断化文本的组合。从内容上看，第二部《交响曲》的内容结合了日常和存在两个方面，这是别雷创作中最重要的两个主题。小说具有一定的自传性质，别雷将自己以及朋友的生活和创作交融起来，表现了年轻的象征主义者所经历的启示录式的情绪和精神历程。1901 年被别雷、谢·索洛维约夫和年轻的象征主义圈子视为"曙光的年代"。他们深受弗·索洛维约夫预言性的诗和他的最高神智——永恒女性的化身——索菲亚学说的鼓舞，勃洛克创作了《美妇人诗集》，别雷创作了第二部《交响曲》。在第二部《交响曲》中，可以体验到这种对即将出现的"静观性质的宏大转折"状态的预感。

小说中出现了当时莫斯科的知名人物、重要事件以及日常情景。别雷用一个片断描绘了当时常见的文学晚会场景：

波波夫斯基的一个熟人经常在自己家里举办文学晚会。晚会上处处是愚蠢的漂亮女人，相互使着眼色。

只有能够谈论一些新奇事情的人才会来到这里。

现在神秘主义是一种时尚，这里还会出现一些东正教的神职人员。

虽然文学晚会的举办者更喜欢那些信徒，认为他们更加有趣。

在这个屋子里的所有人，他们除了读过康德、柏拉图、叔本华的作品之外，他们还读过索洛维约夫的作品，反复读过尼采的书，他们认为印度教哲学具有伟大意义。

他们每个人，至少，毕业于大学的两个系，对世上的任何事情都习以为常。

他们认为惊奇是最为羞耻的软弱的品质。对这个社会来说，越不确定的消息，就越值得相信。

这是一群有着多重文化背景的人。①

据说,《交响曲》的写作过程直接与别雷在那些天的现实生活相吻合。在圣灵降临节,别雷把刚写完的《交响曲》读给朋友谢·索洛维约夫听,然后他们一起去了新圣女公墓,弗·索洛维约夫和列·波里万诺夫安葬在那里。别雷证实:"第二部《交响曲》——偶然的片断,几乎是我在今年这些月所感受的真正庞大的交响曲的实际记录。"②另外,别雷还将轰动一时的事件、现实中的人物引入小说,如:夏里亚平成为作品中的施里亚平,罗赞诺夫成为作品中的什波维克夫。俄国象征派的奠基人梅列日科夫斯基被更名为德罗日科夫斯基。请看以诙谐的形式出现在小说中的德罗日科夫斯基:

有一个忧郁的人站在与会者中间,轻抚黑色的胡子,冷笑着点点头。

他这是在埋葬哲学,如同陈腐的先知耶利米一样,在哲学的坟冢上嚎啕大哭。

有一个愤怒的人。他站在死一般寂静的与会者中间。他默默地威吓实证论者。

他叫嚷,是他们销蚀了天堂的颜色。

然后他谈起民主主义者、民粹主义者和马克思主义者,恶魔般笑了起来。

然而,很可能是从已逝的民主主义者的坟墓中吹来一阵微风。因为有人对德罗日科夫斯基轻声说:"不要搅扰我的安宁"。于是,他如喷火一般的嘴不再吐出一行如骨雕般精美的句子。

---

① А.Белый. *Полное собрание сочинений в двух томах. Т. 2.* М.: АЛЬФА-КНИГА, 2011. С. 318.此小节与第一小节中所选用的引文来自第二部《交响曲》的俄文不同版本,所以在此版本中语句没有编号。选用不同版本是为了在论述中突出侧重点。

② Т.Хмельникая. *Литературное рождение Андрея Белого* // Ст. Лесневский, Ал. Михайлов (сост.). *Андрей Белый: Проблемы творчества: Статьи, воспоминания, публикации. Сборник.* М.: Советский писатель, 1988. С.115.

身穿灰色长袍的神甫沉默不语,低垂着自己白发苍苍的头颅,一只颤抖的手遮住了苍白的额头和蓝色的双眼。①

在第二部《交响曲》中别雷重现了那个时代莫斯科的日常生活场景以及莫斯科的神秘主义者的对话与活动。别雷用轻松、幽默、接近浪漫主义的色调给它们着色,表现出小说的讽刺意义;与此同时,别雷展示了自己的信仰。请看这个兼具多重意义的片断:

莫斯科信众的人数增长了。神秘主义者群体遍及莫斯科。

每个街区都有神秘论者活动。每个分局都知道这件事。

他们都尊重大胡子苦行僧的威望。大胡子苦行僧要在乡村发表自己的言论。

信众中的一位是启示录方面的专家。他去了法国北部打听有关将要出现的野兽。

另一位研究笼罩于世界之上的神秘的薄雾。

第三位夏天去了巴什基尔,他试图找到死人复活问题的现实依据。

第四位去了各处修道院,采访长老。

第五位发表了与彼得堡的神秘论者辩论的文章,第六位传播了神赐的火种。

德罗日科夫斯基走遍俄罗斯宣讲。在宣讲中他多次尽力眨眼发出暗示。

人们觉得,他有知识,而他认为金色大胡子先知更加博学。

对于那些一无所知的人,他的宣教等同于打开被封锁的宝藏的密码。

---

① А.Белый. *Полное собрание сочинений в двух томах. Т. 2.* М. : АЛЬФА-КНИГА, 2011. С. 320.

他已经讲了六次课,现在粗略地准备第七次。①

从形式上看在第二部《交响曲》中片断性结构、素描速写,还有短剧、独白和对话交织在一起,可以说《交响曲》就是具有交响乐多声部和谐配合的交响诗。但如果从传统小说惯常的叙事角度考察第二部《交响曲》,就能发现,小说中缺乏连接事件情节的线索,主人公之间也没有直接的关联。小说中既没有统一的叙事声音,也没有统一的情节,或者统一的情绪转换。在第二部《交响曲》中,描绘单个场景的片断替代了一切可能的情节联系。大城市生活的复杂场景偶然关联在一起,只是因为它们发生在同一时间:

那时,年轻人在把制鞋锥子刺入养老院老婆婆的背上之后,悄悄溜到邻近的小巷。

这是一个疯子,所以警察局找到他也是枉然。

那时,救世主教堂如同神圣的巨人高高耸立在灰蒙蒙的莫斯科城上方。

在它的金顶侧影之下,莫斯科河在流淌,流入里海。

就在那时,那是童话姐妹告别的时候,那是灰猫开始和黑猫、白猫打架的时候。

那时,粗心的格里沙用小弹力球打碎了多尔米东特·伊万诺维奇的玻璃杯。那时养老院的老婆婆在孤僻的小巷里含混不清地叫:"救命啊"。

那时,莫斯科的自然科学研究者和医生为了向马克斯·诺尔达乌表示敬意而举办午宴。

今天,马克斯·诺尔达乌出名了。现在他坐在"埃尔米塔什"饭

———

① А. Белый. *Полное собрание сочинений в двух томах. Т. 2.* М.: АЛЬФА-КНИГА, 2011. С. 338.

店,由于激动加上喝下的香槟酒的作用,通体发红。

他和莫斯科的学者们以兄弟相称。

一个工人运送空空的大圆桶经过"埃尔米塔什"饭店。空桶在马路上颠簸,轰隆作响。

这样的莫斯科不需要诺尔达乌,它有自己的生活;自然科学研究者和医生的大会没有拨动它的心弦。

今天诺尔达乌谴责了退化,明天瓦列里·勃留索夫和康斯坦丁·巴尔蒙特就会出书。①

或者在同一地点:

在一个春日,晴朗的夜晚,波波夫斯基去了那里。

他走过围墙。围墙上垂下一串串白色丁香花,对着小个子波波夫斯基摇摆,但是波波夫斯基什么也没看见。各种思绪滑稽碰撞,令他发笑。

当波波夫斯基消失在旁边的小巷子里,德罗日科夫斯基经过这里。他看见了一串串芬芳的白色丁香花和浅蓝色的天空。

他看见了在白色的枝条下闪烁的小星星,他看见了云朵,被紫红色的谜团笼罩。

德罗日科夫斯基匆忙赶往奥斯塔热卡的时候看到了这一切。②

当然,一个片断也有可能是同一人物的流水账式的活动记述,并且有时候作家用两个片断两次重复记述这样的活动:

白天波波夫斯基走遍了五个地方,他在五个地方谈了五个问题。

在第一个地方他阐明了自己关于分析的危害以及总结的优势这

---

① А.Белый. *Полное собрание сочинений в двух томах. Т. 2.* М.: АЛЬФА-КНИГА, 2011. С. 315.

② А.Белый. *Полное собрание сочинений в двух томах. Т. 2.* М.: АЛЬФА-КНИГА, 2011. С. 318.

一问题的看法。

在第二个地方他表明了自己有关启示录的观点。

在第三个地方，他什么也没说，因为一切都说过了。他在那里下了一局象棋。

在第四个地方，他讲了讲日常生活的琐事。在第五个地方，没人接待他。

小个子波波夫斯基垂头丧气去了第六个地方。①

在许多类似以上列举出的片断中别雷描述了或在时间、或在空间上能够关联的事件，或者只是记述了一些毫无意义的流水账式的内容。他排除了对于经典小说而言的社会的、生物的、经济的等传统联系，暴露出了主宰其中的是完全的偶然性。似乎，世界一流的古典乐队完全解散，分别成立各自独立的小团体。别雷借这种片断式文本的安排强调了一种思想，即经验的世界中偶然事件杂乱地聚集在一起，它们之间本就缺乏因果联系。在这个世界人是孤独的，就像布朗运动中的分子，盲目地奔走于城市的石头建筑群中。他们可能会相遇，只是因为他们在同样的维度中运动。因此，时间和空间的概念成为在混乱的布朗运动中对于逻辑方面的唯一支撑。换言之，整理混乱的经验世界的唯一坐标是时间和空间。

所以，西拉尔德提出，在作品中"可能的情节联系被单个场景的蒙太奇所替代"，这些单个场景只在空间和时间上联系。第二部《交响曲》围绕零散的时空节点（广场、商店、音乐厅、宗教—哲学会议等）建构场景。小说中的每一片断如同一个扇形，每个扇形由小场景组成，所以整部小说变成场景的万花筒、人物的万花筒。这种利用小扇形组合的方法为小说表达增加了更多可能性。西拉尔德指出："几乎在 20 年后，乔伊斯在自己的《尤利西

---

① А.Белый. *Полное собрание сочинений в двух томах. Т. 2.* М.：АЛЬФА-КНИГА，2011. С. 297.С.310.

斯》中写都柏林的一天 1904 年 6 月 16 日时也运用了相类似的技巧。"①别
雷用场景的变幻无常和人物的变幻无常反映了大城市生活的喧嚣以及 20 世
纪文明的混乱。美国学者巴朗把别雷的《交响曲》中的这一表征看作俄国文
学中大型碎片化(фрагментация)文本的首例,称其为"俄国的土壤上出现的
特殊形式"②。

二、片断的组织原则——对位

在第二部《交响曲》中,片断与片断之间的相互关系如同诗歌中诗段与诗
段的关系。在这种结构里,传统的因果或者修辞的联系或是减弱,或者完全废
止,上升到首位的是文本的另一种组织原则——对位原则。这是在白银时代
出现的另一种更重要的文本组织的方式。通常,由主题句构成作品的主题群,
按照音乐对位法进行发展。别雷在对位法的指导上非常准确。基础的音乐主
题群和主导主题群的发展确保了作品的一致性。由此作者确信,与经验世界
的杂乱无章相对立的是理想基础上的和谐一致。音乐的主导主题——不可能
的、温柔的、永恒的、可亲的、一切时代的旧的和新的(事物)及其变奏形
式——充满了整部《交响曲》。作品里出现诸多主题群,如霞光主题、疯狂主
题、永恒主题、和弗·索洛维约夫主题等,它们都成为贯穿别雷全部创作的本
质主题。

从一个主题转入另一主题的多声部对位法在第二部《交响曲》中广泛应
用,比如在一个片断中出现双重或者多重思路同时介入的情况:

> 他的童话女郎问民主派人士:"您喜欢音乐吗?",而他回答:

---

① В.А.Келдыш (отв. ред.). *Русская литература рубежа веков* (1890 - *е* - начало 1920 - *х*
годов). *Книга 2.* М.:ИМЛИ РАН, Наследие, 2001. C.151.

② Хенрик Баран. *Фрагментарная проза //* В. А. Келдыш, В. В. Полонский (научн. ред.).
Поэтика русской литературы конца XIX - начала XX века. Динамика жанра. Общие проблемы.
Проза. М.:ИМЛИ РАН, 2009. C.511.

"不,不喜欢"。——仿佛用三个星号标注了自己的话。

这三个星号标注表明:请读成:在这世上,我在您之后,最爱音乐。

于是童话女郎回答:"可是,如此严肃的人是不懂音乐的"。与此同时,仿佛又加了三个星号。

这三个星号的意思是:"请读成:你非常聪明。"

然后童话女郎用温柔自然的语气对肥胖的女主人说:"您,当然会去参加鲜花节日吧?"

但是充满喜悦的老者的大女儿突然出现在门边上,她将自己的长柄眼镜递给民主派人士,邀请他加入他们的欢乐聚会。①

在不同片断中各个主题之间的预示和呼应的对位法更是层出不穷。在此片断里,年轻的哲学家坐在凳子上,打开钢琴盖:

于是,钢琴就露出自己的下颌,以便坐在凳子上的人敲击它的牙齿。

于是,哲学家敲了一下老朋友的牙齿。

于是敲击之声此起彼伏。于是哲学家的仆人用棉花塞住耳朵,虽然她在厨房里,所有的房门都关着。

于是这种恐惧化作手指的振动,可以称为即兴作品。

通往隔壁房间的门开着。那儿有一面镜子,镜子里映出坐在凳子上弹奏刺耳琴音的哲学家的脊背。

镜子里那位,也如同前面坐着的那位一样,坐着弹奏钢琴。

两位背靠背坐着。

---

① А.Белый. *Полное собрание сочинений в двух томах. Т. 2.* М.: АЛЬФА-КНИГА, 2011. С. 306.

于是就这样继续,直到永远。①

此片断中出现的哲学家和他的镜中映像呼应了前一片断里的疯狂主题:年轻的哲学家发疯了。这一疯狂主题在之后的不少片断里重复出现:

疯狂迈着缓慢而精准的步伐悄悄地接近他。疯狂已经来到身后。无意中转身,会因看见这张危险的脸而恐惧。

在漆黑的夜里,他们这样走着,注定要走向死亡。②

这里描写年轻的哲学家和民主派人士同行,不仅呼应了哲学家表现的疯狂主题,同时又暗示了和哲学家同行的民主派人士的死亡主题。果然,死亡主题在几个片断之后如约而至:

在那时,年轻的民主派人士开枪自杀了。他那篇预定的批评文章还没有完成。

他用左轮手枪抵住太阳穴,笑了,想起自己的童话女郎,民主派的童话女郎。③

另外,在一个片断中:"于是,哲学家敲了一下老朋友的牙齿"④。紧接着在下一片断:"在下面一层有人在拔牙"⑤,这里暗示哲学家的对手出现。此后在多个片断中多次呼应:"波波夫斯基牙疼"⑥;"波波夫斯基牙疼:他在善恶之间,既忘却了上帝,也忘却了魔鬼"⑦。

多声部对位法产生了小说中交叉重叠的意象和连绵不绝的各种主题结构。小说中四个主题时而独奏、时而合奏,每个主题都蕴藏着别雷的重要的世

---

① А. Белый. *Полное собрание сочинений в двух томах. Т. 2.* М.: АЛЬФА-КНИГА, 2011. С. 300.

② А. Белый. *Полное собрание сочинений в двух томах. Т. 2.* М.: АЛЬФА-КНИГА, 2011. С. 308.

③ А. Белый. *Полное собрание сочинений в двух томах. Т. 2.* М.: АЛЬФА-КНИГА, 2011. С. 309.

④ А. Белый. *Полное собрание сочинений в двух томах. Т. 2.* М.: АЛЬФА-КНИГА, 2011. С. 300.

⑤ А. Белый. *Полное собрание сочинений в двух томах. Т. 2.* М.: АЛЬФА-КНИГА, 2011. С. 300.

⑥ А. Белый. *Полное собрание сочинений в двух томах. Т. 2.* М.: АЛЬФА-КНИГА, 2011. С. 305.

⑦ А. Белый. *Полное собрание сочинений в двух томах. Т. 2.* М.: АЛЬФА-КНИГА, 2011. С. 310.

界观思想。霞光主题表达了希望、等待转折以及光明的未来。疯狂主题表达了各种危机的存在。索洛维约夫主题是别雷寄予理想、表达信仰的主题。永恒主题是别雷一生钟爱的主题，是别雷一生最重要的创作内容之一，它是存在的发源地，是心灵圆满的领域。永恒主题不仅出现在别雷的早期诗作中，也出现在别雷的第一部、第二部、第三部《交响曲》中，还出现在小说《彼得堡》和《柯季克·列塔耶夫》中，可以说它是别雷一生崇拜的形象。同时，永恒的形象对别雷来说是也重复、回声和节奏的原则。

在第二部《交响曲》中，永恒主题就像传统小说中的主人公，出场次数最多。它平行穿插在各个片断之中，不断重复，不断变奏，语义越来越丰富。略举数例，从第一章的第二个片断起，永恒登场：

伟大的永恒、主宰一切的永恒的歌声从那里传来。

而这些歌就像一系列次第变化的音阶，来自那个看不见的世界的音阶。永永远远呈现出那样的音调。甫一结束，又重新开始。

只要刚刚沉寂，立刻又喧闹起来。

永永远远呈现出那样的音调，无始无终。①

之后永恒频繁出场：

在孤零零的房子里，永恒独自逗乐解闷。她在隔壁房间不时敲几下，不时笑一笑。

永恒坐在那些空空的椅子上，整理着装在罩子里的照片。②

音符每分每秒都在流淌。每分每秒构成了时间之流。时间无止无休。在时间的流逝中，映出谜一般的永恒。

永恒，如同一位严厉的黑衣女子，安详而平静。

她站在人群中。音乐会上的每个人感觉到背后冰冷的叹息。

她用黑色的影子拥抱每个人。她把自己苍白、不安的脸映在每

---

① А.Белый. *Полное собрание сочинений в двух томах.* Т.2.М.：АЛЬФА-КНИГА，2011.С.293.

② А.Белый. *Полное собрание сочинений в двух томах.* Т.2.М.：АЛЬФА-КНИГА，2011.С.295.

个人的心上。①

永恒的头从墙后面露出来,忧伤地悬在露台上空。②

到小说结尾时的倒数第二片断里,永恒谢幕:

于是他们沉默了……他们默默地听到永恒的临近。

于是似乎——某种东西唱着歌呼啸而行……

于是似乎——墙后面某处传来某人的脚步声……③

三、片断的组织原则——联想

音乐的基质以直接的形象表现在《交响曲》中。这些片断被变奏、重叠,通过主导主题的多重系统组织起来,形成多意义的诗学结构。而这种具有多重意义诗学结构的小说写作常常伴随作家"紧张的联想"(金兹堡语)向前推进。

在碎片式文本中片断与片断之间保持着联想关系。请看在相邻的三个片断中表现的由一轮明月引发的联想,片断一:

哲学家醒了……从皱成一团的枕头上抬起头。深珐琅蓝中轮廓分明的月亮恰好映入他的眼帘……

红色的月亮!……

哲学家胆战心惊一跃而起。他抓住自己的头;就像一个疯狂热恋中的人看着可怕的圆盘。④

片断二:

那位民主派人士在自己的房间写着评论文章。他看见了月亮,苦笑了一下。

---

① А. Белый. *Полное собрание сочинений в двух томах. Т. 2.* М.: АЛЬФА-КНИГА, 2011. С. 312.
② А. Белый. *Полное собрание сочинений в двух томах. Т. 2.* М.: АЛЬФА-КНИГА, 2011. С. 343.
③ А. Белый. *Полное собрание сочинений в двух томах. Т. 2.* М.: АЛЬФА-КНИГА, 2011. С. 360.
④ А. Белый. *Полное собрание сочинений в двух томах. Т. 2.* М.: АЛЬФА-КНИГА, 2011. С. 302.

　　他搁下笔,抛开那些如同不宁的狗般蹦跳、旋转的思绪。他揉揉自己的额头,轻声说:"不是那样的,完全不是那样的。"

　　他想起了童话女郎。①

片断三:

　　有人在城市的另一头打开了窗户。丝绸窗帘拉开了。

　　房子里布置得时髦而颓废,窗前站着童话女郎。

　　她在整理自己栗色的头发,笑吟吟地看着月亮。她说:"是……知道。"

　　她的一双忧伤的蓝色眼睛望着月亮,想起自己的幻想家。

　　大门口站着几匹黑马,正在等她下来,因为正是出行的时候。②

　　别雷借助联想原则定格各个场景,并从整体上架构作品的内容层面。赫梅利尼卡娅在她著名的论文《安德烈·别雷的文学起点》中指出,第二部《交响曲》是"别雷全部创作的胚芽,从它之中诞生了《彼得堡》《柯季克·列塔耶夫》和诗作《第一次相遇》"③。在该文中赫梅利尼卡娅首次指出别雷艺术思维的联想性特征,并论及第二部《交响曲》中的联想同时具有"词汇隐喻和思想内容方面的特征"④。

　　联想通过发展细节来表现艺术世界的特征。比如,小说中描绘疯狂居所里的某个居民"吓人的彼得"出场时:"彼得皱了一下自己的八字眉,他发狂的双眼中闪出一道道盛怒的绿色闪电。但他很快熄灭了怒火,翻了一下眼珠,变

　　① А.Белый. Полное собрание сочинений в двух томах. Т. 2. М.: АЛЬФА-КНИГА, 2011. С. 302.

　　② А.Белый. Полное собрание сочинений в двух томах. Т.2.М.: АЛЬФА-КНИГА, 2011.С.302.

　　③ Т.Хмельникая. Литературное рождение Андрея Белого // Ст.Лесневский, Ал.Михайлов (сост.). Андрей Белый: Проблемы творчества: Статьи, воспоминания, публикации. Сборник. М.: Советский писатель, 1988.С.113.

　　④ Т.Хмельникая. Литературное рождение Андрея Белого // Ст.Лесневский, Ал.Михайлов (сост.). Андрей Белый: Проблемы творчества: Статьи, воспоминания, публикации. Сборник. М.: Советский писатель, 1988.С.128.

成死火山"①。在第二部《交响曲》中绿色占据色谱中的主导地位,这与俄国历史上的彼得大帝的联系十分明显,因为绿色是彼得时代和彼得本人的传统颜色。

值得注意的是,小说中有关哲学和艺术的联想夹杂着日常生活的细节以及人物的细节在幽默中呈现:

> 一个人在另一个那儿坐着。两个人进入了神智学的更深层面。
>
> 一个人对另一个说:"白色——令人快慰的颜色,是各种颜色的和谐混合。"
>
> "紫色——《圣经》旧约的神圣颜色,而红色——受难者的象征。"
>
> "不能将红色与紫色混淆,这里要栽跟头的。"
>
> "紫色是本体,而红色是现象。"
>
> 他们坐着讨论神智学的更深层次。一个人对着另一个人胡诌。②

不可否认,明显的幽默笔法常常伴随着崇高的叙事。第二部《交响曲》中有不少这样的片断。在此借小说中描绘已逝的先知索洛维约夫出现在莫斯科上空吹响时代号角的场景,用以一观这种荒诞与崇高并存的联想叙事方式:

> 那时,一只狮子在阿拉伯的沙漠里咆哮……
>
> 在这里,一群猫在莫斯科的屋顶上吼叫。
>
> 屋顶彼此靠拢:在熟睡的城市上空出现一片片绿色的空地。
>
> 在屋顶上能够看见一位先知。他正在熟睡的城市上空夜巡,制服恐怖,驱走不安。一只狮子在咆哮,一群猫在吼叫;阿拉伯的荒漠

---

① А.Белый. *Полное собрание сочинений в двух томах. Т. 2.* М.: АЛЬФА-КНИГА, 2011. С. 355.

② А.Белый. *Полное собрание сочинений в двух томах. Т. 2.* М.: АЛЬФА-КНИГА, 2011. С. 349.

和屋顶空地;在屋顶上的猫群在吼叫,在屋顶上出现了一位先知。原来,这位预言家是已逝的弗·索洛维约夫。他英勇地迈过一个个屋顶,吹响号角。

那时,在阿拉伯沙漠里狮子在大声咆哮。它刚从犹大的膝下跑出来。

然而在这里,在莫斯科,在屋顶上,公猫在吼叫。

屋顶鳞次栉比,在熟睡的城市上空连成一片绿色的荒凉之地。

在屋顶上可以看见先知。

他在熟睡的城市上空夜巡,驱魔除怪。

他漆黑的睫毛下一双灰色的眼睛闪闪发亮。花白的胡须随风飘散。

这是已逝的弗·索洛维约夫。①

这个片断表现出复杂的联想体系,联想的链条以辐射的形式向前推进。小说里的莫斯科是一个庸俗的世界,人们安逸其中,不曾预料即将降临的大劫难。这时,先知弗·索洛维约夫复活,他在屋顶巡走,并吹响号角,用以警醒人们注意这一重大变化。转瞬间,庸俗的城市生活被神秘启示录式的光芒所照亮。这样理想和现实、日常与存在、现象和本质在各个层面上联系在一起。这种独特的诗学体系决定了别雷艺术思维的风格。

小说中金色大胡子苦行僧谢尔盖·穆萨托夫的思绪片断揭示了第二部《交响曲》的思想内涵。穆萨托夫是索洛维约夫的追随者。穆萨托夫坐在三驾马车上飞奔,他的思绪跟随三驾马车一起经过平原和峡谷,他看到:

有时候,平原上冒出一些深深的峡谷。它们像是从平原中隆起的高原,峰峦叠嶂。在平原和峡谷的这种更替中呈现出某种佛教的意味。

---

① А. Белый. *Полное собрание сочинений в двух томах. Т. 2.* М.: АЛЬФА-КНИГА, 2011. С. 322.

在脑海中更多地浮现往昔,而非现今。那是蒙古人的往昔。

至少,金色大胡子苦行僧是这么认为的。他端坐在一些箱子中间。

他轻声地自言自语:"瞧,平原包含了俄罗斯的忧伤和俄罗斯的无目的性。"

因为这个大胆的想法,头上的太阳炙烤着他的后脑勺。①

穆萨托夫看见过去光辉的外壳,从过去升腾出未来。穆萨托夫知道,只有伟大导师的手可以连接这个世界的"彩色链条"。然后,他继续在大脑中发展索洛维约夫关于俄罗斯问题的认识:

他看见昔日雄伟的残垣断壁,被多层烟雾般帷幕包裹的未来从中站立起来。

他认为,这种文化或者另一种文化的综合时期已经完结,这种完结对人性提出要求。只有伟大导师的手能够系上最后的绳结,连接起超出日常生活轨道的重要事件。

他认为,在西方光辉熄灭,黑夜舞动黑色的翅膀从雾蒙蒙的大海那边渐渐靠拢。

欧洲文化念出独特的咒语……这个咒语成为不祥的符号……而这个符号就是一副会跳舞的骸骨。

许多骸骨沿着衰落的欧洲开始奔跑,眼睛凹陷处的黑影闪闪发光。他在思考,然而道路上一个坑连着一个坑,他被绊了一下。金色大胡子苦行僧自言自语:"忍耐。"

"忍耐",因为在东方金色的酒杯里热血在涌动,……蓝色香气伴着哗啦作响的长链提香炉的声音升向天空。

他幻想将西方的骨架和东方的血液结合起来。他想用血肉包裹

---

① А. Белый. *Полное собрание сочинений в двух томах. Т. 2.* М.: АЛЬФА-КНИГА, 2011. С. 330.

骨架。

他坐在一堆箱子中间，他猜到了俄罗斯在这场伟大的结合过程中的作用。①

在苦行僧的思考中，索洛维约夫把俄罗斯作为东西方之间的"连接器"，其中夹杂着启示录一般的预感：

神圣的日子就要来临，神圣的日子不断地向先知们发出呼喊……而先知们在大众心中沉睡。

苦行僧想唤醒这个梦，呼唤他们走向金色的黎明。

苦行僧看见了停留在梦中沉思的人类。

被放逐的羊群四散寻找新的真理，还未找到。这是夏天干旱季节正午的一个梦。②

显然，联想确实是别雷实现象征主义理想过程之中的关键性思维方法，它奠定了具有自己独特诗学体系的作家的创作发展的基础。

第二部《交响曲》中诗节组成片断，各个片断借助对位原则和联想原则叠加，由此构成小说的叙述文本。正如拉夫罗夫指出："《交响曲》的体裁由抒情片断发展而来，同时它结合了具有复杂思想倾向的多体裁特征。"③

从最初诗文合集《碧空之金》中的诗文试验再到第二部《交响曲》中标志性的诗节结构和片断化的文本体裁，别雷尝试着在音乐基础上综合各种印象。综合的宗旨激起了别雷将知识的各种形式和艺术的各种形式综合起来。如弗洛连斯基所言，别雷有"将看起来完全不同的现象和事物的内在本性相等同的天才直觉"④。别雷的四部《交响曲》是尝试综合诗歌、小说、造型艺术、哑

---

① А. Белый. *Полное собрание сочинений в двух томах*. Т. 2. М.: АЛЬФА-КНИГА, 2011. С. 331.

② А. Белый. *Полное собрание сочинений в двух томах*. Т. 2. М.: АЛЬФА-КНИГА, 2011. С. 332.

③ А. В. Лавров. *У истоков творчества Андрея Белого* (《Симфонии》)// А. Белый. *Симфонии*. Л.: Художественная литература, 1991. С. 12.

④ *Вестник русского христианского движения*, 1990, №160, С. 45.

剧和电影等文化方式,在音乐的基础上,遵循毕达哥拉斯和俄耳甫斯的传统,组合大宇宙和小宇宙,表达他理想中的无所不包的宇宙结构。

别雷用新的文化艺术结构方式表达在思想领域里出现的全面的危机。他感受到,在新时代里出现了物理学的危机、艺术的危机、人文主义的贬值。个人与社会间旧的相互关系、旧有的交际原则已失去意义。别雷的同时代人斯捷蓬指出:"别雷的创作——这是无生命的'世纪之交'在强度和独特性方面的唯一体现。"①所以,作为别雷最先发表的小说处女作,第二部《交响曲》显示出与以往时代文学作品截然不同的艺术品格,它既宣告俄国古典小说的传统模式的终结,也标志别雷专属的全新小说模式的诞生,还预示别雷的两部重要作品——《彼得堡》以及《柯季克·列塔耶夫》的来临。

---

① Л.Силард. *Андрей Белый* // *Русская литература рубежа веков*(*1890-е- начало 1920-х годов*). *Книга 2*. М.:ИМЛИ РАН,Наследие,2001. С.146.

第四章 回归俄罗斯命题——《银鸽》

《银鸽》是与《彼得堡》共称为别雷一生创作的"双璧"的重要作品。这两部作品是未完成的三部曲《东方或西方》中的两部,各自具有相对的独立性,然而这两部作品的相互联系不仅仅是各自作为"东方或西方"历史悖论的两个方面,它们还是别雷独特的叙述艺术发展过程中的重要步骤。无论在思想内容上还是艺术手法上,《银鸽》都显示出与《彼得堡》密切相关的联系。有学者提出,《银鸽》被认为是从象征主义理论和美学视角来看最具有理性的作品(拉夫罗夫语);也有学者指出,写作《银鸽》时期,作为一个作家和思想家,别雷已经超越了象征主义的诗学和世界观(卡尔森、亚历山大罗夫语)。此章详细考察《银鸽》中的重要诗学因素。别雷在《银鸽》中发展的重要诗学因素,是其小说艺术发展中的重要阶梯。

第一节 神话诗学因素

众所周知,神话在人类文学的发展历史上发挥过重要的作用。19—20世纪之交传统小说的社会性格学的危机和社会、历史的变动注定了神话诗学的发展。在俄国象征主义的哲学和美学中神话研究也居于显著地位。这一流派最重要的理论家维·伊万诺夫曾在一系列著作中探讨尼采有关狄俄尼索斯庆典的论题,并提出通过神话创作及诉诸神秘剧创作以复兴民族、复兴世界的实施纲要。

别雷走出 1905 年世界观危机之后,将知识分子传统与在艺术文本中实验的兴趣相结合。所以,在这一阶段作家的创作超越了象征主义"泛唯美主义"的界限。新神话主义,即理解世界就像接受神话——"被创作的传说",成为这一时期别雷的象征主义诗学的重要特点之一。世界的一般图景被别雷认定为某种"包罗万象的文本",这种文本体现出世界的"宇宙性神话"。《银鸽》表现出这一创作演化阶段的本质特点。

一、神话化的人物形象

别雷的一生理论追求和文学创作互为指引。他在理论上提出的文学"改造生活"的任务是以其文学创作为基础并通过文学创作来实践的。他希图通过自己的文学生活来指引社会生活,以使自己的国家能够像神话中的酒神狄俄尼索斯一样受难后重生。

深受象征主义先哲弗·索洛维约夫提出的世界末日论的影响,别雷在 21 岁时就写下了长诗《报应》,表达了他对自己、对俄罗斯在劫难逃的预感。作家关注的中心是祖国人民的命运。作为年轻一代的象征主义者,别雷不仅把象征主义作为实现自己文艺理想的希望,而且把它提到了一个世界观的高度。他认为象征主义者的基本任务是改造现实,而改造现实的任务应该在建立象征主义的新世界观和发展新文化的过程中得到实现。所以他耗尽一生试图建立一个庞大的象征主义的理论体系,以期能像神话中的俄耳甫斯一样,用自己的绝世琴音去拯救"爱妻"出地狱,而他的"妻子"就是他的祖国。

1903 年别雷转向神话创作时期,他写道:"霞光减损,这已经成为现实;霞光在 1902 年末就熄灭了,根本没有了。"①莫丘尔斯基指出别雷的创作转向:

---

① К.В.Мочульский.*Андрей Белый*.Томск:Володей,1997. С.52.

"宗教的狂热渐渐冷却,凝固于神话的结晶体之中。"①别雷感到自己和维·伊万诺夫志趣相投。他借助于古希腊神话传说创作出一系列神奇的诗歌。1905年别雷常去维·伊万诺夫家的塔楼参加当时影响很大的星期三文学活动。别雷回忆说:"亚伯的死使我成为一名象征主义者。"②别雷认为,真正的象征主义与真正的现实主义相吻合。这与维·伊万诺夫提出的"现实主义的象征主义"概念相吻合。同时代象征主义理论家维·伊万诺夫把象征主义解释为:"把现象提升到本体,把事物提高到神话,从对象的可见的现实性达到它的内在的、更隐蔽的现实性"③。

无疑,别雷将这种神话创作天才运用到小说创作中,如:短篇小说《寻找金羊毛的勇士》《风神》和他的长篇小说四部《交响曲》《东方或西方》三部曲。从作家的创作中能够看到,他力图建构一种新的神话来达到再创现实的目的。别雷试图运用神话手段架设通往永恒的桥梁,调和"天"与"地"的矛盾、"东"与"西"的冲突,从而找到一条俄罗斯的救赎之路。显然,神话创作成为别雷进行象征主义探索的一条蹊径。

1899年别雷开始阅读尼采的《悲剧的诞生》。他说:"从1899年秋天开始我就生活在尼采中。当我躲开教科书和哲学,完全沉湎于他的语句、他的风格、他的文体的时候,他是我的休息、我的亲密时刻。"④别雷在精神上接近尼采,把尼采当作新世纪诞生的先兆,而且把尼采看成新的宗教——"象征的宗教"的先驱。尼采哲学中受难的狄俄尼索斯的形象给别雷创造无所不包的宗教神话提供了可能性。

《银鸽》的主人公——达尔亚尔斯基就是一位狄俄尼索斯式的人物。达

---

① К.В.Мочульский.*Андрей Белый*.Томск:Володей,1997.С.54.

② К.В.Мочульский.*Андрей Белый*.Томск:Володей,1997.С.14.

③ 汪介之:《远逝的光华——白银时代的俄罗斯文化》,译林出版社2003年版,第282页。

④ К.В.Мочульский.*Андрей Белый*.Томск:Володей,1997.С.21.

尔亚尔斯基是一名诗人,"他自认为是人民的未来"①,是当时声势浩大的俄国知识分子"到民间去"运动的积极参加者。他从莫斯科来到乡下,到他未婚妻的贵族庄园里做客,尝试接近普通民众的生活,以求了解民众,探寻民族出路。在一个小村庄里他被卷入一个宗教教派,为了心中的理想和神秘的实现道路,他离开庄园加入"鸽派",最终虽然醒悟,却为"鸽派"教徒所害。作家通过达尔亚尔斯基的受难牺牲,完成了对狄俄尼索斯的神话叙事。

达尔亚尔斯基有着酒神般的激情、冲动和创造精神,他投身尘世生活,"释放着这头脑点燃的、看不见的光焰";虽深知"这地狱之火就是他的明天"②,却仍执着不悔,"因为只有从灰烬中才能升华出天国的灵魂——火鸟"③。达尔亚尔斯基生活的全部意义和价值就在于为了"创造的冲动"遭受苦难乃至被毁灭。

作品中的两名女性人物也体现出神话中人物的特征。贵族少女卡嘉温柔美丽,"她是这个覆灭的俄罗斯的全部的美,所有的诗意的魅力以及全部的抒情诗般的忧郁的化身"④。她是达尔亚尔斯基的女神:"卡嘉! 世界上只有一个卡嘉;就是走遍世界也再不会碰到这样的卡嘉:……她垂下弯曲的、暗黑的、绸缎一样柔软的眼睫毛,兀自伫立;她深邃的眼光从睫毛下面闪亮;那眼睛不是灰色的,也不是绿色的,一会儿柔媚,一会儿发蓝;她的眼光充满内涵……"⑤达尔亚尔斯基知道自己离开卡嘉就"会堕落得很下作,因为我欲望的血液是炽热的;可是血液在毒化我"⑥。

与卡嘉恰成对照的是作品中的另一女性玛特廖娜,她是细木工的女人,鸽派教徒,愚昧而无知,"她本人就像一只母兽;……她的脸庞是那样的白皙,她

---

① [俄]别雷:《银鸽》,李政文、吴晓都、刘文飞译,云南人民出版社 1998 年版,第 107 页。
② [俄]别雷:《银鸽》,李政文、吴晓都、刘文飞译,云南人民出版社 1998 年版,第 131 页。
③ [俄]别雷:《银鸽》,李政文、吴晓都、刘文飞译,云南人民出版社 1998 年版,第 234 页。
④ К.В.Мочульский. Андрей Белый.Томск:Володей,1997.С.16.
⑤ [俄]别雷:《银鸽》,李政文、吴晓都、刘文飞译,云南人民出版社 1998 年版,第 101 页。
⑥ [俄]别雷:《银鸽》,李政文、吴晓都、刘文飞译,云南人民出版社 1998 年版,第 130 页。

的眼眶仿佛透着蓝光,蓝得那样可怕,她的红发沾满灰尘,干枯嘴唇血般猩
红……女妖靠在他的身上,从她的眼睛里流出蓝色而稠密的泪水,在她的眼睛
里翻滚着放荡不羁的海洋"①。她是引诱达尔亚尔斯基出卖灵魂的女妖,后来
达尔亚尔斯基"明白了……那是用变得纤细的身体来娱神的这种妖术阻碍了
罗斯"②。她和她,一个是"天",一个是"地",一个是俄罗斯上层的代表,一个
是俄罗斯底层的象征。一方面"天"显得太遥远、太抽象,显得遥不可及,从它
那里不能获得生活的动因和支持;另一方面"地"因荒谬而陷于指责和蔑视,
既不能成为创造生命的摇篮,也不能作为恢复力量的源泉。

　　达尔亚尔斯基努力寻找着调解矛盾的中间道路,终遭失败,受难牺牲。但
是对作者来说,主人公的最后受难是他重生的前奏。别雷曾指出,狄俄尼索斯
的受难牺牲就是他的重生:"他也使彼得可耻的行为和灭亡转变成了生活道
路上不可或缺的修行;新的日子将要来临"③。同时,达尔亚尔斯基的死而复
生也象征着俄罗斯民族的文化复兴,这是作家反复建构的关于个人重生的神
话的支点。

　　概言之,受难的狄俄尼索斯的形象是别雷神话诗学中的基础形象,它衍生
到别雷之后创作的重要的作品《彼得堡》《莫斯科》中,成为小说人物结构层次
的重要中心。

二、神话化的时间与空间

　　洛谢夫认为,神话思维最重要的前提在于人之未与自然界相分离。正是
有赖于此,全面的精灵化和人格化得以萌生。

　　在《银鸽》中神话想象的这种原始力量迸发出生机。作者采用全面拟人
化的叙述手法。自然环境不再是静止的,它和人一样有生命,有感情,有思维,

① ［俄］别雷:《银鸽》,李政文、吴晓都、刘文飞译,云南人民出版社1998年版,第267页。
② ［俄］别雷:《银鸽》,李政文、吴晓都、刘文飞译,云南人民出版社1998年版,第268页。
③ ［俄］别雷:《银鸽》,李政文、吴晓都、刘文飞译,云南人民出版社1998年版,第310页。

有善恶之分。在草原、灌木丛、森林和小河里到处都居住着自然的精灵。在树叶的沙沙声、风的瑟瑟声和咆哮声、溪水的私语声、阳光的照射和闪耀以及无数不可描绘的声音与音调中也都隐藏着生命的精灵,它们和人的命运直接相关。还有一系列气象代码,如雨、雷、风、尘暴、云雾等,在小说中也发挥着重要的作用,成为小说重要的配角。莫丘尔斯基对别雷创作中的自然神话有很高的评价。他说:"别雷从火、风暴的轰鸣和太阳的光芒中创造出自己的大自然神话,其中充满着力量和风暴般的运动。"①

别雷不仅擅长创造自然的神话,而且整部小说在时间和空间的建构上也充分表现出神话的思维方式。小说中空间区域的划分以及每一空间的内部构造,每一部分都有自己特殊的实指和意义,都有一种内在的神话生命。古戈列沃夫村、采列别耶沃村和利霍夫城成为光明与黑暗、昼与夜的矛盾对比。古戈列沃夫村是女神式的卡嘉居住的庄园,似乎是天堂,它成为光明的象征。利霍夫城是"一座不受上帝保护的城市"②,那里是撒旦统治的堕落的地狱。而采列别耶沃村,"在城市附近",住着恶棍般的小铺老板、爱撒谎的牧师。他们共同的爱好就是告密和颠倒黑白。还有"没有脸"的瘸腿木匠、鸽派首脑米特里依也是这个村子的居民。木匠使越来越多的人陷入了他的罗网,成为"鸽子"。作者借利霍夫城富有面粉商的女人——费奥克拉·马特维耶夫娜之口描述该城的特点:"一块福地……边界上的每个树桩都像魔鬼。……如此多的魔鬼在威胁着人类本身。"③利霍夫城是一个魔鬼作乱的邪恶人间,它必定会遭受毁灭之灾。

这种光明与黑暗的对立同样存在于主人公的心灵空间之中,成为主人公行为的直接动因。东方与西方的对立在别雷的世界模式中具有相当重大的意义:古戈列沃夫村、欧化的贵族庄园、美丽的卡嘉体现出西方的文明因素;采列

---

① К.В.Мочульский.*Андрей Белый*.Томск:Володей,1997. C.55.

② [俄]别雷:《银鸽》,李政文、吴晓都、刘文飞译,云南人民出版社1998年版,第58页。

③ [俄]别雷:《银鸽》,李政文、吴晓都、刘文飞译,云南人民出版社1998年版,第211页。

别耶沃村、"鸽派"教徒的猖獗活动显示出"亚洲自发势力的愚顽特征"。去东方"我会堕落得很厉害",还是回到西方,"太阳在西方……"①,达尔亚尔斯基每一次的内心徘徊、斗争到最后行动,都是在试图解决这个对于俄罗斯来说一直难解的东西方之谜。最终达尔亚尔斯基决定离开天堂,到邪恶的人间,以期解救众生,却不幸在地狱罹难。另外,小说中庄园、小木屋、茶馆、澡堂、大树洞等由于各处特殊的空间布局而获得了神圣的或恶魔的、友善的或仇视的、高尚的或卑劣的"性格"。

　　别雷还将这种神话情感运用到小说的时间安排上。如同小说中的空间布局一样,小说的时间划分不只是一般习惯意义上的时间表达,而是各自具备一些固定的特质。时间被当作生命个体而存在,它时而被当作一个神灵,时而又被当作一个魔鬼。小说的主要情节发生在圣灵降临节前后。按《圣经》记载,圣灵降临节是耶稣复活后50日差遣圣灵降临。圣灵无所不在,无所不知,自始即存,是永恒的象征。他参与宇宙的创造,能阻止魔鬼,限制犯罪,使人成圣。所以这一天也象征着光明来到人间,众生得救。它成为小说的时间线索,同时也是主人公和"鸽派"教徒力图编织的神话的中心。

　　圣灵降临节打断了统一的生活流程,为人们的生活引入鲜明的分界线,对于达尔亚尔斯基的生活也是如此。作品中写道:"他一边回忆着与小姐和她祖母共同愉快度过的昨日;……今天都无法再激起甜蜜的回忆了。"昨日象征着天堂的生活已经逝去。达尔亚尔斯基曾经留恋西方文明,满怀憧憬向往落户于古戈列沃夫村,但这一切已经成为过去。所以他要在今天——圣灵降临节找到新的前进方向:"在圣灵降临节那个金色的早晨,达尔亚尔斯基沿着大路向村子(指采列别耶沃村——引者注)走去。"②

　　在圣灵降临节当日,达尔亚尔斯基与"鸽子"玛特廖娜在树洞幽会。达尔亚尔斯基以为找到了拯救生灵的通路,因为鸽子就是圣灵的象征;而在晚上他

---

① ［俄］别雷:《银鸽》,李政文、吴晓都、刘文飞译,云南人民出版社1998年版,第263页。
② ［俄］别雷:《银鸽》,李政文、吴晓都、刘文飞译,云南人民出版社1998年版,第4页。

又回到古戈列沃夫村,也象征着他最终在精神上得救。也是在这一天早晨,细木工米特里依和使者阿勃拉姆从采列别耶沃村出发,直到天完全黑了才到达利霍夫城的费奥克拉·马特维耶夫娜的家——城里的"鸽子"窝。他们要在澡堂祈祷,鸽派企望在这一天的祷告能使圣灵降临。教徒们都知道:"鸽子的灵魂将获得一副人的面容,它将由一个女人生出来。"①他们相信在这一天,他们的鸽子王——"圣灵"将要降生,并将率领他们进入天堂。因为只有这个拥有特殊意义的时间能够准确代表神灵降生、魔鬼终结。另外作品中昼与夜的交替、朝霞和晚霞的出现也不只具有时间意义,或者更确切地说,它们已完全具有象征意义。昼和夜的交替是光明与黑暗的交替,朝霞代表着新生,而晚霞代表着毁灭。

由此可见,别雷在《银鸽》中表现的时间和空间不是具体的时空表达,而是神话化思维中某种功能的代言,这一点与《彼得堡》《莫斯科》的时空表达具有共性。

三、神话化的意象体系

神话意象是别雷进行象征主义创作的有机组成部分,它们缭绕于小说行文之中,意韵丰富,绵延不绝,形成不断扩大的象征语义圈。它们是作家赖以生动"再创"现实、表达作家创作主题和实现作家理想的根本手段。

《银鸽》中充满了大量的神话意象:水是丰饶和女性的象征;星星是不幸命运的象征;日出是复生的象征;云遮日为死的征兆;葬礼蜡烛预示着灾难。其中主导意象"深渊"在《银鸽》中发挥出重大作用,它是心理描写和神话象征手法相结合的"贯穿性主题"。深渊在古希腊罗马神话中指不可逆转的劫运,即加诸于个人身上的命定的惩罚。在基督教神话中它体现着末日审判和神必罚恶的思想。象征主义先驱弗·索洛维约夫曾预言古老的俄罗斯正跌入深

---

① [俄]别雷:《银鸽》,李政文、吴晓都、刘文飞译,云南人民出版社 1998 年版,第 75 页。

渊。在年轻一代象征主义作家像维·伊万诺夫、勃洛克和别雷的笔端常借这个意象来渲染 20 世纪初俄国的时代氛围,借以揭示旧俄帝国必将遭遇覆灭的命运。

在《银鸽》中多次提到深渊。别雷借用达尔亚尔斯基心灵的深渊指示达尔亚尔斯基命运中不可逃脱的劫数:"抑或使他心灵的深渊毕露无遗?不错,这些灰色的深渊邪恶的贪婪者。"①而他的诱惑者玛特廖娜的"眼睛这样清澈——清得像深渊"②,意指她代表的罪恶。另外诸如:"采列别耶沃村的钟楼将刺耳的呼喊抛向那充斥着炽热、残酷之光的白昼的蓝色深渊"③;"利霍夫城有如深渊"④;"古老的、弥留之际的俄罗斯……你该知道你的脚下一个深渊正在洞开:小心你会坠入深渊"⑤。别雷在对主人公的命运、采列别耶沃村、利霍夫城乃至俄罗斯的命运的预言中广泛运用了深渊意象,反复提示主人公、采列别耶沃村、利霍夫城直至整个俄罗斯在劫难逃的厄运。

《银鸽》重复运用一些神话意象辅以阐发小说的象征意义,它们也是小说结构的有力支撑。如在小说中反复提示"一个孩子死去"与在神话中常出现的儿童及其献身性的被吞噬这样的故事相合,以显示其在成年仪式中死而复生,也暗示着俄罗斯的劫难与再生。小说将圣灵降临节幽会设在有五百年历史的橡树的树洞,并对其进行反复描写,也有着深刻的神话渊源。传说主神宙斯就同神圣的橡树紧密相关。因为橡树具有宇宙性特征,宇宙之树为命运之树,为世界命运之所系。因而宇宙之树在有关世界末日的描述中居于重要地位。

《银鸽》中反复出现的雨燕、银鸽、红公鸡等意象,时刻传递出当时俄罗斯社会动荡不安的信息。黑、红、白三色铺染出一卷卷恐怖的画面:红色的霞光、

---

① ［俄］别雷:《银鸽》,李政文、吴晓都、刘文飞译,云南人民出版社 1998 年版,第 105 页。
② ［俄］别雷:《银鸽》,李政文、吴晓都、刘文飞译,云南人民出版社 1998 年版,第 169 页。
③ ［俄］别雷:《银鸽》,李政文、吴晓都、刘文飞译,云南人民出版社 1998 年版,第 58 页。
④ ［俄］别雷:《银鸽》,李政文、吴晓都、刘文飞译,云南人民出版社 1998 年版,第 58 页。
⑤ ［俄］别雷:《银鸽》,李政文、吴晓都、刘文飞译,云南人民出版社 1998 年版,第 93 页。

旗帜、血、死神、大红公鸡;鸽派教徒身着白色服装祈祷,"穿着一身白衣服的鸽子安奴什卡无声无息地在走廊上飞翔,苍白的、白色的她在飞翔,就像一只贫血的蝙蝠"①,而他们的守夜人伊万"有着一张豺狼一样的脸,……这张豺狼一样的脸的下部是以红得可怕的毛须结束的,而它的上部则是以红得可怕的竖发结束的,他穿着一件白色的衬衫,腋下有一块红色的补丁"②;大色块的猩红和惨白中夹杂着沉重的黑色:传单上黑色的十字,黑色的雨燕,常年窥视村庄的黑黢黢的身影,黑色的深渊等。

纵观整部小说还可发现作家将主要情节内移。小说依靠大量内心独白和意识流手法,交代故事发展的线索,展现主人公内心的矛盾、探索和分裂,造成小说客观时间和心理时间的交错以及空间场景的转换。达尔亚尔斯基种种极度个人化的心理兼具普遍性、全人类性,为诉诸象征—神话的意象对其进行诠释提供了可能。另外,小说中人物外号的反讽式运用:甜饼、鸽子、柱子、火伊万、铜匠、木匠、牧师等,无不体现出作家对现代人性的讽刺。所以,在此意义上可以确认,别雷是 20 世纪文学中新神话主义的先驱。

四、神话化的结构模式

别雷的新神话诗学扭转了传统神话诗学中宇宙因素的决定性胜利,使其艺术世界的结构模式和反映内容都表现为由秩序走向混沌。埃利奥特认为:"只有神话方法能够赋予当代历史呈现出的无政府主义和虚无主义的一望无际的全景以形式和意义。"③

实际上,任何一种原型结构本质上都拥有一个固定的宇宙论模式。在这个模式中留有混沌的潜在危险因素。在古典神话体系中,胜利总是属于宇宙

---

① [俄]别雷:《银鸽》,李政文、吴晓都、刘文飞译,云南人民出版社 1998 年版,第 62 页。

② [俄]别雷:《银鸽》,李政文、吴晓都、刘文飞译,云南人民出版社 1998 年版,第 66 页。

③ В.В.Полонский. Мифопоэтика и жанровая эволюция // В.А.Келдыш, В.В.Полонский (научн. ред.). Поэтика русской литературы конца XIX – начала XX века. Динамика жанра. Общие проблемы. Проза. М.:ИМЛИ РАН,2009. C.162.

力量,而在 20 世纪初俄国神话诗学的发展轨迹上则呈现出另外一种发展模式。通常相对固定的神话情节暗暗指向基本矛盾的转化和修正。但如果矛盾不能彻底地、神话般地得以解决,那么宇宙力量的权力、它本身的正确性以及它战胜混沌的能力就会受到怀疑。

俄国象征主义者以自己独特的解构秩序的神话模式创作出解构的小说体裁。由此诞生了运用新的叙述原则和方法进行的天才试验。它通过扭曲和破坏传统的神话体系来表现对世界的解构。维·伊万诺夫指出:"对称是神话结构最重要的手段。"①对称性(或者有意地违反)决定了《交响曲》文本主导主题的结构。它在内部表现为二分的宇宙和混沌。宇宙和混沌的对立在别雷的小说中经常被用作小说情节和发展模式的主要推进因素。他的主人公们常常陷入这种对立之中并试图解决矛盾。在《银鸽》《彼得堡》中反映出东方和西方、欧洲和亚洲的矛盾对立。

《银鸽》中世界的宇宙因素与古戈列沃夫村这个贵族庄园②相联系,它无力对抗野蛮的破坏因素——混沌③,它的牺牲品就是达尔亚尔斯基。作家展现了宇宙的西方和混沌的东方之间的基本冲突以及冲突的延展。《银鸽》是作家未完成的三部曲《东方或西方》的第一部。也许这种基本冲突得以解决的可能性只会出现在别雷创作《银鸽》的过程中。但是不可否认,出现矛盾和解决矛盾是小说的基础结构。所以,与解决矛盾相关联的施密特的人智学说被安排在小说结构的中心。从那时候起,达尔亚尔斯基的眼睛就拥有能够看到鸽派(亚细亚的诱惑)的危险性的能力。

波朗斯基认为,经典小说的主人公是在冲突、对立和考验的交替进程中作出抉择,而在别雷的小说中,"神秘主义情节从内在发展伊始就被赋予了象征

---

① В.В.Полонский. *Мифопоэтика и жанровая эволюция* // В.А.Келдыш, В.В.Полонский (научн. ред.). *Поэтика русской литературы конца XIX – начала XX века. Динамика жанра. Общие проблемы. Проза.* М.: ИМЛИ РАН, 2009. С.182.

② 庄园象征西方文化中的秩序和逻辑。

③ 以鸽子鞭身派潜意识中的东方力量为代表。

主义的功用"①。波朗斯基抓住了别雷的小说与经典小说之间不同的关键之处。这里体现出象征主义艺术思维和神话思维的相似性。在象征主义者笔下,人物拥有神话范式中的某种结构,他不仅作为拥有行动能力的具体的个人,而且具有某种固定的角色功能。

比如,在达尔亚尔斯基身上混合了基督和狄俄尼索斯的功能。在小说中主人公折下枞树树枝,首尾相接,戴在头上当帽子。小说反复描绘达尔亚尔斯基"头戴枞树枝编的荆冠"②。这个形象就是结合了狄俄尼索斯的柳条和救世主的荆冠。小说结尾处达尔亚尔斯基的结局是"再也没有回来"。因为达尔亚尔斯基不是按照自己的意志选择殉难地和牺牲方式,他不由自主地成为了牺牲品,这表明"混沌"取得最终胜利。

在这样的文本模式中宇宙力量遭受失败之运,而具有残酷特征的混沌力量取得胜利。《彼得堡》全面展示了这种反史诗性的体裁因素。小说开展艺术叙事的基本模式建立在宇宙与混沌对立的基础上。与阿波罗相连的宇宙因素表现的是西方几何学式的秩序和逻辑;而和狄俄尼索斯相连的混沌因素表现的是亚细亚的无序性。城市中井然分布的主要街道是宇宙的象征,而与主城街道相对立的岛屿区域弥漫着雾一样的混沌。

宇宙和混沌的原则贯穿至《彼得堡》文本的每一层次。小说中的基本任务都是以双生模式进行设置,显示出多层次性和交叉性。比如尼古拉·阿波罗诺维奇的革命任务是炸死父亲。同时他的心灵任务是摆脱同貌人杜德金的影响。如此人物的深层神话诗学的内涵上升到表层。神话的诗学模式能够使读者立即知晓人物的角色功能是按照混沌力量和宇宙力量来进行划分。小说

---

① В.В.Полонский. *Мифопоэтика и жанровая эволюция* // В.А.Келдыш, В.В.Полонский (научн. ред.). *Поэтика русской литературы конца XIX - начала XX века. Динамика жанра. Общие проблемы. Проза.* М.: ИМЛИ РАН, 2009. C.157.

② [俄]别雷:《银鸽》,李政文、吴晓都、刘文飞译,云南人民出版社1998年版,第165、167页。

中戴着小帽子的吉尔吉斯人、热衷于维护传统几何学的参政员和极具黑色破坏魔力的彼得堡铜骑士之间的角逐,他们演绎的是阿波罗和狄俄尼索斯的图景。

小说中人物关系的设置模式与原罪以及仪式上的献祭有着发生学上的联系。身穿红色多米诺的尼古拉·阿波罗诺维奇是狄俄尼索斯——混沌的化身,而在人物体系中处于秩序和逻辑中心的阿波罗·阿波罗诺维奇是合理意识的化身。在别雷的小说里,人物的全面混沌化不是和宇宙起源有关,而是和叙述模式相连。在混沌的世界中,主人公的英雄主义的"脱冕"注定不可避免。比如阿波罗·阿波罗诺维奇既是帝俄的高官——参政员,也是被妻子抛弃并且遭遇沙丁鱼罐头炸弹的"憨厚老实人"。

别雷扭转了神话诗学的功能并且强迫神话诗学机制以一种相反的方式发挥作用。波朗斯基指出,作家艺术地构建了"世界图景的崩溃、混沌和毁灭"①。从《银鸽》到《彼得堡》,作家由总结有关世界秩序化的神话情节逐步转向混沌的全面胜利,产生从结构、人物到语言文本的各个层面的断裂。混沌因此确立了自己的原则,把艺术世界的逻辑因素挤压至艺术世界的外围。因此,神话诗学中不变的冲突催生出建立在由"反体裁"至"反史诗"规则之上的小说文本。

综上所述,19、20世纪之交的现代主义叙事回应了新时代的个人"存在"的感觉,并且通过神话这面镜子反映出来。在象征主义者总结的方法和先锋派的分析的方法之间,神话化对艺术体系和小说体裁的结构影响尤其深远。在别雷的创作中,神话化诗艺不仅负有对叙事之作的结构进行处理的功用,而且成为作家诉诸传统神话的种种对应物对现代社会的情景予以隐喻性描述的手段,成功地表现了别雷以及他同时代的象征主义者的启示录情绪、弥赛亚意

---

① В.В.Полонский. *Мифопоэтика и жанровая эволюция* // В.А.Келдыш, В.В.Полонский (научн. ред.) . *Поэтика русской литературы конца XIX – начала XX века. Динамика жанра. Общие проблемы. Проза.* М.:ИМЛИ РАН,2009. C.162.

识以及借助酒神崇拜、共同性原则来拯救世界的实施办法。别雷将自己的美学和哲学探索投射到创作中,并积极运用反讽、意识流、时空变换等手法,创作出现代主义神话化小说。如果说 20 世纪初,别雷希图创造"神话"架设起鸿沟之上的桥梁,以求接近永恒,那么如今,读者也可以通过这条"神话"小径接触到他神话般的灵魂。

第二节　戏拟诗学因素

就戏拟的自身发展历史而言,文学和戏拟——高雅的体裁以及对它们的滑稽客串几乎是同步出现的。例如,现存最为著名的对《伊利亚特》的戏拟作品,原本就是为了听众取乐而作的①。所以,戏拟的基本特点是独立与依赖的混合,杂糅着游戏与讥讽,其目的很少是严肃的。然而,处于古典派和先锋派之间的俄国象征主义作家别雷的戏拟不完全是游戏嘲讽的态度。或者更确切地说,别雷的戏拟是出于一种严肃的思考,其目的是建构。

别雷试图经由对在以前时代被视为"批判现实主义"经典大师的果戈理的风格进行戏拟,从而完善自己的象征主义手法和风格,服务于自己的"象征主义是世界观"的理论体系,最终达成艺术的终极目的(即用艺术改造俄罗斯人性),使之符合俄罗斯未来发展的要求。由此看来,别雷是以戏拟的方式回归了前辈大师果戈理的俄罗斯命题。

一、在《银鸽》中"复现"

1909 年适逢果戈理百年诞辰纪念,别雷计划写作以《东方或西方》为总题的三部曲,探讨处于重重危机之中的俄罗斯在东西方之间的命运归属问题,找寻民族发展的道路。第一部《银鸽》(1910)和第二部《彼得堡》(1913—1914)

---

① 参见[法]蒂费纳·萨莫瓦约:《互文性研究》,邵炜译,天津人民出版社 2003 年版,第 66—68 页。

相继问世。翻开这两部作品,可以明显感受到果戈理叙事风格的影响。别雷是以对果戈理诗学中的语言、叙事方法和形象体系的理性认知为基础开展自己的戏拟叙事。

诗人叶赛宁十分喜爱别雷的《银鸽》,他对《银鸽》的语言技巧作出很高评价:"怎样的语言啊! 怎样的抒情插笔! 简直可以死去! 这是继果戈理之后的唯一乐事。"①《银鸽》的语言表达明显采用了果戈理的表达方式。别雷用果戈理的音节方法把一个又一个句子集中在一起,浇铸出了另一个果戈理式的文本。

别雷在自己的研究专著《果戈理的艺术》中设专节"果戈理和别雷"对比了自己的创作方法和果戈理的创作方法,以《银鸽》和果戈理第一阶段的作品、《彼得堡》和果戈理的"彼得堡系列小说"为分析对象,仔细说明了自己从果戈理处发现并引入自己创作中的方法:"句子的分解和重组,动词和修饰语的堆叠;词和音的重复,(词序)倒置、分置和还原,重复句、装腔作势的动作和颜色的交替。"②《银鸽》中纯粹果戈理式的形容词使用频率极高,还有同样的形容词、动词、名词堆叠式使用。果戈理式的用词不仅体现在这些实词之间的组合之中,还体现在具体的连接词中,如:"и…и…",以及用"уже""еще"构成的重复中。

别雷在《银鸽》中不仅对果戈理的语言进行直接描摹,同时还在叙事语言组织模式中融入了果戈理的元素。《银鸽》的体裁特点直接出自果戈理的长篇史诗小说《死魂灵》。别雷领悟到《死魂灵》的本质特点是史诗因素和抒情因素的交融。果戈理长篇小说的这一明显特性表现在乞乞科夫回城场景的描写中:乞乞科夫研究了一下买来的"死魂灵"的注册簿,突然开始浮想那些死

---

① Л.Швецова. *Андрей Белый и Сергей Есенин* // Ст. Лесневский, Ал. Михайлов (сост.). *Андрей Белый*: *Проблемы творчества*: *Статьи, воспоминания, публикации. Сборник.* М.: Советский писатель, 1988. С.418.

② Н. Жукова. *О мастерстве Гоголя. О символизме Белого и о формосодержательном процессе.*// Андрей Белый.*Мастерство Гоголя: Исследование.* М.: МАЛП, 1996. С.6.

去的农奴的命运,与此同时,转向明显不属于他本人的具有道德高度的思索和议论。这个场景曾经遭到别林斯基的责备,他批评果戈理在这里毫无依据地迫使乞乞科夫幻想普通的劳动人民命运并且赋予乞乞科夫"高尚的纯洁的眼泪",转托乞乞科夫说出本应自己来说的东西。伟大的批评家从 19 世纪现实主义诗学的角度,客观地评价了各种言语视点的不妥当的交叉,持否定的态度批评了这种体裁变化——由叙事长诗转向抒情插笔,认为这里"反映出果戈理意识中的矛盾"①。

在前人止步的地方,别雷见出了不同。别雷作了一个生动的比喻:"别林斯基将没有头的身体拿来,发现其中巨大的意义。"②他概括说:"《死魂灵》是一部长篇叙事史诗,它扩充了叙事文学的界限。……在果戈理之前,小说中没有史诗性的长诗,同样,长诗也不具有广泛的包容性。长诗被果戈理融入小说,他又将时代的生活注入诗歌。果戈理强调史诗不同于叙事长诗的形式。果戈理所写的是小说型史诗,因为其中俄罗斯人民的语言给文学增加了生命力;贵族的、庸俗地主的语言和地方方言一起进入文学形式之中。……新的语言在我们最优秀的古典小说作家那里点燃了生活。'小说'的概念得以重生。"③

别雷在《银鸽》中强化了这一结构。《银鸽》里明显表现出三种主要的叙事形式,即故事讲述者的叙事、人物叙事和作者叙事。这三种叙事形式之间时常不借助任何提示而自由转换。故事讲述者似乎是一位命运老人,见惯了人间的悲欢,常于不经意中点出人物的命运。他的评价性言语在小说中是最理想化的、最富于乌托邦的色彩的,几乎是俄罗斯民间的勇士赞歌。故事讲述者的语言是按照民间风格组织起来的,由它传达采列别耶沃村民的特点、发生在村子里的事件、风景乃至部分叙事。但是这种赞歌时常消失在作者具有现代

---

① В.Г.Белинский. *Полн.собр.соч.Т.4.* М.:АН СССР,1954. С.427.

② А.Белый. *Мастерство Гоголя:Исследование.* М.:МАЛП,1996. С.38.

③ А.Белый. *Мастерство Гоголя:Исследование.* М.:МАЛП,1996. С.15.

特征的表述之中,这是一种富于诗意、精心组织的言语。比如,小说中在故事讲述人老实的空谈中会突然插入非常讲究的比喻。

通常,当故事中出现知识分子式主人公(达尔亚尔斯基和施密特)的时候,故事讲述者就让位于作者。这个时候,作者便从自己的角度表现那些涉及贵族的古老庄园古戈列沃夫村及其居民的章节。时常,故事讲述者的叙述和作者的讽刺性叙述交织起来。比如小说描写达尔亚尔斯基带着对未来生活的期待和犹疑陷入了自己的沉思之中:

> 这条出路在他看来就是俄罗斯的出路——就是那个开始对世界进行伟大改造抑或毁灭世界的俄罗斯,而达尔亚尔斯基……
>
> 不过,他达尔亚尔斯基真是见了鬼:他早该滚蛋:我们该有的举措是:对他的举动不必大惊小怪,弄懂弄通这些举动是不太可能的——也无所谓:让他见鬼去吧!
>
> 激情在涌动:我们还要描写它们——不是描写他:闷雷已经在某个地方轰鸣,没听到吗?……①

达尔亚尔斯基向往"紧紧偎靠着人民的土地",但他"分明感觉到,污秽、柔软的土地正向他靠来"②。达尔亚尔斯基在思绪中踌躇,这段思绪以上文引用部分作为结尾。上述引文从主人公的思绪转入故事讲述人的评论,最后以作者的插笔收尾。短短的几行之中,言语形式的主体跳跃性非常大,虽未明确交代,但细细读解,可以发现故事讲述者、主人公的思维和作者插笔之间视点交汇变换的界限。

这种跳跃式的叙事还表现为小说中由故事讲述者的民间风格叙事突然转到作者的讽刺性叙事,比如:《利霍夫》一节中从民间口语的仿拟转而进入现代主义富于表现力的节奏性叙事,进入现代叙事风格的语言范围之内。两种风格的叙事都可以由达尔亚尔斯基的内心独白(这是一种经常处于分裂状态

---

① [俄]别雷:《银鸽》,李政文、吴晓都、刘文飞译,云南人民出版社1998年版,第108页。
② [俄]别雷:《银鸽》,李政文、吴晓都、刘文飞译,云南人民出版社1998年版,第107页。

的意识的口头表现)引发。这种语言组织模式在建构中心人物的关系体系以及塑造复杂而矛盾的主人公形象(诗人兼新斯拉夫人达尔亚尔斯基)之中发挥着重要的作用。达尔亚尔斯基心中纠结的东西方之间的冲突、人民生活中理想化因素的吸引以及知识分子所接受的欧化教育在叙事的言语组织层面得以平行反映。随着主人公的意识中出现这种或者那种因素的交替,小说叙事语言开始出现书面语和民间口语的转换。

别雷刻意安排整齐的句式和随意的句式相互交替,以表现达尔亚尔斯基内心的冲突,外化的形式展现出主题的内容。别尔嘉耶夫曾指出别雷世界观的双重性在于"东方的神秘因素"和"西方模式的无比神秘主义",同时他也指出,"作为艺术家的别雷克服了个人主义和主观主义"[1]。按照别雷的历史哲学观,东西方之间的冲突导致俄国历史上的一个劫运的时刻。这种冲突通过知识分子和人民的关系展现出来。在小说中,作者没有简单地陈述知识分子和人民的相互关系,而是借助各种艺术手段用二律背反的结构展现出来。在小说的时空结构、情节安排以及人物设置上都体现出这种背反关系。但是这种冲突特别明显地通过叙事语言的组织反映出来。小说语言的组织特点反映出作家既重视作为知识分子的神话之根——人民所反映出的美学和哲学价值,也无法忽略俄国知识分子传统神话中"爱人民"的深刻危机。

整体看来,《银鸽》中别雷复现了果戈理早期诗学中的语言组织经验。别雷充分意识到《死魂灵》的史诗性长篇小说的本质不在于"用抒情插笔来稀释讽刺小说,而在于异质元素之间动态的相互作用"[2]。

二、在《彼得堡》中"衍生"

和《银鸽》相比,《彼得堡》明显从果戈理的早期诗学转向系列《彼得堡故

---

① Н. А. Бердяев. *Русский соблазн* // *Русская мысль.* 1910. № 11. Отд. 2. С. 113.

② М. В. Козьменко, Д. М. Магомедова. *Стилизация как фактор динамики жанровой системы* // В. А. Келдыш, В. В. Полонский (научн. ред.). *Поэтика русской литературы конца XIX—начала XX века. Динамика жанра. Общие проблемы. Проза.* М.: ИМЛИ РАН, 2009. С. 96.

事集》的诗学。别雷指出："别雷的《银鸽》是《狄康卡近乡夜话》的总结，而《彼得堡》则是《外套》《鼻子》《肖像》《狂人日记》的总结。"①

别雷自述："《彼得堡》中充满了果戈理的方法。"②从《彼得堡故事集》中提炼出来并运用到《彼得堡》中的果戈理方法是《银鸽》中所没有的。《彼得堡故事集》中的诗学结构原则在《彼得堡》中发挥了重要作用，它们成为《彼得堡》叙事手法的酵母。同时，别雷还发掘出自己的作品和果戈理创作题材的相似性。别雷指出："果戈理的彼得堡故事渗进了《彼得堡》，这里出现了《涅瓦大街》中的幻视景象，《外套》风格的官员办公室，《鼻子》中的双关语，《疯人日记》中的荒唐存在、疯狂的恶作剧以及从《肖像》中传递出来的恐惧。"③

但是别雷也坦承，《彼得堡》中"果戈理的影响由于受到陀思妥耶夫斯基的作用而变得复杂化，自己的这部小说同时也回应了普希金的《青铜骑士》"④。这一点从小说的具有鲜明特点的引文中可以见出。《银鸽》中的引文、典故和联想均以果戈理的艺术世界作为唯一来源，而《彼得堡》中原型文本的范围不可思议地扩大了。这些原型文本涉及普希金、果戈理、屠格涅夫、托尔斯泰、契诃夫、陀思妥耶夫斯基和柴可夫斯基等人的创作。这些被改写的原型文本对于有素养的俄国读者来说，是曾经建立过特别重要的思想行为体系的文本或者具有某种独特的文化密码的文本。

别雷采用俄语读者十分熟悉且被公认的经典作品中的经典形象，将他们带到另一个时代，使他们成为自己小说的主人公。所以，普希金的《青铜骑士》在他的笔下具有了时代意义。《青铜骑士》里的叶甫盖尼在别雷的笔下变成了恐怖分子杜德金。骑在铜马之上的彼得大帝和可怜的叶甫盖尼经历四分之三世纪后再次相聚。他们的命运在另一种历史环境中又交织起来。别雷将

---

① А. Белый. *Мастерство Гоголя：Исследование*. М.：МАЛП，1996. С.298.

② А. Белый. *Мастерство Гоголя：Исследование*. М.：МАЛП，1996. С.321-325.

③ Н. Жукова. *О мастерстве Гоголя. О символизме Белого и о формосодержательном процессе* // А. Белый. *Мастерство Гоголя：Исследование*. М.：МАЛП，1996. С.6.

④ А. Белый. *Мастерство Гоголя：Исследование*. М.：МАЛП，1996. С.321.

他们安排在一个新的时代,再次创造了他们出现的场景。虽然别雷几乎没有给他们留下普希金为他们安排的任何东西,情节也被重新编排了,但无疑,他们仍是《青铜骑士》和普希金的主人公。别雷从历史的表面相似性发现了其内在的联系,并且依靠普希金诗歌的情节冲突加上自己的改编实现了自己的意图。

别雷似乎是在继承普希金传统,实际上已经打开了通向现代主义小说的大门。当然别雷的创作继承中包含着数位经典作家的创作探索。《彼得堡》并非历史小说,小说中的革命只是背景,就像剧院中的舞台背景。家庭剧里的人物和场景几乎立即能被辨识。老阿勃列乌霍夫使人想起托尔斯泰笔下的卡列宁(同样的下巴、同样的耳朵),还有契诃夫的《套中人》中的别里科夫(阿勃列乌霍夫的屋子和他的四轮马车就像他的"外套")。另外,不忠的妻子、她和音乐师的浪漫故事以及突然回归的情节不仅导向《安娜·卡列尼娜》,也指向《贵族之家》。小说中对小阿勃列乌霍夫出生情况的描写则源自于《卡拉马佐夫兄弟》,它明显带有陀思妥耶夫斯基式的爱与恨、隐秘与荒唐。① 而《彼得堡》中的"奸细和恐怖主题显然发展了《群魔》的主题"②,不同的只是《群魔》中鼓舞着恐怖分子的普遍否定精神之源来自西方,而在《彼得堡》中,这群"魔鬼"来自东方。

别雷没有停留在对他文本的大规模的引用和模仿之上,他的创新之处在于他将"他者的话"编入"自己的话",使"他者的话"为自己的叙事服务。斯泰因贝克在研究别雷讽刺性仿拟的复杂性和多样化时指出,别雷讽刺性仿拟达成如下目的:"揭示主人公……自我讽刺……公开和秘密地和某个作家或

---

① 参见 И. Н. Сухих. *Прыжок над историей* // И. Н. Сухих. *Двадцать книг XX века. Эссе.* СПб. : Паритет , 2004. C.46。

② Вик. Ерофеев. *Споры об Андрее Белом* // Ст. Лесневский , Ал. Михайлов (сост.). *Андрей Белый : Проблемы творчества : Статьи , воспоминания , публикации. Сборник.* М. : Советский писатель , 1988. C.492.

者自己的认知进行辩论,连接小说的各个部分……"①我们关注的正是最后这一点。别雷在《彼得堡》中将这些原型文本引入新的上下文中,并以讽刺性戏拟方式改变了它们的意义。相互交织的艺术原型的多面性和多声部性构成了关于彼得堡的艺术神话的多重线索。而将这一切并置在统一的叙事序列里的重要手段之一是作者的讽刺,它对深化的原型形象作出荒诞的说明,在解构旧文化形象的同时建构出新的文化形象。

皮斯克努诺夫提出:

> 就与普希金、果戈理、陀思妥耶夫斯基、柴可夫斯基等创作的彼得堡神话的关系而言,别雷的艺术世界并非它们的简单复制,也不是去除伪装……别雷的讽刺在更广义的巴赫金笑的因素的探讨之中就像是推动意义前进的手段,同时具有毁灭和重生的作用。它既广泛体现了以前的文化形象,同时在新的层次中重生。从"快速流动的时间之流"里消解了昔日的彼得堡的神话并在艺术文本的重组中协调它们。②

确实,这些引用、联想等逐渐加入作者的叙事,慢慢地扩展,"他者的话"在《彼得堡》中重新溶解组合为别雷"自己的话",演变成多义性的象征符号。关于这些象征符号起源的多样性在众多论者的著作中都有研究。这些起源首先涉及普希金、果戈理、陀思妥耶夫斯基,还有弗·索洛维约夫、托尔斯泰、梅列日科夫斯基、柴可夫斯基、施泰纳等,但是若从语言表达的角度考察,可以发现《彼得堡》中语言方面的主要参考坐标还是果戈理。《银鸽》的语言组织方面的经验深入到《彼得堡》的文本肌理之中。

---

① Вик. Ерофеев. *Споры об Андрее Белом* // Ст. Лесневский, Ал. Михайлов (сост.). *Андрей Белый: Проблемы творчества: Статьи, воспоминания, публикации. Сборник.* М.: Советский писатель, 1988. С.498.

② В. Пискунов. 《 *Второе пространство* 》 романа А. Белого 《 *Петербург* 》 // Ст. Лесневский, Ал. Михайлов (сост.). Андрей Белый: Проблемы творчества: Статьи, *воспоминания, публикации. Сборник.* М.:Советский писатель, 1988. С.200.

《银鸽》中重要的戏拟原则作为基础的艺术体系保留下来,并且赋予《彼得堡》中的形象体系以丰富的意义空间。在《彼得堡》中戏拟作为不可分割的叙事原则,和其他的原型叙事方法交织在一起。《银鸽》中掌握他文化并且予以复现的手法被《彼得堡》中"衍生"(巴别尔语)的方法所代替。

三、"对话"与"转化"

经由对果戈理诗学的接受与改造而形成的戏拟是别雷突破性继承俄罗斯传统文化环节中的重要方法,也是别雷创造新时代文化的重要手段。在20世纪初俄国文学系列体裁的构成因素里,戏拟被定位在对他文化关系的转化方面。20世纪初,俄国的戏拟艺术在表现他文化和己文化的对话之中开创出新文化。与现实主义在历史思维原则基础上掌握继承文化传统不同,象征派在重建传统文化的基础上提出"新传统主义的"方针,即把传统的现实主义作为具有一定体裁规则和艺术形式的某种综合性文学。

别雷的戏拟不仅对于其小说艺术的个性化发展过程极为重要,而且以一种独特的方式反映出20世纪初俄罗斯文化转型之际文化传承与发展的过程。20世纪初原本以"反传统"姿态登上文坛的俄国象征主义者,在发展的过程逐渐拾回本民族文学传统,重新审视普希金、莱蒙托夫、果戈理、陀思妥耶夫斯基、契诃夫等民族文学大师。勃洛克说:"现在翻开19世纪俄国文学史上的任何一页,果戈理、莱蒙托夫……他们的问题无不煎熬着我们。"[1]关于俄国历史命运和未来前途的问题将数辈作家联结在一起。复现这些19世纪文学赖以生存和孕育的主题、形象和问题,在19—20世纪之交成为具有普遍性的现象。

帕斯捷尔纳克对象征主义艺术之中"复现原有"的本质特点曾予以这样

---

[1] Л.К.Долгополов. *Начало знакомства //* Ст.Лесневский, Ал.Михайлов (сост.). *Андрей Белый*: *Проблемы творчества*: *Статьи, воспоминания, публикации. Сборник.* М.: Советский писатель, 1988. C.61.

的评价:"这是一种什么艺术呢? 这是斯克里亚宾、勃洛克、柯米萨尔热甫斯卡娅、别雷的年轻艺术——进步的、动人心弦的、新颖独特的艺术。这艺术是如此出类拔萃,不但引不起予以更换的念头,相反,为了使它更加牢固持久,倒想把它自创立之始重建一番,不过建得更迅猛、更热情、更完美。要重建它,就得一气呵成,没有激情是不可思议的,然后激情闪跳到一旁,新的东西就这样出现了。然而并不像通常想象的那样,出现新的是为了代替旧的。完全相反,它的出现是令人感奋地复现原有之物。这就是当时艺术的本质。"①正是在这种宗旨下,作为象征主义作家的别雷接受了果戈理的小说诗学。

别雷在自己的艺术世界中将果戈理视作俄国文化的独特本质加以接受。果戈理的诗学引发了别雷的双重态度:于讥讽中夹杂着无比的信任,混杂着热烈和冷漠兼具的接受态势。别雷用戏拟的方式建构出自己专属的文学形象,不仅在自己的时代为小说发展开拓出创新之路,而且以其戏拟叙事的特殊性影响了 20 世纪俄国文学的整体语言风格。可以说,别雷个性化的戏拟形式在现代文学的系列文化符号中划分出先前的古典文化和后来的先锋派文化之间的界限,显示出最适合时代的或者说超越时代的艺术取向。

19—20 世纪之交是别雷的历史文化和美学观点形成的初期,果戈理的个性和艺术世界引发了别雷强烈的兴趣。果戈理创作中的"大胆的比喻、夸张、变形、新词语"等经验契合了极力想创造一种新的形式来表达自己的年轻作家的独特内心。1909 年恰逢果戈理诞辰百年纪念文学活动。在纪念文章中,别雷写道:"迄今为止果戈理还没有被完全认识、理解"②。别雷将果戈理视为俄国最难懂的或者是未被充分理解的作家。果戈理相对于自己的时代是孤独的,而别雷同样孤独,在他身边即使最亲近的人对他的思想和追求也极端不认

---

① ［俄］帕斯捷尔纳克:《安全保护证》,载《人与事》,乌兰汗、桴名译,生活·读书·新知三联书店 1991 年版,第 125 页。

② Н. Жукова. *О мастерстве Гоголя. О символизме Белого и о формосодержательном процессе.*// А.Белый. *Мастерство Гоголя: Исследование.* М.: МАЛП, 1996. С.4.

同。别雷以一颗受挫的心看到了果戈理全部创作的隐秘原因。

别雷思考了果戈理世界观的独特性以及果戈理和俄罗斯之间的奇特联系。在诗集《灰烬》（1909）、《骨灰盒》（1909）中，果戈理与俄罗斯的关系通过别雷对祖国命运思考的棱镜折射出来。别雷所表达的是正在走向死亡的俄罗斯的主题，它呼应了果戈理文章中的思想。当时别雷正致力于连接巫术、神秘的视力和哲学思维的原则，以使象征主义的基础变成一种世界观。围绕象征主义的长久争鸣的结果是别雷的三本论文集《象征主义》（1910）、《绿草地》（1910）、《阿拉伯图案》（1911）。在这三本论文集里别雷总结了艺术创作的象征主义阶段，也拟定了艺术创作发展的新道路。其间，果戈理发挥了重要作用。别雷将果戈理视为重要的象征主义作家，因为别雷认为，是果戈理率先在创作中运用了许多象征主义的艺术方法。

在一生的最后一部学术专题著作《果戈理的艺术》中，别雷将自己的全部创作概括为："别雷小说在声音、形象、色彩和情节方面，总结了果戈理的语言形象工作。在 20 世纪，别雷恢复了果戈理学派。"①这本专著写成于 1932 年，出版于 1934 年别雷去世之后。其中不仅涵盖了别雷对果戈理艺术经验的独到见解，同时处处流露出别雷对自己一生创作经验的总结。在研究专著中，别雷强调了果戈理对于俄国文学的意义，他指出，"果戈理不仅是亚洲风格在俄罗斯的突出表现者，在他身上还有荷马、阿拉伯主义、巴洛克和哥特式建筑等风格的折射，因此他影响的不是某个流派，而是每个人。"②在谈到关于 20 世纪现代文学与 19 世纪经典文学之间的创作渊源的时候，别雷借用了一个有关"鼻子"的比喻进行阐释："果戈理用'鼻子'——像长剑般深深刺过整个 20 世纪的俄罗斯文学。"③

---

① А.Белый. *Мастерство Гоголя*：*Исследование*. М.：МАЛП，1996. C.327.

② А.Белый. *Мастерство Гоголя*：*Исследование*. М.：МАЛП，1996. C.317.

③ Н. Жукова. *О мастерстве Гоголя. О символизме Белого и о формосодержательном процессе*. // А.Белый. *Мастерство Гоголя*：*Исследование*. М.：МАЛП，1996. C.4.

在研究专著中,别雷比较了自己和果戈理的艺术观。他认为,果戈理的句子是不对称的巴洛克风格,而他阐述的"我的世界观"的本质就是对位法问题。对位法问题可以视作维系别雷所有小说文本"运动"的思想。这种对和谐的渴望可以说从一开始就存在于别雷的世界观中,存在于作家对象征主义的理解中。正是这种对和谐的渴望决定了《彼得堡》以那个能够拯救众人的"悲伤的细长的白色多米诺的形象"(如同勃洛克《十二个》中的"头戴白玫瑰花冠的"基督形象一样)开头,到尾声中以"传统的古典配方"告终。然而,这种和谐不是建立在对存在的完整秩序的信任基础之上,而是建立在由极其怪诞乃至对立冲突的形式表达层面的不对称的原则基础上的。别雷希望,艺术能带给这个世界以严格的规律,这样才能引导人们摆脱生活的无序和人心的混乱。可见,由果戈理诗学引申而来的不对称的巴洛克式的和谐是别雷小说艺术的基本指导思想。

别雷高度评价了果戈理写作中的节奏化形式。他认为,和尼采一样,果戈理也是全欧文化中伟大的修辞大师。果戈理善于在灵魂生活的节奏形式中表现文化。他说:"果戈理带给世界修辞学界的是勇敢的节奏的胜利和所有在形象性方面的努力,就这方面而言他超越了普希金。"[1]节奏化形式同样引导了别雷作为一个阐释者的艺术发展之路。如果说在早期四部《交响曲》中别雷稚嫩地模仿了尼采,那么在其他小说(如《银鸽》《彼得堡》《柯季克·列塔耶夫》《受洗的中国人》《莫斯科》《面具》)中,别雷转向愈来愈富有成效的节奏化。到1920年至1930年初,他甚至尝试完全用节奏化形式写作批评文章、回忆录乃至研究专著。茹科娃在《果戈理的艺术》出版前言中指出,作为阐释者的别雷的这本研究书籍"将出色的语文学分析和伟大艺术家的优秀散文凝为一体",书中的"很多段落都是用节奏性散文写成的,有时候用隐秘的诗行写成。别雷的风格,如他自己的界定——自觉的节奏"[2]。这本"节奏性散

---

① А.Белый. *Мастерство Гоголя：Исследование*. М.：МАЛП，1996. С.10.

② А.Белый. *Мастерство Гоголя：Исследование*. М.：МАЛП，1996. С.10.

文"风格的果戈理研究专著可以视为别雷对影响了自己一生的果戈理诗学的最佳回馈。

正如茹科娃所言,别雷是天才的读者、阐释者和艺术家。她说:"在相当程度上正是由于别雷的传承,果戈理的方法才变成完全意义上的文学现实。"①确实,在文学传统的历史传承中,象征主义作家别雷通过巧妙戏拟现实主义作家果戈理的风格,从而实现自己个性化文学形象的构建。什克洛夫斯基曾说:"艺术作品是在其他艺术作品的背景上和通过这些作品的联想而被接受的。艺术作品的形式由它与存在于它之前的其他形式的关系来决定。艺术作品的材料一定要被强调出来,也就是被突出出来,'大声喊出来'。这不是浅薄的模仿,但是任何艺术作品都是作为与某一典范相对照和对立的东西而创作的。"②艾略特也曾表示一位诗人的个性不在于他的创新,也不在于他的模仿,而在于他把先前一切文学囊括在他的作品之中的能力。他说:"我们却常常会看到:(在作品里)不仅最好的部分,就是最个人的部分也是他前辈诗人最有力地表明他们不朽的地方。"③

事实表明,别雷自身文学个性的塑造正是在对前辈作家果戈理艺术世界的接受与改造之中、在历史与现实的话语碰撞之中完成的,它显示出别雷文化艺术观中至关重要的在传统中建设新文化的宗旨和策略。只是别雷在与"他文化"对话的同时,采用了比传统叙事更加彻底的方法,以与"他语词"的融合方式建立自己独特的风格。在果戈理小说《可怕的复仇》中有句广为引用而被人铭记的名言:"Чуден Днепр при тихой погоде."这句话如果在语法规范内进行修正,会导致果戈理笔下这一风景的魅力消失殆尽,取而代之的是平庸无奇。别雷的戏拟同样表现出这一形式独具的魅力。别雷以戏拟建构的新型

---

① А.Белый. *Мастерство Гоголя: Исследование*. М.:МАЛП, 1996. С.6.

② [苏联]巴赫金:《巴赫金全集》第2卷,钱中文译,河北教育出版社2009年版,第225—226页。

③ [英]艾略特:《艾略特诗文全集》,王恩衷编译,国际文化出版公司1989年版,第2页。

叙事形式,挑战了19世纪传统的小说语言和叙事方式,动摇了百年来形成的固定的语言规范和文学标准,引领了20世纪俄国小说和小说语言的发展。

在此,勃留索夫对别雷的评价值得重提:"在自己的时代赋予了小说以主导性的地位"①。别雷颠覆了对经典的理解,把历史上的经典作为自己文学之路的起点。无论是神话诗学因素,还是戏拟诗学因素都是别雷小说创作艺术中的重要技巧,它们为《银鸽》以新的方式回归俄罗斯的传统命题奠定了基础,也为20世纪初俄罗斯小说的转型和发展提供了方法和条件。神话诗学因素和戏拟诗学因素在别雷的首批小说《交响曲》、诗文合集《碧空之金》中已小露锋芒,在《银鸽》中得到长足发展,之后这些重要的艺术形式不断拓展、日臻完善,建造出别雷小说艺术的丰碑《彼得堡》,也在别雷后期的重要小说《柯季克·列塔耶夫》中发挥出重要作用。

---

① В. Брюсов. *Среди стихов.* 1894 – 1924. *Манифесты, статьи, рецензии.* М.: Советский писатель, 1990. С.127.

第五章 《彼得堡》中人物意识的呈现

多尔戈波洛夫认为,象征主义者对"俄国文学的最大贡献是其对艺术的不断追求"[1]。确实,文学除了创新之外,没有别的原则。19世纪俄国古典小说的影响是十分巨大的。托尔斯泰和陀思妥耶夫斯基的小说不仅影响了欧洲文学,同样也影响了世纪之交的俄国文学。作为经典小说,托尔斯泰和陀思妥耶夫斯基的小说已经作出最好的总结。由此导致世纪之交的文学出现了一种巨大的反拨,小说长时间(其实直到1910—1920年期间)退出了令人瞩目的地位。抒情诗创作超越了小说的成就。巴尔蒙特、勃留索夫、别雷、勃洛克都出版了自己的抒情诗集。小说必须找到一种新的发展之路。别雷的《交响曲》完全颠覆了传统意义上的小说形式。在《银鸽》和《彼得堡》中,别雷表面上保留了小说的传统形式,实则为它们填入了以前俄国文学所没有的东西。

别尔嘉耶夫曾专门撰写长篇论文《长篇小说之星》评价别雷的长篇代表小说《彼得堡》,认为别雷"以新的方式使文学回归俄罗斯文学的伟大主题。他的创作与俄罗斯的命运、俄罗斯心灵的命运息息相关"[2]。别尔嘉耶夫道出

---

① Л.К.Долгополов. *Андрей Белый и его роман 《Петербург》*. Л.：Советский писатель，1988. С.8.

② Н. Бердяев. *Астральный роман：размышление по поводу романа А. Белого 《Петербург》* // Н.Бердяев，*О русских классиках*. М.：Высш.Школа，1993. С.319.

了俄国象征主义者的一个显著的民族特色。的确,别雷将象征主义理解为一种世界观,并借以探索国家、民族的发展道路。然而这种信心是来之不易的。它源于别雷为绵延了两个世纪的彼得堡神话寻找到了一种现代的形式。心灵成为别雷的领地。别雷用心灵的空间替代历史和地理的空间。在《彼得堡》中,作家的意识分裂为诸多意识,众意识独立发展又相互碰撞、对话,模拟并演绎了主体意识,而众意识的外化形式则表现为小说的人物、时间、地点、场景和事件。它们带着各自所承载的全部历史文化信息成为小说中的象征存在。各象征存在形成了作品深层主题的结构之网,一切外部的客观存在都因和意识在一起才有了意义。

第一节 时空——意识的背景

《彼得堡》这部小说中的时空,从浅表层次来看,只是描写了 1905 年 9 月 30 日至 10 月 9 日期间的俄罗斯首都——彼得堡;然而,这一有限的时空却联结着俄国的历史和未来,彼得堡文化、俄罗斯文化乃至世界文化的走向问题。更为重要的是,这一时空在小说中成为作家展现自我意识的一个基础背景。

一、小说的时间意义

勃洛克在《天灾人祸之时》(1905)中描述 20 世纪初的俄国:社会萧条、文化停滞、天灾人祸。当时俄国正处于一系列政治、社会、经济和思想的危机之中,而人祸犹如催化剂加重了各种危机①。19 世纪末俄国历史呈现出个人恐怖的特征。20 世纪初又掀起了新的恐怖行动的浪潮。"社会革命党战斗组织"成员暗杀活动不断。1904 年的"阿泽夫事件"轰动一时。沙皇政府内务大臣、宪兵头目普列维被保密局密探阿泽夫暗杀,后查明阿泽夫兼为社会革命党

---

① 参见 А. А. Блок. *Полное собрание сочинений и писем. Проза*(1903—1907)*Т. 7*. М.: Наука,2003. С.21—31。

领导人,是一个双面奸细。1905 年革命被政府镇压。1907 年恐怖主义者杀死了 2543 名革命者。政府在同一年处死 782 名革命者。[①] 1911 年 9 月 1 日内务部总理、部长会议主席斯托雷平也被暗杀。

恐怖和奸细行为成为那个时代的历史特征。一系列社会政治事件促进别雷思考,促使他反思俄国两百年来的历史进程。自彼得大帝定都彼得堡后,国家就进入了历史上的"彼得堡时期"。这个时期以彼得轰轰烈烈的改革,一面加强中央集权,一面建立"通往欧洲的窗口"、定都彼得堡为起点,却以 1905 年革命、迁都莫斯科为终点。俄国历史发展上的"彼得之圈"结束了,它以强权开始,以暴力结束,国家重又陷入混乱和危机之中。

"彼得之圈"究竟给俄国的历史和未来带来了什么? 别雷在《彼得堡》中将俄国历史进程压缩在 10 天内予以表现。故事时间是 1905 年秋天,从 9 月 30 日到 10 月 9 日,然而这只是故事形式上的时间。实际上,别雷描绘和关注的范围不仅是 1905 年的俄国革命本身,还有近两百年来的俄国历史。在这个时间段里作家透视了俄国的历史和未来。别雷认为,彼得一世无度加强中央集权,危害了俄国作为一个独立自主的民族国家的发展。彼得一世全力追求"进步"的改革实际上只是致力于生活表面形式的重建,它破坏了与传统的联系,而稳固的"秩序"是靠传统的力量来支撑的。因此国家渐渐失去平衡,陷入混乱。彼得大帝的活动影响了社会政治和心理道德两个层面。它使俄罗斯的一切,从个人的日常生活、心理到国家政体特点都产生了致命的分裂性。别雷认为,这是最大的奸细行为,它谋杀了国家的未来。

作家选取了 1905 年革命前的这段时间为媒介,表现出俄国历史进程中的国家生活、个人生活的混乱和分裂状态,探求国家、民族未来发展之路。无度的集权最终演变为极端的混乱,使这个时间不仅具有反讽意义,也拥有一种象征意义。它不仅是"彼得之圈"历史的终结点,也是一段新历史的起点。小说

① 参见[俄]洛茨基:《俄国哲学史》,贾泽林等译,浙江人民出版社 1999 年版,第 220 页。

中的时间传达出的是别雷对历史、对现实的这样一种感受,为整部小说奠定了基调。

二、小说的空间意义

小说中的地点是彼得堡。这座彼得之城对俄国的知识分子来说已经不是一个纯粹的地理概念,它是俄国历史生活层面的直观标志。彼得堡,这座在涅瓦河畔沼泽地上建起的都城,是彼得一世欧化政策的纪念碑。立于涅瓦河畔彼得大帝的纪念像——"青铜骑士"成为国家意志、人民命运的象征。普希金在《青铜骑士》中这样吟咏过彼得大帝和彼得之城:

> 他在碧浪无际的河岸上,
>
> 心中满怀着伟大的思想,
>
> 向着远方瞩望。
>
> ……
>
> 这里的大自然让我们决定,
>
> 把通向西欧的窗户打通;
>
> ……
>
> 百年过去了,年轻的城市,
>
> 它是北国的精华和奇迹,
>
> 从黑暗的森林、从沼泽地,
>
> 华丽地、傲然地高高耸起;
>
> ……①

彼得堡成为凝聚俄国知识分子精神追求的一种象征。起源于普希金的彼得堡神话,经果戈理和陀思妥耶夫斯基的继承和发展,由别雷为它画上了句号。如果说普希金对这座彼得之城的态度是摇摆不定的,那么别雷对之持否

---

① [俄]普希金:《普希金长诗选》,余振译,外国文学出版社1984年版,第349—350页。

定态度。这个"瞩望欧洲的窗口……北国的精华和奇迹"使得"……俄罗斯被分成了两半"①。彼得堡作为一个"瞩望欧洲的窗口",首先应是一个面向俄罗斯的窗口,是国家社会生活的中心,对国家历史的发展起着举足轻重的作用。同时彼得堡不仅是社会政治层面上俄罗斯的化身,更在意识形态上影响了两百年来俄罗斯民族心灵发展的历史。

小说在开场白中点出了彼得堡对于整个俄罗斯的意义:

我们的俄罗斯帝国是什么意思?

我们的俄罗斯帝国是个地理上的统一体,它意味着一颗众所周知的行星的一部分。俄罗斯帝国首先包括:首先——大俄罗斯、小俄罗斯、白俄罗斯、赤色俄罗斯;其次——格鲁吉亚、波兰、喀山和阿斯特拉罕;第三,它包括……但是还有——其它的等等,等等,等等。

我们的俄罗斯帝国由众多的城市组成:首都的,省的,县的及非县府所在的集镇;还有:一个首都城市和一个俄罗斯的城市之母。

首都城市——莫斯科;而俄罗斯的城市之母是基辅。彼得堡,或圣彼得堡,或彼得尔(它——也是)确实属于俄罗斯帝国。而帝都,君士坦丁格勒(或者照通常的说法君士坦丁堡)属于它,是根据继承法。②

作者把读者的目光从全景引向细节(从总的——俄罗斯帝国——转向部分的——彼得堡),以求从局部来理解整体的命运。在这幅画卷上可以划分出相互关联的两个方面:西方、东方和俄罗斯的命运。首都城市莫斯科象征着俄罗斯民族生活的本色、纯洁性、共同性。城市之母基辅则是斯拉夫人团结一致的象征。而彼得堡,这个俄罗斯的欧洲城市成为生活的外来因素、非民族因素的象征。所以在开场白中作者特别指出:"可要是彼得堡要不是首都,

---

① [俄]别雷:《彼得堡》,靳戈、杨光译,作家出版社1998年版,第153页。
② [俄]别雷:《彼得堡》,靳戈、杨光译,作家出版社1998年版,第7页。

那——也就没有彼得堡。"①紧接着在第一章作者借助参政员的思绪向读者交代了两百年前城市产生的背景。他的着眼点在于彼得堡从此成为东方和西方"两个敌对世界的交接点"②。可见,彼得堡对于整个俄罗斯的生活具有不祥的意义。

别雷借旧俄帝都彼得堡——一个建立在血泊和沼泽之上的城市必遭覆灭之灾的传说来对应1905年革命风暴后曾经拥有辉煌历史的彼得堡文化已经名存实亡的现实。彼得大帝选择的欧化道路造成了俄罗斯无可避免的分裂悲剧。1905年革命是历史对俄罗斯的报应,是西方唯理主义、实证主义的文化和东方愚昧、破坏性本能之间的冲突。别雷在小说中展现了一个处于世界历史进程中的东方和西方、欧洲和亚洲两股主要势力交叉点上的国家,表明由于这种特殊的位置,俄罗斯在自己历史命运的形态上呈现出双面的特点。

多尔戈波洛夫指出:"从普希金的《青铜骑士》到别雷的《彼得堡》,彼得和彼得堡的题目从俄国历史命运主题演变至更广阔的东西方问题。通过彼得堡这个具有种种特性的问题,推演出不仅是地理上的、社会上的,同时也是道德心理上的东西方因素。"③可见别雷的彼得堡是东方和西方问题、亚洲和欧洲问题的承载者,它传递着作家对文化发展、国家乃至世界未来的认识。

宏观的时空背景表现了作家的整体意识,是整部小说的基础。作家认为"彼得之圈"将俄国引向历史的死胡同。俄国在引入西方文明进程中破坏了俄国人质朴的天性。欧洲的文明戕害了俄国的文化。别雷希望能在俄罗斯人和人民生活中找寻到调和之物,用以调和历史矛盾。小说展现的是作家的一段心灵之路,涵纳了作家对国家乃至人类历史和未来的思考。

① [俄]别雷:《彼得堡》,靳戈、杨光译,作家出版社1998年版,第8页。
② [俄]别雷:《彼得堡》,靳戈、杨光译,作家出版社1998年版,第26页。
③ Л.К.Долгополов. *Андрей Белый и его роман 《Петербург》*. Л.:Советский писатель,1988. C.281.

第二节　人物——意识的演绎者

和以往一般小说不同的是,《彼得堡》中的人物不仅是作家描写的对象,更是作家意识的演绎者。也就是说,由作家意识衍生出了小说的人物以及人物的意识,各人物的意识共同演绎了作家的意识。因此小说中的人物,首先都是意识的载体,由作家意识幻化而来的人物意识依赖人物得以存在,而这些人物或多或少都带有作者的主观倾向。在作品第一章的结尾作者交代:

> 在这一章里,我们看到了参政员阿勃列乌霍夫;通过参政员的房子,通过头脑里同样装着自己无聊的思想的参政员的儿子,我们还看到参政员的无聊的思想;最后,我们还看到了无聊的影子——陌生人。

> 这个影子是通过参政员阿勃列乌霍夫的意识偶然产生的,它在那里的存在是瞬息即逝、不牢靠的;但是,阿波罗·阿波罗诺维奇的意识是影子的意识,因为连他——也只有短暂的存在,是作者想象的产物:无用的、无聊的大脑游戏。[1]

一、人物及意识演变

作家首先设计的中心人物是参政员阿波罗。他已不是希腊神话中威严的太阳神,他只是一个有着"极难看外貌"的"干瘦"的矮老头。他是俄国国家性的代表,从外貌和心灵上直接与彼得一世相连。他参与对国家实行冷酷统治,"他喜欢冷酷,是冷酷使他平步青云"。他统治的城市里,"一条又滑又湿的大街交叉着,交叉处成九十度直角;交叉点上,站着警察……(到处都有警察维护)"[2]。他热衷于欧洲表面的几何型状态,狂热地希望看见空间都紧缩成某

---

[1]　[俄]别雷:《彼得堡》,靳戈、杨光译,作家出版社1998年版,第84页。
[2]　[俄]别雷:《彼得堡》,靳戈、杨光译,作家出版社1998年版,第118页。

种几何图形。他"希望地球的每个表面都被灰暗的房子立方体死死压盖着，就像许多条蛇盘缠着；他希望被无数大街挤得紧紧的整个大地在遥遥无边的线形奔驰中因为垂直定理的作用而中断，成为一张由互相交织的直线构成的无边大网；希望这一条条纵横交叉的大街构成的大网会扩展成世界规模，那上面是无数个正方形和立方体：每个正方形一个人，以便……以便……"①欧洲的自由思想、人文精神、民主传统都不为阿波罗所接纳，他追求的是文明的表面进步的形式，比如：极力促使俄国进口美国的打捆机。阿波罗拥有的是西方文明的另一面：冷漠、精于计算、心灵僵滞。在他统治的国家中，混乱、放纵、革命成为主宰。他本人的生活也是一团糟：妻子私奔、儿子背弃、好友被杀。总之，他有如"北风之神"，只会给人间带来灾难。

由阿波罗的意识衍化出三种主要人物：儿子尼古拉、奸细利潘琴科和莫尔科温、恐怖分子杜德金。尼古拉是一个受过新康德主义熏陶的青年，他憎恨作为国家机器象征的父亲，曾向革命党许诺要杀死父亲。但他又是儿子，血缘和亲情不容他弑父。他的表现对应着青年俄罗斯在探寻未来的出路时应当如何对待彼得缔造的历史环圈这一问题。当尼古拉快要忘记自己的诺言时，被要求践诺，这意味着他被卷进奸细之网。最终他摆脱了彼得之圈，走向朝圣之路，则象征着俄罗斯走向新生。

恐怖分子杜德金是国家恐怖衍生出来的个人恐怖的代表。他尊铜骑士为师，宣称自己斗争的目的是为了破坏文化；而一旦文化遭到破坏，他也就失去了与传统的联系，变得没有根基，而没有了根基，也就没有了前途。因此他思维混乱，犹如恶魔缠身。当他了解到利潘琴科的出卖行为后，彻底丧失了理智。他明白他什么也不是，只是奸细行为的附属品，实施奸细行为的一个帮凶。他买了剪刀，暗杀了利潘琴科，而自己也发了疯。关于他的最后一幕是发疯的杜德金模仿铜骑士的塑像，把被杀的利潘琴科当马骑。这是对奸细行为

----

① ［俄］别雷：《彼得堡》，靳戈、杨光译，作家出版社1998年版，第26页。

的辛辣嘲讽和彻底否定。

利潘琴科是一个奸细。他是革命党的重要人物,参加制定纲领、领导革命党人的活动,接受法国人资助的活动经费,利用革命过着舒适的生活。同时他又充当当局密探,告密拿赏金。他导演了一场谋杀阴谋,如果谋杀成功,他可以从革命党一方捞取资本;如果不成功,他可以嫁祸于同是革命党人的杜德金或者凶手尼古拉,因为他始终是幕后指挥。利潘琴科不仅是奸细行为的化身,同时也象征着当时俄国社会的混乱状况:革命党还是密探,伟大的改革者还是毁灭性力量的化身,东方还是西方,一切都交织起来,纠结在一起。

二、作者意识及人物意识

我们看到,由作者的想象诞生出参政员,再由参政员的意识产生了新的人物。新的人物分别代表着混乱中的俄国的三种力量,但他们却共同演绎了对老阿波罗的恐怖活动。利哈乔夫认为:"(别雷的《彼得堡》)仿佛是对《铜骑士》的主题思想的继续和发展。"[①]作者借阿波罗和其他人物的象征意义,嘲讽了帝国末日的官僚高压统治下社会的混乱局面,既讽刺了国家恐怖主义,又讽刺了个人恐怖主义。

暴力统治产生恐怖,恐怖产生告密。阿波罗是彼得堡权力机关的代表人物。他的高压政策不仅没有使国家平静,反而使革命活动高涨,代表人物就是恐怖主义者杜德金。权力机关设置了保密局,密探不仅是阿波罗认为的"坦率的仆人",而且出色地发挥着他的恐怖政策。正是保密局的密探(利潘琴科和莫尔科温)设置了新的恐怖游戏来对抗一个老恐怖分子(参政员)和一个认为世界是"由火和剑组成"的小恐怖分子(参政员的儿子尼古拉)。在这场游戏中,以冷酷压制一切异端的参政员必须采取恐怖政策对付的居然是自己的儿子,儿子革命活动的对象则是父亲。最终双面奸细利潘琴科被恐怖分子杜

①　[俄]别雷:《彼得堡》,靳戈、杨光译,作家出版社1998年版,原编者的话,第3页。

德金所杀,杜德金也发了疯,更是对恐怖的反讽和彻底否定。人物、情节共同构成了对暴力、恐怖的反讽,既是对阿波罗的反讽,更是对以阿波罗为代表的彼得堡的黑暗势力的反讽。最后炸弹在阿波罗的书房爆炸,象征着那个诞生恐怖的中心被炸毁。利哈乔夫评价道:"别雷与国家恐怖主义和个人恐怖主义都划清了界线,同时从两者身上撕去了任何浪漫主义情调。"①

显然,《彼得堡》中的每个人物都只是各自所代表的意识的化身;人物与人物之间的关系只是演绎了不同意识之间的冲突。这些人物都是作家意识的演绎者,他们共同表现了作家的主观意识。

第三节 意识及其象征物:人物关系的参照

人物的意识不仅演绎了作家的意识,同时人物的意识也是了解人物之间的真正关系的最佳参照。

一、意识空间——人物关系的基石

《彼得堡》情节简略,人物言语空洞,人物关系的外部描述十分单薄。表面上父子关系、朋友关系和夫妻关系非常冷淡,互相之间有如陌生人。例如父亲阿波罗和儿子尼古拉虽同住在一栋房子里,但在日常生活中他们之间只有十分简单的对话,一些客气的问候,父子关系十分冷漠。然而何以理解他们之间真正的深层次的联系呢?别雷将坚实、丰厚的心理内容视作冰山之底。他越过对人物的外在的性格、行为、环境的描绘,反传统地直接将读者带入人物的一系列的心理活动中。因为他相信,人与人之间的真正关系不在于彼此之间说了些什么,而在于彼此之间不能言说的部分。

如阿波罗和尼古拉的父子关系在各自心灵发展的轨迹中得到确认的同

---

① [俄]别雷:《彼得堡》,靳戈、杨光译,作家出版社1998年版,原编者的话,第3页。

时,他们之间的那种爱与恨、亲近与厌恶、依恋与疏远都在各自意识的发展中得到了最好的表现。相互换位的意识在发展,从他们意识的逻辑发展中,读者可以看到他们父性子承的关系。又如莫尔柯温跟踪尼古拉到小酒馆,自述:"把我们联系在一起的关系……这是一种血缘关系……我啊,尼古拉·阿波罗诺维奇,知道吗,是您兄弟……"①读者也许会迷惑于这句话。但只要深入到阿波罗的意识深处,结合莫尔科温的所思所想,读者就会认同这句话。莫尔科温是奸细行为的化身,他承袭的正是来自阿波罗所代表的彼得所实施的历史性的奸细行为。

尼古拉和杜德金的关系也是这样。从他们的谈话来看,不管谈什么,他们相互之间,都难以理解。然而他们在意识之中却又如此相像,杜德金就像是尼古拉分裂意识的化身,是尼古拉的同貌人。他和尼古拉一样,也承受着末日审判。比如,在"可怕的审判"一节中,尼古拉在迷迷糊糊的梦呓中相信"他只是炸弹,在这里他要爆炸……是零"②。联系前面小说中杜德金的表白"我只是个破坏者,是零",读者可以看清他们的共同之处。另外,在杜德金和利潘琴科、利潘琴科和尼古拉之间,他们表面上难以捉摸,但通过每个人的"第二空间"③,即他的意识空间,读者可以发现人物之间真正的联系。

二、彼得堡——彼得大帝的意识象征物

把小说中所有人物联系在一起的是彼得堡这个具有人格化力量的象征物,即历史人物彼得大帝的意识的象征物。所以有论者认为,"彼得堡是小说

---

① [俄]别雷:《彼得堡》,靳戈、杨光译,作家出版社1998年版,第329页。

② [俄]别雷:《彼得堡》,靳戈、杨光译,作家出版社1998年版,第239页。

③ В. Пискунов. 《Второе пространство》 романа А. Белого 《Петербург》 // Ст. Лесневский, Ал. Михайлов (сост.). Андрей Белый: Проблемы творчества: Статьи, воспоминания, публикации. Сборник. М.: Советский писатель, 1988. С.193-214.

真正的主人公"①。确实,彼得堡从彼得大帝改革、强行迁都起就开始了自己的生命历程。它作为彼得实施的奸细行为的化身,是一个历史悲剧的承载者。彼得大帝的纪念像——铜骑士历经岁月磨砺,依旧矗立在参政院广场,它代表着彼得堡的精神。1905 年 10 月铜骑士出现在彼得堡的街头,跟踪着小说中的人物,甚至潜入人物的幻觉,左右人物的思考。铜骑士代表着彼得堡所拥有的黑暗力量,渗入每个人的心中实施了奸细行为,破坏了人的心灵,使人失去了个性,失去了完整性,发生意识的分裂。人性的不完整不仅造成人的异化,还造成人与人的关系、人与社会的关系的异化,引发一系列毁灭文化、背弃伦理的社会现象。

彼得堡就这样以自己强大的精神力量控制着彼得堡的居民(甚至以发布通令的形式控制着其他城市),把他们共同纳入彼得制造的历史环圈中。彼得堡从它诞生之初就具有了分裂性的特征。到了帝国末日,彼得堡更被证明非但不是引领整个俄罗斯完成自己神圣历史使命的领头人,反而是葬送整个俄罗斯前途和未来的罪魁祸首,它使整个国家在彼得环圈上"白白地跑了一百年"。彼得堡在帝国开端和帝国末日之间画上了等号,把历史变成了无意义的重复,使国家重又陷入混乱、落后的状态。别雷在他的小说中,通过彼得堡这一人格化了的象征物及其对人物意识的制约作用,传达出对于"彼得之圈"的历史判定。

第四节　场景和事件——意识的内景画

《彼得堡》中的场景和事件,也成为作家意识或者人物意识的内景画,而且似乎具有印象主义的特点。

---

① В.А.Келдыш (отв. ред.). *Русская литература рубежа веков* (1890 - е - начало 1920 - х годов). *Книга 2.* М.: ИМЛИ РАН, Наследие, 2001. С.167.

一、外部场景——意识发展的依托

城市的布局符合别雷的要求。别雷所关心的并不是具体地点和路线。别雷曾详细考察《死魂灵》中的路线:"乞乞科夫到玛尼洛夫那儿行驶了约 30 俄里,在他那里坐了一整天,说服了玛尼洛夫后,赶至科罗勃奇卡那里,……是在距离城市 60 俄里的地方,那么乞乞科夫跑了多少俄里? 不少于 75 俄里;他在玛尼洛夫那里待了一天,无论对于情节还是对于马来说都是不可能的。第二天乞乞科夫到了在不远处的诺兹德列夫那里,第三天和诺兹德列夫度过了一个火热的上午,在路上耽误了一会儿,他来得及在索巴凯维奇那儿吃午饭,顺便去泼留希金那儿,在黄昏时分到了城里,城市距离泼留希金很远。"①显然,《死魂灵》中路线和地点部分虚构。

同样,别雷的彼得堡也只是一个合适的空间名称。在小说中,彼得堡被人格化了,它既是彼得大帝的意识的象征,又成为作家意识中的那些悲剧性内容的化身。作家的新彼得堡神话里充满了这种悲剧气氛。别雷选择磷光闪闪的月色为背景,用绿和灰为主色调渲染出彼得堡的特点。绿色的闪着磷光的城市犹如没有生命的地狱。在这个哈得斯的王国中人有如影子,没有容貌,没有个性,只有鼻子,帽子。城市的街道都是直线型的,"涅瓦大街是直线的……其它的俄国城市是一堆木头房子"。直线型外观既象征着心灵的停滞,也指向城市必遭灭亡的悲剧性命运。所以,"彼得堡——是一个……所以又属于阴间的国家"②。

既然别雷的彼得堡已经不再只是具体的城市,所以其中的街道、广场、运河、小巷等在别雷看来也有了另外的含义。它们不仅是人物行动和生活的地点,更是具有深刻意义的象征存在。多尔戈波洛夫曾像别雷一样详细地考察过《彼得堡》中出现的彼得堡市的一些具体的地点和路线,认为它们与现实并

① А.Белый. *Мастерство Гоголя*:*Исследование.* М.:МАЛП,1996. С.97.
② [俄]别雷:《彼得堡》,靳戈、杨光译,作家出版社 1998 年版,第 475 页。

不完全相符,但"它反映了别雷创作的主要倾向"①。例如在小说最初的几页中作者就将彼得堡分为两个区域:一个是中央区域,一个是岛屿区域。中央区域以涅瓦大街和参政院广场为代表,也是主要人物阿波罗的主要活动舞台,因为这里能够表现出他的本质。

岛屿地区以瓦西里岛为代表。恐怖分子杜德金的主要空间舞台就是象征混乱的瓦西里岛。这两个地区相互对立,因为它们各自代表了生活的两部分,一个是中心,一个是边缘,一个要求统治和秩序,一个要求反叛和混乱;但它们既相互分离又紧密相连,共属一个整体。小说中的人物也时常跨越自己的属地进入另一个空间。还有作者十分热衷描写的铜骑士广场、政府机构、参政员的家、杜德金的房子等,都不只是简单的外部环境的描写,它们和人物的活动紧密相连,以自己的全部象征意义共同参与小说主题的创造。

二、外部事件——意识发展的余波

小说中事件的发展也与人物意识的发展密切相关。小说的主要故事情节十分简单,即爱情失意的年轻人尼古拉收到革命党送交的内装定时炸弹的小包裹,准备实践曾经许下的弑父诺言,杀死参政员阿波罗。最后炸弹爆炸,但没有伤到人。小说的大部分事件发生在 24 小时之内。在介绍关键事件、情节发展时作者只有寥寥数笔,但对于在主人公的意识中由外在事件引发的一连串以心灵为基地发生的事件,作者却不惜笔墨。

别雷曾指出果戈理情节的特点:"它不容于通常给它划出的界限之内,它在'自己之外'发展;它吝啬、简单、粗糙。"在仔细研究果戈理的情节后他获得这样的印象:"就像坐在水之镜前,看见水中倒映出天,岸十分清楚;一切都是夸张的、不真实的;在云的地方看见:云,阻断了一小群鱼(鱼在天上?);大自

---

① Л.К.Долгополов. *Андрей Белый и его роман* 《*Петербург*》. Л.:Советский писатель,1988. С.318-321.

然的素描看起来像幻觉,或者相反,幻觉的情节反而出现在日常生活之中……哪里还有树林、云彩和天空? ……发生了什么? 一条鱼浮出水面,拍拍尾巴,那情节是什么? 微微泛起的余波。"①《彼得堡》的情节同样可以这样看待。

在现实中尼古拉虽多次扬言弑父,并启动炸弹的定时装置,但他毕竟没有杀害自己的父亲。然而在他的意识中弑父场面却多次出现,并且他也多次接受灵魂的审判。他像受难的酒神苦苦寻求着心灵的出路,在意识中不断地反省。在经历了对沙丁鱼罐头的感受后,尼古拉开始(按杜德金的判断)使用另一种非康德主义的语言,"您现在说话不像个康德的信徒,……我还没有听到过您用这种语言"②。尼古拉的心,"原先它是毫无意义地在跳着;现在它的跳动有了意义;在他身上跳动的,还有感情;这种感情意外地在颤抖;现在的这种震荡——它在震荡,把自己的心灵翻个底朝天"③。儿子视为怪人的父亲,吞食自己孩子的父亲,在尼古拉眼里变成需要呵护和维护的孩子。小阿勃列乌霍夫与老参政员的关系在下意识地改变。他看见"六十八岁的老人的孩子般天真的目光"④。所以在现实中他才没有选择走上弑父之路。

参议员从他儿子的叛逆行为侵扰他意识的那个时刻(即假面舞会一场)起便失去了主动权。楚卡托夫晚会之后,父亲得知密探跟踪的是儿子,而儿子的爆炸对象是自己,并且这些风波已经影响到自己的职位。这一连串的变动在小说中被作家数笔带过,但在父亲的意识中,这一切无异于发生了一场地震。最后震中崩溃,坚冰消融。和儿子一样,父亲也在意识发展中找到了出路,最后在现实中父子相容。

外在事件和内心剧烈的意识活动犹如小说发展的显线索和隐线索,它们相互支撑、相互影响,共同引导小说的发展。小说共分八章,外部情节发展到

① А.Белый.*Мастерство Гоголя:Исследование*. М.:МАЛП,1996.С.54.
② [俄]别雷:《彼得堡》,靳戈、杨光译,作家出版社1998年版,第413页。
③ [俄]别雷:《彼得堡》,靳戈、杨光译,作家出版社1998年版,第506页。
④ [俄]别雷:《彼得堡》,靳戈、杨光译,作家出版社1998年版,第652页。

第五章的最后一节"可怕的审判"的时候，读者通过尼古拉的意识已经知道，小说的中心事件——弑父事件已经结束，尼古拉彻底放弃了自己在现实生活中的计划。但是，小说的中心描写对象——尼古拉在意识中的自我完善并未结束。心灵在意识的发展轨迹中不断完整、不断壮大，直至完全拥有对抗分裂心灵的彼得之圈的力量。最后一章结束之时，就是主人公的心灵走出彼得缔造的历史环圈（它也是主人公的心灵魔圈）之日。整部小说的彼得堡系列事件以尼古拉彻底离开彼得堡、再也没有回来而告终。外在事件的结束为主人公的心灵成长作出最好的注释。

从《彼得堡》开始，别雷实现了被描绘的事件、物质世界和人物在主观意识中的体系性的投影。他创造出纯粹意识的世界、存在的世界，力求让自己的美学追求与哲学理想在其中和谐地共生共长。别雷通过一系列具有典型意义的"时间、地点、人物、环境、事件"在自己意识上的投影，反思了俄国历史和文化的发展轨迹。别雷认为"奸细行为"渗入了人的心灵意识，造成人性异化，成为俄国发展道路上的绊脚石。受到人智学的影响，别雷认为有意识地锻炼、观察和总结，完善心灵，即建立起心灵的方舟会使人达到永恒。他提出，只有打开人的有益的"第二空间"来反对"奸细行为"，才能达到心灵的彻底解放，发展真正完善的个性，而这也是解决历史上俄罗斯和东西方之间冲突问题的最佳途径。

第六章　《彼得堡》的象征艺术

多尔戈波洛夫说："象征主义带给世界的是现实中不可企及的,正因为如此,别雷所发展的象征主义理论以及它与现实主义之间相互抵触的原则关系,构成了俄国美学思想史上的重要部分。"①阿克梅派的诗人曼德尔施塔姆对象征主义曾经有过一段精彩的评述："开始写下所有的字词、所有的意象,指定它们专供礼拜仪式之用。结果,出现一种极端可怕的情况:……不能住,不能站,也不能坐,也不能在桌子上吃饭——因为这不只是桌子,也不能点火,因为这会意味着,过一会儿会有不高兴的事发生。人不再是自己家里的主人,他必须要么住在教堂里,要么住在德鲁伊特们的神圣的丛林中。人的目光无处停歇,也无处找寻安宁。所有的器皿都起来造反。扫帚乞求安息日,水壶不愿煮水了,而要寻求自己的绝对意义(似乎'煮'不是绝对意义)。"②

象征主义者把人类生活的现实看成符号,是隐藏着意义的表象。他们把现实的形象变成了"大脑的游戏",并以此来找寻思想的真谛。在别雷看来,

---

① Л.К.Долгополов. *Начало знакомства* // Ст.Лесневский, Ал.Михайлов(сост.). *Андрей Белый*: *Проблемы творчества*: *Статьи, воспоминания, публикации. Сборник.* М.: Советский писатель, 1988. С.30.

② О.Мандельштам. *Стихотворения. Проза.* М.: Рипол классик, 1987. С.435.

"艺术之根就是在与周围黑暗的斗争中形成的个性化创造力量。"①别雷认为,象征主义能"重铸性灵""改造社会",象征主义是"思想的武器",是"世界观"。他概括道:"象征主义是实现人类理想的真正唯一的手段"②。别雷把象征主义的艺术象征称为一种能够穿透生活的表层,到达"本我"的象征。所以别雷的象征主义并不是一种创作方法,它是通过艺术象征召唤人们去思索存在的奥秘,寻觅人生的信仰。他说:"艺术在此被确认为解放人类而斗争的手段。"③

别雷特别提出"象征主义"的意义生成机制:"象征主义是在象征化之中生成的。象征化是在一系列象征形象中实现的。象征不是概念,犹如象征主义不是概念。象征不是方法,犹如象征主义并不是方法。"④对于别雷,象征形象兼具典型和象征的特点,只有在该形象发展的过程中才能揭开永恒人类的复杂多义的特点。别雷写道:"强调形象中的思想意味着将形象变成象征,并且由此看来,整个世界都是(按照波德莱尔的表述)充满象征的森林。"⑤因此,别雷作品中的时间、地点、人物、事件、环境、场景等一切描写对象,都不仅具有表面上的意义,更是在扩大层面上的象征意义的承载者。这一切在《彼得堡》中得到了最充分的体现。

第一节 人物面具化

在别雷笔下,19世纪文学概念中人的行为的完整性早已不知所踪。个人消失了,它成为面具、符号、象征。皮斯克努诺夫评价道:"别雷的小说形象地

---

① А.Белый. *Критика. Эстетика. Теория символизма. Т. Ⅱ*. М.:Искусство,1994. С.45.

② А.Белый. *Критика. Эстетика. Теория символизма. Т. Ⅱ*. М.:Искусство,1994. С.103.

③ А.Белый. *Критика. Эстетика. Теория символизма. Т. Ⅱ*. М.:Искусство,1994. С.34.

④ А.Белый. *Критика. Эстетика. Теория символизма. Т.Ⅰ*. М.:Искусство,1994. С.139.

⑤ А.Белый. *Символизм как миропонимания*. М.:Республика,1994. С.126.

体现了人的自然本性异化的规律,在此意义上《彼得堡》先于卡夫卡和乔伊斯的作品。"①

在转入具体分析之前,需要细读《彼得堡》的中心章节第四章中有一节关于"假面舞会"的出色描写:

> 突然,铃声响了;满屋子都是假面具;一队戴风帽的黑色女用斗篷鱼贯而入;戴风帽的黑色女用斗篷很快绕着红色的伙伴围成一圈,在红色伙伴的周围跳起舞来;它们的锦缎下摆一开一合地飘扬;风帽的顶端飞起来又极其可笑地落下来;每一位的胸部都是两根交叉的骨头顶着一个头颅;一个个头颅也按拍子有节奏地蹦跳着。②

此节详细描写了各种各样的人物集合在假面舞会上表现出某种一致性和规律性。所以有学者指出,《彼得堡》的全部内容"在某种层面上是面具的游戏"③。人物面具化是小说人物的本质特点。作者在小说文本中直接点明小说建构的这一特点:

> 大脑的游戏——只是个假面具;在这个假面具的掩饰下,我们不知道的一些力量进入到大脑里:就算阿波罗·阿波罗诺维奇是由我们的大脑编织出来的,他还是能用另一种即在夜间进行进攻的惊人的存在吓唬人。④

一、时代危机与人物异化

别雷把自己的人物想象成为某种演员,经常变换面具,在这些面具的集合

---

① В. М. Пискунов.《Второе пространство》романа А. Белого《Петербург》// Ст. Лесневский, Ал. Михайлов (сост.). Андрей Белый: Проблемы творчества: Статьи, воспоминания, публикации. Сборник. М.:Советский писатель, 1988. С.212.

② [俄]别雷:《彼得堡》,靳戈、杨光译,作家出版社1998年版,第250页。

③ Владимир Паперный. Поэтика Русского символизма:персонологический аспект // А.Г. Бойчук (ред.). Андрей Белый. Публикации. Исследования. М.:ИМЛИ РАН,2002. С.166.

④ [俄]别雷:《彼得堡》,靳戈、杨光译,作家出版社1998年版,第84页。

中隐藏着作家的哲学和美学认知。

在《彼得堡》中,别雷相当准确地勾勒出一种情境的真实轮廓,即俄国历史彼得之圈的危机,它成为小说描写的客体。对于作者而言,这一危机体现在铜骑士和彼得堡的形象中,相当于勃洛克所说的"人道主义的覆灭"。勃洛克在《人道主义的覆灭》中说:"19世纪美学的、政治的、人文的人已经崩溃,现代人无尽的鬼脸、面具不停地出现,这表明人成为演员,新的人的天性必将出现。"①

《彼得堡》中情况正是如此,人物成了面具和符号,成为某种象征。他们不具有人类的实体,也不是人类简单可笑的模仿,他们都是抽象的"几何图形"。作家将主人公参政员命名为阿波罗。阿波罗原是希腊神话中的日神,而在小说中他不过是一个衰弱的老人,国家理性的僵化、衰落的象征。神话中与日神精神对抗的酒神,在小说中被设置成反对父亲的儿子尼古拉。他充满探索的欲望、不安的冲动,虽饱受心灵的煎熬、折磨,却始终执着于探索心灵之路。尼古拉是酒神的象征,他试图用生命的全部热情和冲动去战胜代表僵化规则和秩序的日神。杜德金的名字来源于"дудка"②(哨子),这象征他没有自己的思想,只是某种思想的传声筒。所以在小说中他是作为尼古拉的同貌人出现的。他也是热烈的精神探索者。他强调生命的力量,但是他更重要的角色却是革命的执行者,铜骑士的学生,所以他的全部探索等于"零"。

既然人物成为某种思想的载体,他们的外貌、服饰、爱好等,也都是这种思想的外在装饰或具体说明。彼得堡的居民都有着特殊的外貌。阿波罗个子矮小、干瘦,有着灰色吸墨器般的脸,嵌在深绿色凹眶里的石头般的眼睛看上去是蓝色的,而且很大。他最重要的外貌特征在于他那两只完全绿色的大耳朵,

---

① Владимир Паперный. *Поэтика Русского символизма : персонологический аспект* // А. Г. Бойчук (ред.). *Андрей Белый. Публикации. Исследования*. М. : ИМЛИ РАН, 2002. С.167.

② В. А. Келдыш (отв. ред.). *Русская литература рубежа веков* (1890 - е - начало 1920 - х годов). *Книга 2*. М. : ИМЛИ РАН, Наследие, 2001. С.168.

"能听到来自街上和各地的消息(靠电话和电报帮忙)"①。他非常喜欢直线:"惟有对国家平面几何学的爱,才使他担任多方面的重要职务。"②他每天都"坐进乌鸦翅膀般黑色的四轮轿式马车里,穿着乌鸦翅膀般黑色的大衣,戴着一顶高筒大礼帽——也是乌鸦翅膀般的颜色,两匹黑鬃马拉着可怜的冥王普鲁同……"③;他"一个投箭手,——他白白发出锯齿形的阿波罗之箭……"④

所有对于阿波罗的特征描写都充满了对阿波罗的讽刺:时代变了,维护旧权威的护法神变成渺小且丑陋得像魔鬼一样的参政员。他每天都在机构努力工作,像神话中的西叙福斯一样徒劳地推动着帝国生锈的轮子,却始终无法挽回帝国衰落的命运,也无法挽救自己的命运。他和他所代表的国家政权、僵化的思维模式以及崇尚西方文明的思想等一切,都会像他所爱好的直线线条一样无可选择地走向终点。作家用黑和绿这两种彼得堡的特征颜色来渲染阿波罗的外貌,使他不仅成为彼得堡黑暗力量("被蒙古的黑斑覆盖"⑤)的象征,也暗示他和彼得堡一样不可避免地走向最终灭亡的命运。

请看小说中故事讲述者对阿波罗的儿子尼古拉的外部特征的描绘:

> 卧室……上面铺着一条红色的丝绸被……工作间的用具,表面一律墨绿色;……自从母亲随演员出走后,尼古拉·阿波罗诺维奇便穿一件布哈拉长衫出现在冷漠的家里的地板上……
>
> ……同时尼古拉·阿波罗诺维奇开始从一早便穿一件长衫;脚上是一双带毛边的鞑靼便鞋;头上戴着一顶瓜皮小帽。
>
> 一个出色的青年,变成了一个东方人。
>
> ……

---

① [俄]别雷:《彼得堡》,靳戈、杨光译,作家出版社1998年版,第32页。
② [俄]别雷:《彼得堡》,靳戈、杨光译,作家出版社1998年版,第27页。
③ [俄]别雷:《彼得堡》,靳戈、杨光译,作家出版社1998年版,第542页。
④ [俄]别雷:《彼得堡》,靳戈、杨光译,作家出版社1998年版,第541页。
⑤ [俄]别雷:《彼得堡》,靳戈、杨光译,作家出版社1998年版,第154页。

在我们面前的尼古拉·阿波罗诺维奇,戴着一顶鞑靼人的瓜皮小帽;但是一脱掉它,它——就会是一头淡亚麻色头发,这样,他那刻板、固执、冷漠到近乎严峻的外表就会显得温和些;很难见到成年人长这种颜色的头发的;一些农家小孩——特别是在白俄罗斯,常常能碰见长这种成年人少有的头发。①

在小说中还有其他许多处描写尼古拉的外部特征,它们都像以上引用部分一样展示出尼古拉外在特征的对立性。外在特征的不和谐暗示着他思想的分裂、心灵的不完整:"他一方面像个上帝,另一方面像只蛤蟆"②。尼古拉在小说中代表着俄罗斯的新生力量。在旧俄力量(父亲)的影响下以及在与旧俄力量的斗争中,他的思想分裂了:是以暴制暴,还是怎么办? 他一直在积蓄心灵的全部力量,对抗分裂,走向完整。直到小说的最后一章里,"梦呓般的感觉消失了;胃里也不难受了;很快脱下常礼服;……膝盖全肿了;两只脚已经伸进洁白的被窝里,但是——一只手托着脑袋沉思起来:洁白的被单上清清楚楚可以看出一张苍白得像圣像画上的脸"③。尼古拉的心灵趋于完整,于是关于他的外部特征的描写也变得完整起来。

小说中尼古拉的女友索菲亚"毛发非常多","嘴边露出了蓬松的毫毛,等她上了年纪就会成为真正可怕的小胡子"④。她有时直接被称为"大胡子女人"⑤。她的爱好也是复杂的:她既喜欢在寓所挂满日本的风景画,也喜欢法国流行的蓬帕杜尔夫人式的服装。她的家是号称革命的人与保守的人聚集的地方。所以从她的一些外部特征看,她既非完全的东方人,又非纯粹的西方人,既非男人,也非女人,既非革命党,又非保守派。她完全成为一个人格分裂的代名词,在东方和西方力量的争斗中丧失了自我。她的这种特征表明了

① [俄]别雷:《彼得堡》,靳戈、杨光译,作家出版社 1998 年版,第 63—66 页。
② [俄]别雷:《彼得堡》,靳戈、杨光译,作家出版社 1998 年版,第 100 页。
③ [俄]别雷:《彼得堡》,靳戈、杨光译,作家出版社 1998 年版,第 666 页。
④ [俄]别雷:《彼得堡》,靳戈、杨光译,作家出版社 1998 年版,第 89 页。
⑤ [俄]别雷:《彼得堡》,靳戈、杨光译,作家出版社 1998 年版,第 103 页。

《彼得堡》中所有人的一个共同的、也是最重要的特点。

从《彼得堡》的诸多形象中可以看出,一方面,蒙古人的影响是根深蒂固的。老参政员的祖先就是吉尔吉斯卡依萨茨汗国人,具有蒙古血统。这个家族的特点就是一双大耳朵,这一特点体现在这个家族的姓氏"阿勃列乌霍夫"(Аблеухов)中,并且流传下来。耳朵成为蒙古暴力统治延续的象征。蒙古人的血流经他们的血脉。索菲亚是个"黄脸蛋的小布娃娃"①,尼古拉留着"淡黄色的指甲"②,特别是利潘琴科,"一簇毛,又高又大,黄皮肤,橙花丝绸领带,深黄格子,西装,同色皮鞋"③,简直就是一个来自东方的魔鬼。"蒙古人的黑斑"笼罩着他们。尼古拉戴着"黑色的假面具",索菲亚身穿"黑色多米诺斗篷"④,"黑丝绸连衣裙"⑤,杜德金着"黑大衣,小黑胡子",就连两位密探也成了"两个黑黝黝的影子"。

另一方面,他们经过全盘西化的改造,接受了西方的文明。比如:阿波罗坚决主张进口美国的打捆机;尼古拉爱读康德,热心于研究社会现象的方法;利潘琴科从巴黎订购奢侈品。东西两种分裂性的力量交织在人物的心中,表现在人物的外貌上。小说中不但索菲亚女不女、男不男,而且尼古拉"滑腻的肌肤,还以为是个女人"⑥。杜德金则是这样被介绍给读者的:"我的这位陌生人的皮肤真细嫩,要不是留着一撮小黑胡子,你们大概会把他看成是位乔装的小姐。"⑦就连机构门口的女像柱也像是"长着大胡子"⑧,不男不女。

---

① [俄]别雷:《彼得堡》,靳戈、杨光译,作家出版社1998年版,第102页。
② [俄]别雷:《彼得堡》,靳戈、杨光译,作家出版社1998年版,第122页。
③ [俄]别雷:《彼得堡》,靳戈、杨光译,作家出版社1998年版,第97页。
④ [俄]别雷:《彼得堡》,靳戈、杨光译,作家出版社1998年版,第106页。
⑤ [俄]别雷:《彼得堡》,靳戈、杨光译,作家出版社1998年版,第90页。
⑥ [俄]别雷:《彼得堡》,靳戈、杨光译,作家出版社1998年版,第43页。
⑦ [俄]别雷:《彼得堡》,靳戈、杨光译,作家出版社1998年版,第29页。
⑧ [俄]别雷:《彼得堡》,靳戈、杨光译,作家出版社1998年版,第35页。

二、时代危机与心灵错位

人物的外貌错位,象征着在东西方力量的争斗中俄罗斯人的心灵错位。1915年别尔嘉耶夫发表《俄罗斯灵魂》一文,文中别尔嘉耶夫描述了俄罗斯民族的种种内在矛盾,认为这些矛盾根源于民族性格中女性因素和男性因素的二律背反,而俄罗斯人的天性则是"女性化"的。别尔嘉耶夫认为,第一次世界大战是斯拉夫人种和日耳曼人种("男性化"种族)之间预谋已久的、世界性斗争的爆发。他断言,日耳曼风已渗入俄罗斯深层,控制了它的肉体和精神。他认为俄罗斯的病根在于男性因素与女性因素在其中的错位的相互关系。所以别尔嘉耶夫指出,俄罗斯"按照上帝的设想是伟大的完整的东方—西方,而就其实际情况和表现出来的地位而言,是不成功的和被混合在一起的东方—西方"①。

心灵的错位必然导致人格的分裂。杜德金有好几个称谓:"我的陌生人""那个人""波格列尔斯基",有时候连他自己也不知道自己究竟应该扮演哪个角色。作为牺牲在西伯利亚的十二月党人的继承人,别雷的新叶甫盖尼(杜德金)继续着他们的使命。他的孤立和病(酗酒、抽烟、失眠、幻觉、恐惧)造成了他的分裂,使他变成"铁石心肠的影子,……亚历山大·伊万诺维奇的个性,变成了自己影子的附属品。一个捉摸不定的影子——大家都知道;而我——亚历山大·伊万诺维奇谁都一点也不知道"。"亚历山大·伊万诺维奇·杜德金非常富于感情;那捉摸不定的人却既冷漠又残酷。亚历山大·伊万诺维奇·杜德金生来非常开朗,爱好交际,不反对过富足满意的生活;一个捉摸不定的人却应当清心寡欲,默默无闻。"②"捉摸不定"的人认为"基督教已经过时了:恶魔主义中有对偶像的粗暴崇拜,也就是健康的野蛮",他"只好

---

① [俄]别尔嘉耶夫:《精神与实在》,张百春译,中国城市出版社2002年版,第112页。

② [俄]别雷:《彼得堡》,靳戈、杨光译,作家出版社1998年版,第139页。

发展那种关于必须毁灭文化的荒诞之极的理论"①,因为过时的人道主义阶段已被历史宣告结束。

杜德金渴望把自己的生命奉献给"理想""原则",为抽象的信仰作无谓的牺牲。这种信仰使他孤立、冷酷。然而这种信仰是虚幻的:杜德金只和利潘琴科单线联系,当他发现自己被那个表面纯洁的人(会记得给邻居家的孩子买玩具)所骗,他彻底崩溃了。因为现实中的人都是有血有肉的而且躁动不安的人,既有善的激情,也有恶的欲望,且充满各种冲动和意见(如尼古拉就是因一时爱情失败在冲动之下许下弑父诺言),因此谁也不能拥有这样一种严格的、坚定的、纯洁无瑕的最高理性,这种理性"按照康德的理论和流行的道德学说,应当自由自愿地把道德律置于我们之上"②。作家无情地嘲弄了那个"捉摸不定"的人和他的绝对理性。

可是,作家珍视的是,在这样一个信仰坚定的革命恐怖者的身上也有良心存在。良心是对纠正过去错失的向往和抹去昔日罪孽的渴望。当尼古拉向杜德金质疑包裹里的东西和纸条时,他答应阿勃列乌霍夫查明真相,"他于是在调查;当然是在那个人的帮助下。一些情况命运交关的交织,简直使阿勃列乌霍夫处于某种毫无意义的胡说八道中;他将把这种胡说八道告诉那个人,他相信那个人一定会把一切立即查得个一清二楚"③。他要找到利潘琴科证明自己的清白和纯洁。

然而,当他发现利潘琴科的秘密时,"用一个额头撞许多额头……干吸血的勾当……腐化……然后——送死……",他绝望了:"内在的虚弱和犀牛般的顽强精神的结合——难道这种结合通过亚历山大·伊万诺维奇而成了喀迈拉,而且喀迈拉还在长大——在夜间长大,它在一块暗黄色的糊墙纸上发出一

---

① [俄]别雷:《彼得堡》,靳戈、杨光译,作家出版社1998年版,第469页。
② [俄]弗兰克:《俄国知识人与精神偶像》,徐凤林译,学林出版社1999年版,第113页。
③ [俄]别雷:《彼得堡》,靳戈、杨光译,作家出版社1998年版,第442页。

个真的蒙古人似地冷笑"①。杜德金决心改变这一切,于是杀了利潘琴科,显示出对绝对理性的彻底否定。

　　关于杜德金的最后一幕,是他的形体凝固在利潘琴科尸体上的荒诞姿势。作家后来在回忆录中多次回顾、探讨这个形象。这一姿势象征着杜德金最终摆脱彼得意识的控制,虽然取得胜利的代价太大了。他和小阿勃列乌霍夫一样,也承受着末日审判。但他的意识已完全分裂。因此他无可返回,也无处可回,彼得锻造的历史环圈已经结束。别雷用杜德金的荒诞姿势戏仿了铜骑士纪念碑中的铜骑士。别雷思考了帝国两百年历史,确立了过去和现在的承继性的联系。他将疯狂的杜德金和铜骑士等同起来,这是"对半个世界霸主形象的讽刺"②。同时作家还借杜德金凝固成无生命的雕塑式姿势,宣告了彼得堡历史的彻底结束。

　　尼古拉原来也是"新康德主义的信仰者"③,由于爱情失败,一时冲动向革命党许下弑父的诺言。但当这一刻真正来临的时候,他身上的非理性本质发挥了作用。他苦苦地寻求心灵的突破口,找寻能够真正照亮灵魂生活的光,就像尼采追寻内在高尚的、精神自由的个性的贵族主义理想。最后政治革命转化为文化追寻,尼古拉去了埃及,寻找人类文化的源头,从徒劳无益的、反文化的虚无主义走向创造文化的宗教人道主义。小说尾声中,尼古拉由原来的近视眼到最后的失明,他的外在视力逐渐丧失象征他看见内心的真理,找到心灵的力量。

　　人格分裂还反映在小说人物的双重身份上。比如利潘琴科既是政府官员,又是恐怖分子,而且他们(杜德金、利潘琴科、莫尔科温)都使用假身份证,每个人都有几个名字。人格分裂导致小说人物行为的异常:他们常常是偷偷

---

　　①　[俄]别雷:《彼得堡》,靳戈、杨光译,作家出版社1998年版,第440页。

　　②　Л.К.Долгополов. *Андрей Белый и его роман《Петербург》*. Л.:Советский писатель,1988. С.275.

　　③　[俄]别雷:《彼得堡》,靳戈、杨光译,作家出版社1998年版,第113页。

摸摸地窥视,害怕被别人发现。人物的异常爱好反映出人物的孤独和恐惧。尼古拉热衷于捉耗子,他爱欣赏自己的灰色囚徒。杜德金则害怕耗子,因为长时间孤独地生活,他变得像耗子一样,孤独而胆小,他害怕被捕。利潘琴科则喜欢观察蟑螂。他们有着共同的生理表现:好哆嗦,打寒战。他们有如惊弓之鸟,满心恐惧,只要稍有异常,他们(比如卓娅、利潘琴科和尼古拉)都很容易满头大汗。

心灵错位还体现为彻底的孤独。无论是尼古拉还是阿波罗,亚历山大还是索菲亚、利胡金,都喜欢关在家里自己的小房间里,并用钥匙把门锁上。他们习惯以自我为中心,狭隘封闭。他们不能与人沟通,同时也不需要与人交流。他们在封闭的空间中发展着自私残忍的个性。另外,用钥匙把自己反锁在小房间里,也表明人物的恐惧、害怕。家不是家,没有信任、感情和爱。人物处于无止境的孤独和怀疑之中。他们不能坦白,也害怕表白,哪怕是对自己的伴侣(例如阿波罗对安娜、利潘琴科对卓娅、利胡金对索菲亚)也是一样。后来利潘琴科在被自己锁起来的卧室里遇害,则暗示了狭隘、孤独是没有出路的。

心灵错位最终导致人性异化。作家将异化的人用某种动物来作比。例如"不错啊,他像只耗子"[1];"阿波罗像一只灰鼠"[2];"他就像翱翔在全俄罗斯上空的'蝙蝠',一边飞腾,一边——痛苦、威严、冷酷地在威胁,在尖声叫嚷……"[3]。灰鼠和耗子是作家最喜欢用的比喻,它们形象地反映出现代社会中人的生存状态。作家还用生病来暗示人的异化。比如:密探患了鼻炎;利胡金得了喉炎;杜德金发烧、生病、失眠;参政员患有痔疮;等等。另外他们在现实生活中思维混乱,词不达意,像是同时患上了失语症。无聊的大脑游戏在他们的生活中占有重要地位。他们时常陷入幻想或梦境之中。

---

① [俄]别雷:《彼得堡》,靳戈、杨光译,作家出版社1998年版,第560页。
② [俄]别雷:《彼得堡》,靳戈、杨光译,作家出版社1998年版,第559页。
③ [俄]别雷:《彼得堡》,靳戈、杨光译,作家出版社1998年版,第45页。

人物之梦也被作家赋予了特殊的意义用以揭露社会之弊。杜德金在夜晚分别做的三个梦中，都听到了"一个荒诞和完全没有意义的词"——"恩弗朗西什"，为了"这个词"他与某种未知的力量苦苦搏斗。当他觉察到这意味着某种疾病正向他袭来时，他评价道："你以为只有我一个人在忍受这个吗？你，尼古拉·阿波罗诺维奇，也在生病。几乎每个人都有病……近来我到处都遇到这种大脑的失调，这种捉摸不定的病因"①。杜德金认识到自己的"病"就是时代的"病"、社会的"病"。每个人都遇到各种病，而社会普遍患病的原因在于信仰的缺失。

旧的时代过去，新的时代来临，旧有的价值观念被推翻，而新的价值体系尚未树立，人类仿佛失去了一条既定的、可以找到自己生命的目的和意义的道路。文化和文明之间、精神创造和生活的外在条件之间的对立，使人们发现在经济、技术和政治活动的强化发展的统治下，精神的积极性被削弱了，物质财富和外在利益的统治造成人本身的内在空虚与贫乏。在生命的外在方式的严格理性化和智力发展的高水平上，生命的真正意义缺失了。

在俄国，一种否定社会一切精神价值的虚无主义曾一度横行于社会。它从否定宗教、否定一切精神文化、否定一切人权，到否定个人自由甚至基本的自由。它只贯穿着一种精神——激进主义的全盘否定精神。弗兰克认为，俄国的虚无主义决不单是宗教怀疑或宗教冷漠意义上的不信仰，它可以说是对不信仰的信仰，是否定的宗教。如果从另一面看，与其说它是对精神价值的理论否定，不如说是在实践上消灭这些价值，它造成了疯狂的破坏。而且，它强调生命的力量（虽然被用作坏的目的）要重于死寂不动。所以，俄国的虚无主义中"包含着热烈的精神探索——寻求绝对者，虽然在这里绝对者等于零"②。

《彼得堡》里的所有人物都感觉到了他们所经历的时代危机，并表现出与这种感受相关的行为。所以读者在《彼得堡》中看到了具有高雅的理性的民

① ［俄］别雷：《彼得堡》，靳戈、杨光译，作家出版社1998年版，第139页。
② ［俄］弗兰克：《俄国知识人与精神偶像》，徐凤林译，学林出版社1999年版，第31页。

族在精神上的野蛮(尼古拉),在人道主义原则统治下的残酷无情(杜德金),在外在纯洁和体面下的灵魂的肮脏与丑陋(利潘琴科),在外部强大后的内在软弱(阿波罗)。在各种面具之下,人们呼唤回归心灵。杜德金"请求摘去面具,公开面对混乱",杜德金的对抗者阿波罗也意识到"在扭曲时代出现了什么,为了控制混乱要做一些必要的事情"。

在这个模糊的、分裂的、矛盾的、虚幻的表象之下,人是否可以找到更根本、更简单的生命及其永恒的精神需要与要求的概念?在别雷看来,人只能在自己精神的深处为自己找到绝对的支点,在精神的天空中寻找指路明星。别雷在信中说:"等待我们解决的问题很多,但还是我们,而不是别人去解决。"[①]别雷提出的解决方式是一种"自省"的实验,"我们应当建造自己心灵的方舟——在心中培养英雄;培养的方法——个性对无个性的暴动"[②]。

摆脱代码,摆脱冷漠和孤独,人物心灵的深处沸腾和奔涌的岩浆就会以其全部的非理性本质完成这种突破。尼古拉在经历了对沙丁鱼罐头的感受后,他的心"以前是没有思想地跳,现在他有思想了,感情在心中激荡"。那些围绕着尼古拉的心灵鸣叫的鹤,象征着回归。安娜回归她曾经抛弃的家,老阿勃列乌霍夫回到故里庄园,尼古拉也终于回到了田野、草地、牧场和森林,从彼得堡返回。

总之,别雷敏锐地洞察到世纪之初人们心灵之中的不完整性,力图在人的心灵中以"个性对无个性的暴动"实现人从不完整的个性发展成完整的、合理的个性。他通过艺术的手段,给自己的思想安上面具,使人物成为自己思想的载体。小说中的彼得堡人不仅是悲剧力量的牺牲品,也是新个性发展的试验品,他们象征性地体现了作家别雷关于"人"的观念与思索。

---

① Л.К. Долгополов. *Андрей Белый и его роман 《Петербург》*. Л. : Советский писатель, 1988.С.297.

② В. Пискунов. 《*Второе пространство*》 романа А. Белого 《*Петербург*》 // Ст. Лесневский, Ал. Михайлов (сост.). *Андрей Белый: Проблемы творчества: Статьи, воспоминания, публикации.Сборник.* М. :Советский писатель, 1988. С.213.

第二节 事物人格化

《彼得堡》中的人物失去人性,成为面具和某种象征符号;与此相反,事物却被作家运用了拟人化的手法加以人格化。它们在作家的艺术思维的作用下,彼此之间形成了一种有机的联系,并共同建构起一个如梦如幻的象征王国,显示出属于自己的绝对意义。如前所述,在《东方与西方》三部曲的第一部《银鸽》中,别雷就已展示出一种生机勃发的神话想象的原始力量。到创作《彼得堡》时,作家进一步借助神话思维方式建立自己的象征王国。

一、彼得堡文化的象征物

别雷的彼得堡是虚幻的。首先,这体现在它是建立在沼泽之上的,没有坚实的根基。作家借彼得堡建立于沼泽之上的传说对应帝国必遭覆灭的命运。其次,它体现在环境和景色描写上。比如桥、雾、烟、岛屿、灌木丛、落日、流水等,作者几乎在每一章都要进行反复的描写。但它们已经和19世纪小说中的环境描写相去甚远,它们都带有作者所赋予的功能,具有特殊的象征意义,因而彼得堡似真亦幻,好像在梦中,能看见却又看不真切。所以作者指出:"我们的首都是属于梦中的国家。"

彼得堡的空间是虚幻的、空洞的。无论马路上有多少"帽子、耳朵、胡子和鼻子","沿着街的两边都有严格编号的房子",作者依然强调城市的空旷。"黄兮兮的云雾,暗沉沉的河水,绿莹莹的云朵"[1],在令人不安的月光的照射下,城市表现出自己的虚幻性。城市里"恐慌——红色,波浪……烈火旗帜……都凝固了"[2],就连风起云涌的革命景象也具有了漫画的特点。作家借彼得堡环境描写的虚幻性暗示了彼得堡所具有的彼得堡文化(即在彼得大帝

---

① [俄]别雷:《彼得堡》,靳戈、杨光译,作家出版社1998年版,第583页。
② [俄]别雷:《彼得堡》,靳戈、杨光译,作家出版社1998年版,第523、524页。

强行迁都后实行的一系列影响国家、民族发展的措施下发展起来的具有分裂性特征的文化)是没有根基的,也是没有前途的。

除了虚化环境特征,小说中环境描写也不乏写实之处,但实写并非实指,它也是要以自己的象征意义参与主题的。比如,小说多次描写参政员家中陈设"在柱子那边洁白的尼俄柏正举起自己的石膏眼睛仰望苍天"①。作者在此借尼俄柏的塑像暗示人物悲观的心理,表明处于彼得堡文化困扰中的心灵的无望感受。又如:"墙上还是那些武器组成的装饰图形在闪闪发亮:……这里挂着一顶立陶宛铜帽,那里——则是一把十字军东征时期完全生锈了的骑士剑。"②墙上的挂饰在文中多次出现,让人无法忽视它的含义。首先,它表明了这一家人所遵循的一个重要原则:以暴制暴。尼古拉决心用"火与剑"来解决纠纷,安娜以私奔报复丈夫,参政员以绝对统治镇压一切。其次,它表明他们受到一种来自东方和西方的敌对力量中的有害因素的影响,导致心灵的损害。读者通过人物的象征意义还能更进一步认识到,这些装饰品表明了彼得堡文化的特点:处于东西方敌对力量交锋之中。

就在这些虚虚实实、真真假假的环境描写中,环境的内涵丰富了:它们不仅是背景,更以深刻的象征意义揭示着人物的秘密、世界的命运,和人物一起表现着小说的主题。类似的例子还有很多,如:滨河街的黄色房子、顶层阁子间、别墅、轿式马车等。所有这些在现实主义作家笔下只发挥背景作用的环境,在别雷这里与人物一起分享着创造意义的能力。

彼得堡是虚幻的,它是彼得奸细行为的化身。这种奸细行为具有魔幻般的威力。它散发着寒气,弥漫到彼得堡之外的一切空间。那些空洞的空间(即阿波罗所害怕并准备随时不惜一切代价加以校正的)是空旷的,也是寒冷的。森林、野兽、小鸟、路上的行人,都被机构中孕育的极地风冻僵,农村被冻僵,城市也被冻僵。参政员的家是冰冷的,仿佛结了冰似的。家里白漆的家

---

① [俄]别雷:《彼得堡》,靳戈、杨光译,作家出版社1998年版,第107、231页。
② [俄]别雷:《彼得堡》,靳戈、杨光译,作家出版社1998年版,第78、231页。

具,像雪;墙不是墙,是雪,墙上冰冷的玻璃发出冷冷的光。

彻骨的寒冷侵入到人物的心中。还在童年的时候,当尼古拉还是柯连卡时,他就孩子般地"在冰上转圈","他不是这样被鼓舞,不是按照最好的方式,冰冷的";成年后,他继续留在寒冷中,"他心灵的热情便渐渐变成一块像南极似的望不到边的冰"①。"冰"的范畴是别雷所喜欢的。在他的小说和诗歌中常会出现"冰冷的手指""冰冻的手臂""心中的冰"。环境的感觉和人物的感觉相映相和,共同言说着现代人特殊的存在方式,即别尔嘉耶夫所说的"冷漠"。索洛古勃经常抱怨"坟墓的冰冷";吉皮乌斯则把"心"比作"沸腾的寒冷",把"生活"比作"雪花的旋转"。"冰"和"寒冷"如同中世纪大师笔下的"地狱之火",在20世纪新艺术中占据了特殊的地位。

在幻觉般存在的彼得堡中,除了生活着有名有姓的人物外,还有铜骑士、荷兰水手、基督等,他们出现在彼得堡的大街上,拥有支配自然、左右人物的能力。铜骑士与荷兰水手都暗指彼得。巨人彼得是这座彼得之城的真正统治者。他拥有法术和魔力,能向自然念咒语,"一团团的云朵又疯狂地飞奔起来;飞奔起来的,还有拖着妖魔般尾巴的烟雾;其中远处正隐约闪现出一个燃烧的磷光的斑点"②,"天空中掠过一个既模糊又疯狂的发磷光的斑点;闪闪磷光到了涅瓦河远处,变得朦胧不清了;于是,那无声奔流的平面便绿莹莹一闪一闪地,忽然……"③

彼得的纪念像——铜骑士像幽灵般游荡于彼得堡的大街小巷,出入酒馆,跟踪行人。他能影响人们的思想,决定人们的命运。每当人物处于矛盾、混沌时,只要路过铜骑士广场,他们就会对命运恍然大悟。比如:"从铜骑士上落下一个恰似烟黑的轻盈的半影……亚历山大·伊万诺维奇刹那间清楚地看到

---

① [俄]别雷:《彼得堡》,靳戈、杨光译,作家出版社1998年版,第533—534页。
② [俄]别雷:《彼得堡》,靳戈、杨光译,作家出版社1998年版,第154页。
③ [俄]别雷:《彼得堡》,靳戈、杨光译,作家出版社1998年版,第339页。

了人们的命运:可以看见将来会怎么样,……原来命运变得明朗了。"①尼古拉·阿勃列乌霍夫也遇到了铜骑士。"刹那间,阿勃列乌霍夫全明白了:他的命运已经清清楚楚:对,——他应该去做;而且,对,——注定要去做。尼古拉·阿波罗诺维奇哈哈大笑着从铜骑士旁边跑开了:'对,对,对……','知道,知道……'"②铜骑士甚至专程夜访杜德金的顶层阁子间,亲自将铜注入杜德金体内,使杜德金彻底沦为他的意志的传声筒。

魔鬼恩弗朗西什(或称什希朗弗涅先生)也时常出没于杜德金的阁子间里。他自称是个来自东方的魔鬼,其祖国在德黑兰,但他又是个世界主义者,去过伦敦、巴黎,并准备住在俄罗斯。他跟随"摧毁文明和兽化的理论"③,像病菌一样腐蚀人的灵魂。他负责颁发"影子身份证",只要某人具有乖戾的行为,他便将其纳入自己的势力范围,并随时造访。铜骑士和魔鬼都是影响彼得堡的黑暗力量的代表。别雷将它们形象化、人格化,展现它们对人类心灵的威胁。同时出现在彼得堡街头的基督,象征基督二次降生,预示着将会出现的拯救。铜骑士和基督同时出现还象征人的心灵具有双重性特征。

二、《彼得堡》的神话意象

大量的神话意象也参与到彼得堡的一切存在中,共同编织关于彼得堡的最后一部神话。在小说第七章"不可思议的思想"一节中,不断重复出现的象征性的灌木丛④具有主导动机的意义。这个象征包括了《圣经》的典故(《圣经》中提到一棵烧不坏的灌木,永远存在、消灭不了的灌木),象征世界上的危险和威胁性因素。在小说中它具有神奇的力量,预示人物的灾难和死亡。

---

① [俄]别雷:《彼得堡》,靳戈、杨光译,作家出版社 1998 年版,第 154 页。
② [俄]别雷:《彼得堡》,靳戈、杨光译,作家出版社 1998 年版,第 340 页。
③ [俄]别雷:《彼得堡》,靳戈、杨光译,作家出版社 1998 年版,第 475 页。
④ 参见[俄]别雷:《彼得堡》,靳戈、杨光译,作家出版社 1998 年版,第 380、612、618、624 页。

楼梯的象征是如此重要,别雷给它单独设置一个小节。从第六章的开头杜德金进入梦呓状态起,与楼梯相连的就不仅是荒唐和移动,它也是杜德金心灵历程的展现。楼梯的主题与"世界之树的古代象征符号有关"①。在一些古代的神话里,世界之树能与上层、中层和下层三个世界相连,它被认为是从一个世界到另一个世界的道路。树根在下层世界,树冠在上层世界,树身放在中层世界。小说中魔鬼就是顺着暗梯上来的②。铜骑士也是顺着这道楼梯上来的③。

"深渊"意象是象征主义诗人们钟爱的形象。在法国象征主义开山之作——波德莱尔的《恶之花》中"深渊"一再出现,它象征肮脏的城市和黑暗的地狱。比如:

> 随便睡吧,抽烟吧;发愁吧,别做声,
>
> 去厌倦无聊的深渊里深深地潜藏;④
>
> 从深渊直到九重天,除了我本人,
>
> 谁也不理会你的、被诅咒的女人;⑤

别雷曾在自己的批评文章中介绍:"在彼得堡,象征主义者习惯行走于深渊。深渊是使彼得堡的文学家感到舒适的必要条件。那里的人们迷上了深渊,于深渊做客,于深渊安排职业,于深渊架起茶炊! 啊,这个可爱的深渊!"⑥在《银鸽》中作家就多次运用深渊意象。别雷用主人公达尔亚尔斯基心灵的深渊指示其命运不可逃脱的劫数。作家在对主人公的命运、对采列别耶沃村、利霍夫城和俄罗斯的命运的预言中广泛运用了深渊意象,反复提示所有一切

---

① A.Г.Бойчук(ред.).*Андрей Белый.Публикации.Исследования.* M.:ИМЛИ РАН,2002. C. 223.

② 参见[俄]别雷:《彼得堡》,靳戈、杨光译,作家出版社1998年版,第388 、467、484页。

③ 参见[俄]别雷:《彼得堡》,靳戈、杨光译,作家出版社1998年版,第491页。

④ [法]波德莱尔:《恶之花》,钱春绮译,人民文学出版社1991年版,第85页。

⑤ [法]波德莱尔:《恶之花》,钱春绮译,人民文学出版社1991年版,第91页。

⑥ H.A.Богомолов(сост.).*Критика русского символизма:в 2 т.* T.*II*. M.:Олимп;Act, 2002. C.150.

在劫难逃的厄运。"深渊"这个心理描写和神话象征手法相结合的"贯穿性主题"从《银鸽》中保留下来了,在《彼得堡》中发挥着重大作用。在《彼得堡》中,作家也反复借"深渊""深渊的感觉"和"无底深渊"来象征一种极端的处境,它既存在于人类的生存中,存在于整个国家人民的命运中,也同样存在于个人的生命之中。

太阳是《彼得堡》中主要的理想象征。在斯科里亚宾的《神的长诗》、维·伊万诺夫的《太阳——心》和索洛古勃、巴尔蒙特的抒情诗中太阳的象征多以"凶恶的太阳"形象出现。然而此时,在运用这一象征性形象的时候,别雷仿佛突然回到自己的年轻时代。那时他创作的《碧空之金》的中心形象——太阳,是生命和更新的象征。他曾写道:

> 心儿已被那太阳点燃。
>
> 太阳是对永恒的追求。
>
> 太阳是通向金碧辉煌
>
> 永恒的轩窗。①

从《碧空之金》到《彼得堡》,别雷的思想与创作已经发生了巨大的变化。但太阳的形象被保留下来了。他预言:"在那一天最后的太阳照耀我的故乡的土地。"②太阳是基督的同义词。这个预言为小说结束时的场景增添了一些田园色调。主人公在历经心灵的磨难和考验后,重新找到了一条相互和解的道路。

综上所述,《彼得堡》正是这样通过将作品中的事物和景象全面的人格化、神话化,将每一物、每一事、每一意象都调动起来,全面建构起一座"象征的森林"。

别雷认为生命不是通过科学认识而是通过创造活动来揭示,而创造活动

---

① 周启超主编:《俄罗斯"白银时代"精品文集·诗歌卷》,中国文联出版公司1998年版,第175页。

② [俄]别雷:《彼得堡》,靳戈、杨光译,作家出版社1998年版,第153页。

只有在思想形式的象征中才能表现出来。在《阿拉伯图案》中别雷就建立了自己关于"生活的创造"和"个性的创造"的理论。这种创造的最终目的,就是将自身发育成未来人或"新人"的形象。别雷将自己的哲学思考融入了《彼得堡》的形象塑造。作者借多样化的形象阐发了自己为现代文明中生命和道德失去根基而产生的深深担忧,批判了时代危机表现出来的反文化倾向,力图证明一种能赋予人生、历史和世界以内在基础与意义的精神实在。这种精神实在并非虚幻存在。别雷相信,它就存在于人的自身。

作家从对反文化倾向的批判,上升到对创造真正文化的呼吁。他阐明了生命是各种成分的斗争,他分析了什么是好的,什么是坏的,什么是有价值的,什么是无价值的。在他看来,找到生命的真正目的和意义并学会在生活中实践之,就是参与创造真正的文化。别雷确信:"文化的最终目标是改造人类。在这一最终目标上,具有艺术终极目的的文化与道德相吻合"。按照别雷的表述,文化使"理论问题变成实际问题";文化把"人类进步的成果视为财富";文化使"生活成为创作能从中汲取价值的材料"[①]。别雷的有关文化的思想在整部《彼得堡》中通过作家所创立的"象征的王国"表现出来。《彼得堡》不仅是别雷的代表作,也是当之无愧的象征主义小说的艺术典范,它全面呈现出俄罗斯象征主义小说的独特品格,从各方面带动了俄罗斯小说艺术形式的革命性转变。

---

① В.А.Келдыш (отв. ред.). *Русская литература рубежа веков* (1890-е- начало 1920-х годов). *Книга 2*. М.: ИМЛИ РАН, Наследие, 2001. C.188.

第七章 斯芬克斯之谜——
《柯季克·列塔耶夫》

  《柯季克·列塔耶夫》(1922)在别雷小说创作史中的地位十分重要。

  首先,从创作序列看,《柯季克·列塔耶夫》既属于别雷一生最重要的三部曲《东方或西方》的最后一部分,也是别雷创作的莫斯科系列小说的第一部分。以《东方或西方》为总题的三部曲的第一部《银鸽》(1910)和第二部《彼得堡》(1913—1914)相继问世后,原构思中的第三部《看不见的城堡》未能完成。之后别雷将《看不见的城堡》更名为《我的一生》,但也未能全部完成。《柯季克·列塔耶夫》(1922)是作家构思的史诗《我的一生》中的第一部。另外,《柯季克·列塔耶夫》属于别雷小说创作的最后系列作品——莫斯科系列小说的第一部。莫斯科这座城市在别雷的创作中不仅是作为专门的遗传地标和俄国历史文化的中心,而且是心灵的特殊空间。这在莫斯科系列小说的第一部《柯季克·列塔耶夫》中已经变得十分明显。

  其次,从创作主题看,自《柯季克·列塔耶夫》始,别雷的小说主题发生了重大变化。在《柯季克·列塔耶夫》中,作家没有像在《银鸽》和《彼得堡》中关注真实的社会政治生活,作家的注意力集中在主人公自我意识的形成和发展上。从这一点看,《柯季克·列塔耶夫》成为作家创作的一个转折点。莫丘里斯基曾指出《柯季克·列塔耶夫》中主题的变化与发展,"别雷找到了自己的主题:清楚地认识谜一般的'我'——一种奇特存在。他之后的所有创作是这种庞大的唯一主题的艺术性变奏"①。

关于《柯季克·列塔耶夫》的研究成果无论在俄国的别雷研究界还是在西方的别雷研究界,均颇丰富,从中可以梳理出有关该小说研究的三种主要路径。

其一,从作家自传小说角度解读《柯季克·列塔耶夫》。《柯季克·列塔耶夫》和《受洗礼的中国人》②一并被归入作家的自传小说之列,因为在这两部小说中描述的人物和事件与别雷的生活事实相符:《柯季克·列塔耶夫》描述了孩子从出生到5岁之前的心灵生活;《受洗礼的中国人》描绘的是孩子5岁之后的心灵生活。霍达谢维奇、沃朗斯基曾指出《柯季克·列塔耶夫》与《彼得堡》存在共同的"家庭主题"。

其二,从人智学说角度来解读小说。《柯季克·列塔耶夫》写于1915—1916年间,当时别雷正参加筹建人智学团体。《柯季克·列塔耶夫》的写作极大地受到人智学说的影响。在《柯季克·列塔耶夫》中展示了两种回忆:一是孩子关于出生前状态的回忆,这部分回忆在小说中称为"关于记忆的记忆";二是成年人对自己婴幼儿时期的回忆。亚历山大罗夫教授考察了小说中交错的回忆的线路,把它们作为人智学说的信徒试图不局限于当下尘世的生活重构心灵的存在。③

其三,从波捷勃尼亚的语言哲学角度阐释《柯季克·列塔耶夫》。按照波捷勃尼亚的观点,孩子在语言学习的过程中,犹如原始人类,依靠形象而非概念来进行思考。原始人类富于比喻的思维在语言和神话的创造之中发挥着根本性作用。而成熟人类运用各种概念进行思维,那时固定的词语变成了抽象的符号。安许茨教授援引波捷勃尼亚的理论,认为:"回忆是柯季克的研究方

---

① К.В.Мочульский. А. Блок. А. Белый. В. Брюсов. М.：Республика,1997. С.333.

② 《受洗礼的中国人》的另一题名为《尼古拉·列塔耶夫之罪》。

③ 参见 Quoted in V. E. Alexandrov, *Kotik Letaev*, *The Baptized chinaman and Notes of an Eccentric* // Andrey Bely：*Spirit of Symbolism*, Ed. by John E. Malmstad, Ithaca；London，1987, pp. 150−151.

法。所以他的研究成果总是借助于比喻的方法来表达。他的研究对象是语言学的过去。围绕着语言学的过去处在某种停滞状态。柯季克希望完成这次实验,解释陈腐的比喻并试图使它复活"①。

由此三种主要研究趋向可见所研究问题的复杂结构层次。在《柯季克·列塔耶夫》之中别雷的象征艺术不仅和他同时代人的哲学、神秘主义、文学和语言学的探索相连,而且他的象征主义已从语言的认知理论转向存在主义和社会语用学。所以《柯季克·列塔耶夫》难以经受批评研究的一般逻辑。总体而言,它描绘了一段婴儿从出生之前到口头语言发展之前时期的感受,是一部没有情节的小说。不可否认,小说中缺乏建构小说的传统模块,并且小说中的描述显得紊乱而松散。然而波浪感的节奏化文本、语言的形象性、隐喻性、倒装句等从一开始就显示出这部小说的与众不同。显然,在《柯季克·列塔耶夫》中作家试图进行某种文学实验。阅读者需要通过前所未有的艺术形式探索作家所要表达的内容。

笔者仔细阅读原文小说且将之译为中文后反复阅读,并结合别雷本人的理论阐述以及前辈评论家的研究视角,认为《柯季克·列塔耶夫》犹如斯芬克斯之谜。作家将柯季克的自我意识制成环环相扣的谜面,现实性因素、人智学因素以及波捷勃尼亚的语言哲学因素分别为读者揭示了谜之一面。不过笔者无意在此一一探索斯芬克斯之谜呈现出的谜面的多面性,用小说文本去逐一印证理论。翻阅《柯季克·列塔耶夫》中的每一页,扑面而来的是一个个闪亮的、发光的形象。这些犹如一张张扑克牌似的制作精美的形象,在小说中挤压了情节线索,占据了《柯季克·列塔耶夫》创作的首位。笔者认为由此展开对文本的探讨,是一条解读文本的有效路径,因为这些形象关涉了别雷制作斯芬克斯之谜的方式、别雷的象征主义认知以及别雷的语言实验,它们将别雷的小说叙述艺术推向新的高峰。

---

① Quoted in C. Anschuetz, *Recollection as Metaphor in Kotic Letaev* // Russian Literature, 1976, Vol.4, No.4, p.353.

第一节　索菲亚的钥匙①

在《柯季克·列塔耶夫》的每一页里最生动也最让人感动的还是形象，它们跃然纸上，呼之欲出。无疑，在这些形象上作家着墨最多。《柯季克·列塔耶夫》分为前言、主体六章和尾声。每一章中很多小节直接以形象命名。这些形象大都是主人公柯季克在现实中见到过的人的形象：父亲、母亲、保姆亚历山德拉、小姨多佳、舅舅瓦夏、保姆拉伊萨·伊万诺夫娜、外祖母、扫烟囱的工人、多里奥诺夫大夫、技工学校的学生、哲学家、波姆布尔、列夫·托尔斯泰、教授们、博拉巴格、柯夏科夫、卡西亚诺夫、布娃娃鲁普列赫特、姆尔克季奇·阿维托维奇、年轻人、索尼娅、塔玛拉、小丑克廖夏、闪亮但危险的一个人、弗·索洛维约夫、别阿特丽萨·巴甫洛芙娜·别兹巴尔多；还有他自己柯季克·列塔耶夫，在小说中单独占了一个小节。另外一些是物的形象：爬虫、狮子、水、海洋、提坦神、神话、智慧树、晚霞、神灵、长链手提香炉、耶稣受难像。这些形象构成柯季克回忆中的重要内容，是作家描绘柯季克自身感受和意识发展的基础。然而整部小说并未设置关键性事件将这些形象串联，那么对于这些构成文本的主要形象别雷是如何构建、分类、排列并加以呈现的呢？

一、文本形象的构建方式

《柯季克·列塔耶夫》的题词引自托尔斯泰的《战争与和平》中的娜塔莎·罗斯托娃的一句话："我在想——娜塔莎轻声说——你知道，当你想啊，

---

① 叶赛宁以玛利亚为心灵，他认为光术是开启人民心灵的钥匙，所以叶赛宁有文冠名《玛利亚的钥匙》。笔者以为，别雷深受索菲亚学说以及人智学说的影响创作出《柯季克·列塔耶夫》，主人公柯季克追求智慧之光以开启心灵，故有此小节命名。

想啊,想啊,你就会想起以前所有的事儿,以前在世上做过的事儿。"①这段题词交代了小说的主要内容为回忆中的人和事,而这些人和事分别以各类形象的方式出现在小说里。

在前言中,35 岁的柯季克通过回忆闯入了意识的世界。他将记忆闪回到昔日之事的最深处,遇到了正在形成的自我意识:

> 在这里,我站在生命陡转的交叉线上,长久地凝视往昔。
>
> 我——35 岁:自我意识冲开了我大脑的堤坝,冲到了童年时代。
>
> 我,随着决堤的大脑,看到,一件件往事奔涌而来,又呼啸而去……
>
> 往事在脑海中排列;在第三年边上我站在我面前,我们彼此交谈;我们互相理解。②

这里点出小说由两位叙述者叙述而成,一位是 35 岁的成年柯季克,另一位是幼年(3—5 岁)的小柯季克。这两种叙述的声音在小说中并存和转换。

随即,35 岁的叙述者交代了他身处的重要空间:

> 我站在这里,在山间:我远离人群,躲避那些或是亲近、或是陌生的人,就这样站在山间;我留在山谷,向遥远的山巅伸出双臂。在那里:——嶙峋的山峰做出威吓的姿势;它们矗立在天空之下,互相呼唤;它们合成规模庞大的复调音乐:一个新的宇宙。庞然大物断层式沉重地堆叠在一起:山坳张开大嘴,雾气升腾;云层死气沉沉,缓缓挪移——于是,雨来了。远远的山顶的急流奔驰而下;山顶伸出手指,从许多蓝色的牙齿流出苍白色的冰川;冲动的苍白色急流随山势此起彼伏。山脉张开手指,以手指示意;水流卷起巨大的王位宝座,水

---

① А. Белый. *Полное собрание сочинений в двух томах. Том 1.* М.: АЛЬФА-КНИГА, 2011. С. 1073.

② А. Белый. *Полное собрание сочинений в двух томах. Том 1.* М.: АЛЬФА—КНИГА, 2011. С.1073.

花飞起、散落；在我四周水声隆隆。①

以上一段看起来像是叙述者描绘了山间景象，而在别雷的象征主义词典里"山"和"上"的象征符号关联。众所周知，别雷的上升过程，是追随着弗·索洛维约夫学说行走在提升宇宙存在的道路。作家以小说的主要形象柯季克·列塔耶夫命名这部小说并非偶然。列塔耶夫在俄语中有"飞翔"之意。柯季克·列塔耶夫成为《柯季克·列塔耶夫》中一个具有基本象征意义的核心。小说中童年的柯季克·列塔耶夫是一个有着兽形、穿大红裙子的小男孩。他会扪心自问："人的本质存在究竟是什么？"②然后自我作答："人的本质就是长上翅膀，激动地体验成长"③；"人的本质等同于天使；所以我们大家有着翅膀一样的手、翅膀一样的脚"④。

由此，不难推测，作家以柯季克·列塔耶夫的个人意识的发生与发展为基础制作了斯芬克斯之谜，其目的在于引导读者跟随柯季克·列塔耶夫从自我意识的混沌和无序走向完整，经由朝圣之路，最终登上完美的金字塔，以达到心灵的自由和腾飞。正如列娜·希拉尔德指出："上升的象征是别雷世界中的基石。"⑤在《柯季克·列塔耶夫》中的主导主题是飞翔："飞到哪儿去？会越过哪些空间？谁会迎面飞来？"，小说中含纳了此类的问题。可以说《柯季克·列塔耶夫》以回忆的方式展现了童年的柯季克·列塔耶夫意识中的成长道路，这是心灵的飞翔之路、朝圣之路。结合小说文本，可以看到，在这段上升

---

① А.Белый. *Полное собрание сочинений в двух томах. Том 1.* М.：АЛЬФА—КНИГА，2011. С.1073.

② А.Белый. *Полное собрание сочинений в двух томах. Том 1.* М.：АЛЬФА-КНИГА，2011. С. 1091.

③ А.Белый. *Полное собрание сочинений в двух томах. Том 1.* М.：АЛЬФА-КНИГА，2011. С. 1091.

④ А.Белый. *Полное собрание сочинений в двух томах. Том 1.* М.：АЛЬФА-КНИГА，2011. С. 1091.

⑤ Л.Силард. *Андрей Белый // Русская литература рубежа веков（1890-е-начало 1920-х годов）. Книга 2.* М.：ИМЛИ РАН，Наследие，2001. С.20.

的道路上，迎面而来的是各种空间的许多形象，它们参与了意识的发展，主导了意识的形态。

在前言的末尾处35岁的叙述者强调：

自我意识，如同我体内的小婴儿，睁大了眼睛。

我看见，在那里，我经历过的事情；那是曾经的我；童年的意识。

童年拥有不同寻常的意义，它战胜了32岁的意识——在这个时间点上童年认出了自己；它和自我意识合为一体，在这个体内，在这之间一切都在下沉；词语的意义如同落叶离开树木一样，簌簌而下：含混不清的词语在我周围簌簌作响，轻舞飘荡；我否定了词语的意义，在我面前是童年的第一缕意识；我们相互拥抱：

——你，怪人，好！①

这里涉及了小说中形象构建的两个重要方面：一方面，《柯季克·列塔耶夫》中是以孩子的认知系统作为建构主体。别雷试图重建通过童年柯季克意识的棱镜反射出的世界图景。而小说中成年的柯季克负责依据合理的思想来解释存在于童年柯季克知觉内的对于世界的奇特认知。所以，可以确认，小说中童年柯季克的叙述声音是被着重强调的，而成年的柯季克的叙述声音只起了辅助和从属作用。另一方面，别雷需要随之重建表达体系，即以符合孩子认知方式的表现方法重建认知系统。

至此，别雷通过前言完全阐明了《柯季克·列塔耶夫》的写作目标。这与别雷为小说所确立的创作目标一致。别雷自述《我的一生》系列的创作目标是："回答自己：你怎么变成这样，你现在是什么样……展示，人的核心自然地从自己体内发展，自行上升到心灵科学，因为心灵科学和基督教……现在是同义词"②。借助康

---

① А.Белый. *Полное собрание сочинений в двух томах. Том 1.* М.: АЛЬФА-КНИГА, 2011. С. 1074.

② Л.К.Долгополов. *Начало знакомства.* // Ст.Лесневский, Ал.Михайлов (сост.). *Андрей Белый: Проблемы творчества: Статьи, воспоминания, публикации. Сборник.* М.: Советский писатель, 1988. С.79.

德和施泰纳,别雷创作出的作品的中心是人的智能。根据作家的解释,在人的智能中纯理性因素和感性因素紧密相连。人的多重存在是别雷从第三部《交响曲》(《复归》)起的开创性主题。"复归"无论从题名还是小说内容和形式都表现出关于历史周期性重复的观念:历史就是记忆,是个人或者人类的记忆,记忆的源泉在潜意识的深处流淌。人在有意识的年龄突然认识的现象和事物,对人来说并非新鲜事物,它曾经以另一种形式存在。这些认识多次出现在作家后来的创作之中。别雷想潜入人存在的本质方面,以艺术的眼光看清它存在的各种形式。关于人的多重存在主题在别雷的很多创作中得以延续和拓展,在《柯季克·列塔耶夫》中尤以更加直观的方式体现出来。

人经常处于生活和存在的边缘。这种双重性在文本编排上首先以视觉直观形式表达出来。别雷将意识内容转化到外在的视觉直观层面。作家将进入回忆或者思维过程的潜意识部分用直观图示的方法与主要的文本材料区分开来。作家为了突出对过去的回忆,不是通过诸如此类的句子(例如:那时候教授想起了往事),而是直接另起一行。文本断裂和强调句子意味着小说人物思维过程的转向。在别雷的小说中直观图形手法体系包含了诸如:图形、离开文本主体的破折号、楼梯、空白、字体突出等方式。这种视觉直观形式在《彼得堡》中已经大量运用,在别雷的"莫斯科"系列小说中以不同频率出现在各个部分。在自己的最后一部小说《面具》的前言中,别雷描述了直观图形手法体系中主要手法的操作规程:"从纯粹语调的推测中,我的句子在我需要的地方断开,所以,从属句离开主句,飞去另一行的中部。"[①]在给《面具》的校对员的建议中,别雷解释了这种手法的功能,这些功能和小说《柯季克·列塔耶夫》中表现的视觉思想一致。读者通过视觉直观层面更容易理解作家的关于人的多重存在的思想。

顺此思路,可以发现作家对于人的这种认识影响了作家对于笔下形象的

---

① А.Белый. *Полное собрание сочинений в двух томах. Том 1.* М.:АЛЬФА-КНИГА,2011. С. 776.

分类。别雷在回忆录中曾说:"对于大多数人来说,在小说《柯季克·列塔耶夫》中我所描绘的感受是凭空虚构的,所以显得不可理解。我从未在其他任何一本书中如此直白地抄录真实存在过的那些感受;这不是安德烈·别雷写的,而是鲍里斯·尼古拉耶维奇·布加耶夫以自然主义的写实笔法描绘了他终生铭记的感受。"①无疑,该小说具有一定自传色彩,从这个角度看,一些感受直白易懂。但更重要的是,该小说体现了别雷关于人的多重存在的认识。所以关于童年柯季克所表达的对超验世界的感受这部分显得深奥、难懂。笔者以为,从别雷描绘的艺术形象切入,经由恰当的认知路径,就能更好地理解作家描绘的感受。

二、文本形象的基础分类

《柯季克·列塔耶夫》中诸多的形象带给柯季克的是最深刻的心灵感受。在这些令他终生铭记的感受中,有忧伤和迷惑,也潜藏着真正的欢乐。《柯季克·列塔耶夫》是别雷真正献给自己童年的作品。在这部最富有争议的、受到人智学思想影响的象征主义作品中,有一些散发着真正的欢乐的场景和画面,这是天真、纯美的儿童世界。

在"柯季克·列塔耶夫的一天"一节,柯季克描绘了自己日常生活的画面。这是早晨起床时家里的情景:

> 保姆拉伊萨·伊万诺夫娜起床,掀开被子,光脚踩在地板上。她穿着暖和的衬衫赤脚跑过来,把我从被子里拽出来,给我穿上童袜,还有贴身女背心。然后,冲我笑起来。
>
> 9点钟,哦,不是,是9点半,拉伊萨·伊万诺夫娜穿着鲜红色女短上衣倒茶(妈妈在睡觉,她12点前起床);茶炊吱吱作响:四溅的火星飞到桌布上;我的鼻子抵着桌角,牙齿啃着烤面包的边缘,咔嚓

---

① А.Белый. *На рубеже двух столетий*. М.:Художественная литература,1989. C.178.

作响;戴眼镜的爸爸穿着正式的燕尾服,他的额头生有鬈发。爸爸在喝茶,他的胡子也在喝茶;明亮的水滴从湿漉漉的胡子上倾泻下来,落在蓝色天鹅绒领子上。爸爸穿一件干净的蓝色燕尾服,燕尾服的后襟在摆动;金色扣子上的金色双头鹰极其威严地张开翅膀。①

这是柯季克忆及童年散步时的美好场景:

他们大家都知道,柯季克·列塔耶夫来散步了;乌鸦扑扇着黑色的翅膀;耷拉着耳朵的植被在雪地里猫着腰,洒满雪花儿的树木打着哆嗦;不知是谁,站在那里。

一件无袖毛皮大衣没在雪里。空中乌鸦扑扇翅膀,噼啪作响。我奔向毛皮大衣,双手搂住。毛皮大衣低低地俯下身。毛皮大衣里,帽子下面探出两只眼睛;白色的大胡子中露出黄色的小胡子。毛皮大衣和我一样在散步;毛皮大衣名叫菲奥德尔·伊万内奇·蒲萨耶夫;菲奥德尔·伊万内奇含糊不清地说:

——小鸟儿告诉他,今天柯季克·列塔耶夫来散步;那么他就得带东西到林荫道给柯季克。于是颤抖的手抚摸着我发红的脸颊;一小块花楸果软糕小心翼翼地送到我的小嘴里,又点点戴眼镜的头;菲奥德尔·伊万内奇·蒲萨耶夫不是用双脚散步,而是用毛皮大衣散步(他缩在自己的毛皮大衣里);毛皮大衣走过:一只只黑色翅膀的乌鸦穿过一只只母狗,跟着毛皮大衣后面飞过去。雪花儿转着圈儿散落下来;呼啸声随之而下。空气中烟囱冒着烟……②

还有洋溢着欢乐气息的野餐画面:

他带我们去野餐;为我们烤羊肉串;还在月光下向亚美尼亚人的

---

① А.Белый. *Полное собрание сочинений в двух томах. Том 1.* М.: АЛЬФА-КНИГА, 2011. C. 1104.

② А.Белый. *Полное собрание сочинений в двух томах. Том 1.* М.: АЛЬФА-КНИГА, 2011. C. 1106.

神诵读祈祷词。我们到了,卸下餐具、瓶子、蘑菇馅饼、肉酱酥皮馅饼,在草地上铺上桌布;常常,地上扔满干燥、噼啪作响的枯枝;嚓嚓地划火柴;一群人被烟雾笼罩;跳跃的火苗:火苗扑扇着张开黄色的翅膀,它用发亮的爪子跳着舞……①

关于柯季克的父亲、母亲、保姆拉伊萨·伊万诺夫娜等人的回忆占据了《柯季克·列塔耶夫》中的大量篇幅,小说中还辟有专门小节对他们进行描绘。他们是柯季克最亲近的人,每一处欢乐的回忆都与他们紧密相连。这些形象散落在书页中的各处,俯拾皆是。这是柯季克最亲爱的保姆拉伊萨·伊万诺夫娜:

> 床垫在她身下颤抖。她赤脚走近窗边。在风和光的作用下多孔的护窗板吱吱作响。她披散波浪卷发,全身如此柔软。我将擦了肥皂的脸伏在被子上。她夹着我的腋下,我们只穿衬衣跑来跑去。
>
> 我们多么高兴!②

这是柯季克印象中的母亲:

> 常常,妈妈眼睛发光,数小时讲着一个个故事,鲜红色丝绒制皮鞋放在长毛绒缝制的矮矮的软凳上;常常,我听得入神;一望无际的窗户也听得入神。白色眼睛的小猫阿尔莫奇卡在妈妈身边用小爪子梳理着短毛。③

这是关于父亲的印象:

> 有时,爸爸变得和颜悦色,低下他那张巨大的脸;目光清澈而和善,一绺绺头发乱糟糟的,疲倦地眯着眼睛;他就是用这双眼睛凝视

---

① А.Белый. *Полное собрание сочинений в двух томах. Том 1.* М.:АЛЬФА-КНИГА,2011. С.1130.

② А.Белый. *Полное собрание сочинений в двух томах. Том 1.* М.:АЛЬФА-КНИГА,2011. С.1128.

③ А.Белый. *Полное собрание сочинений в двух томах. Том 1.* М.:АЛЬФА-КНИГА,2011. С.1147.

心灵。略微抬高的镜片的反光落在他凸起的、微蹙的额头上。他小
心地把我的手放在自己的大手掌上,从长满络腮胡子的嘴里顺着袖
管吹出温暖的风;轻轻呼气的嘴喃喃地说着有关天空的话题。

　　天空就是环境:无与伦比的宇宙的和谐就在天空里:星星按照天
上力学专家制定的法则在天上运行……

　　他用我的铅笔在鼻子下方旋转画线,画出某个螺旋线的一个个
圆圈。这一切印在我的心上。①

当然还有别雷视为生命导师的弗·索洛维约夫。弗·索洛维约夫也住在
阿尔巴特街上,就在别雷家的近旁。《柯季克·列塔耶夫》中柯季克有时候能
够看到自己的偶像:

　　我见过弗·索洛维约夫;那就是他本人(你所不知道的人)。还
有他的那种眼神(你从未见过的眼神);永生难忘的眼神!②

这些都是柯季克关于真实而欢乐的生活的回忆。柯季克在回忆中对于事
物的理解和判断依赖于真实的生活:红色的、白色的、绿色的农舍;屋顶下的窗
户;在眼睛里跳动的太阳的反光;一个个淡紫色的夜晚;每晚忧郁的月亮;飞到
孩子床上的晶莹的星星;等等,这些都是一个孩子在日常生活中的真实体验。
由于这些迷人的画面和场景,生活散发出如同安东诺夫卡的苹果一般迷人的、
秋日的气息。所以,沃朗斯基评价道:"安德烈·别雷完全掌握了艺术的秘
密,他擅长描绘最欢乐、最深沉、最生气勃勃的存在之中的现实性因素。"③从
一个个鲜活的形象和生动的场景中表现出作家独到的艺术认知。与之对应的
是孩子式的天真与直白。别雷的小说艺术的这些特征在《柯季克·列塔耶

---

　　① А.Белый. *Полное собрание сочинений в двух томах. Том 1.* М.:АЛЬФА-КНИГА,2011.С.
1114.

　　② А.Белый. *Полное собрание сочинений в двух томах. Том 1.* М.:АЛЬФА-КНИГА,2011.С.
1165.

　　③ А.Воронский.*Мраморный гром (Андрей Белый)* // А.В Лавров (сост.).*Андрей Белый:
pro et contra.* СПб.:РХГИ,2004.С.767-768.

夫》中最大程度地展现出来。这是别雷关于童年的宝贵记忆。这些宝贵的形象和场景在小说里随处可见。在这些地方没有神秘主义的暗示，这是一个独立而美好的世界。

然而，对于柯季克来说，现实生活洋溢着多少欢乐，就同样充满着多少恐惧："我大叫起来。胡子蓬乱的眼镜爸爸歇斯底里，大发雷霆，盛怒的爸爸浑身发红。这时候爸爸能将我拖到各种危险的地方。我曾被清扫工从烟囱里拽出来。"①在《柯季克·列塔耶夫》的第四章至第六章描绘了父母亲之间的剧烈冲突以及家庭生活中频发的噩梦。

对于这种冲突的描写起源于别雷在童年时期观察到的父母亲之间的真实冲突。别雷本人这样看待家里的情况："很难找到像父母亲一样如此对立的两个人，体质强健、头脑清晰的父亲和歇斯底里的神经敏感症患者、时而完全病态的母亲，……理性主义者和某种完全非理性的人。"别雷意识到既成事实的悲剧性，他感到非常难过："我背负着令人恐惧的、最折磨人的生命的十字架，因为我感觉到：我是他们的恐惧"②。

在《柯季克·列塔耶夫》中别雷原原本本再现了自己年幼时因父母冲突而时常处于恐惧和不安的状态。"从小床上看"③一节详细展露了父母的矛盾在幼年柯季克身上的体现以及柯季克的无所适从，此节中设置六处反问："难道是我的错？""不是爸爸的，不是妈妈的"小节再次强化了孩子在此状态下的悲伤感受：

> 最可怕的事情开始了：妈妈气呼呼地推开我，满眼泪水去找外
>
> 祖母：
>
> ——他对孩子拔苗助长；教育孩子——这是我的事；我知道如何

---

① А.Белый. *Полное собрание сочинений в двух томах. Том I.* М.：АЛЬФА-КНИГА，2011. С. 1090.

② Валерий Демин. *Андрей Белый.* М.：Молодая гвардия，2007. С.21.

③ А.Белый. *Полное собрание сочинений в двух томах. Том I.* М.：АЛЬФА-КНИГА，2011. С. 1130-1133.

教育……他购买了很多孩子教育方面的英文书籍……全是胡扯……不,您想一想:给五岁孩子看字母……大脑门的孩子……我不懂数学;所以家里第二个数学家就要出现了……

——啊,瞧你说的!

——瞧您说的……

我在这里犹如被揭发了罪行,开始发抖;孤独袭来:一切变得脆弱。

……

我十分担心自己变成第二个数学家;我是个大脑门,为此我感到恐惧:要是我的脑门小点儿就好了,还好有一绺绺鬈发遮住了眼睛,要是拨开鬈发,一只可怕的、不正常凸起的额头倔强地挺立在那里。额头越长越大,于是我就有了一个巨大的脑袋,我的脑袋就是一个球。

我成了罪人:我和妈妈一起违逆爸爸;和爸爸一起违逆妈妈。我该怎么办:如何不违逆?

我开始一个人过着既不属于爸爸也不属于妈妈的生活。①

"寡言而温顺的人"一节重复描写了幼年柯季克内心的深切不安:

我不喜欢有关教育孩子方面的话题。在我身上交错着两种路线(爸爸路线和妈妈路线:两条路线的交叉处是一个点);所以我变成了数学的一个点。我张口结舌说不出话来,全身缩成一团,进入一种混乱状态;不会说话却会臆想要说的内容;因此直到很晚,我还是会隐瞒自己的看法,因此在中学我被视为"傻瓜";对于家里人来说我是柯季克——一个穿着裙子的漂亮的小男孩……会在地上爬来爬去,向所有人摇晃自己的小尾巴。

---

① А.Белый. *Полное собрание сочинений в двух томах. Том 1.* М.: АЛЬФА-КНИГА, 2011. С. 1143-1144.

但是,在我心里:

——你——不属于爸爸,也不属于妈妈……①

于是,在这样的童年感受中柯季克长成了一个特别的男孩子。柯季克这样描述自己:

我是一个安静的男孩,头发垂落,时常穿大红的裙子,很少耍小孩子脾气;不太会说话;我趴在被弄坏的象形玩具上,听别人说话。有人爱抚我的时候,我的小脑袋紧贴住肩膀;被撵走的时候,我会退回到那个角落,在那里我慢慢俯向膝盖头,我会在膝盖头上睡一觉。

或者我安静地坐在小椅子里:我得在小椅子上想一想;我把双手交叉放在椅子扶手上,在小椅子上,我想:

——"为什么会这样:我就是我;而这是柯季克·列塔耶夫。

……那我是谁?柯季克·列塔耶夫?那么——我呢?怎么会这样?为什么会这样?我为什么是我?……"

我的浅栗色卷发垂到眼睛和肩膀上,从黄昏起,我的眼睛从卷发下面不停地看着镜子。

一切是多么可怕。②

童年时期最欢乐的感受和最悲伤的感受同时来源于家庭。家庭在未来作家和诗人的世界观的形成过程中产生了非常重要的作用。别雷认为自己生命的头七年是童话般的时期,从这时候起就开始了他的象征主义,他产生了强烈的双面性意识。别雷通过看待家庭关系来看待国家和社会。

三、文本形象的双面性特征

别雷将儿童期的双重感受带到了他的成年时期。对无可避免的大灾难的

---

① А.Белый. *Полное собрание сочинений в двух томах.* Том 1. М.:АЛЬФА-КНИГА,2011. С. 1147.

② А.Белый. *Полное собрание сочинений в двух томах.* Том 1. М.:АЛЬФА-КНИГА,2011. С. 1103-1104.

预感,对宇宙、人类社会的覆灭以及即将坠入地狱的预感渗透到别雷对所有的美好事物的描写之中。别雷在自己的很多小说中时常回顾儿童期的这种感受。相比这些短暂的、令人怀疑的、随时可能消失的、现实生活中的幸福时光,噩梦似乎显得更为真实。《柯季克·列塔耶夫》中 20 岁的柯季克已经是自然科学系的大学生。他发现童年时期奇怪的呓语幻象重新成为他现实生活的一部分:"梦呓中不可靠的事情被镌刻在我的那些可信的事情中;梦境变成了现实,我最终明白了:梦呓就是现实,梦境的本质就是现实。"①

柯季克回忆了自己从幼年岁月起出现的双面性的意识。他发现每个人都有自己的秘密,而这些秘密令他恐惧。父亲会变成"非爸爸",他"像埃特纳火山一样喷出火焰,然后渐渐冷却,一边发出轰隆隆的声音,一边像龙卷风一样吞噬我们"②。母亲异常歇斯底里。秃顶的外祖母在穿堂风里吓唬柯季克。父亲的侄子基斯佳科夫斯基喜欢孩子,他还是国事犯。某个神秘的安东诺维奇是来自基辅的教授,他还是可怕的土匪。瓦夏舅舅是个坏蛋,看起来像无脚爬虫。马琳娜夫斯卡娅变成绿色的圆柱,因为她讲所有人的坏话,阻隔所有人。

可怜的柯季克无处可去,只能蜷缩在自己的孤独中,停留在故事和神话的世界:"在神话里孩子徘徊游荡,在神话里孩子发出呓语,就像所有其他人一样。起初所有人在神话里徘徊游荡;当他们遭遇完全的失败,那时他们第一次开始胡言乱语,之后他们生活在神话里。"③柯季克是一个神经异常敏感的男孩,他感受到:"巨大的声响常常惊吓我,我蜷缩成团,是为了在静默之中从意

---

①　А.Белый. *Полное собрание сочинений в двух томах. Том 1.* М.:АЛЬФА-КНИГА,2011. С. 1085.

②　А.Белый. *Полное собрание сочинений в двух томах. Том 1.* М.:АЛЬФА-КНИГА,2011. С. 1089.

③　А.Белый. *Полное собрание сочинений в двух томах. Том 1.* М.:АЛЬФА-КНИГА,2011. С. 1076.

识的中心点,拖出一个个点、一条条线、一个个面,它们和我的感受相连。"①所以小说里的柯季克在自己的想象中忽而成为提坦神,忽而成为大战弥诺陶罗斯的雅典王忒修斯,忽而是亚当,忽而是古希腊哲学家,忽而是受难的基督。

随着自我意识的逐步发展,对善与恶的认识以及回忆渐渐变成了象征、形象、符号。象征、形象、符号等犹如积存的岩层,遮蔽了通往最初现实的道路。于是:

> 过道、房间、走廊——在最初的瞬间开启的意识——将我迁往生命的最古老的纪元:穴居时期;我在体验山间被开凿出来的暗黑空间里的生活。在黑暗中有闪烁的火光和满怀恐惧的生灵们;生灵们钻入洞穴深处,长有翅膀的爬行动物守候在洞穴入口。我在经历洞穴时期;体验地下墓穴的生活;感受金字塔下的埃及;我们住在斯芬克斯体内:斯芬克斯的身体遗骸变成了房间、走廊;我要是凿穿墙……我不会看见阿尔巴特街,也不会看见莫斯科;也许……我会看见利比亚沙漠的辽阔空间。②

在柯季克极度敏感的意识里,他变成了穴居人;厨房里的炉火变成了红色世界的飓风;晶莹的星星变成了走来走去的真理传播者;高瘦的多佳小姨变成了永恒;最普通的一条狗——圣贝尔纳狗,变成了意识中的"狮子";多里奥诺夫大夫看上去变成公牛的模样;提坦神拥有了邻居教授波姆布尔的外貌;而爸爸是赫菲斯托斯③。

现实形象由于生活的噩梦发生严重变形,在柯季克的回忆中,"四个形象对我来说特别鲜明:这些形象是命中注定的不祥的形象:外祖母,秃顶而严厉,

---

① А.Белый. *Полное собрание сочинений в двух томах. Том 1.* М.:АЛЬФА-КНИГА,2011. С.1088.

② А.Белый. *Полное собрание сочинений в двух томах. Том 1.* М.:АЛЬФА - КНИГА, 2011. С.1081.

③ 赫菲斯托斯:古希腊神话中的火神。

但外祖母是我十分熟悉的人，一个老人；多里奥诺夫是胖子，所以他是公牛；第三个形象是一只猛禽：一个老太婆；第四个形象是狮子，一只真正的狮子。命定的劫运已经铸就：我开始生活在黑暗的古代"①。老太婆的形象中展现了神话因素。在古希腊神话中将摩伊拉称为命运女神，后来老太婆变成了命运形象的一种表现，指地球生活因素的必然性。"老太婆"（старуха）在俄语中与"恐惧"（страх）在发音上相近。鸟儿形象可以认为是神话中一半女人形状、一半鸟儿形状的形象。神话里海牛和女怪哈尔皮亚②都是危险的存在，通常认为他们化身为凶残的鸟儿偷盗孩子和灵魂。小说中还涉及了其他鸟儿形象，这些不是真正的鸟儿，而仅仅是一些形象：纸折乌鸦、剪纸天鹅和印制在黑色发亮的中国茶叶罐上的精美的金色鸟儿。在天鹅的神话和故事中，天鹅就像乌鸦一样，和死亡主题相连，暗示从一个世界转入另一个世界。狮子是"对门口守卫的象征性描绘"③，遇见狮子指跨越门槛，即人从超验世界回到世俗世界。老人、公牛、鸟儿、狮子这四个形象强烈地传递出柯季克在生活各处体验到的恐惧感受。

父亲走路时发出的轰隆声引发了幼年柯季克心中的恐惧，孩子在现实的噩梦中不断以为被类似于父亲的提坦巨人追赶。这种切身的感受随之在孩子的认知中与死亡的危险、周围世界的覆灭关联起来。恐惧的感受在柯季克的意识中化作提坦巨人的形象。肥胖的多里奥诺夫大夫走起路来和柯季克的父亲一样，也发出轰隆隆的响声。这样公牛形象和巨人的形象结合起来。柯季克还想象邻居波姆布尔教授也是提坦巨人。波姆布尔与"破坏"之意关联起来，他的姓"波姆布尔"（Помпул）和俄语中的"炸弹"（бомба）谐音，也表明这一意义。在"波姆布尔"一节里描绘了波姆布尔教授反常且可怕的形象，他

---

① А. Белый. *Полное собрание сочинений в двух томах. Том 1.* М.：АЛЬФА-КНИГА，2011. С. 1087.

② 哈尔皮亚：希腊神话中掌管暴风雨的人面鸟身的女怪。

③ А. Белый. *Воспоминания о Блоке.* М.：Республика，1995. С.416.

"和所有人相反,每天夜里,在我们那堵墙后面,在我们的世界之外活动"①;
"波姆布尔正是从太古生物时代被拽到我们这里的,……波姆布尔撞击我们
家墙的时候,碗橱里的餐具就一起轰轰作响"②。另一些教授也有着类似波姆
布尔教授的特征。"博拉巴格"一节描绘了博拉巴格教授,"博拉巴格会用眼
神扫视,用目光掐人:太阳穴会泛起一阵令人难忍的疼痛。博拉巴格的声音十
分令人恐惧:巨大的爆破声撞击着我们,他发出大个儿鹅卵石碰撞时的轰轰
声;常常,各种'火舌'犹如石块儿从血盆大口里飞出"③。

　　教授们给幼小的柯季克留下了既危险又可怕的印象:"有些想法使我苦
恼:教授的身体组成是不正常的。在教授体内意识的存在是无法形容的,也是
虚幻的,这两点应该是可怕的。要知道,他们整个人由某种既是又非的物质构
成。常常,我满怀恐惧一直盯着他们阴郁而毫无血色的脸;还有他们的额
头——沉重、苍白、毫无生气;他们的脚步沉重、凝滞;他们的声音是十字镐碰
到鹅卵石时的轧轧声。"④而且幼小的柯季克对大人们所说的一些无法理解的
话产生了自己的理解。于是,教授们在柯季克的理解中化身为石头巨人,是从
下面托起飞翘房檐的男像柱:"就是说,他们是装饰物,于是我合成了一个'帝
国'形象。就是说,类似于国家大楼之类的某机构的列柱或者那里,或者,瞧,
在那里,飞檐,……教授从飞檐下面走出来。"⑤神话中亚特兰特是天的托持
者,在反对宙斯的战争中,亚特兰特率领巨人作战,战后被安排托举天空。所

---

① А.Белый. *Полное собрание сочинений в двух томах. Том 1.* М.: АЛЬФА-КНИГА, 2011. С.
1117.

② А.Белый. *Полное собрание сочинений в двух томах. Том 1.* М.: АЛЬФА-КНИГА, 2011. С.
1121.

③ А.Белый. *Полное собрание сочинений в двух томах. Том 1.* М.: АЛЬФА-КНИГА, 2011. С.
1120.

④ А.Белый. *Полное собрание сочинений в двух томах. Том 1.* М.: АЛЬФА-КНИГА, 2011. С.
1119.

⑤ А.Белый. *Полное собрание сочинений в двух томах. Том 1.* М.: АЛЬФА-КНИГА, 2011. С.
1119.

以柯季克产生了"教授——像柱""教授——巨人"的联想。

在《柯季克·列塔耶夫》中,美好的现实被最混乱的梦呓彻底冲毁,变得乱七八糟。于是,柯季克意识之中某种混沌的东西出现了,疯狂而快速地旋转。在黑暗、空洞的地方只有冰冷的过道、房间、走廊。出现在这些空间里的柯季克变成一个孤独的、绝望的、被遗忘的人。这是一个不可思议的、秘密的神话世界,它荒谬而奇特。这个世界不可想象,也无法用普通人类的语言来描述。读者瞬间被抛进慌乱不宁的心灵空间,徘徊在最错综复杂的心灵迷宫里。

四、文本形象的组织方式

"我"变成"非我","爸爸"变成"非爸爸","教授"变成"巨人",这是基于童年柯季克对经验世界的体验通过孩子意识的棱镜折射出来的变了形的形象,反映了现实生活的无序与混沌。柯季克蜷缩在心灵的迷宫中备受折磨,迷宫里遇到的都是变形的陌生形象,它们无序而混乱。如何走出心灵的迷宫?重归有序与和谐的心灵体验?

只有生动的形象能照亮生命的深渊。在别雷看来,象征不仅是我们概念中的形象,它是最生动的现实,是现实中的现实,能连接"我"与"非我"。虽然别雷是一位变换不定的作家,但在象征主义中,他显得尤为坚定。象征能将生活的呓语与噩梦变成和谐的规律。别雷力图在最高的综合层面将生活的混沌和软弱的理智统一起来,在特殊的神秘主义的超验世界中展现象征的现实性。

在《柯季克·列塔耶夫》的前几章,柯季克保留着对超验世界的记忆。那时他既属于超验世界,也属于世俗世界,他处于两个平行世界。小说中的世俗世界拥有有限的空间。在婴儿期柯季克的感受中,世俗世界由天花板、地板、墙壁、保姆、爸爸、妈妈组成。在小说的前几章里世俗世界的化身是保姆亚历山德拉。世俗世界里的符号遵从一定的规则,其时间井然有序,空间也具有可测性:

我和保姆亚历山德拉井然有序地生活;房间井井有条,我们住在规规整整的房间里:每一个规整的房间都有一定的大小,四面墙壁。总而言之,我们不是住在管道里。①

在这个规则的空间里,生活也是规则的:

我的习惯是和保姆一起——

——我规规矩矩地待着:习惯待在墙角、小箱子旁、时钟附近;静静听着滴答声;也就是说,我严格遵循一定的生活秩序。保姆的习惯就是规规矩矩的生活;所以习惯上就是在角落里、小箱子旁、闹钟附近;倾听缓慢的滴答声。②

后来幼年的柯季克对世俗世界的空间有了新的认知。在孩子的印象中,世俗世界就是一个个封闭的狭小空间:“房间、住宅、整栋楼、城市:这个物体是一个球体,它的名字叫‘莫斯科’,……我们住在这个球体内;球就是天空,有人在天空里打开天窗,空气流入。普列契斯坚斯卡亚地区警察局局长负责此事。他住在瞭望台,他从那里告诉我们,球体上升。于是我们知道他不眠不休,球体便毫无挂碍;而严格的秩序世界是楼房、音阶,……尤其是国家机构。”③

小说中的另一个世界即抽象的超验世界,是超越尘世的世界,被称为“宇宙”,那是“我出生之前”的幸福所在。出生后光明的因素拥有新的化身,这是永远的多佳小姨的世界:“多佳小姨高而瘦,她是永恒,经常同情地望着我。”④小姨化身宇宙中的永恒:“多佳小姨是轰隆声中和谐的小调,永恒让我感到亲

---

① А.Белый. *Полное собрание сочинений в двух томах. Том 1.* М.:АЛЬФА-КНИГА,2011. С. 1089.

② А.Белый. *Полное собрание сочинений в двух томах. Том 1.* М.:АЛЬФА-КНИГА,2011. С. 1089.

③ А.Белый.*Полное собрание сочинений в двух томах. Том 1.* М.:АЛЬФА-КНИГА,2011. С. 1100.

④ А.Белый. *Полное собрание сочинений в двух томах. Том 1.* М.:АЛЬФА-КНИГА,2011. С. 1094.

切;否则,我生命的感受也许会出现另一种色彩;在这些感受中不会响起超越尘世的声音,血缘的枷锁就不会掉落;人们就不会视我为叛教者;我也不会惊慌失措地面对这个世界。"①

　　宇宙的空间是无限的,它不从属于俗世的规则。这个抽象世界的主要空间特征是它的无边际性,里面的时间用千年计算。宇宙与柯季克对于母腹世界的和谐记忆联系在一起。主人公会想起身体成形之前的生活:"我感受到小孩在生命最初的颤动,在宇宙火热的拥抱之中体验到思想情感的脉动,就像翅膀渐渐长成。"②在柯季克的认知中,这两个空间里最大的差别在于:在无限的空间里可以长出翅膀,伸展双翼,而"有限的空间意味着折起双翼"③。

　　超验世界全面包围着世俗世界。柯季克能够通过回忆打开前往超验世界的通道,在"印象"一节中,柯季克自述:

> 印象是我的回忆;……回忆是一个个螺壳;回忆之时,我打破一个个螺壳……追忆是一种创造能力,它为我创建了去另一世界的通道。
>
> ……儿童时期的回忆是我的舞蹈,这些舞蹈飞向未曾有过的无限,它真实存在。另一种生命状态的存在掺入了我的生命的各种事件,曾经有过的相似之物于我而言就是空空的容器,我用这些容器舀取无与伦比的宇宙的和谐。④

　　两个世界的空间伴随着柯季克在回忆中感受的发展和变化相互关联起来,比如:随着孩子意识的逐步发展,他体验到出离住宅的范围之外就是进入

---

① А.Белый. *Полное собрание сочинений в двух томах. Том 1.* М.:АЛЬФА-КНИГА,2011. C. 1089.

② А.Белый. *Полное собрание сочинений в двух томах. Том 1.* М.:АЛЬФА-КНИГА,2011. C. 1091.

③ А.Белый. *Полное собрание сочинений в двух томах. Том 1.* М.:АЛЬФА-КНИГА,2011. C. 1091.

④ А.Белый. *Полное собрание сочинений в двух томах. Том 1.* М.:АЛЬФА-КНИГА,2011. C. 1137.

了另一个世界,自己能从有限空间向外逐渐延展至无限空间:"我的生命之路延伸开来:经过炉子、烟囱、走廊,经过一排我们的房间,到了圣三一——阿尔巴特教堂"①。同样超验世界也会闯入世俗的物质世界:"宇宙冲进现实……思想的方舟建成了。意识乘着方舟离开脚下渐渐远去的世界,去往另一个新世界。"②

教堂和集市上的民间演艺场这两个形象直观地表现出超验世界和世俗世界之间的巨大差别。教堂与超验世界相连。当柯季克被带到教堂,他看见:

> 一位金光闪烁的黑胡子天神如同天上金色的巨人,站在敞开的
> 门前——这扇门通向金光闪烁的房间;他,高高举起自己披着闪亮绶
> 带的右手——祷告;他祷告的声音差点儿把墙震裂——
>
> ——光芒闪耀的、伟大的太阳,这是我居住的地方,你笼罩着我
> 们,……于是,在那里,暗红色的帷幕下,所有的天体逐渐形成。手中
> 发出的银光画出人头形状,点亮了星星;金色的星星透过帷幕的缺口
> 把福音书送到宝座前。③

教堂使柯季克感受到崇高的幸福,引发了柯季克关于母腹之中和谐而温暖的回忆。相反,集市上的演艺场令他恐惧,他在演艺场被恐惧裹挟:

> 我,浑身发抖,满身是汗,仍旧
>
> 被拽过来
>
> 抓住
>
> 抛出去
>
> ……

---

① А.Белый. *Полное собрание сочинений в двух томах. Том 1.* М.:АЛЬФА-КНИГА,2011. С.1100.

② А.Белый. *Полное собрание сочинений в двух томах. Том 1.* М.:АЛЬФА-КНИГА,2011. С.1076.

③ А.Белый. *Полное собрание сочинений в двух томах. Том 1.* М.:АЛЬФА-КНИГА,2011. С.1099.

我们冲进血腥色的红布中,冲进飞掠而过的旋风里,匆忙地做出古已有之的那些剧烈的动作:我们被夹住、松开、捣碎再折起来、卷起来,煎熟,最后被扔进红色石榴石散落的深渊之中。①

世俗的物质世界起初是无声无息的,柯季克对保姆亚历山德拉的印象证实了这一点:"保姆最初对我不说一句话,所以我不记得她的声音,也不记得她的性情。"②孩子对这个物质世界的整体印象可以概括为:"又聋又哑一片黑暗。"③与物质世界对立的是超验世界:"我看见宇宙的巨大改变,现实的剧变引发了宇宙巨大的变化,……我的沉默寡言的保姆被赶走了。"④超验世界充满智慧之光,是一方充满各种节奏、充满活力的领域,由乐曲、舞蹈和明亮的色彩填充而成。红色、金色、黄色、耀眼的白色——这是另一种存在的颜色,是活跃的心灵世界的生活象征。在《柯季克·列塔耶夫》中,所有与心灵世界相关的形象都是用明亮的色调描绘出来的。明亮的色彩之于含混的色彩,可以看作是柯季克探索超验世界和经验世界的形象化表达。

柯季克的心灵体验主宰了他在超验世界的探索:对灯、星星、蓝色的眼睛、天空、晚霞、神父、索洛维约夫这些形象的描绘汇集了童年柯季克对超验世界的感受,这些形象犹如神殿里闪闪发光的神像,成为柯季克朝圣之路的指引,并助其最终到达完美之境。当幼年的柯季克被带到窗户前,看到商店里闪烁的煤气灯,他非常激动,甚至颤抖,郑重其事地说出生命中第一个词:"灯"⑤。关于灯和光的联想,与柯季克在意识中奋力摆脱黑暗和阴郁的现实相连。光

---

①　А.Белый. *Полное собрание сочинений в двух томах.Том 1.* М.:АЛЬФА-КНИГА,2011.C.1102.

②　А.Белый. *Полное собрание сочинений в двух томах.Том 1.* М.:АЛЬФА-КНИГА,2011.C.1095.

③　А.Белый. *Полное собрание сочинений в двух томах.Том 1.* М.:АЛЬФА-КНИГА,2011.C.1098.

④　А.Белый. *Полное собрание сочинений в двух томах.Том 1.* М.:АЛЬФА-КНИГА,2011.C.1102.

⑤　А.Белый. *Полное собрание сочинений в двух томах.Том 1.* М.:АЛЬФА-КНИГА,2011.C.1103.

给柯季克带来希望:"光辉就是幸福;闪光就是宝贵的希望。所以蓝色的眼睛——友善的眼睛是天空。所以我爱天空,一道道光线,不可计数的明亮的光点在其间翻滚。我伸手想抓住光线,于是手在亮光中自如地穿梭。还有烛光,主要是妈妈的钻石耳环唤起了我的回忆。我想起,我闭着眼睛,眼皮下面明亮的浅紫发黄的中心迸发出闪光,为我打开通往另一世界的通道。"①年幼的柯季克专门发明了一种"光祈祷仪式",在此仪式中体验幸福:

> 光祈祷仪式开始;我就闭上自己的眼睛:用拳头揉眼睛。一个跳跃的、浅紫发黄的、明亮的中心出现在我的眼睛里。
>
> ……
>
> 幸福就是浅紫发黄的中心。抓住一道道闪光就是我珍贵的希望。在我的眼皮下,一道道闪光织就了一件发光的法衣。我用拳头揉一下眼睛,明亮的法衣就摇晃起来,一颗颗小星星从法衣上滚落,……瞬间,我陷入飞迸的光点之中,感受到光点跳跃而成的脉搏的节奏,那是我自己的脉搏。那是我出生前的所在。②

星星被柯季克看成是超验世界的使者:

> 一群星星唱着歌闯进来。啾啾啾的声音响彻每一个角落:有两颗星星跳脱出来,一颗在另一颗之上起舞,挑起了一场愉快的争斗;不知道哪一颗星星落到了屋角的圣像上;点点星光触摸着、品尝着从圣像前的长明油灯里流出的油:——
>
> ——其余的
>
> 星星照亮了我的小被子,闪闪星光笼罩着我:唱起了天上的歌。③

---

① А.Белый. *Полное собрание сочинений в двух томах. Том 1.* М.:АЛЬФА-КНИГА,2011. С. 1110.

② А.Белый. *Полное собрание сочинений в двух томах. Том 1.* М.:АЛЬФА-КНИГА,2011. С. 1109.

③ А.Белый. *Полное собрание сочинений в двух томах. Том 1.* М.:АЛЬФА-КНИГА,2011. С. 1109.

　　柯季克的意识在心灵体验中成长,他在幻想中重回蓝天飞翔:"我一直觉得,我在空中,张开双翼,融入蓝天。羽毛好似手指,闪闪发光,划过长空;蓝天似琴弦铿锵,如流水奔涌。"①他幻想自己在意识之中逐渐抓住智慧之光:

　　我想——这就是生长;我想——这是智慧之树,爸爸给我读过智慧树的故事:关于善与恶、关于蛇、大地、亚当、天堂,还有天使……

　　每晚这棵树在我体内长高:蛇缠绕着它。

　　意味深长的瞬间。

　　我记得一切:那个意味深长的瞬间,您以此赋予我爱……

　　——我记得,实现了!②

　　在柯季克的意识逐步发展的过程中,神父的形象发挥了重要作用。神父有很多特征与教堂相关。柯季克是这样解释"神父"一词的:"在神座旁举起手臂的神灵"。柯季克第一次在家里见到了神父。这不是在梦中的人,不是一个虚幻的形象,不是布娃娃,而是真实存在的人第一次来到柯季克家里。他的来临,如同他出现在教堂里一样,唤起了柯季克对超验世界的记忆:

　　披散头发的神父走进来,他的头发垂至眼睛——闪着磷光、明亮的双眼。宽帽檐圆礼帽之下头发披到肩上。他的防水橡胶套鞋发出震耳的声音(轰隆隆的声音是一个个神灵行动时发出的声音),……

　　希望在我身上萌发! ——

　　——天鹅的翅膀碰到了我:这是一种温暖的、喜气洋洋的感觉,

---

　　①　А.Белый. *Полное собрание сочинений в двух томах.Том I.* М.:АЛЬФА-КНИГА,2011.С.1140.

　　②　А.Белый. *Полное собрание сочинений в двух томах.Том I.* М.:АЛЬФА-КНИГА,2011.С.1149.

在教堂的银色小杯子里我们品味的正是这种感觉……①

他扇动双翼,犹如两道光;他走进客厅,坐在椅子上;在愈来愈黑的环境里晃动着长了翅膀的脑袋。

我觉得:——他从椅子上微微欠身,离开椅子,在愈来愈黑的环境里踉踉跄跄;他顺手抓起我,带着我穿过窗户飞奔;窗外,我们的眼睛闪闪发亮。因在时间的千年里有许多亮光,我们闪闪发亮。②

在随后的小节中,柯季克描绘了索洛维约夫的形象。索洛维约夫是小说中的一个熠熠闪光的形象,柯季克视其为能引导他走向光明的"圣者"。对索洛维约夫的认识与柯季克在家里走廊上探索关联起来:

你走进走廊,如果没有被危险的弗·索洛维约夫抓住,你就可以一直走、一直走、一直走。弗·索洛维约夫正在向远方的目标行进,他在走廊上等待同行者一同去远方。这种漫游后来使我想到一个著名的埃及人的漫游——一个著名的埃及人在手执权杖的宇宙之首领神的陪伴下漫游神殿的走廊。

——直到蕴藏着光的房间。③

后来柯季克又多次详细描绘闪光的晚霞、神父等形象:"晚霞令我惊奇:深红色的裂隙里某人在那里闪闪发光"④;"神父是教堂祭坛上供桌旁高举手臂的神灵。他像太阳一样放射光芒——他的两只锦缎袖子像熠熠闪光的锥形筒灯。他在光明之中,扇动光的翅膀,发出隆隆雷声。他在光芒之中,穿上词

---

① А.Белый. *Полное собрание сочинений в двух томах.Том 1.* М.:АЛЬФА-КНИГА,2011. С. 1164.

② А.Белый. *Полное собрание сочинений в двух томах.Том 1.* М.:АЛЬФА-КНИГА,2011. С. 1165.

③ А.Белый. *Полное собрание сочинений в двух томах.Том 1.* М.:АЛЬФА-КНИГА,2011. С. 1165.

④ А.Белый. *Полное собрание сочинений в двух томах.Том 1.* М.:АЛЬФА-КНИГА,2011. С. 1166.

语的法衣"①。此后柯季克也成长为一个发光的形象,形象的转变标志着柯季克的心灵体验发生了本质变化:

> 在心里:鸟儿用我的心脏思考;太阳光涌入我的心脏,……一只圆盘披着闪亮的翅膀冲向我,冲入我的体内,去除了我的"我",和它一起经过小小的通风窗口飞向无限:在时间的千年中,用了一千年!柯季克·列塔耶夫被我们留下了。②

> 能够看见:我们的天空和大地、莫斯科、阿尔巴特街、房子,还有柯季克,被不可思议的宇宙的翅膀所穿透。③

> 我知道,为什么天使带着百合花。

> 一朵朵百合花出现在我的体内;它们是从我身体里长出来的,还是扎根于我的身体,——我不知道;我知道:有时候我在花瓣中;花瓣发出明亮的闪光,我穿上了光做的外衣;我穿上神父的法衣;我穿上了光线编织的衣服。④

在个人意识不断发展的过程中,4岁时柯季克意识到"我的生命被照亮了:我从满是爬虫的大洋深处上升到重新组合过的陆地上;然而意识的大陆扩张了,海洋退却;任性的空气灌入我的双肺"⑤。5岁时柯季克发现,昔日的呓语消退得无影无踪。昔日的恐惧几乎不存在了。从小说文本之初,幼年柯季克意识到一种奇怪的感受:"我觉得这种居中的状态十分奇怪;或者更准确地

---

① А.Белый. *Полное собрание сочинений в двух томах. Том 1.* М.:АЛЬФА-КНИГА,2011. C. 1167.

② А.Белый. *Полное собрание сочинений в двух томах. Том 1.* М.:АЛЬФА-КНИГА,2011. C. 1168.

③ А.Белый. *Полное собрание сочинений в двух томах. Том 1.* М.:АЛЬФА-КНИГА,2011. C. 1170.

④ А.Белый. *Полное собрание сочинений в двух томах. Том 1.* М.:АЛЬФА-КНИГА,2011. C. 1170.

⑤ А.Белый. *Полное собрание сочинений в двух томах. Том 1.* М.:АЛЬФА-КНИГА,2011. C. 1115.

说:我一无所依,周围是一些幻象:人、公牛、狮子、鸟儿的幻象。我觉得,这些幻象是我的身体;黑色的世界的洞穴——我的颅顶"[1];到小说文本之末,柯季克终于将这些奇怪的感受合成一个完美的人的形象——天使。

这时曾经在噩梦中吓唬柯季克的巨人鲍姆布尔等人的形象也发生了变化:

> 于我而言,他们不是人,而是我用手触摸宇宙空间的感受,触摸人文主义思想的感受;他们揭开真相,他们指向光明,在我的那些往昔的呓语从我身上褪去的时候,他们最先来到我的面前,发出文艺复兴的光芒。

> 我后来知道了他们这些人:他们最先冲破混沌,犹如宏伟的帝国大厦的正门处石头雕刻的庞大的仁爱和自由之神。在成为人形之前,他们高耸在那里,是永恒的女像柱。他们用粗壮的手紧握住沉重的火炬。[2]

昔日令柯季克恐惧的巨人形象变成了今日文艺复兴时期的文化巨人形象。阿尔巴特街的形象也发生变化:

> 钻石一般华丽的布娃娃化身为浑身镶满钻石的古代白发老人。宝蓝色天空上全是蜡烛、蜡烛、蜡烛;它们犹如星星,闪闪发亮;这是庞大的枝繁叶茂的枞树上的蜡烛。宇宙老人、鲁普列赫特,犹如在星空里用枞树支起了阿尔巴特街。[3]

阿尔巴特街变成柯季克精神上的埃及圣地。布娃娃的形象成为童年复归的标志:

---

① A.Белый. *Полное собрание сочинений в двух томах. Том I.* М.:АЛЬФА-КНИГА,2011. C. 1087.

② A.Белый. *Полное собрание сочинений в двух томах. Том I.* М.:АЛЬФА-КНИГА,2011. C. 1139.

③ A.Белый. *Полное собрание сочинений в двух томах. Том I.* М.:АЛЬФА-КНИГА,2011. C. 1141.

玩具就是和弦,我们借助和弦前进,借助和弦我们走进去,走进意义的神秘单元。

我和拉伊萨·伊万诺夫娜勇敢地打开了所有大门,走遍每一处声音之所,一扇扇大门为我们敞开,布娃娃们出来迎接我们。

我们穿过一间间居室,这是一种游戏:我们在游戏中复归童年。

在这出人类的神秘剧中,柯季克被联想成上帝之子:

我把自己钉在十字架上。

一群乌鸦围着我哇哇叫;我闭上眼睛;童年的异彩出现在闭紧的眼帘里。

我被烧成灰烬的痛苦,这是光。

我们在受难中死去,是为了在精神上复活。①

基督只有经过十字架,才能超升见到天父,至此柯季克作为神的生动形象得以完成。

别雷在《柯季克·列塔耶夫》中多次对柯季克自我意识的成长过程作出注释,在尾声中再次强调出来:"瞬间、房间、街道、时间、村庄和季节、俄罗斯、历史、世界——是我成长的阶梯。我拾级而上……"②正如萨马琳娜指出:"关于人的属性思考(不仅包含物理方面,也包含心灵——精神的世界)在小说中发挥了情节结构的作用,作家象征性地描绘了从一个世界通往另一世界的道路。"③在尘世的喧嚣和宇宙的和谐之间,别雷选择走上象征主义之路,象征内在于存在和意识并显示出超越它们的意义。

综上所述,在《柯季克·列塔耶夫》中象征主义者别雷以自己的全部力量

---

① А.Белый. *Полное собрание сочинений в двух томах. Том 1.* М.: АЛЬФА-КНИГА, 2011. С. 1176.

② А.Белый. *Полное собрание сочинений в двух томах. Том 1.* М.: АЛЬФА-КНИГА, 2011. С. 1176.

③ М.А.Самарина.《...*Явись, осуществись, Россия!*》*Андрей Белый в поисках будущего.* М.: Алгоритм, 2016. С.139.

和天赋统一了存在和意识之间的悲剧性裂痕。柯季克最终以精神探索获取智慧之光，摆脱了现实中的噩梦，平息了自我内心的风暴，拥有稳定、和解的心灵。如果说小说中柯季克描绘大脑的两个半圆是"收缩的翅膀"，大脑中意识的发展是逐渐张开的翅膀，那么在柯季克意识出现的一个个形象则可以视作翅膀上的一根根羽毛。别雷通过成年柯季克在记忆中重组童年柯季克在认知领域的发展道路，摘取象征开启心灵的索菲亚的钥匙，从而为柯季克创造出完美而和谐的意识之翼，使其思想不再受尘世羁绊，最终自由飞翔于象征主义的永恒天空。

第二节　雅各之梯①

　　叶赛宁撰文《天父之语》高度评价别雷的《柯季克·列塔耶夫》中饱受争议的小说语言，他赞叹小说语言的高度完美："我们深深感戴别雷以他非凡的伟力将语言从尘世拉升至天宇"；同时他指出小说语言的重要特点："在《柯季克·列塔耶夫》这部当代最具才力的作品中，别雷用话语抓起了我们只可以隐约意会的思想，竟能在现实中拔出了他梦幻世界中鸽子的尾羽，清晰地描绘了我们身上潜藏的精神可能如同褪去鳞皮般脱离肉体的画面。"所以，叶赛宁将《柯季克·列塔耶夫》的小说语言称为"天父之语"，认为其语言"闪烁着'上帝的灵光'，其价值超越了作品：'罪人可从中获得拯救，圣徒可从中得到升华……此言的要旨几乎贯穿了安德烈·别雷的整个创作'"。叶赛宁作出如此评价的原因在于，他发现："问题的实质不在于变换对象外形的戏法，也不在于词语的故作姿态，而恰在于捕捉和把握本身，一旦具有这样的能力，如果夜里你梦见了果汁，那么翌晨起床时嘴唇便会因吃了甘汁而变得湿漉漉和

---

　　① 据《圣经》记载，雅各施计巧夺其兄弟以扫的福分后，为躲避以扫的杀害而出逃。露宿荒郊，夜梦天梯，故名。笔者以为，《柯季克·列塔耶夫》中的语言艺术犹如作家为了自己的思想探索、为了找寻开启真理之门的"钥匙"所搭之天梯，故借此命名此小节。

甜腻腻。"叶赛宁指出了别雷的《柯季克·列塔耶夫》的语言形象的本质,将别雷归纳为"词语彻悟者"①。笔者以为,在《柯季克·列塔耶夫》中语言形象性问题的本质在于别雷的艺术观察力。

一、词语与艺术形象的生成

别雷曾简要表达出他对"艺术的观察力"的认识。他确信,艺术家最基本的品质是一种能力——能够看见他周围世界的物质,注意到最微小的细节。所以别雷指出,一位真正的大艺术家是非常具体的,他和普通人的不同之处在于:"他所看见的数倍于他人(这不是指在比喻意义或者'神秘主义'意义上,而是在最普通的经验论意义上),犹如用放大镜来看。对于非艺术家来说,那是碎斑点儿,物体的碎斑点状花纹;在艺术家的认知中那是装饰图案合成的世界:行人的神色、姿势、连衣裙的式样、空气中的色调、云、太阳光以及光线中小玻璃片的闪光。在一块块放大的玻璃中的所见所感,就像在取火镜下面突然燃起,一切都被清晰地强调出来。"②别雷在自己的批评著作中也常诉诸视觉的形象性。比如他评价托尔斯泰:"将每个被描绘的人物呈现在读者面前,使读者能看见他的皮肤毛孔……首先从远处呈现:你会看见,犹如在远处,某些很小的人物,勉强能从望远镜里看见。"③所以别雷主张用望远镜、放大镜对事物进行反复仔细观察。别雷建立在"视力"基础上的方法论,产生了视觉的形象。

别雷多次表示,观察的能力对于诗人而言是必需的,因为看的科学与词语紧密相连。这对于理解别雷的写作才能十分重要。别雷在写给伊万诺夫-拉祖姆尼克的信中以"山脉"一词为例作出说明:

---

① [俄]叶赛宁:《天父之语——读安德烈·别雷的长篇小说〈柯季克·列塔耶夫〉》,杨怀玉译,载[俄]叶赛宁:《青春的忧郁:叶赛宁书信集》,顾蕴璞译,经济日报出版社2001年版,第254—289页。引文略有改动。

② А.Белый. *Ветер с Кавказа*.М.:Федерация,1928. С.68—69.

③ А.Белый. *Энергия* // *Новый мир*. 1933. № 4. С.276.

"山脉(горы)"与心跳相连,与节奏体系相关;节奏、声音、"齐鸣(хор)"创造"山脉(горы)";这种造山运动表现为"燃烧(гор-ение)"(燃烧——火山活动)。正"在燃烧的(горит)"一切,升华为"痛苦(горе)",变成观察(взор)的客观对象,这样"齐鸣的山脉(хорные горы)"变成"目力所及的山脉(взорные горы)"。意象化与所观察的对象(眼睛看到的世界变为形象、外形、理念)联系起来。声音创造山脉的形象,构成山脉的脉搏,显现大地的暗示。思想已经成为"思想的形象",只是还存留在大脑之中,此为意象化。思想进入心灵,在心灵里用节奏化的声音(声音的合奏)表达,此为暗示。这样山脉充满了内在的声音。……这就是山脉的秘密;山脉本身如同未被揭示的话语(говор):山脉有自己的话语,那就是词(у гор-говор:с-л-о-в-о!),词语创造的是世界的心灵。心灵创造声音(合唱);声音在心灵里燃烧;上升为"痛苦"。山脉正从高处俯视!①

这段话揭示了艺术家的造山运动——"山脉"形象生成的秘密,与之相关的是别雷对于艺术创作语言的兴趣。别雷认为语言与眼睛相关联。眼睛看见事物,然后才产生意义。而声音蕴藏于潜意识。意识进入潜意识,犹如进入仓库,寻找用什么声音来表达眼睛所见的材料。这样才产生"称名"。在《柯季克·列塔耶夫》的前言中,35岁的柯季克在山间看到正是这样的"山脉":

我站在这里,在山间;水流一如往昔。脚下的村庄坐落水边:村里有古老的木雕房屋,还有教堂的铃铛;响亮的铃铛不停地纠缠着母牛。在灰暗的世界里,风儿呼啸,席卷一切,一排排松树急忙迎接狂风。最后一棵松树被震起,悬空挂着;树枝之间,疾风呼啸,燕子在绝望地怒吼;燕群中间,巴松管的低音使得灰色庞然大物下的峡谷显得

---

① А.В.Лавров, Дж. Мальмстад(публ., вступ. ст. и коммент.). *Андрей Белый и Иванов-Разумник. Переписка.* СПб.:Atheneum - Феникс,1998. C.637.

格外幽深。峡谷和庞然大物间边界分明。突然,声音从下面传来:银光闪闪的竖琴,齐特拉琴的声音——在那里,雪光闪烁;在那里,恰恰那个人(你不认识的那个人)从那边看过来;他的目光(你不熟悉的目光)——能穿透大自然的覆盖物——于是心里回想起早已熟悉的、宝贵的、永不能忘的旋律。①

这不是普通的山脉,而是一座包含节奏、声音、思想的综合艺术象征形象——"山脉"。如前所述,上山象征着心灵上升,心灵上升是别雷开始朝圣之路的方式。正因为别雷特别注意朝圣仪式中的方式和方法,所以他致力于破除僵化陈旧的语言形式,拓展美学的界限以实现精神的追求。别雷认为,在这个过程中复活词语就能复活心灵。

在《柯季克·列塔耶夫》中,别雷将柯季克在认知领域的成长与语言领域的探索关联起来。小说中专门有一小节"自我意识",其中详细解释幼年柯季克对世界的认知方式和词语认知之间的联系,以及词语和形象、回忆之间的关系。这一小节并不算长,但对理解别雷的词语艺术及其艺术形象的生成方式非常重要,所以将此小节的内容全文引用如下:

自我意识

在这些瞬间自我意识变得格外清晰:脉搏跳动是自我意识的反应。我并非通过词语,而是通过脉搏跳动来思考。词语转化成脉动;我需要将每一个词转化成系列的动作:比如做出姿势或表情;对于能理解的词我会做相应的面部表情。由我思想引发的激动会表现为一种有节奏的舞蹈;通过回想舞蹈的姿势,我弄懂了不懂的词。我有各种姿势;我用各种姿势与词语对应;于我而言形成了一个由各种姿势组合而成的世界;各种出现在我面前的词语:爸爸的词语、妈妈的词语、杜妮娅莎的词语以及那个教授(我那时记住了他,他穿黄色衣

---

① А.Белый. *Полное собрание сочинений в двух томах. Том 1.* М.: АЛЬФА-КНИГА, 2011. С. 1074.

服)的词语,这些词语就像神秘的象形文字一样镌刻在我的心上。

然后词语的声音意义在我心里被区分出来。在我看来,理解世界的无序和有关世界的词语相一致;这样就能顺利地弄懂每一个词语;于我而言,认识犹如亚伦之杖,会派生出各种意义,它推动、翻滚、改变意义……

解释词语就是回忆词语的音韵和谐;理解词语就是明白它的音韵排列;构词是一种能驾驭词语飞翔的能力;词语的音韵和谐犹如塞壬之歌。

词语"Кре-мль"的语音使我震惊:"Кре-мль"——究竟是什么?"Крем-брюлэ"①被我吃光了,它是甜的;在端上桌时它呈凸起状;在萨瓦斯奇亚诺夫面包店里我看到了"Кре-мль":这是一些由冰糖制成的、玫瑰色的、像高高耸起的塔楼状点心;于是,我明白了:"Кре"指高耸的城堡状物(Кре-мль,кре-м,кре-пость②);而"м""мль"指其松软、香甜。到后来,从通向厨房的黑过道上的窗户处,就是每天早晨运水车给我们家水桶快速倒水的地方,从那里我看到:蔚蓝色的天边矗立着克里姆林宫的塔楼:淡绯红色的、坚固的、甜蜜的塔楼。这些塔楼成为词语的音韵结合体,塔楼上各种颜料勾画的抛物线就是明证……于我而言,如梦一般熟识的面部表情变得越来越多。抛物线记录了这些节奏发生的变化。——

你闭上双眼,揉动拳头,就会发现:源源不绝的闪光从浅紫发黄的中心飞溅出来,中心流光溢彩。源源不绝的闪光是一个个词语,光点的节奏反映了词的意义:一个个词语流光溢彩、急驱入梦,进入意义的单元:——

——光点不停舞动的节奏表现出

---

① Крем-брюлэ:意为一种奶油甜食。
② 这三个词的词首均为"кре",意为克里姆林宫、(点心上的)奶油、堡垒。

一种思维形式(词语进入心灵);不停舞动的光点犹如树木在抽枝发

芽;一个个形象犹如枞树上的小小灯泡,闪闪发光;然而这光点的节

奏是我自己的脉搏节奏。我的脉搏按节奏跳动,幻化作一个个形象,

犹如关于记忆之记忆。

　　所以,关于一个个词语的印象就是我的一幕幕回忆。①

　　显然,整整这一小节的内容是别雷作为写作者对《柯季克·列塔耶夫》写作方式作出的一个精准注释。小说中看似无直接意义的词语构成了柯季克回忆中生动的形象世界,它们在构建童年柯季克的认知世界时发挥了重要作用。在这个世界里没有学说,没有理论,只有别雷经由词语拼接剪辑描绘出的一个个生动的形象、一幅一幅精美的画面。

　　这种由词语出发展开形象的方式在小说的句法结构中明显表现出来。在《柯季克·列塔耶夫》中,大部分句子的主语用名词一格表达。它们构成了小说句法结构的重要特点。小说中清晰可见的是两种类似的句法结构:第一种,通过具体事物解释抽象概念,比如:感觉是一条蛇,回忆就是一个个螺壳,回忆就是舞蹈,等等;第二种,通过抽象概念表达具体事物,比如身体是梦呓,炉子的嘴巴是回忆,玩具是和弦,等等。作家从单个词语出发,通过建立词语形象的方式来建构句子。这种建构方式似乎是从一个世界抽出一根线到另一个世界,然后再回转过来。别雷用这种方式统一了超验世界和世俗世界中的现象和概念。在《词语的魔力》中,作家写道:"在词语里,并且只有在词语里,我为自己重建了从外部和从内部环绕着我的一切。"②作家不仅以这种方法写作句子,还将这种写作方式扩展到段落、章节,甚至于全部小说文本。从这个角度再看小说的题名——"柯季克·列塔耶夫",可以看出,作家用全部小说文本

---

　　① А.Белый. *Полное собрание сочинений в двух томах. Том I.* М.:АЛЬФА-КНИГА,2011. С. 1110-1111.

　　② А.Белый. *Магия слов // Критика русского символизма*:в 2 т. Т. II. М.:Олимп;Аст, 2002. С.173.

完整塑造了柯季克·列塔耶夫的这个综合艺术象征形象,完成了对小说题名的解释。

二、语言的形象化机制

在《柯季克·列塔耶夫》的前言中,别雷借柯季克之童年回忆,交代了在童年的认知范畴里对于词语的印象:"自我意识是在我身体内的小婴儿,睁大了眼睛。在意识的第一次闪现之前,摧毁了一切——词语、概念和意义之积冰被摧毁;抽象的真理萌生出多样性,多样性由节奏统辖。我思考节奏的艺术构造。这种艺术构造去除了我昔日的意义,如同抖落僵死的树叶;意义就是生命:我的生命;我的生命存在于岁月的节奏中;在飞掠而过的事件做出手势和表情中;词语就是表情、舞蹈和笑容。"①由此能够明了:其一,在《柯季克·列塔耶夫》中自我意识犹如睁开眼睛的婴儿,主要通过"看"认识世界。其二,在幼儿的认知范围内词语尚未能与概念和意义联系,与之相连的只有事物的可见特征。其三,作家在重建幼年柯季克认知系统之时,严格遵循了这种语言认知方式。

第一章"呓语的迷宫"的前两节"你——存在"和"意识的形成"描写了母体内胚胎时期的意识,这两节的叙述话语属于成年柯季克。他通过幼年柯季克的记忆感受到"意识存在于身体,它虚幻而不可言说"②。他试图用词语表达意识萌发的状态:"这样我借助词语渲染一下年幼的生命勃发时的不可言说性。"③柯季克在胚胎时期已经存在无思想的意识,而这种意识的存在却无法言说,只有一系列的词语形象能起到暗示作用。无思想的意识居于"身体

---

① А.Белый. *Полное собрание сочинений в двух томах. Том 1.* М.:АЛЬФА-КНИГА,2011. С. 1074.

② А.Белый. *Полное собрание сочинений в двух томах. Том 1.* М.:АЛЬФА-КНИГА,2011. С. 1074.

③ А.Белый. *Полное собрание сочинений в двух томах. Том 1.* М.:АЛЬФА-КНИГА,2011. С. 1074.

之外"："在那个遥远的时刻，'我'还不存在……"①然后，无思想的意识逐渐进入处在母亲子宫里的胚胎之内。在最初的三节中出现了各种"水"的形象："大海""海洋""大洪水""水的漩涡"，"水"的形象暗示了胚胎存在于母亲体内。第三小节描绘了出生时的挣扎，从母体里流出的血变成了"猩红的红宝石雨倾泻下来"②。因为初生的婴儿的小小的脚看起来像蛇一样，所以柯季克感觉自己如"蛇在爬行"③。沾上血污的彗星尾巴的形象，暗示了连接新生婴儿和母体间的脐带。在第三小节结尾，叙述者柯季克确认："在记忆中，肉体形成前的生命掀起了自己的一角"④。可以说，从描述幼年柯季克的意识形成的最初阶段起，词语已经通过形象进入到文本建构之中。

在童年的认知过程中，形象思维占居首位，可见的形象在孩子认知过程中意义非凡。"看"这个词在《柯季克·列塔耶夫》中属于使用频率极高的词，幼小的柯季克是一个极其擅长观察的孩子：

我从小床上看：糊墙纸上的花束；我会斜着眼睛看东西；时常，墙掉下来：飞到我的小鼻子尖儿；我的小手指能够轻快地穿过墙；啊，要是用小小的头去撞；但——我一眨眼睛，不见了，墙又飞回原地。⑤

以上一段表现的是幼小的柯季克对自己房间的认知。在这段对房间的描绘中充满着独特的孩子式的表达：原文中的指小后缀、简单句以及内在的独白形式的表达语句等，这些表达形式对孩子来说十分典型。这类表达贯穿了小

---

① А.Белый. *Полное собрание сочинений в двух томах.Том 1.* М.：АЛЬФА-КНИГА，2011. С. 1076.

② А.Белый. *Полное собрание сочинений в двух томах.Том 1.* М.：АЛЬФА-КНИГА，2011. С. 1077.

③ А.Белый. *Полное собрание сочинений в двух томах.Том 1.* М.：АЛЬФА-КНИГА，2011. С. 1077.

④ А.Белый. *Полное собрание сочинений в двух томах.Том 1.* М.：АЛЬФА-КНИГА，2011. С. 1077.

⑤ А.Белый. *Полное собрание сочинений в двух томах.Том 1.* М.：АЛЬФА-КНИГА，2011. С. 1103.

说的很多段落。所以,在孩子意识成长的过程中,意识中的"瞬间"是可以看见的:

> 我的第一个下意识的瞬间是一个很小很小的点;无意义的东西钻进第一个瞬间。点扩大,逐渐变成一个泡泡,而泡泡开始不停地飞来飞去。无意义的东西钻进了泡泡,弄碎了它。

> 成群的肥皂泡从轻盈的秸秆中飞出……泡泡飞出来,打着哆嗦闪着光芒;然后"噗"地一声裂了;一点点儿汤汁,被空气吹散,就能反射出世界的光芒……无,有,然后又是无,再是有;一切在我之中,我在万物之中……我的最初的一个个瞬间就是这样的。[1]

意识中的"黑暗"的状态同样可见:

> 我跌倒了,悬挂在黑暗的古代:在黑暗的古代发光;偶尔梦的周围在冒烟;通往房间里的过道在奔跑。它们扑面而来,镶满各式纹样的过道在我面前停下,它们看透我的心思。我又跌了一跤,它们后退了;我悬挂在黑暗的古代;墙壁、椅子、用品——一切全被抖落干净,一切都是残酷的,一切都是空洞的,现实变成古代世界的一个空洞。[2]

意识成长过程中的认知轨迹也是可见的:

> 轮形和球形——重复出现,交错在生命中:烟花绚烂,燃放出轮形的火花;四轮马车的车轮飞驰;命运的车轮张开双翼在云层中发出一阵阵隆隆的响声。还有,游乐场的旋转木马在飞速旋转。还有各种球形:气球从药房里冒出来,有一只飞上了瞭望塔。一只木制球击中了一排黄色的地滚球;终于,有人给我从阿尔巴特街上带来一只红

---

[1] А.Белый. *Полное собрание сочинений в двух томах.* Том 1. М.:АЛЬФА-КНИГА,2011. С. 1078.

[2] А.Белый. *Полное собрание сочинений в двух томах.* Том 1. М.:АЛЬФА-КНИГА,2011. С. 1087.

色小气球,它是关于我陷入了一团球形物体中的一个永恒纪念。①

　　小说中孩子意识中的所有抽象感受都是以可见的形象表现出来的。但是孩子眼中的可见形象与成年人对于世界的一般认知中的形象并不相同。所以,幼小的柯季克所描述的事物大都拥有非凡和滑稽的特点。比如:年幼时柯季克每天去林荫道散步,看到老朋友在远处散步,感到十分惊奇:"(他)不是用双脚散步,而是用毛皮大衣散步(他缩在自己的毛皮大衣里):毛皮大衣走过:一只只黑色翅膀的乌鸦穿过一只只母狗跟在毛皮大衣身后飞了过去。"②

　　小说叙述转向孩子的视角,犹如转换了一种艺术手段。什克洛夫斯基将"这种'陌生化'方式定义为感知事物犹如看见,而非认知"③。比如,柯季克这样感知昼夜交替:"白天,迈着白色的腿,走向黑夜;黑夜,用黑色的角顶伤了它。"④这是柯季克感知的天空:"天空就是环境:无与伦比的宇宙的和谐就在天空里:星星按照天上力学专家制定的法则在天上运行……"⑤

　　跟随孩子视角的叙述,读者在新的视角下看到事物的另一面。孩子的视角使得落入他的视野里的一切都陌生化了。"过道、房间、走廊"在三岁的柯季克的眼里是黑乎乎的,看起来犹如原始人的"洞穴"。由孩子的无助引发出类似的联想:"在那里,在黑暗中火光闪烁,满怀恐惧的生灵跑来跑去。"⑥柯季克刚刚苏醒的自我意识将周围的环境和熟悉的父母全部陌生化了:

　　　我们的房间包括走廊、书房、厨房;更远处还是房间,这些房间收

---

　　① А.Белый. *Полное собрание сочинений в двух томах. Том 1.* М.:АЛЬФА-КНИГА,2011. С. 1093.

　　② А.Белый. *Полное собрание сочинений в двух томах. Том 1.* М.:АЛЬФА-КНИГА,2011. С. 1106.

　　③ В.Шкловский.*О теории прозы.* М.:Советский писатель,1983.С.15.

　　④ А.Белый. *Полное собрание сочинений в двух томах. Том 1.* М.:АЛЬФА-КНИГА,2011. С. 1147.

　　⑤ А.Белый. *Полное собрание сочинений в двух томах. Том 1.* М.:АЛЬФА-КНИГА,2011. С. 1114.

　　⑥ А.Белый. *Полное собрание сочинений в двух томах. Том 1.* М.:АЛЬФА-КНИГА,2011. С. 1081.

拾好之后,就像一道道屏风陈列起来;只要我和保姆穿过走廊进入厨房,厚嘴唇、黑皮肤的家童们就飞速冲进饭厅;他们移开所有的椅子,在空处搭一个山洞,然后给山洞围上红布;然后,爸爸身着锦袍、头戴王冠、手握一球,独自端坐在镏金的椅子上;而妈妈化身为王后,跟在爸爸后面。

……

每到晚上,有时我不睡觉,在餐厅我听到敲击声:他们在山洞里跳卡德利尔舞;早上爸爸从镏金的椅子上起来,把我的布娃娃们锁进一个结实的柜子;王后变回了妈妈,她跟在爸爸后面;家童们拆了山洞;而我要去找它。①

一个个人物在孩子的意识中被逐一陌生化:发怒的父亲是喷发的火山;肥胖的大夫多里奥诺夫是公牛;教授们看起来是巨人,也是飞檐上的女像柱,他们高谈阔论时会发出轰隆隆的声音,犹如炸弹爆炸。柯季克周围的人一个个成为他意识中的陌生形象。在"爸爸的命名日"小节中,教授、督学、时髦女郎、伯爵、尼古拉·阿列克谢耶维奇·乌莫夫、阿列克谢·尼古拉耶维奇·韦谢洛夫斯基、马特维·米哈伊洛维奇·特洛依茨基、谢尔盖·阿列克谢耶维奇·乌索夫、杰尔奇·菲利波维奇·波瓦利欣斯基、波姆布尔,还有一个叫"列夫"的年轻人,逐一登场,然而,他们不是仅仅以名字出场(关于人物名字在这一小节的最后有一句补充交代:"后来我在期刊中看到了用黑体铅字印刷的他们的名字。"②),而是以一种完全陌生化的方式登场:

有一个好奇心很重的人来了,他把最精致优雅的男士西装背心撑得滚圆,他是从门口冒出来的。杰尔奇·菲利波维奇·波瓦利欣

①　А. Белый. *Полное собрание сочинений в двух томах. Том 1.* М.:АЛЬФА-КНИГА,2011. С. 1096.

②　А. Белый. *Полное собрание сочинений в двух томах. Том 1.* М.:АЛЬФА-КНИГА,2011. С. 1138.

斯基到我家来了。大家叫他"巴黎人"。他是妈妈在教堂婚礼上的
"男傧相"。时常,他举起我,轻轻地放在他的肚子上(我就压他一
下);这时候,不知道,为什么,我觉得,莫斯科(整个莫斯科)都是他
的藏身之所!我在想:床下的灰尘好好清扫过吗?波瓦利欣斯基就
藏在那儿(大家都知道床下能藏人!)。应该是清扫过了,波瓦利欣
斯基直接从床下冒出来,出现在我们面前吃早饭。他全身干干净净,
香喷喷的,哈哈笑着,抱起我放在他的肚子上。①

由此可见,在《柯季克·列塔耶夫》中以孩子的叙述视角为基础生成了小
说的形象思维模式以及形象的陌生化机制,在小说叙述结构中发挥了重要作
用,是小说语言的形象性的根源。

三、语言的隐喻性特征

对于孩子而言十分典型的隐喻方法在《柯季克·列塔耶夫》的叙述中占
据优势。每一天越来越多的新的现象出现在孩子周围,而孩子的知识和词汇
的数量微不足道,无法用相应词汇对未知事物作出概括。所以,在认知过程
中,孩子将未知事物与已知事物对比,抽取出难以理解的事物的特征,并将该
特征与拥有该特性的已知事物相联系,这样,孩子不由自主地完成了用彼形象
替代此形象的过程,这就是隐喻替代。

比如,幼年柯季克突然在小广场碰到了"狮子"(第一章的"狮子"小节)。
20年后,大学同学告诉柯季克说,这是一种圣贝尔纳狗(长毛大狗)。幼年柯
季克在当时对圣贝尔纳狗没有概念,但是他知道狮子:"我模模糊糊想起:我
在某处曾经看见过狮子;看见过这张巨大的黄色的脸"②,所以在小广场偶遇

---

① А. Белый. *Полное собрание сочинений в двух томах. Том 1.* М.: АЛЬФА-КНИГА, 2011. С.
1138.

② А. Белый. *Полное собрание сочинений в двух томах. Том 1.* М.: АЛЬФА-КНИГА, 2011. С.
1084.

突然伸过来的某个不认识动物的"毛茸茸的脸",在柯季克大脑中瞬间将之和狮子的形象联系起来,他提取了猛兽的一个可见特征——脸,所以,他称"圣贝尔纳狗"为"狮子"。

在隐喻替代过程中,孩子通过提取一个特征将不熟悉的形象变为熟悉的形象,再将来自于外部世界的分散印象按一定顺序排列。柯季克的认知过程具有相应特点。比如:幼小的柯季克每天在家里,对"灯"很熟悉,最早会说的第一个字是"灯"。到了晚上,保姆会给柯季克读天鹅的故事,柯季克并不理解天鹅和天鹅的故事,但是他将灯光的特征和天鹅翅膀的光辉等同后,以熟悉的"灯"的形象替换了陌生"天鹅"的形象,并参与重组了拉伊萨的天鹅故事:

> 每天晚上,拉伊萨·伊万诺夫娜总是给我读一些关于天鹅的书。
>
> 我什么也不懂:好!
>
> 我们在灯下;灯是天鹅,一束束光线如同太阳张开羽翼,形成一片雪白色光辉。光线交错在睫毛上,凝滞在头发上,与耳朵嬉戏着;在半梦半醒中我和光线亲昵,头放在双膝间:我与膝盖亲昵。一切猛地退却了,退到黑色阴影的大海,圈椅的靠背是悬崖;悬崖出现了,不停长高:好!
>
> 从悬崖上下来:现实进入半梦半醒之间;幻想进入半醒半梦之间——
>
> 古老的国王请求忠诚的天鹅翻过海浪,穿越大洋,去勿忘草的国度寻找女儿(这是什么时候了?)——灯变成天鹅。我和天鹅——一同飞翔,我们劈风斩浪,我们一起飞翔。风中传扬着我们的歌谣:那已被遗忘的古老歌谣。[①]

别雷细腻、准确、详尽而令人信服地描绘了隐喻的世界。这一特点在其他作家那里是罕见的。在幼年柯季克所接受的世界里,柯季克并不理解隐喻。

---

① А.Белый. *Полное собрание сочинений в двух томах. Том 1.* М.:АЛЬФА-КНИГА,2011. С. 1106.

他就像野蛮人一样视神话和象征如同现实。所以在柯季克那里时常能够见到关于隐喻的天真的解释。隐喻和神话的世界就这样被孩子不断编织出来。隐喻和神话的形象在柯季克那里以惊人的方式轻松出现。只要父亲、母亲、亲戚、熟人运用比拟，柯季克的想象顿时就会沉入到相关的隐喻和神话世界。柯季克按照神话和隐喻的方式接受的不仅仅有事物，还有人：

> 四个形象对我来说特别鲜明：这些形象是命中注定的不祥的形象：外祖母，秃顶而严厉，但外祖母是我十分熟悉的人，一个老人；多里奥诺夫是胖子，所以他是公牛；第三个形象是一只猛禽：一个老太婆；第四个形象是狮子，一只真正的狮子。命定的劫运已经铸就：我开始生活在黑暗的古代。①

在别雷看来，任何隐喻都包含神话的潜力。在《柯季克·列塔耶夫》中显露了隐喻形象和神话思维的相似性。世界就是神话，神话比现实更加生动：

> 世界和思想只是浮沫儿；只是残酷的宇宙形象的浮沫；血液喷涌，浮沫飞溅；思想被浮沫的激情照亮；所以这些形象构成了神话。

> 神话是一种古老的存在：曾几何时，神话犹如陆地、海洋般诞生；孩子徘徊游荡在神话里；在神话里孩子发出呓语。就像所有其他人一样，起初大家在神话里徘徊游荡；当他们遭遇完全的失败，那时他们第一次开始胡言乱语，之后他们生活在神话里。

> 如今古老的神话如同海洋一样匍匐在脚下，土壤的大地和意识的大地用呓语的海洋冲击我们，舔舐我们。大地上出现了一些假象；出现了"我"和"非我"。宇宙不祥的遗产冲进了现实，海水溢出；在现实的碎片中，海洋徒劳地失去伪装；失去了保护，一切一切扩散开来，一切一切逐渐消失，陆地消失在海洋里；在可怕的女始祖的神话

---

① А.Белый. *Полное собрание сочинений в двух томах. Том 1.* М.：АЛЬФА-КНИГА，2011. С. 1087.

里,意识正在向前;洪水沸腾了。①

柯季克沉入到自己孩提时的意识中,这种状态通过神话形象描绘出来,"海水溢出,⋯⋯陆地消失在海洋里"这幅图景参考了"大西洲之死"的神话。

幼年柯季克的神话创作依赖于古希腊神话中的形象。4 岁柯季克的探索催生了绘声绘色的宇宙起源的神话。住宅的结构包括房间、过道、走廊唤起了幼小的柯季克关于小宇宙的事件的记忆。"提坦神"的主导主题贯穿了小说的全部内容,连接了囚禁提坦巨人的地下王国以及潜意识的世界。在幼年柯季克的意识中,"这就是我进入生命状态的方式:走廊、拱门和黑暗;坏蛋在后面追我"②。包围着柯季克黑暗和混沌表现出与地下世界的联想:

> 关于黑乎乎的房子迷宫的记忆、去见陌生人的记忆长久地伴随我。从迷宫里出来的都是陌生人,在更长一段时间里我疑虑重重地看着客人。后来当我得知关于牛首人身的怪物弥诺陶罗斯和雅典王忒修斯,那时我就弄清楚了:阿尔焦姆·多西菲耶维奇——就是弥诺陶罗斯;而我是咯噔咯噔走进暗黑的空荡荡的房间的忒修斯。③

在自我的想象中柯季克化身神话中的"雅典王忒修斯"④,被拘禁于"黑暗的深渊",在"黑乎乎的房间的迷宫"里:

> 我感觉到我的周围:一堵堵墙分化为一个个黑色的深渊;爸爸、妈妈和保姆蜂拥而来,我无能为力,各种震惊的感受让我不得安宁,我犹如蒲公英的种子被从破晓的黎明带到了真空的黑夜。⑤

---

① А.Белый. *Полное собрание сочинений в двух томах.Том 1.* М.:АЛЬФА-КНИГА,2011. С. 1076.

② А.Белый. *Полное собрание сочинений в двух томах.Том 1.* М.:АЛЬФА-КНИГА,2011. С. 1079.

③ А.Белый. *Полное собрание сочинений в двух томах.Том 1.* М.:АЛЬФА-КНИГА,2011. С. 1084.

④ 忒修斯被派到迷宫战胜庞大的牛首人身的克里特岛的怪物弥诺陶罗斯。

⑤ А.Белый. *Полное собрание сочинений в двух томах.Том 1.* М.:АЛЬФА-КНИГА,2011. С. 1088.

直到后来理性意识发展的阿波罗之光照亮了孩子,这种想象中的黑暗和混沌才逐渐消失。《圣经》故事中的形象也是幼年柯季克进行神话创作的来源。柯季克把个人意识的成长按照宗教的意义来理解:"我认为秘密的宗教仪式从最初的脉动开启:我的生命从秘密的宗教意识开始,而这种宗教仪式就是生长,增高、生长就是我的生命。"①对现实的恐惧引发了关于失乐园的联想:

关于失去的天堂的回忆使我苦恼,我曾去过天堂。

天堂去哪儿了呢?

在眼皮下面:古老的树木裂开,抽出枝条,似闪电中跳动的火苗,火光刺到了我;光的无花果树长高;眼睛从那儿看,向两旁看,形成一朵花;蓝色的花朵开放;我的生命之树上鲜花盛开,金色的苹果成熟了;我的生命之树凋谢了;我被放逐了——犹如古老的亚当。②

《柯季克·列塔耶夫》中设有"神话"小节,其中专门讲到了隐喻形象的来源、特点及作用:

布娃娃们就如同:

——音符的生命(在我体内):但是我体内音符的生命——不是我的生命,音符的生命属于音符的世界,音符的世界降临在我身上,我,如同琴键,将其弹奏:我感受那个音符,我不是在自己身上感受音符,而是在音乐王国的存在中感受它,我被领进这个王国,虽不能完全,而是尽最大可能窥视声音的寓所以及多个声音居室的所有家具;我还未及细细打量,按照我印象中的形象以及类似的房间布置,我立刻幻想出一个形象,我开始向自己讲述这个形象,我的讲故事的人就

① А.Белый. *Полное собрание сочинений в двух томах. Том 1.* М.: АЛЬФА-КНИГА, 2011. C. 1091.

② А.Белый. *Полное собрание сочинений в двух томах. Том 1.* М.: АЛЬФА-КНИГА, 2011. C. 1161.

是童话;老实说,我的童话故事是在对印象的观察和描绘进行科学训练的结果,这些印象在成人那里消亡了;这些印象存在于成年人的意识的正常范畴之外,成年人的意识中充斥着周围的另一些印象;有时内心出现巨大震荡,将意识从普通事物上移开,使其集中在留有往昔印象的事物上,之后,童年复归了。

只是这种复归是另一种方式的复归。①

综上所述,《柯季克·列塔耶夫》中隐喻的方法和神话的思维模式成为童年柯季克自我意识的发展的路径,不仅推进了小说的叙述,也造就了小说语言的隐喻性特点。

多尔戈波洛夫指出:"去除心理分析、'心灵辩证法'之后,别雷将读者引入视觉认知的领域——无论是单个艺术形象的视觉认知领域,还是系列心理状态的视觉认知领域。他的主人公经由这些认知领域被表现出来。"②在《柯季克·列塔耶夫》中别雷摒弃了仅存于成年人中的抽象的词汇意义和心理分析的技巧,从孩子的视角以形象的方式描绘了孩子在认知过程中自我意识逐步成长的轨迹,表现出作家对未知的心灵领域的探索。别雷通过语言实验不仅为小说中的柯季克从混沌的现实世界走向自由的精神世界搭建出心灵的"雅各之梯",也为表达自己的象征主义艺术理想搭建出语言的"雅各之梯"。叶赛宁评价道:"当柯季克遥望天边哭泣,当黑夜向他低语,当星儿飞到他的床上用胡须眨巴眼睛的时候,我们看到,地上的别雷和天上的别雷已有某种联系。"③

毋庸赘言,《柯季克·列塔耶夫》是别雷继《彼得堡》之后的最重要的作

---

① А.Белый. *Полное собрание сочинений в двух томах. Том I.* М.:АЛЬФА-КНИГА,2011. С. 1143.

② Л.Долгополов. *Андрей Белый и его роман《Петербург》.* Л.:Советский писатель,1988. С. 239.

③ [俄]叶赛宁:《玛利亚的钥匙》,杨怀玉译,载[俄]叶赛宁:《青春的忧郁:叶赛宁书信集》,顾蕴璞译,经济日报出版社 2001 年版,第 289 页。

品,无论在思想探索还是在艺术表现方面,别雷都推进了自己的象征主义认知:从认识论方面看,在《柯季克·列塔耶夫》中别雷将意识转向自己,借助自我认知的心灵知识来认识人,而认识人就是认识永恒之谜;从心理方面看,《柯季克·列塔耶夫》表达了个性不完整向完整转化的过程;从文化方面看,《柯季克·列塔耶夫》展现了文化角色形成的漫长历史过程。

结　语

　　安德烈·别雷开创了一个新的文学时代。他在 20 世纪俄罗斯小说史上率先将俄罗斯小说从陀思妥耶夫斯基和托尔斯泰的长篇现实主义小说的经典模式中解放出来,在新的时代重新确立小说的主导性地位。作为象征主义者,他突破了西方各国象征主义文学主要在诗歌领域内最有建树的旧有框架,创造了象征主义小说的艺术典范;作为小说家,他实现了俄罗斯小说从传统现实主义向现代主义的历史性转变,带动了俄苏小说在 20 世纪的革命性变革。更值得指出的是,别雷没有局限于形式主义与唯美主义的范畴,而是始终通过自己的小说探索着俄罗斯人的心灵、俄罗斯民族的命运。他的小说创作不仅具有重要的艺术意义,也具有重要的社会意义。

　　别雷在俄罗斯文学史上以其创作表现的非凡广度而独树一帜。他是描绘重大题材和历史画面的艺术家。不可否认,别雷宽泛的教育背景、广博的兴趣爱好和宏阔的思想视野客观上成就了他的文学创作。他的小说艺术构思十分复杂,历史问题、宗教问题和哲学问题常常被他纳入艺术构思。他的艺术"双璧"《银鸽》和《彼得堡》分别讲述了来自东方(《银鸽》)和来自西方的(《彼得堡》)反对俄罗斯的"世界性的密约",揭示了俄国历史命运中的"东方或西方"问题。《银鸽》已表现出别雷超越象征主义世界观的思想认知,《彼得堡》更是成就了具有独特精神气质的小说家别雷。在这部内容深奥复杂、形式新颖奇特的《彼得堡》中,作家描绘了一幅将要降临的世界性灾难的图景,表达了自己对处于东西方之间的俄罗斯历史命运、俄罗斯文化发展道路的思考,对完整和谐人性的追求和对人生价值的探索,宣告了绵延两个世纪的"彼得堡神话"的终结。《彼得堡》是别雷的思想探索和艺术追求的最重要的结晶。

别雷一生的小说艺术创作是一个不断地追寻形式和结构的过程。唯一能与其复杂的小说艺术构思相媲美的是其小说极为复杂的形式。虽然别雷的全部小说试验并非一帆风顺,但是可以肯定的是,像别雷一样如此坚决的形式试验者在俄罗斯文学中无出其右者。别雷的全部作品都被同一个任务所决定:即找寻形式和结构,只有形式和结构能相应地表达他基本的二律背反思想——混沌与秩序。别雷的诗文合集《碧空之金》是其象征主义美学理想的萌发之地。他在合集的"小说体抒情片断"中尝试消解诗歌和散文的界限。近音词(形似词)方式、音律变化法等构成了微型小说文本的节奏化模式,呈现出别雷艺术特质的基本轮廓。四部《交响曲》以标志性的诗节结构、片断化的文本体裁完全改变了传统小说的文本组织方式,它们标志着别雷独特的小说艺术形式的诞生,明确揭示了别雷全部小说创作道路的基本形式取向。

《银鸽》第一次全面展示了别雷在创作高峰期对于小说艺术发展的贡献。在《银鸽》中,别雷将诗歌和小说的因素统一起来,运用神话化和戏拟的诗学手法创作出"小说型史诗",它超越了象征主义的风格界限,以新的方式回归了俄罗斯的传统命题。如果说别雷以早期四部《交响曲》的发表宣告了俄国古典小说的终结,那么他的长篇代表作《彼得堡》的影响更深、更远,为他在俄国文学史上树起了一块丰碑。这是一种全新的小说模式,在题材、结构、语言、叙事技巧等小说形式范畴方面完成了长篇小说写作范式上的一次革命,为此巴赫金将别雷称为"所有俄罗斯小说家的导师"。《柯季克·列塔耶夫》是别雷继《彼得堡》之后的最重要的小说。它不仅是别雷为解开"俄罗斯生活的斯芬克斯之谜"而创作的《东方或西方》三部曲的最后部分,同时它打开了新的美学视野,将别雷的多种艺术实验推向了又一个高峰。

　　作为小说艺术的创新者,别雷对俄罗斯小说艺术的主要贡献可以概括为三点:其一,别雷继承了俄罗斯文学在心灵研究领域的传统,注重由内向外研究心灵现象。他适应社会条件和时代的要求,总结自己对存在问题的思考,其中最主要的是关于人处在"生活和存在"之中的观念,形成关于人的独特的艺术结构。其二,别雷在潜意识领域的开掘揭示了以往人们所未能揭示的人的特殊品质、天性和从属性,动摇了旧世纪文学赖以生存的基础。他将心理和象征结合起来,形成了一种新的综合形式。其三,别雷按照"音乐精神"修正了19世纪特有的"个性化"文学意识,这种修正导致了他在艺术构建领域中最本质的转变。转变涉及两个主要方面:"作者—文本"中心和文本空间的建构。显然,别雷混合了电影、绘画、音乐等多种艺术形式的结构原则,综合运用模仿、原型化、节奏化、碎片化等多种艺术手段,彻底革新了俄国19世纪经典长篇小说的形式,影响了20世纪俄国小说艺术总体性演变。

　　纵观别雷的小说创作历程,尽管他的创作思想深奥、创作形式多变,但"建设生活""改造生活""追求心灵革命"始终是他艺术观的基石。别雷形成了一种"背靠大地"的宇宙哲学。他在索洛维约夫宗教、哲学、美学思想的影响下,形成了超出艺术范围的象征主义世界观,以感知宇宙之"美"为方法,实现艺术理想、改造社会现实为目的。别雷借宇宙哲学来观照现实生活,形成了自己对于祖国、对于人性的象征主义考量。他希望借助于新的包罗万象的文学改变人们之间相互关系的本质。他相信真正的创作是生活本身的创作,为此首先需要领悟人和世界的本质,这样美学就变成伦理学。无论在生活中,还是在艺术中,"整一性"命题是别雷一生求解的命题。别雷认为"整一性"能真正解决存在和意识的两面性问题,宣示人类存在的真正价值和意义。如果说别雷的象征主义的起点是解决存在与意识的两面性,那么"整一性"则是别雷的象征主义艺术理想的关键目标。受尼采思想的影响,作家相信善就是美。自我完善的观念在别雷的小说中仍有它的现实意义。他的主人公们不断追寻心灵的自我完善,以摆脱"既美也丑"的面具。在别雷心中,美和善的意义就是形式和内容的一致原则。别雷确信，内容只能有它得以彰显的一种形式，一种形式也只能有一种内容，就像美只能成为善的表达一样。

必须指出，别雷是一位拥有高度自觉的文学创作意识的作家。他的艺术直觉服从于他的诗学理念，同时他的诗学理念又是由他的艺术实践中凝聚而成。别雷在个人小说艺术发展进程中尤为执着并强调的原则是：小说中的词语首先是艺术。别雷将词语浓缩为艺术。他认为，不是所有的词语都能运用到艺术文本之中。词语除了应该具有准确、生动、新颖等突出特点之外，它还应该产生动人的听觉感受，激发出某种色彩的联想。别雷执着于从词语的语音表现中发现词语的隐藏意义，致力于在词语中结合声音和颜色。别雷向俄罗斯经典作家普希金、果戈理、莱蒙托夫、托尔斯泰学习关于小说的词语意义的奥秘。在这一点上他和同时代的现实主义作家布宁、高尔基、库普林、安德烈耶夫等有所不同。现实主义的作家们更看重小说语言的形象性、生动性和典型性，而别雷则更加关注选音法、声音的意义、色彩等小说语言的这些层面。别雷强调，小说语言如同诗歌语言一样，拥有自己的旋律和节奏，所以需要在这两方面进行最细致而执着的加工处理。别雷在小说词语的音乐性、声音和节奏的意义等方面的专著及理论文章都为推动俄罗斯小说艺术在20世纪的发展作出了贡献。

无疑，别雷的小说艺术探索不仅显示出与俄罗斯文学传统的深厚渊源，它还全面推动了俄罗斯小说艺术的革新，引领了20世纪俄罗斯文学发展的新方向。

主要参考文献

中 文 部 分

一、专著

曹靖华主编：《俄国文学史》，人民文学出版社 1989 年版。

杜文娟：《诠释象征——别雷象征艺术论》，中国传媒大学出版社 2006 年版。

黄晋凯、张秉真、杨恒达主编：《象征主义·意象派》，中国人民大学出版社 1989 年版。

金亚娜主编：《俄罗斯白银时代精品文库·文化随笔》，中国文联出版公司 1998 年版。

李赋宁等主编：《欧洲文学史》，商务印书馆 2000 年版。

李辉凡、张捷编：《20 世纪俄罗斯文学史》，青岛出版社 1998 年版。

刘文飞：《文学魔方：20 世纪的俄罗斯文学》，中国社会科学出版社 2004 年版。

刘亚丁：《苏联文学沉思录》，四川大学出版社 1996 年版。

彭克巽：《苏联小说史》，北京十月文艺出版社 1988 年版。

彭克巽主编：《苏联文艺学学派》，北京大学出版社 1999 年版。

瞿秋白：《瞿秋白文集》，人民文学出版社 1986 年版。

申丹：《叙述学与小说文体学研究》，北京大学出版社 1998 年版。

王加兴：《俄罗斯文学修辞特色研究》，北京大学出版社 2004 年版。

汪剑钊译：《俄罗斯白银时代诗选》，云南人民出版社 1998 年版。

汪剑钊编选:《别尔嘉耶夫集》,上海远东出版社 2004 年版。

汪介之主编:《俄罗斯白银时代精品文库·名人剪影》,中国文联出版公司 1998 年版。

汪介之:《远逝的光华:白银时代的俄罗斯文化》,译林出版社 2003 年版。

汪介之:《回望与沉思:俄苏文论在 20 世纪中国文坛》,北京大学出版社 2005 年版。

汪介之:《俄罗斯现代文学史》,中国社会科学出版社 2013 年版。

汪介之:《俄罗斯现代文学批评史》,中国社会科学出版社 2015 年版。

汪介之:《诗人的散文:帕斯捷尔纳克小说研究》,北京大学出版社 2017 年版。

王彦秋:《音乐精神——俄国象征主义诗学研究》,北京大学出版社 2008 年版。

吴笛编译:《对另一种存在的烦恼——俄罗斯白银时代短篇小说选》,云南人民出版社 1998 年版。

徐凤林:《索洛维约夫哲学》,商务印书馆 2007 年版。

杨周翰等编:《欧洲文学史》,人民文学出版社 1979 年版。

余一中主编:《俄罗斯白银时代精品文库·诗歌卷》,中国文联出版公司 1998 年版。

翟厚隆等编:《十月革命前后苏联文学流派》上册,上海译文出版社 1998 年版。

张杰、汪介之:《20 世纪俄罗斯文学批评史》,译林出版社 2000 年版。

张杰、康澄:《结构文艺符号学》,外语教学与研究出版社 2004 年版。

张杰:《走向真理的探索——白银时代俄罗斯宗教文化批评理论研究》,北京大学出版社 2012 年版。

赵毅衡编选:《符号学文学论文集》,百花文艺出版社 2004 年版。

周启超:《俄国象征派文学研究》,社会科学文献出版社 1993 年版。

周启超:《俄国象征派文学理论建树》,安徽教育出版社 1998 年版。

周启超主编:《俄罗斯白银时代精品文库·小说卷》,中国文联出版公司 1998 年版。

周启超:《白银时代俄罗斯文学研究》,北京大学出版社 2003 年版。

二、译著

[苏联]巴赫金:《小说理论》,白春仁等译,河北教育出版社 1998 年版。

[苏联]巴赫金:《哲学美学》,晓河等译,河北教育出版社 1998 年版。

[苏联]巴赫金:《文本 对话与人文》,白春仁等译,河北教育出版社 1998 年版。

［苏联］巴赫金：《诗学与访谈》，白春仁等译，河北教育出版社1998年版。

［苏联］巴赫金：《巴赫金全集》，钱中文译，河北教育出版社2009年版。

［俄］别尔嘉耶夫：《俄罗斯思想》，雷永生、邱守娟译，生活·读书·新知三联书店2004年版。

［俄］别尔嘉耶夫：《俄罗斯灵魂》，陆肇明、东方钰译，学林出版社1999年版。

［俄］别尔嘉耶夫：《文化的哲学》，于培才译，上海人民出版社2007年版。

［俄］别雷：《彼得堡》，靳戈、杨光译，作家出版社1998年版。

［俄］别雷：《银鸽》，李政文、吴晓都、刘文飞译，云南人民出版社1998年版。

［俄］别雷：《碧空中的金子》，郭靖媛译，四川人民出版社2018年版。

［俄］别雷：《怪人笔记》，温玉霞译，四川人民出版社2018年版。

［俄］弗·索洛维约夫：《俄罗斯与欧洲》，徐凤林译，河北教育出版社2002年版。

［英］罗杰·福勒：《语言学与小说》，於宁等译，重庆出版社1991年版。

［法］罗兰·巴特：《S/Z》，屠祥友译，上海人民出版社2000年版。

［苏联］洛特曼：《艺术文本的结构》，王坤译，中山大学出版社2003年版。

［俄］马克·斯洛宁主编：《俄罗斯苏维埃文学》，浦立民等译，上海译文出版社1983年版。

［俄］马克·斯洛宁：《现代俄国文学史》，汤新楣译，人民文学出版社2001年版。

［美］苏珊·S.兰瑟：《虚构的权威》，黄必康译，北京大学出版社2002年版。

［俄］图尔科夫：《勃洛克传》，郑体武译，东方出版中心1993年版。

［俄］托洛茨基：《文学与革命》，刘文飞等译，外国文学出版社1992年版。

［俄］叶尔绍夫：《苏联文学史》，北京师范大学出版社1987年版。

［俄］叶赛宁：《青春的忧郁：叶赛宁书信集》，顾蕴璞译，经济日报出版社2001年版。

三、期刊、报纸

汪介之：《弗·索洛维约夫与俄国象征主义》，《外国文学评论》2004年第1期。

汪介之：《东西方问题的考量在20世纪俄罗斯文学中的延伸与影响》，《外国文学评论》2009年第2期。

朱建刚：《〈彼得堡〉与俄国知识阶层的定位》，《苏州大学学报》（哲学社会科学版）2006年第5期。

祖国颂：《试析〈彼得堡〉的叙事艺术》，《外国文学评论》2002年第4期。

《小说月报》，一九二一年八月十日，第十二卷，第八号。

俄 文 部 分

一、专著

Бавин С. П., Семибратова И. В., *Судьбы поэтов серебряного века*. М.: Книжная палата, 1993.

Белый А. *Петербург*. СПб.: Наука, 1981.

Белый А. *Серебряный голубь*. М.: Художественная книга, 1989.

Белый А. *На рубеже двух столетий*. М.: Художественная литература, 1989.

Белый А. *Начало века*. М.: Художественная литература, 1990.

Белый А. *Между двух революций*. М.: Художественная литература, 1990.

Белый А. *Критика. Эстетика. Теория символизма*. М.: Искусство, 1994.

Белый А. *Символизм как миропонимание*. М.: Республика, 1994.

Белый А. *Мастерство Гоголя: Исследование*. М.: МАЛП, 1996.

Белый А. *Сочинения. Золотая проза Серебряного века*. М.: Лаком-книга, 2001.

Белый А. *Золото в лазури*. М.: Прогресс-Плеяда, 2004.

Белый А. *Полное собрание сочинений в двух томах*. М.: АЛЬФА-КНИГА, 2011.

Бердяев Н. *Философия творчества, культуры и искусства*. М.: Искусство, 1994.

Бердяев Н. *О русских классиках*. М.: Высшая школа, 1993.

Богомолов Н. А. *Критика русского символизма: в 2 т.* М.: Олимп; АСТ, 2002.

Бойчук А. Г. (ред.) *Андрей Белый. Публикации. Исследования*. М.: ИМЛИ РАН, 2002.

Болдырева Е. М. и др. (сост.) *Русская литература. XX век*. М.: Дрофа, 2002.

Брюсов В. *Среди стихов. 1894 – 1924. Манифесты, статьи, рецензии*. М.: Советский писатель, 1990.

Бугаева К. Н. *Воспоминания об Андрее Белом*. СПб.: Ивана Лимбаха, 2001.

Быстров В. Н. и др. (ред.) *Писатели символистского круга. Новые материалы*. СПб.: Дмитрий Буланин, 2003.

Вригт, Георг Хенрик фон *Три мыслителя*. СПб.: Русско-Балтийский информационный центр БЛИЦ, 2000.

Галушкин А.Ю., Коростелев О.А. (отв. ред.); Спивак М.Л. (научн. ред.); Лавров А. В., Малмстад Дж. (сост.) *Литературное наследство. Том 105. Андрей Белый: Автобиографические своды: Материал к биографии. Ракурс к дневнику. Регистрационные записи. Дневники 1930-х годов.* М.: Наука, 2016.

Голощапова З.И. *Одинокий гений Серебряного века.* Железнодорожный: РАКЕЛЬ-ИНФО, 2010.

Горшков А.И. *Русская словесность.* М.: Просвещение, 1996.

Гречнев В.Я. (сост.) *История русской литературы.* Л.: Наука, 1983.

Демин Валерий. *Андрей Белый.* М.: Молодая гвардия, 2007.

Долгополов Л. *Андрей Белый и его роман «Петербург».* Л.: Советский писатель, 1988.

Долгополов Л. *На рубеже веков. О русской литературе конца 19 – начала 20 века.* Л.: Советский писатель, 1985.

Ермилова Е.В. *Теория и образный мир русского символизма.* М.: Наука, 1989.

Казин А. Л. (сост.) *Андрей Белый. Критика. Эстетика. Теория символизма.* М.: Искусство, 1994.

Келдыш В. А. (отв. ред.) *Русская литература рубежа веков (1890 – е – начало 1920-х годов).* М.: ИМЛИ РАН, Наследие, 2001.

Келдыш В. А., Полонский В. В. (науч. ректоры) *Поэтика русской литературы конца XIX – начала XX века. Динамика жанра. Общие проблемы. Проза.* М.: ИМЛИ РАН, 2009.

Колобаева Л.А. *Русский символизм.* М.: Московский университет, 2000.

Лавров А.В. (сост.) *Андрей Белый и Александр Блок. Переписка. 1903 – 1919.* М.: Прогресс-Плеяда, 2001.

Лавров А.В. (сост.) *Андрей Белый: pro et contra.* СПб.: РХГИ, 2004.

Лавров А.В. (сост.) *Андрей Белый: Разыскания и этюды.* М.: Новое литературное обозрение, 2007.

Лекманов О.А., Полонский В.В. (сост.) *Русская литература конца XIX – начала XX века в зеркале современной науки.* М.: ИМЛИ РАН, 2008.

Лесневский Ст., Михайлов Ал. (сост.) *Андрей Белый: Проблемы творчества: Статьи, воспоминания, публикации. Сборник.* М.: Советский писатель, 1988.

Минералова И.Г. *Русская литература серебряного века. Поэтика символизма.* М.:

Флинта-наука, 2004.

Минц З.Г. *Поэтика русского символизма*. СПб.: Искусство−СПБ, 2004.

Мочульский К.В. *Андрей Белый*. Томск: Володей, 1997.

Набоков В.В. *Лекция по зарубежной литературе*. М.: Независимая газета, 1998.

Набоков В.В. *Лекция по русской литературе*. М.: Независимая газета, 2001.

Николаев П.А. (сост.) *Русские писатели 1800 − 1917*. М.: Советская энциклопедия, 1989.

Орлицкий Ю. *Стихи и проза в русской литературе*. М.: РГГУ, 2002.

Пискунов В.М. *Андрей Белый: Собрание сочинений. Символизм. Книга статей*. М.: Культурная революция. Республика, 2010.

Пискунов В.М. (сост.) *Воспоминания об Андрее Белом*. М.: Республика, 1995.

Пруцков Н.И. (гл. ред.) *История русской литературы. Т. 4*. Л.: Наука. Лениградское отделение, 1983.

Спивак М.Л. *Андрей Белый−мистик и советский писатель*. М.: РГГУ, 2006.

Спивак М.Л. *Посмертная диагностика гениальности. Эдуард Багрицкий. Андрей Белый. Владимир Маяковский в коллекции Института мозга (материалы из архива Г.И. Полякова)*. М.: Аграф, 2001.

Спивак М.Л. (отв. ред.) *Андрей Белый в изменяющемся мире*. М.: Наука, 2008.

Спивак М.Л., Зайцев П.Н. (сост.) *Последние десять лет жизни Андрея Белого. Литературные встречи*. М.: Новое литературное обозрение, 2008.

Степанов Ю.С. (ред.) *Семиотика и Авангард: Антология*. М.: Академический проект, 2006.

Сухих И.Н. *Двадцать книг XX века. Эссе*. СПб.: Паритет, 2004.

Тузков С.А. *Неореализм: Жанрово-стилевые поиски в русской литературе конца XIX− начала XX века*. М.: Флинта. Наука, 2009.

Чистяковой Э.Н. *Андрей Белый. Душа самосознающая*. М.: Канон, 1999.

Ханзен-Леве А. *Русский символизм. Система поэтических мотивов. Мифопоэтический символизм начала века. Космическая символика*. СПБ.: Академический проект, 2003.

Ходасевич В.Ф. *Собр. соч.: В 4 т.* М.: Согласие, 1996.

Энгельгард Б.М. *Феноменология и теория словесности*. М.: Новое литературное обозрение, 2005.

Ямпольский И. *Поэты и прозаики*：*статьи о русских писателях 19 − начала 20 века*. Л.：Советский писатель.Лениградское отделение,1986.

二、期刊论文

Белый А.*Энергия* // *Новый мир*.1933.№ 4.

Бердяев Н.А. *Русский соблазн* // *Русская мысль*.1910.№ 11.

Вестник русского христианского движения.1990.№160.

英 文 部 分

一、专著

Alexandrov, V.E., *AndreiBely*：*The Major Symbolist Fiction*, Cambridge：Harvard University Press, 1985.

Alexandrov, V.E., *Kotik Letaev. The Baptized chinaman and Notes of an Eccentric*, in Andrey Bely：Spirit of Symbolism, Ed. by John E. Malmstad. Ithaca；London, 1987.

Elsworth, John.ed., *Silver Age in Russian Literature*, Hampshire：Macmillan, 1992.

Paperno,Irina and Joan Delaney Grossman.eds., *Creating Life*：*the Aesthetic Utopia of Russian Modernism*, Stanford：Stanford University Press, 1994.

Peterson, Ronald E., *A History of Russian Symbolism*, Amsterdam：John Benjamins Publishing Company, 1993.

Steinberg, Ada, *Word and Music in the Novels of Andrey Bely*, Cambridge：Cambridge University Press, 1982.

二、期刊论文

Anschuetz C., *Recollection as Metaphor in Kotic Letaev* // Russian Literature, 1976, Vol.4,No.4.

人 名 索 引

后　记

　　2020 年,这是一个特殊的年份,因为新冠疫情从 2019 年冬末肆虐全球,至 2020 年夏初仍未能完全消除,它带给人类的思考是多方面的。新冠肺炎虽是一种特殊的疾病,但更可视为生活中的普通现象,它是隐喻、象征,更是存在。这个春天我一直在进行研究书稿的最后修改和完善工作。无论是生活中还是研究中的一些关键词更加强烈地进入我的思考和体验:生与死、个人与祖国、爱与人性、心灵与道德、自由与孤独、时间与空间,等等。别雷的小说创作的基石是他所推崇的“生活创作”,其中饱含着他对这些生命关键词的追问与回答。

　　别雷的大部分小说在我国少有译介和研究。我从 2003 年开始聚焦别雷小说研究,十数年间从博士论文、博士后研究项目到国家社科项目,每一项研究工作都凝聚了心血和汗水。在研究过程中,不少小说、日记、书信、论著不仅需要仔细阅读,还时常需要自己动手翻译。当然这一翻译过程也是一个真正细读的过程。逐字逐句的阅读使关于作品的评说拥有了可靠的依据。各种相关研究资料的长期积累也使得研究工作能够顺利推进。伴随着别雷研究工作的逐步深入,我厘清了不少有关别雷小说创作方面的研究问题,但因作家的创作和思想十分庞杂,而研究者本身的才识有限,仍有许多问题尚不甚明了,疏漏之处恳请各位专家与读者批评指正!

　　在漫长的研究过程中,一直得到我的博士生导师南京师范大学文学院教授汪介之先生的关心和帮助。先生对文学研究的热爱与深情鼓舞着他的每一位学生。本书稿从构思、谋篇以及成书后的修改、完善都得到过汪老师的悉心指导。对于汪老师的教育和培养我深怀感激之情。还要感谢我的老师、外国语学院院长张杰教授,他一直关注我的研究工作,在研究过程中给予我热情的鼓励和无私的帮助。感谢苏州大学外国语学院朱建刚教授无私分享宝贵的研究资料!感谢南京大学外国语学院王加兴教授对我的结项初稿提出了非常宝贵的修改意见!当然,还要感谢在国家社会科学基金项目结项过程中认真评阅这部书稿并提出宝贵意见的专家们!感谢南京师范大学学科办、南京师范大学外国语学院和人民出版社对本书出版的大力支持。感谢责任编辑杨文霞老师不辞劳苦的付出!要感谢的,还有我的同学、同事、朋友和家人,感谢他们在多方面的关心和帮助。最后,谨向在别雷研究方面作出贡献的前辈中外专家和学者表示最诚挚的谢意!前辈们的研究成果为本书的系统研究提供了丰富而有极高价值的参考。

　　春去夏来,希望这个春天的美好在我们的记忆中长存!

管海莹
2020 年 5 月 22 日于南京

责任编辑：杨文霞
封面设计：石笑梦
版式设计：胡欣欣
责任校对：陈艳华

图书在版编目（CIP）数据

别雷小说研究/管海莹 著. —北京：人民出版社，2021.5
ISBN 978－7－01－022888－4

Ⅰ.①别…　Ⅱ.①管…　Ⅲ.①别雷-小说研究　Ⅳ.①I512.074

中国版本图书馆 CIP 数据核字（2020）第 252291 号

别雷小说研究
BIELEI XIAOSHUO YANJIU

管海莹　著

人民出版社 出版发行
（100706　北京市东城区隆福寺街99号）

北京盛通印刷股份有限公司印刷　新华书店经销

2021 年 5 月第 1 版　2021 年 5 月北京第 1 次印刷
开本：710 毫米×1000 毫米 1/16　印张：18
字数：263 千字

ISBN 978－7－01－022888－4　定价：56.00 元

邮购地址 100706　北京市东城区隆福寺街99号
人民东方图书销售中心　电话（010）65250042　65289539